Excalibur

Herausgegeben von
Melissa Andersson
und
Gerd Rottenecker

Die Herren der Runen im Droemer Knaur Verlag:

1. Dunkel über Longmot (70106)
2. Der Kreis aus Stein (70107)
3. Schattenherz (70147)
4. Die Bruderschaft der Wölfe (70148)
5. Himmelsgleiter (70213)
6. Sturm über Indhopal (70214)

Weitere Bände in Vorbereitung.

David Farland

DIE HERREN DER RUNEN

5

Himmelsgleiter

Ins Deutsche übertragen von
Regina Winter

Knaur

Die amerikanische Originalausgabe erschien 2000 unter
dem Titel »Runelords: Wizardborn/Part 1«
bei Tor Books, New York.

Besuchen Sie uns im Internet:
www.droemer-weltbild.de

Deutsche Erstveröffentlichung 1/2001

Umschlagkonzept: Melissa Andersson
Umschlaggestaltung: ZERO Werbeagentur, München
Umschlagillustration: Les Edwards/
Agentur Thomas Schlück, Garbsen
Karten: Detlev Henke
Redaktion: Ralf Reiter
Satz: Ventura Publisher im Verlag
Druck und Bindung: Clausen & Bosse, Leck
Printed in Germany
ISBN 3-426-70213-4

2 4 5 3 1

KARTEN

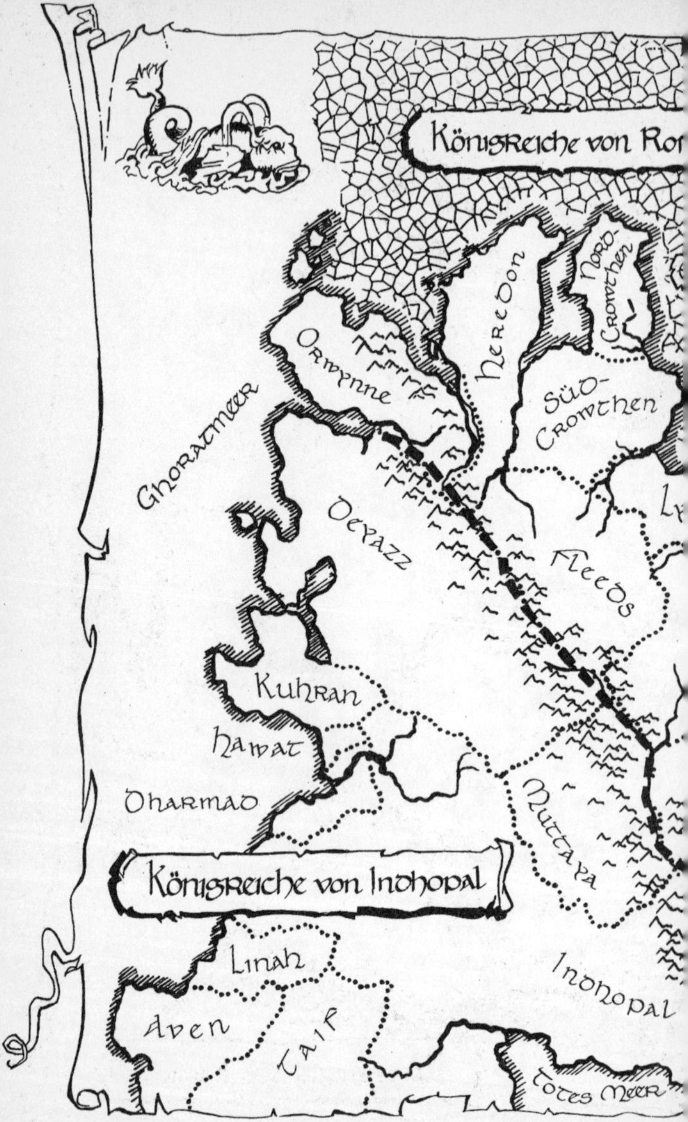
Königreiche von Ro
Nord-Crowthen
Heredon
Orwynne
Süd-Crowthen
Ghoratmeer
Devazz
Fleeds
Kuhran
Hawat
Dharmad
Muttapa
Königreiche von Indhopal
Linah
Aven
Tair
Indhopal
Totes Meer

Internook
Ashoven
Eyremoth
Alnick
Eyremoth
Seward
Toom
Lonnock
Havesind
Carollmeer
Mystarria
Alcairgebirge
Königreiche von Inkarra

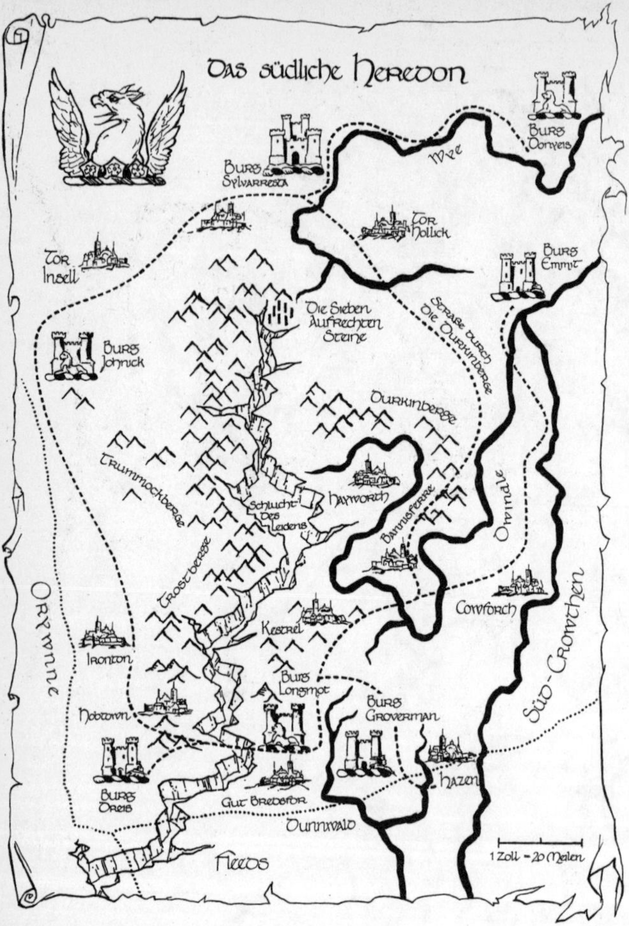
Das südliche Heredon
Burg Sylvarresta
Wye
Burg Donyeis
Tor Hollick
Burg Emmit
Tor Insell
Die Sieben Aufrechten Steine
Straße durch die Durkinberge
Burg Johnick
Durkinberge
Trummockberge
Schlucht des Leidens
Hayworth
Bannisferre
Ordwale
Trostberge
Kestrel
Cowforth
Süd-Crowthen
Orwynne
Ironton
Burg Longmot
Burg Groverman
Hobtown
Hazen
Burg Dreis
Gut Bredsfor
Dunnwald
Fleeds
1 Zoll = 20 Meilen

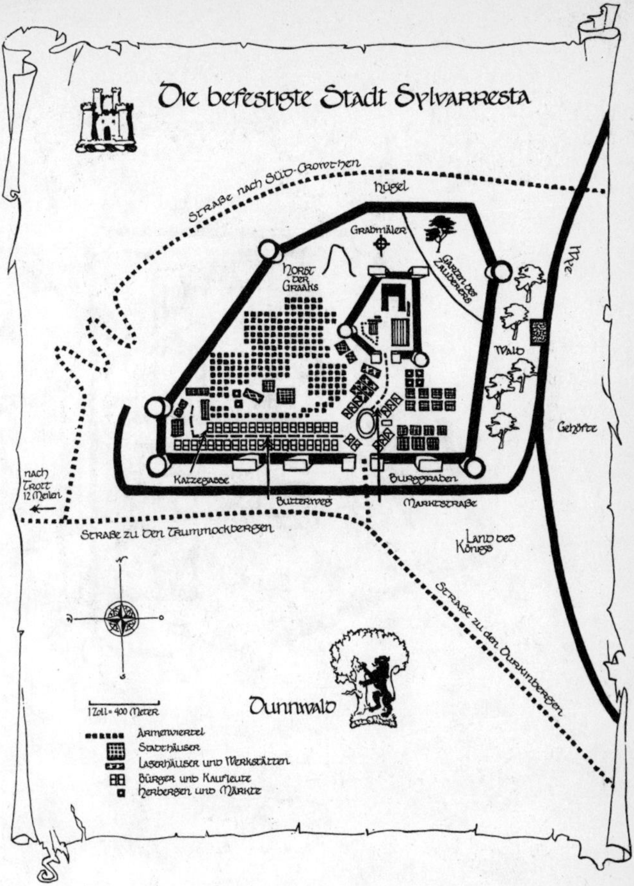

Die befestigte Stadt Sylvarresta
Straße nach Süd-Growthen
Hügel
Grabmäler
Horst der Graaks
Garten des Zauberers
Wye
Wald
Gehöfte
nach Trott 12 Meilen
Katzegasse
Burggraben
Butterweg
Marktstraße
Straße zu den Trummockbergen
Land des Königs
Straße zu den Durkinbergen
Dunnwald
1 Zoll = 400 Meter
Armenviertel
Stadthäuser
Lagerhäuser und Werkstätten
Bürger und Kaufleute
Herbergen und Märkte

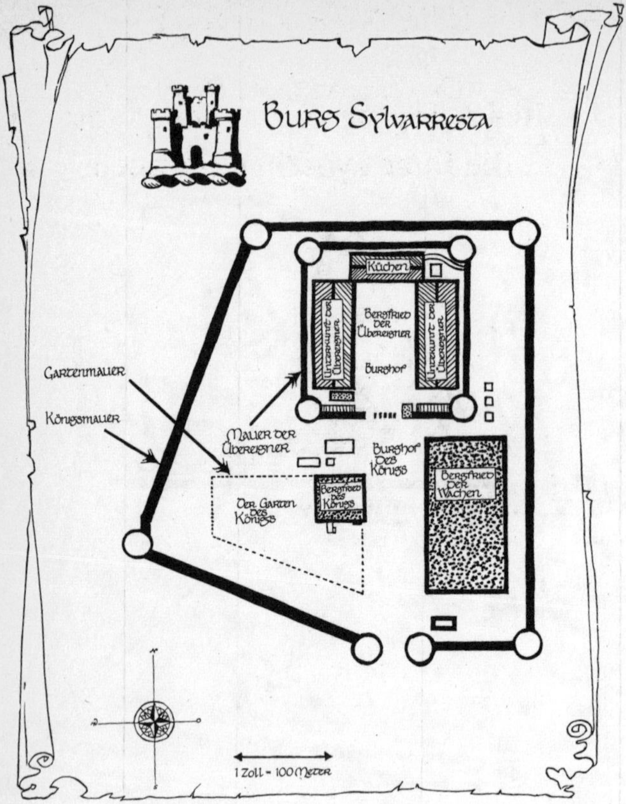
Burg Sylvarresta
Küchen
Unterkunft der Übereigner
Bergfried der Übereigner
Burghof
Unterkunft der Übereigner
Gartenmauer
Königsmauer
Mauer der Übereigner
Burghof des Königs
Bergfried der Wachen
Bergfried des Königs
Der Garten des Königs
1 Zoll = 100 Meter

NEUNTES BUCH

Der 2. Tag im Monat des Laubs: Die Ruhe zwischen Stürmen

Prolog

Damit sein Gras noch grüner wächst,
Kauft König Croenert Stroh und Mist,
Aber bald schon hört er, daß ein Sohn,
Der Krieger in Grau, noch billiger ist.

Kinderreim aus Lonnock, der sich auf König Croenert von Toom bezieht, der billige Söldner aus Internook in seinen Dienst nahm, um Lonnock anzugreifen. Die Söldner wurden bis auf den letzten Mann niedergemetzelt.

In Süd-Crowthen hatte König Anders den ganzen Abend Gäste bewirtet. Darunter waren ein Dutzend wilde, erfahrene Kriegerlords aus Internook mit ihren Seehundfellumhängen und Hörnerhelmen. Sie waren auf Schiffen gekommen, die wie graue Schlangen angemalt waren, und der Geruch von Meersalz hing in ihren Bärten. Ihr silbrig-goldenes Haar war zu Zöpfen geflochten, und der Wind hatte ihre Gesichter rot gegerbt.

Ein anderer Lord als Anders hätte versucht, sich ihre Loyalität zu kaufen. Sie waren dafür berüchtigt, daß sie nicht allzu teuer waren. Aber Anders bot ihnen kein Geld. Er wartete nur, bis sie betrunken genug waren, und erzählte ihnen Geschichten über den Verrat von Gaborn Val Orden. Gegen Mitternacht hatten sie begonnen, mit ihren Silberhumpen auf den Tisch zu dreschen und nach dem Kopf des Jungen zu schreien. Um ihren Entschluß zu feiern, töteten sie einen Eber, färbten ihre Zöpfe mit seinem Blut und malten sich dann grüne, gelbe und blaue Streifen ins Gesicht. Sie würden für ihre Dienste keine andere Bezahlung als die Kriegsbeute verlangen.

Auf diese Weise hatte Anders eine halbe Million Berserker für weniger als einen Stahladler für Starkbier und ein totes Schwein erworben.

Lady Vars, Beraterin der Königin von Ashoven, sah mit zurückhaltendem Lächeln zu, wie Anders die Kriegerlords aus Internook bearbeitete. Sie weigerte sich, auch nur einen einzigen Tropfen seines besten Weins anzurühren. Sie war eine stattliche Frau, schön und klug, mit blitzenden schiefergrauen Augen.

Als er die Kriegerlords drängte, ihre Schiffe zu den Gezeitenhöfen zu schicken, kniff die Dame die Lippen zusammen. Sie versuchte zwar, einen neutralen Eindruck zu erwecken, aber König Anders wußte, daß sie gegen ihn war. Schlecht für sie.

Als die Kriegerlords noch betrunkener waren, entschuldigte sie sich unter einem Vorwand und floh zu den Docks, zweifellos glücklich, Anders' Reich lebendig entkommen zu können.

Aber Anders wußte, daß über dem Nordmeer ein Sturm aufkam. Auch er ging in die Nacht hinaus, als Lady Vars sich davonstahl. Von der Tür aus konnte Anders hören, wie der Wind meilenweit entfernt über die gischtigen Wellen peitschte, und er konnte Eis in der Salzluft riechen.

Das Tier in ihm rührte sich bei dem Geruch. Es lief in seiner Brust im Kreis herum wie ein ruheloser Hund. Es schlug einen kleinen Bannspruch vor, der dafür sorgen würde, daß der Wind die Segel des Schiffs der Beraterin füllte und es auf die Felsen drängte. Ashovens Königin würde das Wrack zweifellos an ihrem eigenen Ufer finden. Sie würde das Dahinscheiden ihrer treuen Dienerin beweinen, ohne je die Warnung zu hören, die Lady Vars ihr bringen wollte. Vielleicht würde der nächste Berater, den Ashoven schickte, fügsamer sein.

Anders blieb lange im Tor seines Bergfrieds stehen und lauschte, als der Hufschlag von Lady Vars' Pferd auf dem Kopfsteinpflaster verklang. Dicke Wolken schlossen das Sternenlicht aus, und die Feuer aus der großen Halle warfen ein rötliches Glühen auf den glatten Boden, das so aussah, als wollte es unbedingt über den Hof hinausgelangen. Irgendwo drunten in der Stadt begann ein Hund zu heulen, und bald schlossen sich ihm ein Dutzend andere an.

Anders flüsterte den Bannspruch, der das Leben der Dame beenden würde, und schlenderte zurück in die große Halle.

Ein einäugiger Kriegerlord namens Olmarg warf ihm einen wissenden Blick zu, als er zurückkehrte. Olmarg stand am Tisch und beugte sich über den Schweinebraten. Er hatte dem Eber ein Ohr abgeschnitten und kaute darauf herum, als er mit seinem auffälligen Akzent sagte: »Sie ist abgehauen.«

»In der Tat«, gab Anders zu. Mehrere andere Kriegerlords sahen sie aus verschleierten Augen an; sie waren zu betrunken, um noch sprechen zu wollen.

»Das dachte ich mir«, meinte Olmarg. »Die Damen aus Ashoven haben nichts für Wein und Krieg übrig. Jetzt, wo sie weg ist, brauchen wir uns keine Zügel mehr anzulegen.«

Anders lächelte. Einen Augenblick zuvor hätte er noch geglaubt, daß der Mann zu betrunken war, um klar denken zu können. »Einverstanden.«

Olmarg sagte: »Unser Land ist kalt, und in den langen Wintern haben unsere Männer nichts anderes zu tun, als sich in den Festungen unter die Pelze zu verkriechen und die Weiber zu wärmen. Solange unsere Alten sich erinnern können, haben wir unsere Söhne dem Meistbietenden verkauft. Wir brauchen diesen Krieg. Wir brauchen die Beute. Aber mehr als das brauchen wir Land im Süden. Und es gibt kein besseres Land als Mystarria. Glaubt Ihr wirklich, daß wir es halten könnten?«

»Mit Leichtigkeit«, versicherte Anders ihm. »Gaborns Streitkräfte sind in Auflösung begriffen. Und er muß sich nicht nur wegen der Plünderer Gedanken machen. Als Raj Ahten den Blauen Turm zerstörte, hat er den größten Teil von Gaborns Übereignern getötet. Es mag noch viele Lords in Mystarria geben, aber nur wenige Runenlords.«

Er wartete, bis diese Worte Wirkung zeigten. Mystarria war das wohlhabendste Land in ganz Rofehavan. Für Jahrhunderte war es vor jedem Angriff gut geschützt gewesen – nicht, weil seine Burgen uneinnehmbar waren, sondern wegen der Anzahl und Kraft seiner Runenlords. Mit ihrem Wohlstand hatten die Könige von Mystarria Zwingeisen gekauft – magische Brenneisen, die aus dem seltenen Blutmetall hergestellt waren. Sie benutzten diese Zwingeisen, um Eigenschaften wie Körper- und Geisteskraft von ihren Untertanen zu übernehmen.

Nun, nachdem es nicht mehr genug Runenlords gab, um das Reich zu beschützen, würde Mystarria nicht länger standhalten können.

»Außerdem«, fuhr Anders fort, »sind die meisten von Gaborns Truppen nach Westen marschiert, um Raj Ahten über die Grenzen von Mystarria zu treiben. Das wird ihnen schwerfallen, denn Raj Ahten hat mehrere Burgen dem Erdboden gleichgemacht, und seine Männer halten die stärkste verbliebene Burg besetzt. Gaborn wird viele Männer brauchen, um Raj Ahten zu vertreiben. Mit einigem Glück sind die beiden sich bereits an die Kehle gegangen. Das wirkt sich zu unserem Vorteil aus, da Gaborns Küstenlinie dadurch zu einer Schwachstelle geworden ist.«

»Schwach vielleicht«, meinte Olmarg, »aber schwach genug? Mystarria hat zwanzigmal mehr Krieger als ich. Selbst mit Eurer Hilfe ...«

»Nicht nur mit meiner«, versicherte ihm Anders. »Beldinook wird aus dem Norden herabkommen und uns helfen.«

»Beldinook?« fragte Olmarg so erstaunt, als hätte er diese Hoffnung nie gehabt. Beldinook war das zweitgrößte Königreich in Rofehavan. »Glaubt Ihr, daß der alte König Lowicker sich tatsächlich rühren wird?«

»Lowicker ist tot«, erklärte Anders mit fester Stimme.

Diese Bemerkung führte dazu, daß mehrere Kriegerlords erstaunt nach Luft schnappten. »Wie?«, »Wann?« Einer leerte einen Humpen zu Ehren des alten Königs.

»Ich habe es selbst erst vor ein paar Stunden erfahren«, sagte Anders. »Lowicker wurde heute von Gaborn selbst getötet. Seine fette Tochter ist ein säuerliches Geschöpf. Sie wird ganz bestimmt nach Rache verlangen.«

»Armes Mädchen«, meinte Olmarg. »Ich habe einen Enkel, der nicht sehr wählerisch ist, was Frauen angeht. Vielleicht sollte ich ihn nach Beldinook schicken, damit er ihr den Hof macht.«

»Ich dachte daran, meinen eigenen Sohn zu schikken«, grinste Anders.

Olmarg hob seinen Humpen zum Gruß. »Möge der bessere Mann siegen.«

Bei diesen Worten erhob sich Anders' Frau von ihrem Platz am Eßtisch und warf dem König einen wütenden Blick zu. Sie war in der vergangenen Stunde so still gewesen, daß er sie beinahe vergessen hatte. »Ich gehe zu Bett«, sagte sie. »Ich sehe schon, daß Ihr Herren noch die ganze Nacht aufbleiben werdet, um die Welt unter Euch aufzuteilen.« Sie raffte ihre Röcke und stolzierte in ihre Gemächer.

Langes Schweigen folgte. Ein brennendes Scheit verrutschte in der Feuerstelle und zerfiel dann langsam zu Asche.

»Die Welt aufteilen ...«, wiederholte Olmarg. »Das gefällt mir!« Die unverhohlene Gier, die im Blick seines einzelnen Auges stand, ließ Anders schaudern. In der Miene des Kriegerlords lag eine Härte, von der dem König kalt wurde. Olmarg war ein Mann, der keine Bedenken kannte. »Und Gaborn ist immer noch ein Welpe. Es wird nicht viel brauchen, um ihm den Kopf abzuhacken. Wenn ich ein paar Schlüsselstädte rasch einnehme – die verbliebenen Übereigner erledige ... Gaborn würde niemals zurückschlagen können.«

Anders lächelte. Olmarg sah mit seinem einen Auge klarer als die meisten mit beiden. Die Welt war dabei, sich auf den Kopf zu stellen. Es stimmte, daß Gaborns Streitkräfte den seinen zahlenmäßig überlegen waren, aber ohne Runenlords, die diese Streitkräfte anführten ...

»Es sollte nicht so schwierig sein, die Welt aufzuteilen«, meinte Anders. »Ich will nicht viel davon. Ich nehme Heredon.« Olmarg zog die weißen Brauen hoch. Heredon war kein kleines Land, aber Olmarg brauchte es ohnehin nicht. »Lowickers Tochter will vermutlich den Westen Mystarrias – das und ihre Rache. Ihr werdet die Küste haben wollen ...«

»Alles innerhalb von zweihundert Meilen vom Ufer«, erklärte Olmarg streng.

»Hundertfünfzig«, hielt Anders dagegen. »Wir sollten auch den anderen noch etwas übriglassen.«

»Anderen?«

»Ich habe Botschaften aus Alnick, Eyremoth und Toom erhalten. Botschafter aus diesen Reichen sollten in Kürze eintreffen.«

»Einhundertfünfzig«, stimmte Olmarg zu. Aber dann meinte er nachdenklich: »Andererseits – was, wenn Gaborn tatsächlich der Erdkönig ist? Könnten wir ihm standhalten? Wagen wir es, ihm standzuhalten?«

Anders lachte – ein Geräusch, das in dem stillen Raum widerhallte und bewirkte, daß die Hunde, die vor der Feuerstelle geschlafen hatten, voller Erwartung aufschreckten. »Er ist nur ein Betrüger.«

Aber Anders konnte sich selbst nicht so recht überzeugen. Das Tier in ihm verlieh ihm besondere Kräfte. Anders konnte Stimmen hören, die der Wind von weit her trug. Er konnte Düfte meilenweit riechen, aber selbst der Wind brauchte einige Zeit, um zu reisen.

Wenn er nur schon wüßte, wie Gaborns Kampf mit Raj Ahten ausgegangen war. Aber diese Nachrichten würde er erst später erhalten. Auf Anders' Aufforderung schnitt Olmarg auch das zweite Schweineohr ab, und sie feierten.

Nachdem diese Staatsangelegenheiten erledigt waren, stieg Anders in den frühen Morgenstunden in den Turm seiner Burg, wo seine Frau im Schlafgemach ihr Haar kämmte.

Sie saß kerzengerade vor Zorn. Als Anders durchs Zimmer ging, folgte sie ihm mit Blicken und rechte sich dabei mit dem Kamm das Haar, als wollte sie Kletten entfernen.

»Du scheinst verärgert«, meinte Anders beiläufig. Er wußte, was sie so erzürnt hatte, und versuchte das Thema zu wechseln. »Du solltest dich freuen. Es gab gute Nachrichten. Die ganze Zeit war ich wegen der Greifer in Nord-Crowthen besorgt – und nun hören wir, daß mein Vetter sie zurückgeschlagen hat.«

»Ein Zufallstreffer mit einer Balliste hat ihre Magierin getötet«, meinte seine Frau mürrisch, »und die Zauberin, die unter ihr stand, hat ihr Hirn gefressen. Kein Grund, sich zu freuen. Sie werden in größerer Zahl zurückkehren.«

»Ja«, meinte Anders, als wollte er gute Miene zum bösen Spiel machen. »Aber beim nächsten Mal wird mein Vetter besser auf sie vorbereitet sein.«

Seine Frau schwieg lange. Er ließ zu, daß sich die Spannung aufbaute, bis die Worte aus ihr herausbrachen. »Wieso läßt du dich zu solchen Dingen herab? Wir sollten uns nicht mit den Barbaren aus Internook abgeben. Sie stinken nach Dreck und Waltran. Und diese Geschichten, die du erzählt hast ...«

»Entsprachen alle der Wahrheit«, entgegnete König Anders.

»Wahrheit?« fragte sie. »Du hast Gaborn Val Orden bezichtigt, König Lowicker getötet zu haben.«

»Lowicker hat sich Gaborn heute widersetzt und ihm den Durchzug durch Beldinook verboten, genau wie ich sagte. Dafür hat Gaborn ihn geschlachtet, wie ein Mann einen Ochsen schlachten würde.«

»Woher weißt du das? Es waren keine Kuriere hier!« schrie sie. »Es können keine hiergewesen sein; ich hätte sie gesehen.«

Anders hatte seine körperlichen Bedürfnisse jahrelang vernachlässigt, und nun sah er dünn und ausgemergelt aus und war nur noch der jämmerliche Überrest eines Mannes. Er richtete sich auf und versuchte, beeindruckender zu wirken. »Ich habe die Botschaft im geheimen erhalten.« Er wollte sich nicht darüber streiten. Seine Frau wußte genau, daß sie den ganzen Nachmittag am Tisch neben ihm gesessen hatte. Wäre ein Geheimbote eingetroffen, dann hätte sie ihn gesehen.

Sie verzog zornig den Mund. Er wußte, daß sie gleich anfangen würde zu toben. Lautlos bereitete er sich auf einen Bannspruch vor, streckte die Hand aus und berührte ihre Lippen mit dem Zeigefinger. »Schscht ...«, sagte er. »Die Botschaft ist nur mündlich gekommen. Wir werden zweifellos morgen früh mehr wissen.«

Verwirrung breitete sich langsam auf ihren Zügen aus. Sie sagte nichts mehr. Er nahm an, daß sie zumindest eine Stunde lang nicht in der Lage sein würde, sich genügend zu sammeln, um etwas sagen zu können.

Er öffnete die Tür zum Balkon und trat hinaus. Die Sterne blitzten über den dunklen Dächern der Stadt. Die Wachen gingen direkt unter seinem Bergfried über die Burgmauern. Ein kalter Wind peitschte um die Gebäude und raste nach Süden. In der Ferne hörte er den Schrei einer Eule. Ansonsten war die Stadt wie tot.

König Anders hob den Kopf und spürte, wie ihm der Wind durchs Haar strich. Er gab sich ganz dieser Empfindung hin. Das Tier in seiner Brust regte sich. Er wußte, was das Tier wollte. Anders flüsterte: »Töte Gaborns Königin, denn sonst wird ihr Sohn noch größer als sein Vater.«

Er atmete langsam und sachte aus, so daß der Klang seiner Worte weit reichen würde, um dem sich erhebenden Sturm noch mehr Kraft zu verleihen.

KAPITEL 1
Blitzzungen

Die Wahrheit ist stärker als viele Armeen, und das Böse wird ihr nicht standhalten.

Sprichwort der Ah'kellah

Es war endgültig Nacht geworden, während die Bruderschaft der Wölfe nach Süden ritt, aber als die Krieger Carris erreichten, war es hell genug, um etwas sehen zu können. Ein Feuerbrand flackerte in einem Steinturm, das Dach und die inneren Gemächer glühten, als wäre der Turm eine riesige Fackel. Weitere Feuer leckten an den Stadtmauern.

Blitze zerrissen am südlichen Horizont die Nacht wie die zuckende Zunge einer Schlange, die Donnerworte sprach.

Die Reiter ließen ihre Pferde die letzten beiden Meilen mit klirrendem Zaumzeug und klappernder Panzerung im Galopp zurücklegen. Von den vierzig Lords hatten nur drei Lanzen dabei. Sie ritten voraus, falls sie im Dunkeln einem Greifer begegnen sollten. Asche mischte sich mit Regen, so daß der entstehende Schlamm mit dem Gewicht von Quecksilber auf sie fiel. Er drang durch Myrrimas Umhang.

Als die Reiter den Hügel oberhalb von Barrens Mauer überquerten, schnappten die Männer rund um Myrrima verblüfft nach Luft. »Seht nur!« rief einer. Er zeigte auf die klaffende Grube, aus der der Weltwurm sich erhoben hatte. Sie sah aus wie ein kleiner Vulkankrater – ein Kegel von zweihundert Schritt Durchmesser und dreihundert Schritt Höhe. Dampf wogte aus seiner Spitze auf.

Die Szenerie wurde ausschließlich von Feuern beleuchtet. Aber mit den Gaben der Sehkraft, des Geruchssinns und des Gehörs, die Myrrima vor kurzem übernommen hatte, kam ihr alles übernatürlich klar vor.

Myrrima verfügte erst seit gestern über diese Gaben. Sie konnte beinahe noch die Schmerzensschreie der Übereigner hören, die ihr ihre Sehkraft und ihr Hörvermögen überlassen hatten.

Myrrimas Herz klopfte heftig. Sie fragte sich, ob der Wurm wohl noch in der Nähe war, sah aber keine Spur von ihm. Er hatte sich wieder in die Höhle zurückgezogen, aus der er gekommen war.

Es war schwer, die Zerstörung zu begreifen und sich die Schlacht vorzustellen, die hier stattgefunden hatte. Gaborn hatte seine Truppen auf Befehl der Erde hin nach Carris geführt, weil er glaubte, die Stadt von Raj Ahtens Truppen belagert zu finden. Statt dessen hatte er Raj Ahten in der Falle vorgefunden, umzingelt von einer Horde von Greifern.

Er hatte seine neuen Kräfte als Erdkönig genutzt, um einen Weltwurm heraufzubeschwören – ein Tier der Legende –, der aus dem Kern der Erde aufstieg und die Greifer vertrieb.

Über diese Schlacht würde noch tausend Jahre lang gesungen werden, da war Myrrima sicher. Das Gemetzel war atemberaubend.

Im Süden lag ein ganzes Feld toter Greifer, im Halbdunkel riesig und schwarz, und ihre feuchten Panzer schimmerten im trüben Licht, als wären sie ein Haufen toter Frösche. Männer und Frauen mit Fackeln in der Hand waren zwischen ihnen unterwegs. Die Ebenen waren schrecklich aufgewühlt und von Tausenden von Höhlen durchlöchert. Truppen, mit Speeren und Kampfäxten bewaffnet, suchten überall nach überlebenden Greifern. Aber nicht alle hier waren Krieger. Einige kamen aus der Stadt, um die Toten und Verwundeten wegzubringen – Mütter suchten nach Söhnen, Kinder nach Eltern.

Ein Greifer stürzte sich eine Dreiviertelmeile entfernt plötzlich aus einem Bau, und draußen auf der Ebene erschollen Schreie und Kriegshörner. Der Greifer griff sofort einen Trupp Fußsoldaten an. Ritter auf Schlachtrössern galoppierten los, um das Ungeheuer abzufangen.

»Bei der Ehre meines Vaters«, rief ein Lord aus Orwynne, »es sind immer noch Greifer da! Diese Schlacht ist noch nicht gewonnen!«

Die Lords spornten ihre Reittiere an und galoppierten zu den Überresten von Barrens Mauer. Unterhalb des Torbogens, neben einem Feuer, hockten ein Dutzend Fußsoldaten unter schlammbedeckten Umhängen, die Speere fest in der Hand.

»Halt!« riefen sie, als die Berittenen sich näherten. Ein paar Männer kamen auf die Beine. Sie trugen schlecht zusammenpassende Rüstungsteile, die sie als Unabhängige Ritter kennzeichneten.

Ihre Augen blitzten im Feuerschein. Triumphierend rief ihr Anführer: »Die meisten Greifer fliehen wieder nach Süden. Marschall Skalbairn bittet darum, daß jeder Mann, der eine Lanze halten kann, sie zusammen mit ihm verfolgt! Aber es sind immer noch ein paar von den verfluchten Biestern in ihren Bauen, falls ihr vorhabt, hier zu kämpfen.«

»Skalbairn verfolgt sie im Dunkeln? Im Regen?« schrie Sir Hoswell zurück. »Hat er den Verstand verloren?«

»Der Erdkönig ist mit uns, und niemand kann sich uns widersetzen!« schrie der Soldat. »Falls Ihr je Lust hattet, einen Greifer zu töten und Ruhm einzuheimsen, dann ist dies die Nacht dazu. Sogar ein Einfaltspinsel aus Silbertal hat heute ein Dutzend von ihnen vor der Stadtmauer getötet, mit nichts anderem als einer Spitzhacke. Wahre Männer wie Ihr sollten das ebensogut können – oder noch besser.« Das war eine deutliche Herausforderung.

Der Mann hob einen Weinschlauch zum Gruß. Myrrima sah, daß die Augen der Ritter nicht nur vor Triumph blitzten. Sie waren halb betrunken, genossen ihren Sieg. Offensichtlich wußten Skalbairns Männer nicht, daß Gaborn seine Erwählten nicht länger vor Gefahren warnen konnte.

Obwohl sie nur ein paar Stunden zuvor Erwählt worden war, konnte Myrrima bereits sehen, wie diese Männer sich zu sehr der Zufriedenheit überließen. Warum sollten sie Wache halten, solange der Erdkönig sie warnen konnte? Offensichtlich hatte Skalbairns Männer das Neueste noch nicht vernommen. Gaborn hatte seine Fähigkeiten benutzt, um die Greifer aus Carris zu vertreiben, aber nach der Schlacht hatte er seine Gabe verwenden wollen, um Raj Ahten zu töten.

Weil er diese Schutzkräfte mißbraucht hatte, hatte sich die Erde von Gaborn zurückgezogen – und ihm auch die Fähigkeit genommen, seine Erwählten in Zeiten der Gefahr zu warnen.

Diese Männer, die dort vergnügt ihren Sieg feierten, hatten keine Ahnung, welcher Ärger ihnen bevorstand. Die Erde hatte von Gaborn verlangt zu helfen, »in dunklen Zeiten ein paar Samen der Menschheit zu bewahren«. Aber noch hatte sich diese Finsternis nicht vollkommen über sie gesenkt.

Myrrima schaute nach rechts und links zu den Lords der Bruderschaft der Wölfe hin – nüchternen Männern mit verschlossenen Mienen. Sie waren hergekommen, um zu kämpfen, hatten aber nicht solchen Wahnsinn erwartet.

»Ich werde Paldanes Männer warnen«, sagte Sir Giles aus Heredon.

»Wartet«, erwiderte Myrrima. »Seid Ihr sicher, daß das klug wäre? Wer weiß, welche Gerüchte entstehen werden und wie die Geschichte unterwegs verändert wird?«

»Der Erdkönig hat uns mitgeteilt, daß er seine Kräfte verloren hat, weil er unser Leben retten wollte«, erklärte Baron Tewkes aus Orwynne. »Er kann die Wahrheit nicht verbergen, und wir können es nicht für ihn tun.«

Myrrima befürchtete, wenn sie Gaborns Geheimnis verriete, würde sie einen Mann verraten, der nie einem anderen hatte Schaden zufügen wollen. Aber wenn sie die Neuigkeiten zurückhielt, würden Unschuldige sterben. Es war das kleinere Übel, es auszusprechen.

Sir Giles galoppierte auf Carris zu.

»Wir anderen müssen Skalbairn warnen«, meinte Tewkes. Er stieg einen Augenblick lang ab und schnallte seinen Sattel für einen rascheren Ritt fester. Andere zogen die Waffen, und mehr als einer holte einen Wetzstein heraus, um eine Lanze oder einen Kriegshammer zu schleifen.

Myrrima leckte sich die Lippen. Sie würde heute nacht nicht mit den anderen nach Süden reiten.

Gaborn hatte gesagt, sie würde ihren verwundeten Mann eine Drittelmeile nördlich der Stadt finden, nahe des großen Hügels. Aber auf diesem Feld gab es immer noch Greifer. Sie versuchte, sich keine Sorgen zu machen.

»Soll ich mit Euch kommen, Herrin?« Eine Stimme schreckte sie aus ihren Überlegungen. Sir Hoswell hatte sein Pferd neben ihres gelenkt und beugte sich zu ihr. »Soll ich helfen, Euren Gemahl zu finden? Ich habe Euch bereits gesagt, wenn Ihr mich brauchen solltet, werde ich Euch helfen.«

Sie konnte sein Gesicht unter der Kapuze kaum erkennen. Hoswell beugte sich zu ihr, als erwartete er, daß sie beim ersten Anblick von Blut in seine Arme sank.

Ha! dachte sie. Vielleicht, wenn alle Sterne zu Asche verbrannt sind!

»Nein«, erwiderte sie. »Ich gehe alleine.« Sie traute ihm nicht, obwohl sie inzwischen über genügend Gaben verfügte, um sicher sein zu können, daß er nie wieder versuchen würde, sie zu berühren. »Warum sucht Ihr Euch nicht ein paar Greifer, die Ihr töten könnt?«

»Also gut«, meinte Hoswell. Er zog seinen stählernen Bogen hervor und begann vorsichtig, das geölte Segeltuch abzuwickeln, das die Waffe vor dem Regen geschützt hatte.

»Ihr wollt damit kämpfen?« fragte sie.

Hoswell zuckte die Achseln. »Das kann ich am besten. Ein Schuß ins Süße Dreieck ...«

Myrrima gab ihrem Pferd die Sporen und ritt von den anderen weg und unter dem Torbogen hindurch auf die größte Gruppe toter Greifer zu. Borenson war sicherlich dort verwundet worden, wo die Schlacht am heftigsten getobt hatte. Das stellte sie sich zumindest vor.

In der Ferne konnte sie andere hören, die das Schlachtfeld durchsuchten und nach Menschen riefen, die sie liebten. Sie riefen verschiedene Namen, aber es war alles derselbe Schrei: »Ich bin noch am Leben – du auch?«

»Borenson? Borenson!« rief sie.

Sie wußte nicht, wie schwer seine Wunden sein würden. Wenn er unter einem gestürzten Greifer lag, würde sie das Ungeheuer wegheben. Wenn ihm die Gedärme aus dem Leib hingen, würde sie sie wieder hineinstopfen und ihn gesund pflegen. Sie versuchte, sich gegen alles zu wappnen, was sie vorfinden konnte.

Sie stellte sich vor, was er sagen würde, wenn sie ihn fand, übte hundert Variationen von: »Ich liebe dich. Ich bin jetzt eine Kriegerin, und ich komme mit dir nach Inkarra.«

Er würde widersprechen – vielleicht mit guten Gründen. Sie konnte noch nicht sonderlich gut mit dem Bogen umgehen.

Sie würde ihn überreden.

Als Myrrima näher an die Stelle kam, an der die Todesmagierin gefallen war, roch sie die Überreste der Flüche des Ungeheuers. Dieser Gestank hing wie Nebel dicht über dem Boden.

Noch zwei Stunden nach dem Tod der Magierin waren die Auswirkungen der Flüche verblüffend. »Sei blind«, flüsterte ein Fluch immer noch, und ihre Sicht wurde trüber. »Sei trocken wie Staub« – Schweiß brach ihr aus allen Poren. »Verfaule, Menschenkind« – ihr Magen zog sich zusammen, und jeder Kratzer fühlte sich an, als würde er sofort zu einer schwärenden Wunde.

Sie ritt in den Schatten von Greiferkadavern, die auf beiden Seiten aufragten. Voller Ehrfurcht starrte sie die Kristallzähne an, die so groß wie Schwertklingen waren. Aus dem Augenwinkel bemerkte sie eine Bewegung. Ihr Herz blieb beinahe stehen, als sie sah, wie sich das Maul eines Greifers öffnete.

Sie riß an den Zügeln ihres Pferdes, erkannte aber dann, daß der Greifer nicht zischte und sich nicht bewegte.

Er war tot. Das Maul öffnete sich nur, weil das Ungeheuer kalt wurde. Die Muskeln zogen sich zusammen wie die einer Auster, die in der Sonne trocknet.

Myrrima sah sich um. Alle Greifermäuler öffneten sich langsam.

Die Luft war drückend. Keine Insekten summten im

Gebüsch. Kein Wind seufzte durch die Blätter irgendwelcher Bäume, denn die Greifer hatten sämtliche Pflanzen ausgerissen.

»Borenson!« rief sie. Sie sah sich am Boden um, in der Hoffnung, daß das reflektierte Feuerlicht ihr die Umrisse ihres Mannes unter einer Rußschicht zeigen würde.

Drei Gree schossen an ihrem Kopf vorbei, und ihre Flügel quietschten wie unter der Folter.

Durch die ineinander verknoteten Beine eines toten Greifers entdeckte sie ein flackerndes Licht, und plötzlich wurde sie von der wilden Hoffnung erfaßt, daß es Borenson gewesen war, der das Feuer entzündet hatte.

Sie trieb ihr Pferd an. Um ein Lagerfeuer hatten sich ein paar Krieger aus Indhopal gesammelt. Myrrima fand das beunruhigend, obwohl diese Männer heute neben ihrem Volk gegen die Greifer gekämpft hatten.

Das hier waren keine gewöhnlichen Krieger. Es waren dunkelhäutige Nomaden mit schwarzen Gewändern über ihrer Rüstung, die eine Art Rangabzeichen darstellten. An ihrem Kopfschmuck hingen Stahlplatten, die über die Ohren fielen, um die Schultern zu schützen.

Mehrere von Raj Ahtens gefallenen Unbesiegbaren lagen vor dem Feuer. Die Nomaden bereiteten sich darauf vor, sie dem Scheiterhaufen zu übergeben.

Bei den Leichen der Unbesiegbaren lag auch ein Mädchen mit dunklem Haar, praktisch noch ein Kind. Sie lag auf einem Reitumhang aus feiner roter Baumwolle, bestickt mit wunderschönen Goldfäden in der Form von Blütenranken. Um ihre Stirn lag ein dünner Silberreif, der ihre dunkle Haut betonte.

Sie trug ein schlichtes Kleid aus lavendelfarbener Seide, und jemand hatte ihr einen Silberdolch in die Hand gelegt.

Myrrima hatte Saffira, Raj Ahtens tote Frau, gefunden. Gaborn hatte Myrrimas Mann geschickt, um Saffira aus Indhopal zu holen, damit sie Raj Ahten bitten sollte, mit seinen Angriffen auf Gaborns Volk aufzuhören. Gaborn hätte auf der ganzen Welt niemanden finden können, der besser geeignet war, um Frieden zu bitten. Es hieß, Saffira hätte Hunderte von Gaben der Anmut und Stimmgewalt übernommen. Sie wäre verlockender gewesen und hätte überzeugender sprechen können als jede andere Frau.

Offensichtlich hatte Borenson Saffira gefunden und sie zur Belagerung von Carris gebracht. Nun war sie tot. Myrrima nahm an, daß ihr Mann sich in der Nähe befand.

Der Anführer der Krieger aus Indhopal war sofort zu erkennen. Alle Blicke ruhten auf ihm, und viele Nomaden knieten vor ihm nieder, einige auf ein Knie, andere auf zwei.

Er saß auf einem großen Kaiserlichen Streitroß, starrte wütend auf die Toten nieder und sprach mit gefährlich ruhiger Stimme. Seine dunklen Augen glühten im Feuerlicht, während er sich mühte, Zornestränen zurückzuhalten. Auf der rechten Brust seines schwarzen Gewandes trug er das Wappen von Raj Ahten, den dreiköpfigen Wolf in Rot. Oberhalb der Wolfsköpfe waren goldene Eulenschwingen angebracht, darüber drei Sterne.

Diese Insignien zeigten, daß er mehr als ein Unbesiegbarer oder auch ein Hauptmann der Unbesiegbaren war.

Zu seinen Füßen knieten mehrere Männer in schwarzen Burnussen auf Händen und Knien. Einer antwortete ihm gerade mit verängstigter Stimme.

Myrrima schien mitten in eine Konfrontation geraten zu sein. Sie wollte nichts damit zu tun haben.

Ein hochgewachsener Unbesiegbarer kam hinter ihr aus dem Schatten, ein Mann mit zu zwei Spitzen rasiertem Bart und Elfenbeinperlen im schwarzen Haar. Das Feuerlicht glitzerte in seinen dunklen Augen und auf dem goldenen Nasenring.

Er grinste sie an, und Myrrima wußte nicht, ob das ein verführerisches Grinsen oder einen freundlichen Gruß darstellte. Er wies mit dem Kinn auf den Anführer. Er flüsterte: »Du sehen? Das Wuqaz Faharaqin, Kriegsherr der Ah'kellah.«

Das traf Myrrima wie eine Lanze. Selbst in Heredon hatte sie diesen Namen vernommen. Unter den Kriegern Raj Ahtens war Wuqaz Faharaqin einer der mächtigsten. Und von allen Wüstenstämmen waren die Ah'kellah die am höchsten geachteten. Sie waren die Richter und Gesetzesgeber der Wüste, die die Streitigkeiten zwischen Stämmen schlichteten.

Die Tatsache, daß Wuqaz Faharaqin zornig war, ließ für den Gegenstand dieses Zorns nichts Gutes erwarten.

Der Unbesiegbare hob ungeschickt eine Hand, als gehörte es nicht zu seinen Gewohnheiten, Hände zu schütteln. »Ich bin Akem.«

»Was ist geschehen?« fragte Myrrima.

»Sein Neffe heute getötet«, sagte Akem. »Jetzt er verhört Zeugen.«

»Faharaqins Neffe hat jemanden getötet?«

»Nein, sein Neffe getötet worden – er und andere.«

»Von wem?« fragte Myrrima.

»Raj Ahten.«

»Oh«, flüsterte Myrrima leise.

»Ja«, erwiderte Akem. »Einer von Toten lebt lange genug zum Reden. Er sagt: ›Raj Ahten ruft Männer nach Schlacht zu sich, versucht Erdkönig zu töten‹ – sein eigener Vetter durch Hochzeit. Diese« – er zeigte auf die niederknienden Unbesiegbaren – »haben Sterbenden gefunden.«

Wuqaz Faharaqin verhörte die Zeugen einen nach dem anderen. Während er das tat, blitzten seine Augen wilder und wilder.

Höhnische Schreie erhoben sich aus der Menge. Ein Mann trat vorwärts und zeigte auf die Zeugen. Myrrima brauchte Akems Übersetzung nicht. »Dieser Mann sagt, Zeuge nicht gut. Braucht mehr als ein Zeuge. Er sagt, Raj Ahten nicht versucht, Erdkönig zu töten.«

Myrrima konnte ihren Zorn kaum bremsen. »Ich habe es gesehen!«

Wuqaz Faharaqin knurrte bei diesem Ausbruch und stellte eine Frage in seiner Sprache. Akem blickte zu Myrrima auf und übersetzte: »Bitte Namen sagen.«

»Myrrima«, sagte sie. »Myrrima Borenson.«

Akem riß die Augen auf. Schweigen senkte sich über die Menge, nachdem die Männer einander ihren Namen zugeflüstert hatten. »Ja«, sagte Akem. »So ich denke – Frau aus Norden mit Bogen. Du Glorreicher der Finsternis töten. Wir alle gehört! Hier sehr geehrt.«

Myrrima war verblüfft. Die Neuigkeiten hatten sich rasch verbreitet. »Ich hatte einfach nur Glück.«

»Nein«, erwiderte Akem. »Kein so großes Glück auf der ganzen Welt, glaube ich. Du mußt erzählen.«

Myrrima lenkte ihr Pferd dichter ans Feuer, so daß sie direkt mit Wuqaz sprechen konnte.

»Ich war dreißig Meilen nördlich von hier, als Raj Ahten Gaborn einholte. In den Augen des Wolfslords stand Mord, und er hätte Gaborn zweifellos getötet, wenn Binnesmans Wylde ihn nicht aufgehalten hätten. Ich habe Raj Ahten selbst ins Knie geschossen, aber Gaborn hat mir und all den anderen verboten, ihn zu töten.«

Akem übersetzte. Wuqaz saß lässig da, aber seine Augen blitzten weiter. Er sprach, Akem übersetzte. »Du beweisen, daß du das gesehen?«

Myrrima griff in ihren Köcher und holte den Pfeil heraus, mit dem sie Raj Ahten angeschossen hatte. Sein Blut war schwarz auf der Eisenspitze. »Hier ist der Pfeil. Laßt Eure Fährtensucher daran riechen. Sie kennen Raj Ahtens Geruch.«

Akem trug den Pfeil zu Wuqaz. Der Kriegsherr schnupperte neugierig daran. Myrrima sah, daß auch er ein Wolfslord war. Er knurrte tief in der Kehle, spuckte ein paar Worte in seiner eigenen Sprache aus und hob den Pfeil hoch, damit ihn alle sehen konnten. Andere kamen näher herangeritten und schnupperten.

»Pfeil riecht wirklich nach Raj Ahten«, übersetzte Akem. »Seine Hand Pfeil rausgerissen, sein Blut auf Pfeilspitze.«

»Sag Faharaqin, ich möchte meinen Pfeil wiederhaben«, erklärte Myrrima. »Ich habe vor, ihn eines Tages dazu zu benutzen, diese Arbeit zu Ende zu bringen.«

Akem übermittelte ihre Worte und brachte Myrrimas Pfeil zurück. Wuqaz und seine Männer hatten weitere Fragen über ihre Begegnung. Sie schienen verblüfft, daß Gaborn Raj Ahten das Leben geschenkt hatte, einem Mann, der sein Feind gewesen war. Myrrima sah die strengen Gesichter der Ah'kellah vor sich, und ihr fiel etwas ein, das sie einmal gehört hatte: An einigen Orten in Indhopal gab es kein Wort für *Gnade*. Sie erklärte, daß Gaborn als Erdkönig keinen seiner Erwählten töten konnte. Die Ah'kellah lauschten gebannt. Sie fragten, was nach dem Kampf geschehen war und wohin Raj Ahten sich gewandt hatte. Sie zeigte nach Südwesten, nach Indhopal.

Wuqaz zog auf der Stelle den Säbel aus der Scheide auf seinem Rücken, schwang die gebogene Klinge über dem Kopf und begann zu schreien. Sein Streitroß wurde nervös und kämpfte mit ihm, während es vorwärts tänzelte. Es bäumte sich auf, schlug mit den Vorderhufen in die Luft. Myrrima hatte Schwierigkeiten, ihr eigenes Pferd zu zügeln.

Sämtliche Ah'kellah stießen Schreie aus, fuchtelten mit Schwertern und Kriegshämmern.

»Was wird jetzt geschehen?« fragte Myrrima.

»Raj Ahten greift Erdkönig an. Das abscheulich. Muß bestraft werden. Wuqaz sagt: ›Raj Ahten verbündet mit Greifern gegen eigenen Vetter, gegen eigenen Stamm.‹ Er sagt: ›Ruft Atwaba aus!‹«

»Was ist das?«

»In alter Zeit, wenn König schlecht, Zeuge ruft Atwaba aus, ›Ruf nach Rache‹. Wenn Volk zornig, sie König töten ... vielleicht.«

Wuqaz Faharaqin sprach ermutigend auf seine Männer ein.

»Er sagt: ›Ruft laut auf den Marktplätzen‹«, übersetzte Akem. »Laßt Stimmen nicht zittern. Weicht nicht vor Krieger, der angreift, nicht vor Wachen, die drohen. Wenn nicht ganz Indhopal sich erhebt gegen Wolfslord, sie müssen wissen, warum Ah'kellah es tun.«

Nach seiner Ansprache schwang sich Wuqaz Faharaqin von seinem Streitroß und eilte zur Leiche seines Neffen. Er hob sein Schwert, starrte den Toten an und begann zu klagen. »Er bittet Geist friedlich sein«, sagte Akem aus Respekt für den Toten im Flüsterton. »Er bittet nicht nach Hause gehen oder Familie heimsuchen. Wuqaz Faharaqin verspricht Gerechtigkeit.«

Wuqaz schlug der Leiche mit dem schrecklichen Geräusch von Metall, das Knochen durchtrennt, den Kopf ab. Die Männer jubelten, als er den Kopf seines Neffen hochhielt.

»Nun wird er Kopf zum Stamm bringen als Beweis.«

Wuqaz gab der Menge ein Zeichen. Männer traten vor, Unbesiegbare der Ah'kellah. Es waren starke Männer, strenge Männer. Wuqaz nahm den Kopf seines Neffen am Haar, hielt ihn hoch und rief etwas. Akem erklärte feierlich: »Er sagt: ›Kein anderer König als Erdkönig.‹«

Ringsumher wiederholten die Ah'kellah diese Worte im Chor, rezitierten sie wieder und wieder.

Myrrimas Herz klopfte, als die Ah'kellah die anderen

Mordopfer köpften und die Köpfe einpackten. Dann begannen sie, die Leichen auf den Scheiterhaufen zu werfen. Sie verstand nicht alles, was geschah. Sie verstand die Gerechtigkeit und die Politik der Wüste nicht.

Sie fragte: »Werden sich die Leute wirklich gegen Raj Ahten erheben?«

Akem zuckte die Achseln. »Vielleicht. Raj Ahten viele Gaben der Anmut. Wuqaz Faharaqin ...«

»Ich verstehe das nicht. Raj Ahten hat vor diesen schon Hunderte eurer Lords umgebracht. Was interessiert es sein Volk, wenn er einen weiteren Mord begeht?«

»Weil«, erklärte Akem nachdrücklich, »jetzt es gibt *Erdkönig.*«

Plötzlich begriff Myrrima. Es ging überhaupt nicht um Raj Ahten. Es ging nicht um kleine Ungerechtigkeiten. Es ging darum, das Volk zu retten: Raj Ahten war nicht imstande gewesen, die Greifer von Carris zu vertreiben. Aber Gaborn hatte sich als Erdkönig bewiesen. Also würde sich Wuqaz nun gegen seinen alten Oberherrn wenden.

Sie hatte das Gefühl, inmitten großer Ereignisse zu stehen. Ihre Aussage heute, so klein sie gewesen war, würde einen Bürgerkrieg entfachen.

Myrrima blieb noch einen Augenblick und sah zu, wie Saffiras schlanke Gestalt dem Scheiterhaufen überantwortet wurde. Sie betrachtete Saffiras reizendes Gesicht, versuchte sich vorzustellen, wie das Mädchen lebendig ausgesehen hatte, mit tausend Gaben der Anmut. Ihre Phantasie versagte.

Sie wendete ihr Pferd, um weiterzureiten. Akem faltete die Hände, hob sie vors Gesicht und verbeugte sich tief und ehrfürchtig. »Friede mit dir. Mögen die Hellen dich schützen.«

»Ich danke dir«, sagte sie. »Und mögen die Glorreichen deine Hand führen.«

Sie ritt ins Dunkel hinein, auf weitere Greiferkadaver zu.

Sie fand Borensons Pferd, das zerdrückt war wie eine Melone. Die weitere Suche führte schließlich zum Helm ihres Mannes und noch ein paar Leichen. Dann entdeckte sie die Knie- und Handabdrücke eines Mannes am Boden. Große Hände, wie die ihres Mannes.

Er ist davongekrochen, dachte sie. Vielleicht bewegt er sich jetzt schon auf die Stadt zu, oder er ist wieder ohnmächtig geworden.

Myrrima stieg aus dem Sattel, griff nach Borensons Helm und überlegte, wo sie am besten nach ihrem Mann Ausschau halten sollte. Der Hügel um den Wurmkrater auf dem Knochenhügel schien dafür am besten geeignet.

Sie kletterte zum Rand des Kraters. Sie konnte sich kaum vorstellen, daß ein lebendiges Geschöpf ein solches Loch gebohrt haben konnte.

Das Feuerlicht, das von den Wolken reflektiert wurde, zeigte nur eine gähnende Grube. Wenn sie sich konzentrierte, konnte Myrrima irgendwo in diesem Abgrund Wasser gurgeln hören. Der Kurs des Wurms hatte durch einen unterirdischen Fluß geführt und einen Wasserfall entstehen lassen. Aber das war tief, tief drunten. Wenn sie sich weiter von dem Loch entfernte, verklang das Geräusch.

Myrrima ging durch das Geröll, sank bei jedem Schritt tief darin ein.

Steine fielen in den Krater. Myrrima rutschte, als bewegte sich der Hügel unter ihr und wollte sie in den Abgrund tragen. Instinktiv wich sie zurück. Der Boden war feucht und unruhig.

Von hier war besonders gut zu erkennen, wie sehr Carris zerstört war. Aber von Myrrimas Mann war nichts zu sehen.

»Borenson!« rief Myrrima und sah sich auf der Ebene um. Wuqaz Faharaqin und seine Männer verließen das Feuer und ritten nach Osten, nach Indhopal.

Sie schaute wieder zur Stadt hin. Ihr Herz tat einen Sprung. Wachen hatten Feuer angezündet, um weitere Greifer fernzuhalten. Am eingestürzten Torbogen der Stadt sah sie einen Krieger mit rotem Haar wie dem ihres Mannes, der sich auf die Schulter eines kleinen Mädchens stützte. Er hinkte auf die Stadt zu. Durch den Regen und den Rauch war schwer zu sehen, ob es tatsächlich ihr Mann war.

»Borenson?« rief sie.

Falls er es war, konnte er sie von so weit entfernt nicht hören. Er hinkte in den Schatten der Torbefestigungen.

Carris war ein Tollhaus, als Myrrima unter der Torbefestigung durchritt und weiter nach ihrem Mann suchte.

Nur vor einer Woche hatte Myrrima das Hostenfest in Burg Sylvarresta gefeiert. Dort hatte sich zum ersten Mal seit zweitausend Jahren ein Erdkönig erhoben. Die Menschen von Heredon hatten die schönste Feier ausgerichtet, die sie je gesehen hatte.

Als sie aus Burg Sylvarresta herausgekommen war, hatte sie bunte Zelte entdeckt, die die Felder überzogen wie Edelsteine ein Kupferarmband, das vom Alter Grün geworden war.

Der Eingang jeden Zeltes war mit kunstvoll geflochtenen Weizenähren geschmückt, und überall gab es Holzfiguren des Erdkönigs.

Der Duft von Gebäck und frischem Brot hing in der Luft. Aus hundert Richtungen erklang Musik.

Es war ein Fest für alle Sinne gewesen.

Hinter jeder Ecke befand sich ein neues Wunder: Ein Narr in bunter Flickenkleidung mit einem hölzernen Narrenkopf auf einem Stock ritt auf einer riesigen roten Sau an ihr vorbei. Ein junger Flammenweber aus Orwynne zog die Flammen aus seinem Feuer, bis sie sich in den Himmel erhoben und die Form goldener Lilien annahmen. Eine Frau mit fünf Gaben der Stimmkraft sang eine so wunderschöne Arie, daß einem hinterher noch tagelang das Herz weh tat. Runenlords beim Ringstechen hatten auf Streitrössern gesessen, die in so bunten Farben geschmückt waren, daß es die Augen schmerzen ließ, Tänzer aus Deyazz in Löwenfell und einen Frowth-Riesen, der für ein paar Münzen Kinder auf seinem Rükken reiten ließ.

Sie hatte seltene Genüsse zu sich genommen – Aale, die noch lebend in einem Topf aufbewahrt wurden und die man frisch vor ihrer Nase kochte; eine Nachspeise aus gesüßter Sahne und Rosenblüten, gekühlt in Eis und

Konfekt, gefüllt mit Kokosnuß und Pistazien aus Indhopal.

Es war ein Tag gewesen, der selbst das bedrückteste Herz entzücken konnte.

Als sie nun durch Carris ritt, war dieser Ritt das finstere Gegenteil jenen Tages.

Statt der verführerischen Musik wurde sie von dem Flehen und Schluchzen der Verwundeten verfolgt, das sich mit dem Jammern der Trauernden und den Rufen jener vermischte, die weiter nach geliebten Menschen Ausschau hielten.

Statt den unzähligen Düften eines Festplatzes roch es hier nach Tieren, verdorbenem Gemüse, eng zusammengedrängten Menschen, Blut, Urin und Krieg – alles noch abscheulicher gemacht durch die verbliebenen Überreste der Flüche der Greifermagierin.

Statt Festlichkeit gab es Entsetzen. Als Myrrima um eine Ecke bog, fand sie ein halbes Dutzend Kinder vor sich, das jüngste ein Mädchen von etwa zwei, die einer Mutter, die sie für schwer verwundet hielten, ermutigende Worte zuflüsterten. Ein einziger Blick zeigte Myrrima, daß die Frau tot war.

Ein Mädchen von zwölf trat vor Myrrimas Pferd. Ihre grauen Augen waren matt vor Entsetzen, und auf ihrem schmutzigen Gesicht hatten die Tränen Streifen hinterlassen.

So habe ich in jenem Alter ausgesehen, als mein Vater starb, begriff Myrrima. Ihr Magen zog sich vor Mitgefühl schmerzlich zusammen.

Sie suchte weiter nach Borenson, unter den Tausenden grausam Verwundeter, die überall in den Gasthäusern, Ställen der großen Halle des Herzogs und auf Dekken in den Straßen verteilt waren.

Viele dieser Verwundeten waren dem Tod nahe. Die Flüche der Greifermagierin bewirkten, daß Wunden auf unnatürliche Weise zu schwären begannen. Wundbrand entstand bereits in Kratzern, die nur Stunden alt waren.

Die Suche war schrecklich. Beinahe in jedem Haushalt waren einer oder zwei Verwundete aufgenommen worden.

»Borenson!« rief sie wieder und wieder, als sie durch die Straßen ritt, und sie wurde heiserer und heiserer. Sie begann an ihren eigenen Sinnen zu zweifeln, fragte sich, ob sie sich nur eingebildet hatte ihren Mann auf dem Weg in die Stadt zu sehen.

Er schläft vielleicht, dachte sie. Vielleicht antwortet er deshalb nicht.

Freiwillige arbeiteten draußen auf dem Schlachtfeld und brachten die Toten vor die Außenmauer des herzoglichen Palastes. Myrrima befürchtete, daß Borenson unter ihnen sein konnte. Gaborn hatte gesagt, ihr Mann sei verwundet. Vielleicht war er in den vergangenen Stunden gestorben. Oder vielleicht hatte ihn jemand für tot gehalten, und sie würde ihn jetzt finden, kaum noch lebendig.

Mit zunehmenden Befürchtungen ritt sie zur Außenmauer, die den herzoglichen Palast umgab. Dort lagen Tausende von Leichen. Ganze Familien marschierten dort mit Fackeln in der Hand umher.

Das verbrannte Gras war eine graue Masse. Die Toten lagen in Reihen auf Decken.

Myrrima wußte, daß geliebte Menschen im Tod nie so aussahen, wie man erwartet hatte. Die Gesichter von Menschen, die im Kampf sterben, werden bleich, jeglichen Bluts entleert, während Erwürgte ein bläuliches Schwarz annehmen. Augen werden glasig, so daß es schwierig wird zu sagen, ob jemand blaue oder braune Augen hatte. Die Gesichtsmuskeln einer Leiche können sich entweder schrecklich verzerren oder vollkommen ruhig und entspannt sein.

Viele Frauen, die so manches Jahr mit einem Mann geschlafen hatten, erkannten die Leiche am Ende nicht.

Auf dieselbe Weise erkannte Myrrima Borenson nicht, als sie ihn schließlich fand.

Er kniete unter den Überresten einer knorrigen Eiche, die alle Blätter verloren hatte, vor einem Toten. Sein Gesicht war bleich wie Sahne, er starrte abwärts, seine Miene so von Qual verzerrt, daß sie ihn niemals erkannt hätte. Schmutziger Regen hatte sein Haar an den Kopf geklebt und ihn mit Dreck überzogen, so daß er vollkommen verwahrlost und verwildert aussah. Geronnenes Blut von einer Wunde an der Lende klebte an seinen Hosenbeinen. Mit der rechten Hand umklammerte er den Griff der Kampfaxt eines Reiters, als wäre es eine Krükke.

Er sah aus, als kniete er schon seit Stunden dort, als würde er sich vielleicht niemals wieder bewegen. Er war zu einer Statue geworden, einem Denkmal des Schmerzes.

Nur seine Kleidung ließ ihn noch kenntlich werden. Er

trug dasselbe wie vor zwei Tagen, darunter auch den gelben Seidenschal, den er als Zeichen ihrer Gunst mit in den Kampf genommen hatte.

Ein kleines rothaariges Mädchen kniete neben ihm, die Laterne in der Hand, und weinte aufs heftigste. Sie starrten auf einen toten Mann nieder, der Borenson so ähnlich sah, als wäre er sein Bruder.

»Borenson?« rief Myrrima zögernd. Alle Worte des Trostes, die sie sich so genau zurechtgelegt hatte, blieben ihr plötzlich im Hals stecken. Sie konnte sich keine Wunde vorstellen, die den unverblümten, entsetzlichen Schmerz verursachen würde, den sie auf seiner Miene erkannte. Sie fragte leise: »Was ist geschehen?«

Er sah sie nicht an. Er antwortete nicht. Sie war nicht sicher, ob er sie auch nur gehört hatte.

Seine linke Hand hatte er an den Bauch gedrückt, als hätte man ihm dorthin gerade einen Schlag versetzt.

Eicheln knirschten unter den Hufen von Myrrimas Pferd, als sie näher heranritt. Nun bemerkte sie, daß sie nur geglaubt hatte, Borenson bewegte sich nicht: Tatsächlich zitterte er am ganzen Körper.

Sie hatte Geschichten von Menschen gehört, die etwas so Entsetzliches gesehen hatten, daß sie sich so tief in sich zurückzogen, daß sie nie wieder sprachen. Borenson war ein Krieger. Man hatte ihn gezwungen, zweitausend Übereigner in Burg Sylvarresta niederzumetzeln. Das hatte ihn so erschüttert, daß er danach seinen Dienst für das Haus Sylvarresta aufgekündigt hatte.

Vor ihm kniete ein Mann, der an Körper und Geist

verwundet war. Er zitterte, sein Geist war leer. Er war so tief in Schmerz versunken, daß er nicht weinen konnte.

»Myrrima«, sagte er mit steifer, förmlicher Stimme und schaute weiter auf den toten Mann hinab. »Ich möchte dir meinen Vater vorstellen.«

KAPITEL 2
Vereinigung

Wer den Weg eines Zauberers gehen will, muß die Straße der Gemeinen verlassen.

Mystarrianisches Sprichwort

Gaborn, der auf der Straße ritt, die von Carris aus nach Norden führte, roch immer noch nach Krieg. Die Flüche der Todesmagierin der Greifer hingen an ihm wie der Rauch eines Kochfeuers, und Schweiß durchtränkte die Polster unter seinem Kettenhemd.

Die Straße war unheimlich still. Die Nacht schien sich nicht so sehr hinabzusenken, als vielmehr wie Nebel aus den Feldern aufzusteigen. Keine Vögel zwitscherten im Zwielicht. Die Pferdehufe verursachten dumpfe Geräusche auf dem schlammigen Boden. Obwohl sieben Reiter unterwegs waren, hörte man kaum auch nur das Knarren von Zaumzeug.

Sie kamen zu einem Dorf. Früher einmal hatte Gaborn den Namen jeden Weilers in seinem Reich gekannt, aber sein Gedächtnis war mit dem Tod seiner Übereigner im Blauen Turm verlorengegangen.

Es war gleich. Das Dorf war leer, nicht einmal ein einziger Hund begrüßte sie schwanzwedelnd. Es würde niemanden beleidigen, daß der König den Namen vergessen hatte.

Das Dorf war alt, die Häuser aus Sandstein drängten sich dicht. Irgendein Wirt hatte in grauer Vorzeit eine

Herberge errichtet, die beinahe die Straße blockierte, weil er sich vielleicht vorgestellt hatte, daß Reiter hier lieber eine Pause einlegen würden, als um das Haus herumzureiten. Ein paar Läden waren neben dem Gasthaus entstanden, und daneben gab es weitere Häuser.

Auf der Straße waren die Hufgeräusche lauter. Gaborn hörte das Klirren seines Kettenhemds, das von den Steinmauern widerhallte. Das Dorf lag in anklagendem Schweigen. Keine Kinder spielten auf den schmutzigen Straßen. Keine Waschfrau schrie über einen Zaun hinweg eine andere an. Kein Vieh muhte und rief die Melkerinnen auf ihre Hocker. Niemand schwang eine Axt und hackte Holz für das abendliche Feuer. Kein Rauch trug den Duft nach Brathühnern mit sich, der einem das Wasser im Mund zusammenlaufen ließ.

Keine Schmiedehämmer erklangen. Keine Sterne drangen durch die Wolken am Himmel. Keine Kinder sangen.

So wird die Welt aussehen, dachte Gaborn, wenn wir nicht mehr sind.

»Wir hätten uns dafür einsetzen sollen, Raj Ahten zu töten«, sagte Erin Connal mit ihrem Fleeds-Akzent und mit müder Stimme.

»Die Erde wird es nicht gestatten«, antwortete Gaborn.

»Vielleicht sollten wir uns gegen seine Übereigner wenden«, schlug Prinz Celinor vor. »Es wäre nicht so, als wenn man ihn persönlich angriffe.«

Der Gedanke daran, Übereigner anzugreifen, bewirkte, daß Gaborn übel wurde. In den meisten Fällen waren die Übereigner unschuldig. Raj Ahtens Schönheit war so unwiderstehlich wie ein Blitz, seine Stimme so überwältigend wie Donner. Damit ein Runenlord eine Gabe von einem Vasallen übernehmen konnte, mußte der Vasall sie freiwillig anbieten. Aber niemand konnte vorhersagen, wie er auf Raj Ahtens mitreißende Eigenschaften reagieren würde. Es hieß in Rofehavan, daß »das Gesicht des reinen Bösen wunderschön ist«. Und tatsächlich war Raj Ahten wunderschön.

Einige glaubten, er sei so überzeugend, daß er sich mit seiner eigenen Stimme in Illusionen redete. Zweifellos hatte er andere oft genug verführt – sogar seine eigenen Feinde. Frauen liebten ihn auf den ersten Blick, Männer achteten ihn. Sie boten ihm ihre Gaben und ihr Leben an, denn er erklärte ihnen, daß es ihnen nur nutzen würde, ihm zu dienen.

Die Welt stürzte auf eine Katastrophe zu, einen totalen Krieg mit den Greifern. Raj Ahten hatte bereits Zehntausende überzeugt, daß die Menschheit den kommenden Krieg nur überleben könne, indem sie ihre Kraft, ihr Durchhaltevermögen und ihre Geistesgaben in dem einen Mann zusammenfaßten, der ihr unsterblicher Ritter sein würde. Dieser Mann würde unsterblich sein, die mythische Summe aller Menschen.

Selbstverständlich ließen sich nicht alle von Raj Ahtens Argumenten bewegen. Also führte er Krieg in Rofehavan, versuchte die Menschen in seinen Dienst zu zwingen.

Das war böse. Raj Ahten war so mächtig geworden, daß Gaborn beinahe nicht mehr daran glaubte, ihn je besiegen zu können. Bei einem Mann von seinen Kräften bestand die beste Möglichkeit darin, ihn indirekt anzugreifen – wie Erin gesagt hatte –, indem man seine Übereigner tötete. Den jedesmal, wenn ein Übereigner starb, verlor der Lord die Gabe, die dieser Übereigner ihm abgetreten hatte.

Also konnte man, indem man ein paar tausend Übereigner tötete, Raj Ahten bis zu dem Punkt schwächen, daß er im Kampf zu besiegen war.

Aber wer konnte schon unschuldige Übereigner töten? Ganz bestimmt nicht Gaborn. Die Männer und Frauen, die sich Raj Ahten überlassen hatten, waren einfach zu schwach an Geist und Willen gewesen, um hinter seine exquisite Maske schauen zu können. Andere hatten ihm ihre Gabe nur überlassen, weil er sie dazu zwang. Ja, es war Raj Ahten gelungen, ihnen die Zwingeisen aufzudrücken und ihre Gaben zu nehmen, aber nur, weil sie ihn mehr fürchteten als seine Zwingeisen.

»Er hat in Burg Sylvarresta Kinder als Übereigner genommen«, tadelte Gaborn. »Ich werde nicht das Blut von Kindern vergießen.«

»Er hat dasselbe auch häufig in Indhopal getan«, erklärte Jureem. »Kinder und schöne Frauen – er wußte, daß Männer mit Gewissen sie nicht gleich niedermetzeln würden.

Gaborn war noch elender zumute.

Er konnte es einfach nicht ertragen, weiter über Raj Ahten zu reden. Die Gier des Wolfslords widerte ihn an. Gaborn dachte, er hätte nie versuchen sollen, ihn zu überzeugen. Er hätte nie hoffen dürfen, ihn zu einem Verbündeten zu machen.

In den leeren, unheimlichen Straßen streckte Gaborn seine Sinne aus und benutzte seine Erdsicht, um nach Gefahren für seine Erwählten Ausschau zu halten. Am vergangenen Tag hatte er seine ganze Aufmerksamkeit auf Carris konzentriert.

Die Erde hatte Gaborn aufgetragen, Menschen zu erwählen, eine Saat der Menschheit, um sie »in den finsteren Zeiten, die kommen werden, zu bewahren«. Zur gleichen Zeit hatte die Erde ihm die Macht verliehen zu spüren, wenn seinen Erwählten Gefahr drohte.

Nun hatte er zwar die Macht verloren, sie vor dieser Gefahr zu warnen, aber er konnte sie immer noch spüren.

So geschwächt, würde er, wenn seine Leute angegriffen wurden, kaum mehr tun können, als die Gefahr zu spüren, bevor sie starben. Aber er hoffte auf mehr. Seine Kräfte waren geringer geworden, aber er mußte einfach hoffen, daß es ihm gelingen würde, zumindest einige Katastrophen abzuwenden, wenn er die Gefahr weit genug vorher spüren konnte.

Also tastete er umher wie ein Blinder und erforschte die Grenzen seiner Fähigkeiten.

Überall schien Gefahr zu lauern. In Carris tobten immer noch Kämpfe. Skalbairns Ritter kämpften gegen die Greifer und trieben sie nach Süden. Innerhalb von Sekunden starben zwei Männer. Gaborn spürte ihren Verlust intensiv. Im Westen floh Raj Ahten durch die Wildnis, zog sich in Richtung Indhopal zurück. Seltsamerweise schien er mehr tot als lebendig zu sein, und Gaborn fragte sich unwillkürlich, was das zu bedeuten hatte.

Aber zu seiner Verblüffung spürte er auch Gefahren, die viel persönlicher und weitreichender waren als zuvor. Keine stand ihm direkt bevor. Statt dessen spürte er ... Schichten über Schichten drohenden Unheils. Er spürte, daß Iome Gefahr drohte. Auch das würde nicht zu bald geschehen. Im Lauf der vergangenen paar Tage hatte er begonnen zu lernen, allein anhand der Intensität der Warnung einschätzen zu können, wann die Gefahr eintreten würde. Er nahm an, daß Iome nicht vor dem morgigen Tag bedroht sein würde. Dennoch fragte er sich, aus welcher Quelle die Gefahr drohte, denn er konnte das Unheil zwar kommen spüren, wußte aber nicht immer den Grund.

Dahinter lag größeres Unheil. Zehntausende von Menschen in Carris schienen immer noch in Gefahr.

Durch einen zweiten Angriff? fragte er sich.

Er konnte den Grund nicht erraten, aber er entnahm der Intensität der Warnung, daß Iome nicht vor dem nächsten Tag in Gefahr sein würde. Der Ärger in Carris lag noch weiter voraus. Er nahm an, die Katastrophe würde erst am Abend des morgigen Tages oder am Tag danach eintreten.

Noch später würde wieder eine dunkle Wolke über Heredon liegen. Gaborn stellte sich die Gefahren wie die Schichten einer Zwiebel vor. Iomes Gefahr war groß und die nächstgelegene. Sobald sie vorüber war, drohte eine größere Gefahr – für die Zehntausende in Carris. Dann, noch später, würden vielleicht Hunderttausende in Heredon sterben ...

Aber im »Kern der Zwiebel«, in der Mitte der Angelegenheit, spürte er eine abschließende Katastrophe. Sie schien jeden einzelnen Menschen zu betreffen, Männer, Frauen und Kinder, die er Erwählt hatte – eine Million Menschen in über einem halben Dutzend Nationen.

Der Erdgeist hatte Gaborn davor gewarnt, daß der Untergang der Menschheit bevorstand. Gaborn hatte sich bereit erklärt, Beschützer der Menschheit zu werden. Er hatte sich vorgestellt, daß die Bedrohung noch Jahre auf sich warten ließe. Er hatte sich lange Kriege und noch längere Belagerungen vorgestellt.

Aber das Ende der Menschheit war nahe. Fünf Tage? fragte er sich – sicher nicht mehr als eine Woche. Sein Mund wurde trocken, und er konnte kaum mehr atmen.

Es darf nicht sein! sagte er sich. Ich bilde es mir nur ein.

Aber kalte Sicherheit drang tief bis in seine Knochen.

Auf den Straßen starrten ihn mit Läden verschlossene Fenster an wie leere Augen. Er fühlte sich gefangen in einer Schattenstadt.

Er trieb sein Pferd an und gewann Vorsprung. Iome, Celinor, Erin, Jureem, Binnesman und der Wylde eilten sich alle, um ihn einzuholen. Zum Glück kam keiner von ihnen wirklich nahe oder sagte etwas.

Direkt nördlich des Dorfes wandte sich Gaborn auf die Straße, die nach Balington führte. Er hatte liebevolle Jugenderinnerungen an dieses Dorf und beschloß nun, die Nacht dort zuzubringen. Er erinnerte sich an die Gelassenheit, die dieser Ort ausstrahlte, an die üppigen Gärten. Es war ein Ort, an dem die Erdkräfte stark waren, ein

Ort, an dem er mit seinem Meister sprechen konnte. Er war nur drei Meilen weit entfernt.

Die Pferde trabten auf zwei Hügel zu, die wie Wachtposten aufragten. Das offene Feld wich einem Wald majestätischer Buchen, deren Äste sich hoch über ihren Köpfen erstreckten.

Als sie die Hügel erreicht hatten, ritt Gaborn um eine Biegung. Ein umgestürzter Karren blockierte die Straße. Am Straßenrand hockten sechs Gestalten um ein kleines Feuer und wärmten sich in der kühlen Nacht.

Sie sprangen auf, als er näher kam. Fünf der sechs Männer waren ungewöhnlich klein, beinahe zwergenhaft. Sie trugen seltsame Waffen – eine Speiche von einem Wagenrad, ein Kochmesser, einen Greifhaken, zwei Holzhackeräxte und einen grob zusammengebastelten Speer. Sie trugen lederne Arbeitsschürzen statt Rüstungen. Ihr Anführer hatte einen grauen Bart und Brauen wie wollige schwarze Raupen.

»Halt!« rief er. »Bleibt, wo ihr seid. In diesen Bäumen sitzen hundert Bogenschützen. Eine falsche Bewegung und ihr leckt wie eine Weinpresse.«

Gaborn begriff erst einen Augenblick später, daß die anderen »Männer« überhaupt keine Männer waren. Es waren nur Jungen – ihrem Aussehen nach Brüder. Wie ihr Vater waren sie so klein, daß sie beinahe zwergenhaft wirkten. Sie hatten auch das lockige Haar und die seltsam stumpfe Nase ihres Vaters. Sie konnten nicht über das Licht ihres Lagerfeuers hinausblicken. Die Drohung war lächerlich.

»Hundert Bogenschützen?« fragte Gaborn, während

Iome und die anderen ihn einholten. »Ich glaube, schon die Hälfte würde genügen, um euren König zu einem Nadelkissen zu machen.« Er ritt ins Feuerlicht.

Die sechs sanken auf die Knie und starrten die Reiter vor sich mit weit aufgerissenem Mund an. »Wir haben Euer Hoheit doch erst heute früh gesehen, als Ihr nach Süden rittet!« rief einer. »Wir befürchteten, daß Plünderer auf dem Weg seien. Wir sind hier zu Hause, wißt Ihr.«

»Und wir haben gehört, wie die Erde stöhnte, und sahen die Wolke, die sich über Carris erhob!« fügte ein anderer hinzu.

»Ist das wahr?« fragte ein junger Mann. »Seid Ihr wirklich der Erdkönig?« Immer noch knieten alle nieder und betrachteten Gaborn erwartungsvoll.

Bin ich der Erdkönig? fragte er sich. Wie soll ich diese Frage jetzt beantworten?

Er wußte, was sie wollten. Sechs einfache Menschen ohne eine einzige Gabe, die hierhergekommen waren, um die Straße gegen Raj Ahtens Unbesiegbare zu halten. Gaborn hatte kaum je von solcher Dummheit oder solchem Mut gehört. Sie wollten seinen Schutz. Sie wollten, daß er sie Erwählte.

Das hätte er getan, wäre es ihm möglich gewesen. In den vergangenen Wochen hatte er Zeit gehabt, darüber nachzudenken, was er an Menschen schätzte. Sein Days sagte, er schätzte Menschen um ihrer Einsicht willen, während andere starke oder kluge Menschen schätzten.

Aber Gaborn sah nun, daß ihm jene am liebsten waren, die gut lebten und liebten. Er schätzte Männer, die ein Gewissen hatten und über Entschlossenheit verfügten, Männer, die es wagten, sich auch dann noch gegen die Finsternis zu stellen, wenn kaum Hoffnung bestand. Er fühlte sich geehrt durch die Liebe dieser guten, einfachen Leute.

»Ich bin kein Erdkönig«, gab Gaborn zu. »Ich kann euch nicht Erwählen.«

Die Jungen konnten kaum ihre Enttäuschung verbergen, bei aller Willenskraft nicht – sogar nicht in den Schatten des Lagerfeuers. Sie seufzten, und jeder von ihnen schien ein klein wenig in sich zusammenzusinken.

»Nun gut«, meinte der Vater nachdenklich. »Vielleicht nicht der Erdkönig, aber *unser* König. Willkommen in Balington, Herr.«

»Danke«, erwiderte Gaborn.

Er trieb sein Pferd weiter an, ritt ins Dunkel hinein, an den Männern vorbei und weiter unter den Buchen hindurch. Seine Freunde folgten ihm. Schweigend zogen sie weiter. Es wurde kalt. Warme Luft stieg aus Gaborns Nase auf wie ein Nebel.

Er bemerkte, daß er schwer atmete, und befürchtete jeden Augenblick in Schluchzen auszubrechen.

Eine weitere Meile die Straße entlang, wo die weichen Hügel ineinander übergingen, zügelte er sein Pferd, und die anderen kamen näher. Er hatte genug.

»Es ist Zeit«, sagte Gaborn zu der kleinen Gruppe. »Ich muß mit der Erde sprechen.«

»Ihr wollt es so bald schon versuchen?« fragte Binnesman. »Seid Ihr sicher? Die Erde hat Euch ihre Kräfte erst vor zwei Stunden entzogen. Versteht Ihr, daß die Chance einer günstigen Antwort sehr gering ist?«

»Ja«, sagte Gaborn.

Es gibt Zeremonien, die Zauberer vollziehen, bei denen einfache Menschen nicht zugelassen sind. Gaborn warf einen Blick auf sein Gefolge. »Jureem, kümmert Euch um die Pferde. Erin, Celinor, bleibt bei ihm. Ihr anderen kommt mit.«

Er stieg ab. Wolken kamen aus dem Süden herangetrieben, und nur schwaches, gebrochenes Sternenlicht schien vom Himmel.

Iome stieg vom Pferd und griff zögernd nach Gaborns Hand. »Bist du sicher, daß du meine Begleitung wünschst?«

»Ja«, erwiderte Gaborn. »Das bin ich.«

Binnesman griff nach seinem Stab und ging voran, gefolgt von seinem Wylde. Er schwang seinen Stock von einer Seite zur anderen und trieb das Gebüsch zurück. Er drängte sie in einer schmalen Reihe weiter, folgte dabei einem steinigen Pfad, den Ziegen und Rinder ausgetreten hatten.

»Einer, der sich an die Mächte wendet«, rief Binnesman, als sie weiterkletterten, »einer, der um Gunst wirbt, muß in der angemessenen Verfassung sein. Es genügt nicht, einfach einen Segen zu erbitten. Ihr müßt reinen Herzens und voller Entschlossenheit sein. Ihr müßt Euren Zorn auf Raj Ahten, Eure Ängste um die Zukunft und Eure eigensüchtigen Bedürfnisse beiseite schieben.«

»Das versuche ich«, erwiderte Gaborn. »Die Erde und ich, wir wollen dasselbe. Wir wollen mein Volk retten.«

»Wenn Ihr Eure Bedürfnisse vollkommen zurückstellen könntet«, meinte Binnesman, »wäret Ihr der mächtigste Zauberer, den diese Welt je kannte. Ihr würdet die Bedürfnisse der Erde spüren und ein vollendetes Werkzeug zu ihrer Erfüllung werden. Ihre Schutzkräfte würden Euch rückhaltlos zufließen. Aber Ihr habt häufig die Bedürfnisse der Erde zurückgewiesen. Die Erde hat Euch gebeten, einen Samen der Menschheit zu bewahren, aber Ihr versucht, *alle* Menschen zu retten – selbst jene wie Raj Ahten, von denen Ihr wißt, daß sie unwürdig sind.«

»Es tut mir leid«, flüsterte Gaborn. Noch während er das sagte, fragte er sich: Wer ist würdig zu überleben? Selbst wenn ich meine Kräfte wiedererlange, wer bin ich, das entscheiden zu können?

»Aber viel wesentlicher als dieser erste Verstoß war der zweite. Man hat Euch die Fähigkeit gegeben, Eure Schutzbefohlenen vor Gefahr zu warnen. Aber Ihr habt versucht, dies auszunutzen und die Schutzkräfte zu einer Waffe zu machen.«

»Raj Ahten hat meine Leute angegriffen«, wandte Gaborn ein.

»Ihr hättet *ihn* niemals Erwählen dürfen«, sagte Binnesman, »ganz gleich, für wie notwendig Ihr es hieltet. Ich habe Euch gewarnt. Aber sobald Ihr ihn Erwählt hattet, hättet Ihr nicht mehr versuchen dürfen, Eure Macht gegen ihn zu wenden. Diese Tat war die Wurzel und die Essenz Eures Verstoßes.«

»Gibt es denn keine Hoffnung?« fragte Gaborn. »Wollt Ihr mir das etwa sagen?«

Binnesman drehte sich um, und das Sternenlicht spiegelte sich in seinen Augen. Er stieß den Stock auf den

Boden. Nach dem Aufstieg war er ins Schnaufen geraten.

»Selbstverständlich gibt es Hoffnung«, sagte er mit fester Stimme. »Es gibt immer Hoffnung. Ein Mensch, der keine Hoffnung mehr hat, hat auch keine Weisheit.«

»Aber ich habe großes Unrecht begangen«, meinte Gaborn. »Ich hätte mich nie auf meine eigene Kraft verlassen dürfen. Das erkenne ich nun.«

»Hmm ...«, sagte Binnesman mit einem abschätzenden Blick. »Ihr erkennt es, aber habt Ihr es wirklich begriffen? Vertraut Ihr darauf, daß die Erde Euch stützt, oder denkt Ihr wie ein Runenlord – vertraut Ihr auf Eure eigenen Gaben?«

Gaborn antwortete bedächtig. »Ich habe die Gaben nicht meinetwegen übernommen, sondern um meinem Volk besser dienen zu können. Ich kann diese Wahl nun nicht bedauern. Meine Gaben könnten der Menschheit immer noch dienen.«

»Hmpf«, sagte Binnesman. Er führte sie zu einer kleinen Lichtung und betrachtete Gaborn unter seinen buschigen Brauen forschend. Seine Augen kamen Gaborn wie kalte Kiesel vor.

Rings um ihn her wuchsen trockene Gräser und ein paar Eichensprößlinge auf den Hügeln. Der Boden war steinig, aber die Erde roch köstlich und üppig. Es war die Art von Ort, an der Gaborn das Zirpen von Grillen erwartet hätte, oder daß Mäuse im Laub huschten, oder die Rufe von Eulen. Aber nur ein matter, kalter Wind seufzte über die Hügel.

Binnesman knurrte: »Es wird genügen.« Der Erdrichter kniete nieder und spuckte auf den Boden. »Mit dieser Flüssigkeit aus meinem eigenen Körper gebe ich dir zu trinken, o Herrin«, sagte Binnesman. »Wir suchen deine Hilfe in der Stunde unserer Not.« Er wandte sich Gaborn und den anderen zu. Einer nach dem anderen spuckte aus.

Binnesman hob seinen Stock und wirbelte ihn über dem Kopf.

»Sei gegrüßt, Mutter.
Sei gegrüßt, Beschützerin.
Der Baum des Lebens spendet
unserem Zuhause Schatten.
Komm, Schöpferin.
Komm, Zerstörerin.
Komm, mach uns zu den Deinen.«

Er berührte den Boden mit dem Stock und sagte leise: »Öffne dich.«

Ein ratschendes Geräusch erklang, als die Wurzeln des trockenen Grases zerrissen. Der Boden brach auf, und dunkle Erde häufte sich auf beiden Seiten einer Grube.

Gaborn starrte in das flache Grab. Der üppige Boden war voll kleiner, weißer Kieselsteine.

Gaborn ließ Iomes Hand los und begann sich auszuziehen. Er warf der grünen Frau einen Blick zu, um ihre Reaktion einzuschätzen, aber der Wylde, ein Krieger, den Binnesman aus Steinen und Holz geschaffen hatte, schien sich nicht um Züchtigkeit zu kümmern und sich nicht für Gaborns Anatomie zu interessieren.

Erwartungsvoll sah er sich um. In Binnesmans Garten hatte die Erde körperliche Gestalt angenommen und war gekommen, um direkt mit ihm zu sprechen.

Aber die Hügel hier waren karg, und Gaborn sah keine schattenhaften Gestalten an ihren Abhängen.

Nackt stieg er in die Grube hinein. Er spannte sich an, als er den kalten Boden berührte, aber dann verschränkte er die Hände über der Brust, holte tief Luft und schloß die Augen. Er flüsterte: »Bedecke mich.«

Erwartungsvoll blieb er einen Augenblick liegen, aber nichts geschah. Die Erde entsprach nicht einmal dieser geringen Bitte.

»Bedecke ihn«, sagte Binnesman leise.

Iome war nicht sicher, wieso Gaborn sie gebeten hatte mitzukommen. Sie hatte keine Macht, sie konnte nicht helfen, den Erdgeist heraufzubeschwören, den er suchte. Sie konnte ihm nur eins geben: Trost.

Er brauchte sie. Sie wußte nicht, wie sie ihm helfen konnte, der Zukunft entgegenzutreten. Sie standen immer noch einer Unzahl von Feinden gegenüber: Wahrscheinlich bedrängte sie Raj Ahten immer noch von Westen her, Lowickers Tochter und König Anders aus dem Norden.

Iome hatte einem Meuchelmörder aus Inkarra gegenübergestanden, während Greifer vor ihren Füßen aus dem Boden krochen.

Wenn wir alle sterben müssen, entschied Iome, dann sollten wir es zumindest mit Würde tun. Soviel konnte sie für Gaborn tun.

Aber sie fürchtete, daß es den anderen nicht so ging.

Lautlos flehte sie die Erde an: »Bitte antworte uns.«

Erde rieselte über Gaborn. Kalte Erde drang überall ein – unter seine Fingernägel, zwischen seine Zehen, sie lag schwer auf seiner Brust, drückte sich auf Lippen und Augenlider. Mehrere lange Sekunden hielt er den Atem an. Dabei sandte er seine Gedanken und Sehnsüchte aus.

»Vergib mir. Vergib mir. Ich werde die Macht, die du mir gegeben hast, nicht wieder mißbrauchen.«

Er sandte seinen Geist aus, lauschte auf eine Antwort. Am häufigsten sprach die Erde durch die Stimme der Mäuse, oder mit dem Ruf eines wilden Schwans oder dem Geräusch eines Zweigs, der im Wald zerbrach. Aber bei seltenen Gelegenheiten sprach sie auch in der Zunge der Menschen.

»Vergib mir«, flüsterte Gaborn. »Ich beuge mich deinem Willen. Laß mich die Samen der Menschheit bewahren. Mehr will ich nicht von dir. Laß mich wieder dein Diener sein.«

Er hörte keine Antwort.

Er stellte sich die Zukunft vor, wie sie sein könnte, wenn er seine Macht nicht zurückerhielt. Er stellte sich vor, wie die Menschen vor den Greifern flohen, sich in waldigen Hügeln oder in Höhlen versteckten und so gut wie möglich kämpften.

Er stellte sich vor, wie er selbst seine einzige verbliebene Macht, seine Fähigkeit, Gefahr zu erkennen, benutzte, um jene zu retten, die in Hörweite seiner Stimme waren.

Aber schon bald würde er versagen. Vielleicht würde er am Ende allein sein, der letzte Mensch auf der Erde, und sein letztes Geschenk würde als das betrachtet, wozu es geworden war: ein Fluch.

Er hielt den Atem an, bis seine Lungen brannten und seine Muskeln schmerzten.

Als er in der vergangenen Nacht in einem solchen Grab gelegen hatte, hatte die Erde ihm die Notwendigkeit zu atmen genommen, hatte ihm gestattet, jeden Muskel zu entspannen und in vollkommener Ruhe zu schlafen.

In dieser Nacht ... er erinnerte sich an die Worte, die der Erdgeist als erstes zu ihm gesprochen hatte. »Einst gab es Toth im Land. Einst gab es Duskins ... und am Ende dieser finsteren Zeiten wird vielleicht auch von der Menschheit nur noch eine Erinnerung geblieben sein.«

Der Boden bebte schwach. Iome wußte, daß Gaborn vor Carris ein Erdbeben hervorgerufen hatte. Sie glaubte, es sei ein Nachbeben.

Aber die Erde bebte weiter. Die Blätter der Bäume zischten, und ein paar Felsbrocken rumpelten den Hügel hinab. Der Boden unter Iomes Füßen bewegte sich, bis sich Gaborn aus der Erde erhob und plötzlich wieder an der Oberfläche lag.

Ringsumher begann sich der Staub in die Luft zu erheben. Stückchen von etwas, das aussah wie grauer Stein, stiegen an die Oberfläche, aber dann begriff Iome plötzlich, daß es sich um Knochen handelte – den verzogenen Unterkiefer einer Kuh, den Schädel eines Pferdes, ein Schulterblatt, das vielleicht einem Bären gehört hatte. All das kam zusammen mit Gaborn an die Oberfläche.

Gaborn wischte sich verzweifelt die Erde aus dem Gesicht und rang keuchend nach Atem. Nackt setzte er sich auf und spuckte Dreck aus.

Das Beben ließ nach, und ein weiterer Felsblock rollte hügelabwärts.

Binnesman benutzte seinen Stock, um die Knochenstücke, die aus dem Boden aufgetaucht waren, hin- und herzuschieben. Er betrachtete sie stirnrunzelnd, hockte sich nieder und starrte sie weiter an. »Da habt Ihr Eure Antwort.«

»Aber was bedeutet das?« wollte Gaborn wissen.

Binnesman kratzte sich am Kinn. »Die Erde spricht zu *Euch* – was bedeutet es Euch?«

»Ich bin nicht sicher«, erwiderte Gaborn.

»Denkt darüber nach«, meinte Binnesman. »Die Antwort wird schon kommen. Vertraut darauf, was Ihr spürt. Vertraut auf die Erde.«

Ohne weiteres Gewese führte er seinen Wylde den Hügel hinab.

Gaborn kroch umher, hob die Knochenstücke auf, starrte sie an, als könnte er auf ihnen eine verborgene Botschaft lesen. Iome brachte ihm sein Gewand, hängte es ihm über die Schultern.

»Knochen in der Erde ...«, murmelte Gaborn. »Der Ort der Knochen unter der Erde. Suche nach dem Ort der Knochen.«

Iome brauchte keinen Zauberer, um ihr zu übersetzen, um was es ging. Gaborn mußte es doch sicherlich sehen

... die Erde hatte ihn abgewiesen, hatte seine Bitte abgewiesen. Sie flüsterte: »Das Land wird mit Knochen bedeckt sein.«

Gaborn hielt inne und drückte einen Hundeschädel an seine Brust. »Nein! Darum geht es absolut nicht!«

Iome legte die Arme um ihn, versuchte ihn festzuhalten und zu trösten.

Gaborn hatte sein Bestes getan, um Erdkönig zu sein. Er war kein kaltherziger und kein harter Mensch. Er war kein Krieger. Wäre er eines dieser Dinge gewesen, hätte sie sich nie in ihn verliebt.

Aber seine Fehler würden vielleicht dazu beitragen, daß sie alle sterben mußten.

Bin ich stark genug, ihn dennoch zu schützen? fragte sie sich.

»Was tun wir nun, Geliebter?«

Gaborn hockte einfach auf dem Boden, nackt bis auf den Umhang über seinen Schultern. »Als erstes müssen wir Skalbairn und dem Rest meiner Truppe sagen, daß ich meine Kraft verloren habe. Danach werden wir tun, was die Erde verlangt.«

KAPITEL 3
Ein widerspenstiger Mann

Die Gutgläubigen verwechseln häufig die Erklärungen von Zynikern mit wahrer Einsicht. Zyniker warnen davor, daß alle Menschen korrupt sind, und behaupten, die Existenz sei sinnlos. Aber ein Weiser weiß, daß nicht alle Menschen korrupt sind und daß das Leben außer Kummer auch Freude bringt.
Die Erklärungen der Zyniker sind nur Halbwahrheiten, die dunkle Seite der Weisheit.

Aus dem Tagebuch von König Jas Laren Sylvarresta

»Das Problem«, sagte Hochmarschall Skalbairn, als er und Sir Chondler durch den nächtlichen Wald ritten, »besteht darin, daß Gaborn sein Volk zu sehr liebt und Raj Ahten seines zu wenig.« Skalbairn hatte eine unklare Warnung von Gaborn empfangen, der in Balington Zuflucht gesucht hatte. Sowohl Skalbairn als auch Chondler versuchten immer noch, sie zu begreifen.

Marschall Chondler erwiderte: »Denkt an meine Worte: Daraus wird nichts Gutes entstehen. Die Menschen sind niemals damit zufrieden, die Saat ihrer eigenen Zerstörung nur zu *pflanzen.* Als erstes müssen sie den Boden bearbeiten und düngen und dann das zarte Gewächs gießen und jäten, bis sie schließlich die ganze Ernte einbringen können.«

Hochmarschall Skalbairn schnaubte über diese Bemerkung. »Niemand würde sich wissentlich um eine Katastrophe bemühen.« Chondler ritt vor Skalbairn über den schmalen Waldweg, und der Marschall ließ einen

Zweig zurücksausen, so daß er Skalbairns Gesicht traf. Das tat er offenbar, um sich für das Schnauben zu rächen.

»Oh, ich bin verwundet«, sagte Skalbairn.

»Tut mir leid.«

»Wenn das die schlimmste Wunde ist, die ich in dieser Nacht erhalte, werde ich froh sein«, erwiderte Skalbairn.

Er war auf einen weiteren Angriff der Greifer vorbereitet. Er wollte eine kleine Erhöhung erreichen, wo Sir Skerret, ein Weitseher, eine Signallaterne entzündet hatte, aber keiner der verdammten Pfade schien zu dieser Erhöhung zu führen. Der Himmel war immer noch wolkig, und so hoch oben in den Bergen verwandelte sich der Nebel und Regen rasch in Schnee.

»Menschen rufen Katastrophen auf ... offenere Weise hervor«, meinte Chondler. »Ist es Euch zum Beispiel einmal aufgefallen, wie leicht ein Mann eine Tugend in eine Untugend umkehren kann?«

»Wie meint Ihr das?«

»Als ich ein Junge war, kannte ich eine Frau, die soviel Gutes tat, daß alle sie lobten. Sie backte Brot für die Armen, gab ihnen Geld, gab ihre Kuh her – und schließlich ihr Haus. Am Ende bettelte sie selbst auf den Straßen außerhalb von Broward, wo sie eines Winters starb. So wurde ihre Tugend zu einem Laster, das sie verschlang.«

»Ich verstehe«, sagte Skalbairn. »Und Ihr glaubt, so etwas geschieht häufig?«

»Ah«, sagte Chondler, »ich bin noch nicht fertig mit meiner Geschichte: Diese Frau hatte einen Sohn, der schließlich, als er begriff, daß er sein Erbe verloren hatte, als Bandit über Land zog und alle beraubte, denen er begegnete. Niemand konnte ihn erwischen, und er hielt sich selbst für einen großen Räuber, so daß er ständig prahlte: ›Was für ein großer Bandit ich doch bin!‹ – und so war er gerade wieder damit beschäftigt, vor seinen Männern zu protzen, als ich mich an sein Lager anschlich und ihm einen Pfeil in die Kehle schoß.«

»Ha – gute Wendung«, meinte Skalbairn.

»So lassen wir also entweder wie die Mutter unsere Tugenden zu Lastern werden, oder wir überzeugen uns selbst, wie der Sohn, daß Laster eine Tugend ist. Aber in beiden Fällen pflanzen wir die Saat unserer eigenen Vernichtung.

Unser großer Erdkönig, Gaborn Val Orden, denkt, seine Liebe zur Menschheit sei ein Vorzug – dabei dient sie nur dazu, ihn und mit ihm auch uns zu zerstören. Inzwischen hofft Raj Ahten, uns alle wie Maultiere reiten zu können, bis wir umfallen.«

»Ha«, sagte Skalbairn. »Was für ein kompliziertes Argument!« Das sagte er wie im Lob, aber insgeheim ging er davon aus, daß Chondler einfach widerspenstig war und nur für einen Denker gehalten werden wollte.

»Und wir stecken zwischen diesen beiden Mistkerlen fest! Verdammt sollen sie sein, all diese Könige und hohen Herren. Von jetzt an sollte jeder Mann für sich selbst stehen.« Sir Chondler zügelte sein Pferd und spähte voraus. »Ich kann meine Hand nicht mehr vor Augen sehen.«

Skalbairn hatte nicht gewußt, daß die Wälder hier in

den Bergen so dicht sein konnten. Die Fichten schienen sich nicht nur über ihnen zu verzweigen, sondern sich geradezu aufzudrängen, die windverrenkten Ästen waren manchmal miteinander verstrickt wie Garn.

Einen Augenblick später preschte Sir Chondler blind weiter. Dann erklärte er, als wäre er gerade zu einem Entschluß gekommen, »Ich werde mich dieser ›Bruderschaft der Wölfe‹ anschließen. Was meint Ihr?«

Skalbairn wußte nicht, was er denken sollte. Die Gerüchte aus Carris waren so seltsam, daß er mehr erfahren wollte, bevor er sich verpflichtete.

Raj Ahten hatte Gaborn angegriffen. Das war verblüffend genug. Und bei diesem Angriff hatte Gaborn irgendwie seine Erdkräfte verloren.

Das war vielleicht die bedrückendste Nachricht, die Skalbairn in seinem ganzen Leben vernommen hatte. Er hätte es nicht geglaubt, hätte Gaborn nicht selbst eine Warnung, verfaßt von eigener Hand, geschickt.

Noch jetzt, während er ritt, umklammerte Skalbairn das Pergament mit der Faust. In diesem Brief hatte Gaborn geschrieben: »Brecht Euren Angriff ab, bis ich morgen zu Euch stoße.«

Skalbairn wußte nicht, was er denken sollte. Aber viele würden abwarten und sehen wollen, wem der Hochmarschall der Unabhängigen Ritter dienen würde.

»Ich?« fragte Skalbairn. Er schlug einen Ast mit seiner Axt ab. »Ich habe mich selbst zu häufig angeschworen. Zunächst habe ich Lord Brock aus Toom Treue geschworen, als ich noch ein Junge war, und dann der Rittertruppe, und nun dem Erdkönig. Ich werde zu alt für diese

Dinge. Ich denke, ich werde meine Treue einfach liegenlassen, wo sie hingefallen ist.«

»Aber das meine ich ja gerade«, argumentierte Chondler. »Es ist nicht, als hättet Ihr Euch nicht zuvor schon angeschworen.«

»Das stimmt. Aber das würde bedeuten, daß ich meinen Eid an den Erdkönig nach nur drei Tagen breche. Das ist selbst für einen Unabhängigen Ritter ein wenig rasch! Außerdem sind nicht alle Menschen so dumm, wie Ihr glaubt. Gaborns Geschichte ist noch nicht zu Ende.«

Chondler lachte. »Ihr habt mehr Vertrauen in den Jungen als ich.« Er zügelte sein Pferd und spähte wieder durch den Schnee nach vorn. »Puh!« meinte er angewidert. »Der Weg ist verschwunden. Und das hier ist eine wunderbare Stelle für einen Hinterhalt.«

»Das stimmt«, antwortete Skalbairn und setzte dazu an, sein Pferd zu wenden.

»Hört nur«, meinte Chondler. »Wir müssen ganz in der Nähe sein.« Er setzte den Helm ab und legte den Kopf schief.

Skalbairn nahm seinen eigenen Helm ab und genoß die kalte Berührung der Eiskristalle auf seiner verschwitzten Stirn. Die Luft hing dick in seiner Nase. Er konnte deutlich die Geräusche der Greifer hören – Zehntausende von ihnen, direkt auf der anderen Seite des Hügels. Die Horde zertrampelte Bäume, zermalmte sie und zerrieb große Sandsteinblöcke zu Kies. Der Boden bebte, Greifer zischten, ließen Luft aus ihren Körpern ausströmen. Sie waren auf dem Weg nach Burg Haberd, auf demselben Weg, den sie benutzt hatten, um nach Carris zu gelangen.

In der Ferne zuckte ein Blitz aus den Wolken und schlug in einen zerklüfteten Berggipfel. In diesem Licht entdeckte Skalbairn eine Öffnung in den Baumreihen zu ihrer Linken, aber er wartete einen Augenblick und zählte noch. Es dauerte vierzig Sekunden, bis der Donner begann, ein entferntes Murmeln wie ein alter Mann, der über ein nur noch halb erinnertes Unrecht murrt.

Vierzig Sekunden war leider viel zu lang, wenn die Geschichten der Wahrheit entsprachen. Greifer fürchteten Blitze, aber wenn es mehr als vierzig Sekunden entfernt war, würden sie es ertragen können.

Nun, ich wußte, daß dieser Tanz nicht ewig dauern würde, dachte Skalbairn.

Es hatte beinahe vier Stunden lang geblitzt. Auf dem Höhepunkt des Sturms über Carris hatte der Himmel ununterbrochen gegrollt, und Hagelkörner waren wie Katapultgeschosse auf alles niedergerast. Obwohl das Unwetter langsam nachließ, waren noch Wolken am Himmel und sandten hin und wieder flackernde Zungen aus. Nicht mehr viele, aber es hatte genügt.

Skalbairn hatte gesehen, wie Greifer mit dem Kopf voran gegen Felsen gerannt waren, um den Blitzen zu entkommen. Er hatte gesehen, daß einige das Bewußtsein verloren, wie Menschen, die zuviel Schmerz ertragen mußten. Tausende der riesigen Ungeheuer hatten einfach ihre augenlosen Köpfe in den Boden geschoben in dem Versuch, sich unter der Erde zu verkriechen.

Auf diese Weise waren sie zu einfachen Zielen geworden – blinde Greifer, verwundete Greifer, flüchtende Greifer. Skalbairns Ritter hatten die Ungeheuer gejagt und ein Gemetzel unter ihnen begonnen, wie er es sich nie hätte träumen lassen. Der letzten Zählung entsprechend hatten sie innerhalb von vier Stunden neuntausend Greifer getötet. Diverse Runenlords aus Mystarria, Fleeds und Heredon hatten sich seinen Rittern angeschlossen – sogar Unbesiegbare aus Indhopal, Männer, die im Morgengrauen noch seine Todfeinde gewesen waren.

Skalbairn hatte sich einen Platz in der Geschichte verdient. Die Barden würden von Gaborns Sieg bei Carris singen, und nun würde Skalbairns Name auf ewig damit verbunden sein. Es würde sich alles sehr gut anhören, wenn man das zu Flöten und Trommeln sang – der wilde Angriff in der Gewittermacht.

In Wahrheit waren seine Taten nicht annähernd so gefährlich und heldenhaft gewesen, wie die Barden der Zukunft behaupten würden. Tatsächlich flohen die Greifer beinahe parallel zu einer guten Straße. Fuhrleute aus Carris eilten mit Wagen voller Lanzen und Proviant zu Außenposten im Süden, so daß seine Männer versorgt waren. Skalbairns Ritter hatten genügend Zeit gehabt, ihr Schlachtfeld zu wählen und ihren Angriff vorzubereiten.

Hier in den Bergen war das schon viel schwieriger. Aber der schlechte Boden hielt auch die Greifer auf.

Die Greifer legten immer nur einen kurzen Spurt vor und schafften dabei weniger als zwanzig Meilen in der Stunde. Wenn sie höher in die kalten Berge kamen, wurden sie träge und bewegten sich vielleicht nur noch mit der Hälfte ihrer üblichen Geschwindigkeit.

Skalbairn sagte: »Links von uns ist eine Art Lichtung.«

»Das habe ich gesehen. Aber der Weg führt eher zu einer Felsklippe als zu einer Lichtung.«

»Ich habe eine Wiese entdeckt«, meinte Skalbairn. Chondler war ein störrischer, widerspenstiger Mann. »Ich werde es Euch beweisen.«

Chondler seufzte auf eine Weise, die ihm bei jeder anderen Armee Schläge eingebracht hätte. Aber bei Skalbairns Truppe war Insubordination so häufig wie Flöhe in Bettrollen. Chondler wandte sein Pferd Skalbairns »Wiese« zu.

Selbstverständlich war es eine Felsklippe. Eine Viertelmeile weiter unten wand sich ein enges Tal, und die Greiferhorde bewegte sich hindurch wie Hochwasser durch eine Klamm.

Es war eine wirbelnde, kochende Masse. In Internook schwammen im Spätherbst die blauen Aale zur Quelle des Flusses Ort hinauf. Als Skalbairn noch ein Junge gewesen war, waren die Aale dort so dick gewesen, daß er in dem flachen Flußbett nicht an einer einzigen Stelle bis zum Grund hatte schauen können. Die Greifer, die sich nun durch die Schlucht unter ihm drängten, erinnerten ihn an diese Aale, gleichzeitig widerlich und verlockend.

Abermals zuckten Blitze auf, und jetzt noch weiter entfernt. Die Greifer wurden nicht einmal langsamer. Das Gewitter ging zu Ende.

Aber in dem kurzen Licht konnte er die Greifer besser

sehen. Klingenträger flohen zu Tausenden. Vor Carris hatten die Ungeheuer Waffen getragen – riesige Klingen von zwölf Fuß Länge oder Ruhmhammer mit Köpfen, die so viel wogen wie ein Pferd, oder Ritterhaken, die die Ungeheuer benutzen konnten, um Krieger von ihren Streitrössern oder den Burgmauern zu holen. Aber nun sah es aus, als hätte die Hälfte der Greifer ihre Waffen zurückgelassen.

Außer den Klingenträgern gab es auch Heuler, bleiche, spinnenhafte Geschöpfe, die selbst jetzt alle paar Augenblicke innehielten, um ihre unheimlichen Schreie von sich zu geben. Nur wenige Schleimwürmer waren am Leben geblieben. Sie bewegten sich träger als andere und neigten weniger dazu zu kämpfen. Skalbairns Männer hatten bereits die meisten von ihnen erledigt.

Aber die gefährlichsten Greifer waren die scharlachroten Zauberinnen. Sie waren leicht zu erkennen. Die Runen, die in ihre Schädel eingebrannt waren, schimmerten trüb wie das Licht warmer Kohlen inmitten eines mit Asche bedeckten Feuers.

Eine scharlachrote Zauberin bewegte sich drunten und steckte plötzlich ihren schaufelförmigen Kopf in den Boden. Sie grub mit den Tatzen, warf den Kopf hin und her und stieß sich unter den Boden.

Das Ganze geschah so rasch, daß Skalbairn es kaum glauben konnte. Ja, er hatte gesehen, wie sich Wildschweine auf diese Weise im Humus des Waldes verbargen. Die zermalmten Bäume und der aufgewühlte Boden des Tals lieferten gute Deckung – selbst für ein zwölf Tonnen schweres Ungeheuer.

»Habt Ihr das gesehen?« fragte Skalbairn. Noch während er fragte, wühlte sich eine weitere scharlachrote Zauberin in den Boden, und dann noch eine. Die Klingenträger schienen immer noch blind zu fliehen.

»Ich verstehe«, meinte Marschall Chondler. »Sie legen einen Hinterhalt.«

Genau wie Wildschweine im Wald. Dann sprangen sie direkt vor der Nase eines Mannes aus dem Gebüsch auf und schlugen mit ihren Hauern zu.

Skalbairn spähte weiter das Tal entlang nach Norden, wo es schließlich außer Sichtweite geriet. Seine Lanzenreiter waren vermutlich noch ein paar Meilen weiter hinten. Im Augenblick drohte ihnen also keine Gefahr.

Im Süden wand sich der Rand der Schlucht höher hinauf. Die Seiten der Schlucht waren steil und verräterisch. Es bestand kaum eine Hoffnung, daß ein Mann zu Pferd hier hinaufreiten konnte.

Im Süden erreichten die Klingenträger eine breitere Stelle des Tales, und dort verharrten sie. Sie wühlten sich in die steilen Seiten des Abhangs.

Sir Skerret stand oben auf einem Felsvorsprung, dreihundert Schritt entfernt, und hatte eine Laterne an die Spitze seiner Lanze gehängt. In ihrem Licht konnte Skalbairn das königliche Profil dieses Mannes sehen, die silberne Spitze seines Bartes, die unter seinem Helm hervorkam, das goldene Licht auf der polierten Rüstung.

»Davor warnt er uns also«, sagte Marschall Chondler.

Skalbairn konnte nicht zulassen, daß seine Männer in den Hinterhalt ritten, aber die scharlachroten Zauberinnen waren eine Versuchung. Sie waren die beste Beute, das Herz der Streitmacht der Greifer. Seit Jahrhunderten hatten die Lords von Rofehavan eine Belohnung von fünfzehn Eisen für jede Zauberin angeboten, die jemand tötete.

Aber mehr als eine Versuchung stellten diese Greifer immer noch eine Bedrohung dar. Sie marschierten weiter durch die Wildnis nach Süden. Es war aber auch gut möglich, daß die gesamte Horde nach Osten abbog, zu den Städten entlang dem Donnestgree.

Skalbairn lauschte in sich hinein. Zuvor am Tag, in der Hitze der Schlacht, hatte er gehört, wie Gaborns Stimme ihn vor Gefahr warnte. Gaborn hatte ihm ein dutzendmal das Leben gerettet.

Aber nun hörte er nichts. Nun spürte er nur Unruhe.

»Verflucht sollen sie sein«, erklärte er zu den Greifern gewandt. Nachdem das Gewitter sie nun nicht mehr weiterscheuchte, würden sie sich neu formieren und wieder gemeinsam kämpfen. Skalbairn versuchte, eine Katastrophe zu verhindern. Warum hatte sich Gaborn in Balington verkrochen? In seiner Botschaft verkündete er, er könne Gefahr immer noch spüren. Warum kam er dann nicht her und leitete den Angriff persönlich.

Skalbairn knäulte Gaborns Brief zusammen, warf ihn auf den Boden und wandte dann sein Pferd wieder der Straße zu. »Also dann bis morgen.«

KAPITEL 4
Eine Ansammlung von Geisteskraft

Der richtige Einsatz seiner Kräfte ist ein angemessenes Ziel für jeden Runenlord.

Inschrift über der Tür zum Saal der Waffen im Haus des Verstehens

In Regen und Dunkelheit kamen sie weit nach Mitternacht nach Balington – durchtränkte Reiter, die zwischen Hügeln hindurchzogen, die aussahen wie nachdenklich gesenkte kahle Schädel. Alle trugen die braunen Gewänder von Gelehrten, und Bärte ragten unter spitzen Kapuzen hervor.

Wenn man sie gesehen hätte, hätte man sie vielleicht für Wichte gehalten, so lautlos wie sie ritten. Nur das Klirren des Zaumzeugs und das Stolpern eines Hufs in einer Pfütze erwies sie als lebendige Wesen. Sie sprachen nicht. Die meisten wagten kaum zu atmen. Angst zeichnete sich deutlich auf ihren Mienen ab. Andere schauten nachdenklich oder gequält drein. Ein paar ältere Männer umklammerten Schwerter und Kriegshämmer und strengten sich an, nach möglichen Feinden zu lauschen.

Aber das einzige Geräusch war das Plätschern des kalten Regens. In den vergangenen paar Stunden war der Sturm nach Norden weitergezogen. Wasser ergoß sich aus dem Himmel, durchtränkte alles und verwandelte die schlammige Straße in einen Bach. Die Wolken über den Hügeln versiegelten die Dunkelheit wie ein Deckel. Die etwa sechzig weißgekalkten Steinhäuser von Balington mit ihren Strohdächern waren nur vage geduckte Umrisse in der Nacht.

Ein rötlicher Hund kam unter einem Holzhaufen hervor und trabte mit hängender Zunge neben der kleinen Gruppe her.

An der Kreuzung vor ihnen spendete eine vereinzelte Laterne, die vor dem Gasthaus hing, ein wenig Licht.

Jerimas, der Anführer der Gruppe, war nie in diesem Gasthaus gewesen. Aber er konnte sich gut daran erinnern. König Orden hatte es für einen angenehmen Platz gehalten, eine Zuflucht vor der Hitze des Sommers. Aber nun war Jerimas mit seinen Nerven am Ende. Er konnte sich an diesem Anblick nicht freuen.

Er rang innerlich immer noch mit der Schlacht von Carris. Es hatte Verwundete gegeben, um die man sich kümmern mußte, Menschen zu ernähren, Greifer zu bekämpfen. Vor ein paar Stunden hatte Gaborn mit einer Botschaft Jerimas und die anderen Berater König Ordens gebeten, nach Balington zu ziehen, sobald sie mit ihren dringenderen Angelegenheiten fertig waren. Aber nach dieser Botschaft waren andere gekommen und hatten den derzeitigen Zustand des Königreiches deutlicher gemacht – die Vertreibung von Raj Ahten, die Bedrohung durch Lowicker und Anders im Norden und die inkarranischen Meuchelmörder aus dem Süden.

Die beunruhigendste Nachricht von allen war allerdings, daß Gaborns Kräfte sehr geschwächt waren.

»Aha«, stellte ein Gelehrter hinter ihm fest. »Balington

ist also abermals erhalten geblieben.« Er bezog sich damit auf die seltsame Geschichte dieses Dorfes. Obwohl häufig Schlachten in der Nähe getobt hatten, war Balington immer unberührt daraus hervorgegangen. Erst vor zwei Tagen war Raj Ahtens Armee über die Straße keine drei Meilen westlich gezogen. Seine Truppen waren hungrig gewesen und hatten Unterschlupf und Pferde gebraucht. Aber niemand in Balington hatte sich die Mühe gemacht zu flüchten. Der Bürgermeister, die Kaufleute und Bauern des Dorfes hatten das Gefühl, ihr Ort sei ein wenig zu abgelegen von der Straße und ein wenig zu klein, als daß sich irgendwelche Feinde damit abgeben würden.

Zum zwanzigsten Mal innerhalb von achthundert Jahren hatte der Verlauf der Ereignisse die Richtigkeit dieser Einsicht bewiesen. Balington war nicht geplündert worden.

»Eine gewaltige Glückssträhne«, meinte ein anderer Gelehrter.

»Kein Glück«, erwiderte Jerimas. Er holte tief Luft, roch den Regen auf dem Boden. Er schmeckte etwas seltsam Mineralisches, als wären sie tief in einer Höhle. Die Hügel oberhalb, das Gefühl der Abgeschlossenheit, all das trug zu der Illusion bei. Obwohl der Boden hier relativ flach war, hatte er die vergangenen zehn Minuten das Gefühl gehabt, abwärts zu reiten. »An diesem Ort ist die Erdkraft stark. Die Menschen hier leben unter ihrem Schutz. Darauf wette ich meine besten Zähne.«

Es war ein guter Ort, an den der Erdkönig sich zurückgezogen hatte. Das spürte Jerimas. Aber er wunderte sich dennoch, was Gaborn wohl vorhatte. Derselbe Bote, der Jerimas hierhergerufen hatte, hatte auch erklärt, daß Gaborn einige seiner Erdkräfte verloren hatte. Vielleicht war er einfach nur erschöpft und war hierhergekommen, um sich zu erholen.

Die Gelehrten überließen ihre Pferde einem Jungen, der aus dem Stall herausgestürzt kam, als müsse er einem Pfeilhagel ausweichen und nicht nur Regentropfen.

Schlammspuren vor der Tür zeigten, daß den ganzen Abend lang Männer das Gasthaus betreten und wieder verlassen hatten. Zumindest einer davon war der Kurier gewesen, den Jerimas selbst geschickt und der Gaborn mitgeteilt hatte, daß die Berater nicht in der Lage sein würden, das Dorf vor Mitternacht zu erreichen.

Jerimas sammelte sich. Seit über zwanzig Jahren hatte er als Berater des Königs gedient und war Gaborns Vater ergeben gewesen. Er hatte die Welt durch die Augen von König Orden gesehen, durch seine Ohren gehört. Die Erinnerungen des Königs waren wirr in Jerimas' Schädel zurückgeblieben. Er wußte das meiste von dem, was Orden gedacht, und alles, worauf der König gehofft hatte.

Jerimas war – wenn man vom Titel einmal absah – in jeglicher Hinsicht tatsächlich zu König Medellas Draken Orden geworden. Zum ersten Mal, seit Orden gestorben war, würde Jerimas nun seinem Sohn gegenüberstehen.

Für viele Männer, die als Berater gedient hatten, erwies sich die Wiedervereinigung mit der Familie ihres Herrn als schmerzlich. Witwen fühlten sich beunruhigt, daß Fremde sie auf solch intime Weise kannten. Kinder lehnten Männer ab, die zu häufig wie Schatten ihres Vaters schienen.

Gaborn. Meine Belohnung, meine Freude, dachte Jerimas. Er erinnerte sich daran, was er empfunden hatte, als er seinen Sohn zum ersten Mal im Arm hielt, an seine Hoffnungen, während Gaborn aufwuchs. Er erinnerte sich an sein Entsetzen an jenem Tag, als Meuchelmörder Gaborns Mutter und Geschwister getötet hatten.

Jerimas war für Gaborn zwar weniger als ein Vater, aber viel mehr als ein Fremder.

Nun fürchtete er sich davor, über den Tod von König Orden berichten zu müssen, wie es die Tradition verlangte. Jerimas würde imstande sein, Gaborn mehr als die reinen Ereignisse zu berichten, die zum Hinscheiden des Königs geführt hatten. Er konnte Gaborn die letzten Gedanken seines Vaters übermitteln.

Diese *Geschichte des Toten* zu überbringen, war eine Zeremonie, die Berater nach dem Hinscheiden eines Herrn immer vollzogen. Es war ein feierlicher Augenblick, ein vertraulicher Augenblick.

Aber mehr als das sehnte sich Jerimas danach, zu wissen, wo er stand. Würde Gaborn den Rat, den Jerimas und seine Kollegen so gerne geben wollten, akzeptieren? Würde Gaborn Jerimas und die anderen wie Freunde behandeln? Oder würde er sie abweisen?

Jerimas zögerte, bevor er an die Tür klopfte, denn drinnen hörte er Gaborns zornige Stimme.

Prinz Celinor sagte: »Mein Vater bestand schon die ganze Zeit darauf, daß Ihr kein Erdkönig seid ...«

»Und jetzt habe ich dafür gesorgt, daß seine Lügen zur Wahrheit werden.« Gaborn zwang sich zu einem Lächeln.

Das Feuer in der Gaststube war zu kirschroten Kohlen niedergebrannt, die unter einer Aschendecke brüteten. Gaborn, Iome, Celinor, Erin und Gaborns Days, die vor weniger als einer Stunde eingetroffen waren, saßen alle um diese Reste des Feuers herum. Der Days, ein Gelehrter, dessen Aufgabe es war, Gaborns Leben mitzuverfolgen, stand schweigend hinter dem Erdkönig. Jureem war schon vor Stunden aufgebrochen, um Gaborns Nachrichten zum Hochmarschall und zu anderen zu bringen. Der Zauberer Binnesman arbeitete an seinem Wylde, einem Geschöpf, das aussah wie eine Frau mit dunkelgrünem Haar und Haut von hellerem Grün. Sie lag ausgestreckt auf einer Theke, die von ein paar Talgkerzen beleuchtet war.

»Euer Hoheit«, erklärte Celinor sachlich, »wenn die Welt erfährt, daß Ihr einen Rückschlag erlitten habt, wird das den Lügen meines Vaters weitere Glaubwürdigkeit verleihen. Ich kann geradezu hören, wie er vor seinen Freunden prahlt: ›Seht ihr, ich habe euch doch gesagt, daß er ein Betrüger ist. Nun behauptet er, er hätte seine Kräfte verloren. Wie passend!‹«

»Euer Vater hat es mit schlimmeren Problemen als mit Gaborn zu tun«, entgegnete Iome. »Zum Beispiel mit den Greifern, die in Nord-Crowthen auftauchen. Wenn sie nach Süden ziehen, ins Reich Eures Vaters ...«

»Ich bin nicht sicher, ob er das als größere Bedrohung betrachten würde«, meinte Celinor. »Er hat eine ganz und gar unvernünftige Angst vor Eurem Gemahl. Und nun ist Gaborn verwundbar geworden.«

»Ihr fürchtet Euch vor Schatten«, meinte Iome.

Celinor wandte sich ratsuchend an Gaborn, aber Gaborn hatte zu dem Zauberer hingeschaut. Binnesman beugte sich über seinen Wylde. Er hielt einen Stiel mit zierlichen rosafarbenen Blüten und dunklen, gezähnten Blättern in der Hand. Er benutzte ihn, um Runen um die Nasenlöcher des Wylde zu zeichnen. Die grüne Frau regte sich nicht, atmete nicht einmal. Es war seltsam, denn sie sah aus, als wäre sie tot. Kein lebendiges Wesen hätte so reglos verharren können. Das ließ diese ohnehin schon geheimnisvolle Kreatur noch unheimlicher wirken.

»Celinor hat recht«, flüsterte Binnesman, ohne aufzublicken. »Sein Vater ist in Gefahr. Hier ist Zauberei am Werk. Die Art seiner Sinnestrübungen und diese Angelegenheit mit König Lowicker läßt befürchten, daß Anders nicht einfach nur verrückt ist.«

»Vielleicht könnte *ich* ihm Vernunft beibringen«, sagte Celinor.

»Wenn Euer Vater vom Wind geleitet wird«, erklärte Binnesman Celinor, »könnt Ihr das nicht. Es wäre gefährlich, es auch nur zu versuchen. Hört meine Worte: Wir kämpfen nicht gegen Greifer und Menschen, sondern gegen unsichtbare Mächte.«

»Und dennoch mag Vernunft etwas nützen«, erklärte Iome hoffnungsvoll, »wenn nicht gegen Anders, dann bei jenen, die er betrügen will. Selbst wenn Anders sich an seinen Wahnsinn klammert, wird die Welt nicht nur seine Lügen hören. Gaborn hat heute einen Weltwurm heraufbeschworen und die Greifer von Carris vertrieben. Die Menschen werden davon hören, und wer weiß, was Treue ist, wird bei ihm bleiben.«

»Ihr meint, wer weiß, was Treue ist, wird mit ihm sterben«, brach es aus Celinor heraus, »während die Ungetreuen uns umkreisen wie die Wölfe. Ich schwöre, ich werde nicht zulassen, daß mein Vater zu einem dieser Ungetreuen wird.«

»Könntet Ihr ihm denn allein entgegentreten?« warf Erin ein.

»Das glaube ich schon.«

»Selbst wenn das bedeuten sollte, ihn zu töten?«

»Dazu wird es nicht kommen«, sagte Celinor.

»Aber könntet Ihr?« fragte Erin leidenschaftlich. »Wäret Ihr im schlimmsten Fall nicht auf Hilfe angewiesen, wenn Ihr ihm den Kopf abschlagen müßtet?«

Celinor warf ihr einen scharfen Blick zu. Mit seinem feinen blonden Haar, der schlanken Gestalt und den leuchtenden braungrünen Augen, wirkte Celinor eher wie ein Gelehrter oder wie ein Heiler als ein Mann, der des Vatermordes fähig war.

Gaborn fragte Erin leise: »Ist es so weit gekommen? Würdet Ihr wollen, daß er gegen seinen eigenen Vater kämpft?«

»Nicht, wenn es sich vermeiden ließe. Aber ich will auch nicht, daß er gegenüber der Gefahr, der er entgegentritt, die Augen schließt.«

»Dann sprecht mit Eurem Vater«, sagte Gaborn gereizt zu Celinor. »Sagt ihm, ich würde gerne mit ihm verhandeln und alte Verträge erneuern. Vielleicht wird ihn das beschwichtigen.«

»Das werde ich tun, Herr«, versprach Celinor. »Darf ich nun gehen?«

Gaborn hatte Celinor niemals Erwählt und würde daher nicht wissen, ob er in Gefahr war. Aber Vernunft sah nur eine Antwort vor. »Die Straßen sind heute nacht zu feucht«, warnte Gaborn. »Ich hielte es für besser, wenn Ihr bis morgen wartet.«

Gaborn wandte sich Erin Connal zu und fragte: »Werdet Ihr ihn begleiten? Wenn ich spüre, daß Ihr in Gefahr seid, werde ich versuchen, Euch zu warnen. Aber achtet darauf, Eure Hand gegen niemanden zu erheben, es sei denn, um Euer eigenes Leben zu retten.«

»Wie Ihr wünscht, Euer Hoheit«, sagte Erin.

Jemand öffnete die Tür, und ein kalter Wind fegte in die Gaststube. Mehrere Männer standen draußen. Gaborn konnte nur vage Schatten erkennen. Zunächst glaubte er, es seien Lords aus Heredon oder Boten von Skalbairn.

»Euer Hoheit«, verkündete eine heisere Männerstimme, »die Berater des Königs. Wir sind gekommen, die Geschichte des Toten zu erzählen.«

Einen Augenblick lang schwiegen alle. Das einzige Geräusch war das Flüstern des Regens im Hof.

Erin Connal sagte: »Herr, da wir eine lange Reise vor uns haben, sollte ich mich am besten um mein Pferd kümmern.« Sie verließ die Gaststube, gefolgt von Celinor. Auch Gaborns Days folgte, als wäre ihm plötzlich eingefallen, daß er draußen dringend etwas zu tun hatte.

Iome warf Gaborn einen Blick zu, mit dem sie ihn fragte, ob auch sie gehen sollte. Die Überbringung der »Geschichte des Toten« war eine sehr intime Angelegenheit. Die Gedanken eines sterbenden Mannes konnten ebenso peinlich wie rührend sein. »Bleib hier«, sagte Gaborn. Iome spürte, wie Wärme in ihr aufstieg. Sie wollte wirklich bei ihm bleiben.

Binnesman arbeitete immer noch an der grünen Frau. Er bat: »Habe ich noch einen Augenblick? Ich zeichne Schutzrunen mit Zehrkraut und muß fertig werden, bevor der Saft fest wird.«

Gaborn wußte, es würde Zeit brauchen. Mit fünf Gaben des Stoffwechsels konnte Gaborn nun schneller gehen, als ein Gewöhnlicher laufen konnte, und wenn andere sprachen, wirkten ihre Worte träge.

Aber es war wichtig, den Wylde zu vollenden. Das Geschöpf sollte Krieger der Erde sein, aber die grüne Frau konnte nicht kämpfen, bevor Binnesman sie löste, ihr freien Willen gab. Das wiederum konnte er nicht tun, ehe er sie nicht mit Schutzzaubern gebunden und ihr beigebracht hatte, wie man kämpft.

»Bleibt hier und arbeitet«, sagte Gaborn leise. »Wir brauchen den Wylde. Jeder Augenblick zählt.«

Iome und Gaborn hielten sich an den Händen.

Die Berater traten ein. Die meisten waren ältere Männer. Selbst der jüngste war mindestens vierzig Jahre alt. Sie hatten das Haar kurzgeschnitten, und alle trugen schlichte braune Gewänder, wie sie die Herdmeister im Haus des Verstehens trugen.

»Gaborn!« rief ein hochgewachsener Graubart zum

Gruß. Die Liebe, die Gaborns Vater für seinen Sohn verspürt hatte, schwang in der Stimme des alten Mannes deutlich mit. Dieser ehemalige Übereigner hatte vielleicht Gaborns gesamtes Leben lang im Blauen Turm gesessen, und zwar als Idiot, weil er seine Geisteskraft König Orden zur Verfügung gestellt hatte.

Gaborn streckte die Hand aus, um das Handgelenk des Mannes zu umfassen, zögerte aber noch einen Augenblick, überlegte es sich dann anders und umarmte ihn. »Seid gegrüßt, Freund«, sagte Gaborn. »Ihr seid ...«

»Jerimas.« Der alte Mann sprach zögernd, als wäre der Name der eines Fremden. Er starrte Gaborn an, sah ihm suchend ins Gesicht. »Ich ... mein Name ist Jerimas.«

Jerimas war dünn, und seine weit auseinanderstehenden Augen waren so dunkel, daß sie beinahe schwarz wirkten. Sein Gesicht hatte eine dreieckige Form. An Haar war ihm nur noch ein schmales Band von Weiß um die Ohren und dieser rauschende, silberne Bart geblieben.

»Jerimas«, erwiderte Gaborn. Er sah die Männer an, sah, wie viele von ihnen den Kopf leicht nach links neigten, genau wie Gaborns Vater es immer getan hatte.

»Seid Ihr bereit, die Geschichte des Toten zu hören?«

»Vielleicht ein andermal«, antwortete Gaborn. »Ich habe Euch nicht deshalb hergerufen. Ich weiß nur zu genau, wie mein Vater gestorben ist.«

»Noch im Sterben dachte er an Euch«, brach es aus einem der Männer heraus.

»Ich weiß, daß er mich geliebt hat«, sagte Gaborn. »Und ich fühle mich getröstet durch Eure Anwesenheit hier. Aber wir haben Wichtigeres zu tun.«

Gaborn holte tief Luft. Nach der Schlacht bei Carris fühlte er sich geistig überwältigt und erschöpft. In den letzten paar Stunden hatte er überlegt, was zu tun war. Nun brauchte er die Hilfe dieser Männer.

»Im Augenblick seid Ihr für Carris zuständig. Ihr müßt Euch um die Verteidigung kümmern, um seine Menschen. Aber ich erwarte mehr von Euch – viel mehr.

Im Grunde ist jeder von Euch, die Ihr meinem Vater gedient habt, mein Vater. Selbst seine kleinsten Angewohnheiten sind Euch in Fleisch und Blut übergegangen. Ich habe Euch Herren hierhergerufen, weil ich Eure Klugheit und Euren Rat brauche. Ich kann mein Königreich nicht alleine führen.

Wie Jureem Euch und Skalbairn wohl schon berichtet hat, habe ich einige meiner Erdkräfte verloren. Ich kann immer noch Gefahr spüren, und ich spüre sie rings um uns her. Aber ich kann meine Erwählten nicht warnen. Ich brauche Eure Hilfe. Ich brauche Euch, damit Ihr Euch um die Verteidigung von Mystarria und Heredon kümmert.«

»Werdet Ihr in der Nähe bleiben, um uns Anweisungen zu geben?« fragte Jerimas. Die Hoffnung in seinem Blick war nicht zu leugnen.

»Ich werde tun, was ich kann«, erwiderte Gaborn. »Aber ich kann nichts versprechen. Im Morgengrauen werde ich nach Carris reiten, um den Verwundeten ein wenig Trost zu spenden. Aber ich habe vor, am Morgen auch Zeit mit Skalbairn zu verbringen und gegen Greifer zu kämpfen. Wir müssen sie für ihren Angriff auf Carris bestrafen. Wir müssen dafür sorgen, daß sie uns fürchten.«

Bei dieser Bemerkung nickten mehrere Graubärte nachdenklich und zustimmend.

»Danach ... das weiß ich nicht. Ich spüre, daß die Erde will, daß ich anderswo kämpfe.«

»Wir könnten mit Euch kommen«, bot Jerimas an, »und Euch mit Rat und Tat zur Seite stehen.«

»Mag sein«, erwiderte Gaborn. Nun kam er zum Hauptpunkt, zu der Frage, die ihn am meisten beunruhigte. »Sagt mir, hat einer von Euch je vom Ort der Knochen gehört?«

Die Männer starrten ihn alle fragend an. Einige schüttelten die Köpfe.

»Ich ...«, fuhr Gaborn zögernd fort. »Es ist vielleicht nicht der wirkliche Name des Ortes. Es ist vielleicht nur eine Beschreibung. Die Erde hat mich aufgerufen, dort zu kämpfen. Ich nahm an, dieser Ort befindet sich ... unter der Erdoberfläche. Vielleicht ist es eine Mine, ein Friedhof oder eine alte duskinische Stadt.«

Wieder schüttelten die Graubärte die Köpfe. Gaborn hatte stundenlang darüber nachgedacht. Binnesman hatte ihm nicht helfen können. Der Erdwächter lebte schon seit Jahrhunderten und wußte viel über weit abgelegene Orte, unter anderem auch über duskinische Ruinen wie Moltar und Vinhummin, die tief unter dem Boden lagen. Aber er hatte ihm nicht sagen können, wo sich dieser Ort der Knochen befinden mochte.

»Vielleicht ist es ein altes Schlachtfeld«, meinte Jerimas. »Man könnte die Höhlen bei Warren zweifellos als

›Ort der Knochen‹ bezeichnen. Fallion hat dort vierhunderttausend gute Männer im Kampf gegen die Toth verloren.«

»Daran hatte ich auch schon gedacht«, sagte Gaborn. »Und daran, zu diesen Ruinen zu segeln. Aber wenn ich daran denke, spüre ich, daß etwas nicht stimmt. Das ist nicht der Ort, an den die Erde mich ruft.«

»Habt Geduld«, warf Binnesman ein. »Die Erde wird Euch schon enthüllen, was sie von Euch will.«

Gaborn schüttelte den Kopf und versuchte klarer zu denken. Immer wieder kehrten seine Gedanken zu dieser einen Frage zurück.

»Herr«, sagte Jerimas, »Jureem hat uns erzählt, Ihr hättet einige Eurer Kräfte verloren, aber Ihr könnt immer noch Gefahren spüren? Ihr macht Euch Gedanken wegen der Greifer und Inkarra und Anders und Lowicker, aber was ist mit Raj Ahten? Mit seiner Stimmkraft alleine hat er den Blauen Turm zum Einsturz gebracht. Stellt er keine Bedrohung mehr dar? Wir haben seit Einbruch der Nacht nicht mehr gehört, wo er sich aufhält.«

»Ich spüre ihn. Er flieht in Richtung Indhopal«, antwortete Gaborn. »Über Bergpfade, auf die sich kein Pferd wagen würde. Im Augenblick mache ich mir um ihn keine Sorgen. Sollte er je wieder nach Rofehavan kommen, werde ich seine Gegenwart spüren.«

»Aber Ihr wißt, wie es unseren Männern im Kampf ergeht?« fragte ein anderer.

»Viele Erwählte Krieger sind in den vergangenen fünf Stunden gefallen«, gab Gaborn zu. »Ich habe die Gefahr gespürt, die ihnen drohte, konnte sie aber nicht warnen.«

Jerimas sagte: »Aber Skalbairns Berichte sind phänomenal. Seine Männer metzeln die Greifer zu Tausenden nieder. Verluste dabei müssen wir akzeptieren.«

Gaborn nickte. »Solange sie gering genug bleiben. Ich habe ihm befohlen, sich bis zum Morgen zurückzuhalten. Dann werde ich den Angriff selbst anführen.«

Ein anderer, ein untersetzter Mann mit einem Ziegenbart, meldete sich zu Wort. »Wir haben an diesem Tag Wunder erlebt! Und der morgige wird noch mehr bringen.«

»Morgen werden wir auch Schreckliches sehen«, erklärte Gaborn. »Ich werde versuchen, so gut wie möglich mit den Greifern fertig zu werden. Aber wenn ich das tue, muß ich es Euch überlassen, die Grenzen zu schützen. Ihr werdet alles Erdenkliche dazu tun müssen.«

»Im Haus des Verstehens«, meinte einer der Gelehrten, »im Saal der Waffen heißt es immer, daß ›jede Tugend eines Mannes eine Waffe sein kann‹. Für einen klugen Mann mag seine Klugheit ein Schild sein. Für einen Redekundigen dient die Zunge als Dolch. Für einen starken Mann ist seine Kraft vielleicht eine Keule, um das Rückgrat ganzer Nationen zu brechen.«

»Wir müssen unsere Verbündeten zusammenrufen«, schlug ein Berater vor, »und unsere Feinde gegeneinander aufhetzen.«

Jerimas sagte: »Herr, laßt Ihr uns freie Hand zu tun, was wir tun müssen?«

»Selbstverständlich«, sagte Gaborn. »Ich fürchte, daß uns ein Krieg bevorsteht, und wir müssen hervorragend kämpfen, oder wir werden untergehen.«

Jerimas schlug vorsichtig vor: »Ihr habt in der Vergangenheit nicht gern schwere Entscheidungen getroffen. Ihr habt nur wenige Gaben angenommen und habt versucht, Raj Ahtens Übereigner zu schonen. Ihr habt ein gutes Herz. Aber ich fürchte, in Kriegszeiten ist das Gewissen eines Menschen das erste Kriegsopfer.«

Gaborn starrte die Männer an. Noch einen Augenblick zuvor hatte Liebe in ihren Gesichtern gestanden. Nun waren sie schweigsam und streng.

Er kannte die Stimme seines Vaters, wenn er sie hörte.

»Nachdem Ihr nun einen Teil Eurer Erdkräfte verloren habt«, fuhr Jerimas fort, »müssen wir schnell handeln. Es gibt Bestechungsgelder zu zahlen, Söldner anzuheuern, Gaben zu übernehmen, Meuchelmörder abzuschicken, Waffen zu schmieden, Grenzen zu festigen.«

Gaborn knirschte mit den Zähnen. Er wollte nicht gegen seine Nachbarn kämpfen, aber er wußte, daß er mit dem Rücken zur Wand stand. Er hatte vielleicht keine andere Wahl. »Was schlagt Ihr vor?«

»Ihr habt bereits begonnen«, antwortete der alte König Orden durch den Mund von Jerimas. »Es war gut, Celinor zu seinem Vater zu schicken.

Nun müssen wir Boten nach Internook senden und alle Söldner anheuern, die wir bekommen können, sonst wird uns Anders oder ein anderer Lord zuvorkommen. Wenn Mystarria und diese Kriegerlords ihre Macht vereinen, wird Anders keine Unterstützung für seine Sache mehr finden.« Diese Idee gefiel Gaborn. Sie würde ihm Männer überlassen, um seine eigene Verteidigung zu stärken.

»Als nächstes müssen wir uns um den Sturmkönig kümmern, um Algyer col Zandaros«, sagte Jerimas. »In Eurem Bericht steht, daß er bereits einen Meuchelmörder gegen Euch ausgeschickt hat?«

»Ja«, erwiderte Iome. »Er brachte einen Botschaftskasten, an dem ein Fluch angebracht war.«

»Es gab in der letzten Zeit keine Feindseligkeiten zwischen uns und dem Sturmkönig. Also kann ich nur schließen, daß er auf Lügen reagierte, die Anders oder Lowicker verbreitet haben. Ihr müßt einen Boten schikken, der an Eurer Stelle spricht. Versucht, ein Friedensabkommen zu erreichen, seid aber auf das Schlimmste vorbereitet.«

»Also gut«, sagte Gaborn.

»Zandaros wird beleidigt sein, wenn Ihr nicht einen Verwandten schickt«, warnte Jerimas. »So wird es in Inkarra gehandhabt. Je näher die Verwandtschaft, desto besser. Paldane wäre die beste Wahl gewesen.«

Gaborn fühlte sich unbehaglich. Es war gefährlich, nach Inkarra zu gehen. Der Sturmkönig hatte ein aufbrausendes Temperament. Zu Gaborns Verblüffung sah Jerimas Iome an.

»Ja, ich könnte gehen«, bot Iome rasch an.

Jerimas nickte, als wäre das das Beste.

Aber Gaborn erstarrte. Er spürte, daß Gefahr sie umgab. »Nein, das wage ich nicht. Ich möchte, daß du an meiner Seite bleibst. Wir werden jemand anderen schikken, vielleicht meinen Vetter.«

»Das muß genügen«, erwiderte Jerimas. »Ich werde über die Angelegenheit nachdenken.«

Gaborn fühlte sich gefühlsmäßig und geistig erschöpft, selbst mit all seinen Gaben. Seine Erschöpfung ging weit über körperlichen Schmerz hinaus. Sein Geist war nun seit Stunden, nein, seit Tagen überbeschäftigt gewesen. Er schloß die Augen. »Ich überlasse das Euch Männern. Versucht, mit den Friedensverhandlungen zu beginnen, und bereitet unsere Verteidigungsanlagen vor. Aber schickt keine Meuchelmörder, nehmt nichts voraus. Unser Kampf ...« Wieder mußte er an Binnesmans Warnung denken. Er kämpfte nicht gegen Menschen oder Greifer, sondern gegen unsichtbare Mächte. Was hatte das zu bedeuten? Wie konnte er gegen diese Mächte kämpfen? Wie konnte man Feuer oder Luft besiegen?

»Wir kämpfen nicht gegen Menschen oder Greifer«, sagte Gaborn. »Ich fürchte, der Kampf kann nicht mit Schwert oder Schild gewonnen werden.«

Bei dieser Bemerkung blickte Binnesman von seinem Tisch auf, wo er auf den Wylde geschrieben hatte. »Ihr lernt offenbar«, sagte er. »Ihr habt keine größere Chance, diesen Kampf zu gewinnen, als Ihr hoffen könntet, das Feuer der Sonne auszutreten oder die Luft aus dem Himmel zu reißen.«

Alle Augen wandten sich dem Zauberer zu, seinem gebeugten Rücken, seiner grünlichen Haut. Jerimas fragte: »Wie meint Ihr das? Können wir nicht siegen?«

»Unser Ziel ist es nicht zu erobern, sondern zu überleben«, meinte der Zauberer.

Das war es. Gaborn hoffte, sein Volk retten zu können, nicht mehr. Gaborn stand auf und streckte sich, während die Männer begannen, lebhaft aufeinander einzureden, von Lords sprachen, mit denen sie sich in Verbindung setzen wollten, von Zäunen, die repariert werden müßten. Er überließ sie ihrer Arbeit.

Binnesman beugte sich wieder über seinen Wylde und bereitete die grüne Frau so gut wie möglich vor. Er legte eine knorrige Wurzel auf ihre Stirn und begann zu rezitieren.

Gaborn wagte nicht, die Rezitation zu stören. Iome stand auf, und Gaborn ging zur Tür. Iome folgte ihm. Der Regen fiel. Wenn die Tröpfchen an der beleuchteten Tür vorbeifielen, blitzten sie einen Augenblick lang auf wie Gold. Gaborn konnte die Hütten auf der anderen Straßenseite kaum erkennen.

Schweißperlen liefen über Gaborns linke Schläfe. Iome drückte ihm die Hand, versuchte ihn zu trösten.

»Was ist denn?« fragte sie.

»Ich spüre ... daß Gefahr aufkommt«, sagte Gaborn. »Ich hatte gehofft, die Berater meines Vaters könnten helfen, aber ich fürchte, daß keiner ihrer Pläne, ganz gleich, wie klug sie sind ... viel ändern kann.«

»Du hältst mich absichtlich in deiner Nähe«, sagte Iome. »Spürst du, daß mir Gefahr droht?«

»Nichts Unmittelbares. Aber ... bleib in meiner Nähe.«

KAPITEL 5
Verliebt

Liebe und stirb gut. Verglichen mit diesen beiden Dingen ist alles andere im Leben unbedeutend.

Ein Sprichwort aus Fleeds

Erin striegelte ihr Pferd und fütterte es gut. Ihnen stand ein langer Ritt bevor, nach Norden, nach Fleeds, und darüber hinaus nach Süd-Crowthen. Das Tier würde alle Nahrung brauchen, die sie ihm geben konnte.

Sie freute sich auf diese Reise, selbst wenn sie befürchten mußte, daß sie ein unglückliches Ende nehmen würde. Celinors Vater klang gefährlich. König Anders intrigierte gegen Gaborn, und er hatte vor zu beweisen, daß Erin die rechtmäßige Erbin der Krone von Mystarria war. Also würde sie sich dem Mann wohl stellen müssen.

Vor dem Stall fiel kalter Regen vom Himmel. Der Duft danach hing schwer in der Luft und mischte sich mit dem süßen Geruch von Pferden.

Nach der Schlacht von Carris war Erin froh über den sauberen Geruch von Regen und Pferden und dem offenen Land. Der Schlachtengestank, die Fäulnis bei Carris, die Bilder sterbender Menschen, Gedanken daran, daß ihr Vater gestorben war, während Raj Ahten davonkam – all das nagte an ihr.

Sie wollte sich wieder sauber fühlen. Sie wollte im

Herbstregen stehen und ihn über sich hinwegwaschen lassen.

Den ganzen Abend im Gasthaus war sie sich der Anwesenheit von Prinz Celinor bewußt gewesen. Er hatte sie insgeheim immer dann beobachtet, wenn er glaubte, daß sie nicht hinschaute. Dasselbe hatte er auch auf dem Ritt nach Norden getan. Er hatte es getan, als sie vor dem Feuer saß, das langsam niederbrannte.

Er hatte sie gewonnen, das wußte er. Vor der Schlacht bei Carris hatte er sie gebeten, mit ihm zu schlafen, falls er ihr Leben rettete. Es war ein ungeschickter Versuch der Werbung. Sie kamen aus verschiedenen Ländern mit vollkommen unterschiedlichen Sitten. Er hatte keine Ahnung, wie man sich in Fleeds einer Frau näherte. Also hatte sie sich dem Geist seiner Bitte ergeben.

Er hatte ihr Leben in der Schlacht zweimal gerettet, obwohl er zu höflich war, sie nun daran zu erinnern. Dennoch wußte sie, daß er dem Gedanken daran nachhing.

Celinor kümmerte sich um sein Pferd und ersetzte ein Hufeisen an seinem linken Vorderhuf. Er sprach nicht mit Erin.

Sie kletterte hinauf zum Heuboden des Stalls. Das Stroh dort war warm, duftend und tröstlich. Das Dach war dicht. Es hielt das Stroh trocken.

Der Stalljunge hatte die Pferde der neuen Gäste für die Nacht hereingebracht. Er war damit fertig, sie zu füttern und zu striegeln, und ging dann schließlich nach Hause. Sie war mit Celinor allein.

Celinor war damit fertig, sein Schlachtroß zu beschlagen. Er ging in die Sattelkammer, um das Leder seines Sattels und der Zügel zu ölen. Erin schlich sich hinter ihm her und fand ein schönes, ledernes Führseil.

Sie zog es über Celinors Hals. Er erstarrte bei der Berührung. Sie flüsterte: »Komm mit.«

»Was?«

Sie sagte nichts mehr, zog das Seil einfach fest, legte es über ihre Schulter und führte ihn zum Heuboden.

»Wohin gehen wir?« fragte er. »Wofür ist das Seil gut?«

»In alter Zeit«, sagte Erin, »beanspruchten die Reiterinnen von Fleeds einen Mann auf dieselbe Weise, wie sie ein Fohlen eingefangen hätten. Sie banden ihn und brachten ihn in den Pferch. Es wird nicht mehr häufig auf diese Weise getan, aber ich bin ein altmodisches Mädchen.«

»Das brauchst du nicht«, sagte Celinor. »Du brauchst nicht mit mir zu schlafen. Ich meine ... ich habe dir heute zweimal das Leben gerettet, aber falls du nicht mitgezählt hast – du hast mich mindestens ebensooft gerettet.«

Erin wandte sich ihm zu. »Du glaubst also, daß wir quitt sind? Daß eine gute Tat die andere nichtig macht?«

Celinor nickte. Vielleicht hatte er schon alles erreicht, was er wollte, indem er ihre Aufmerksamkeit erregte. Vielleicht war er einfach nur schüchtern.

»Die Sache ist«, flüsterte Erin, »es gibt so viele Arten, das Leben eines Menschen zu retten.« Sie konnte nicht recht ausdrücken, was sie empfand. Ihre Trauer über das, was an diesem Tag geschehen war, ihren Schmerz über den Verlust ihres Vaters. »Ich tue es nicht für dich. Ich tue es für uns.«

Celinor betrachtete sie nachdenklich. »Du würdest mich heiraten? Jetzt, mitten im Krieg?«

»Kriege passieren einfach«, meinte Erin.

Celinor strich ihr übers Haar und beugte sich vor, um sie zu küssen. Erin lehnte sich an ihn. »Wenn du mich nicht willst«, sagte sie, »kann man der Schlinge auch wieder entgehen.«

»Und wenn ich ja sagen möchte, mit ganzem Herzen? Wie heiratet ein Mann eine Reiterin aus Fleeds?«

Sie drehte sich um, nahm das Seil wieder und führte ihn hinauf zum Heuboden, wo das Stroh warm und trokken war.

KAPITEL 6
Ende einer Liebe

Bewahre die Erinnerungen an gute Zeiten wie einen Schatz und wirf die an schlechte Zeiten weg.

Sprichwort aus Heredon

Ich möchte dir meinen Vater vorstellen.« Borensons Worte hallten in Myrrimas Geist wider, und einen Augenblick lang glaubte sie, er hätte den Verstand verloren. »Roland. Er heißt Roland.«

In flackerndem Licht der Laterne, die das kleine Mädchen hielt, spähte Myrrima zu der Leiche nieder. Tatsächlich sah der tote Mann zu ihren Füßen Borenson sehr ähnlich, aber er war mehrere Jahre jünger. Dieser Mann lag am Boden und starrte zum Himmel hinauf. Eine Wunde an seiner Schulter war grob verbunden, aber Blut schwärzte sein Hemd überall. Das Mädchen wischte sich mit dem Ärmel die Tränen ab. Kalter Regen fiel.

»Dein Vater?« fragte Myrrima.

»Er war ein Übereigner«, sagte Borenson. »Er hat dem Haus Orden seinen Stoffwechsel übereignet. Mehr als zwanzig Jahre hat er im Blauen Turm geschlafen. Er erwachte erst vor einer Woche. Ich ... ich bin ihm nie zuvor begegnet.«

Myrrima nickte; sie war zu entsetzt, um etwas sagen zu können. Borenson war seinem Vater erst jetzt begegnet?

Borensons Stimme war förmlich und angespannt, vollkommen tonlos. »Es ist interessant, wie man um jemanden trauern kann, dem man nie begegnet ist. Als ich ein Kind war, wußte ich, daß meine Mutter mich haßte. Ich habe immer geträumt, daß mein Vater aufwachen und dann entdecken würde, daß er einen Sohn hatte. Ich habe geträumt, er würde mich vor meiner Mutter retten. Nun scheint es, daß er tatsächlich gekommen ist, um mich zu sehen. Aber ich konnte ihn nicht retten. Nun gut ...«

Es hieß, die Ritter von Mystarria seien härter als Stein. Man brachte ihnen bei, Schmerz und Tod nicht ernst zu nehmen. Es hieß, daß Borensons Lachen in der Schlacht selbst die stärksten Männer verstörte. Nun wußte Myrrima, daß der Schmerz Borenson beinahe zerriß, obwohl er ihn kaum anerkannte.

Myrrima erinnerte sich daran, daß ihre Mutter ihr einmal gesagt hatte, wenn ein starker Mensch ernsthaft über seinen Schmerz spräche, läge das häufig daran, daß er es nicht mehr ertragen könne und daher versuchte, die Last mit anderen zu teilen.

Jeder Ausdruck des Trostes, der Myrrima einfallen wollte, schien banal und unangemessen. Borenson blickte auf.

Nie hatte sie solche Pein in den Augen eines Mannes gesehen. Sie waren blutunterlaufen, die Lider rot gerändert. Die Augen selbst schienen mit einem gelben Film überzogen. Myrrima bemerkte, daß das, was sie für Regenwasser auf seinem Gesicht gehalten hatte, Schweißperlen waren.

»Kann ich etwas für dich tun?« fragte sie schließlich.

Er wandte sich ab.

»Es ist anscheinend nicht einfach, dich zurückzulassen«, meinte Borenson. Seine Stimme war angespannt.

»Nein«, erklärte Myrrima. »Ich lasse das nicht zu.«

Myrrima stieg vom Pferd und beugte sich über ihren Mann. Die Atmosphäre zwischen ihnen war so angespannt, daß sie es irgendwie nicht wagte, den Arm um ihn zu legen.

»Es wäre besser, wenn du gingest«, sagte Borenson, als spräche er zum Boden. Noch immer zitterte er. »Geh zurück nach Hause zu deinen Schwestern und deiner Mutter.

Sie wußte, wie sehr es ihn quälte, was er in der vergangenen Woche getan hatte. Er hatte auf Befehl von Gaborns Vater in Burg Sylvarresta zweitausend Übereigner getötet. Der Gedanke daran, Unschuldige getötet zu haben, folterte ihn.

Sie konnte nicht annähernd begreifen, wie schrecklich sich jemand fühlen mußte, der gezwungen gewesen war, Idioten und Kinder zu töten – Menschen, deren einziges Verbrechen darin bestanden hatte, ihren Herrn so sehr zu lieben, daß sie willens gewesen waren, ihre besten Eigenschaften mit ihm zu teilen.

Aber nun bemerkte sie etwas noch Finstereres in seinen Augen. Es lag ein Abgrund von Elend darin, der mit Worten nicht zu beschreiben war.

»Was ist denn geschehen?« fragte sie, so sanft sie konnte.

»Nun«, meinte er mit festerer Stimme. »Nicht viel.

Mein Vater ist tot. Ich habe Saffira gefunden, und die ist jetzt auch tot. Die Greifer haben sie beide erwischt.«

»Ich weiß«, antwortete Myrrima. »Ich habe ihre Leiche gesehen.«

»Du hättest sie lebendig sehen sollen«, erklärte Borenson, und plötzlich blitzten seine Augen auf, als erblickte er ihre Schönheit wieder in der Ferne. »Sie schimmerte wie Sonnenlicht, und ihre Stimme war so ... schön. Ich war überzeugt, daß Raj Ahten sie anhören würde.«

Einen Augenblick lang schwieg er. Dann blickte er wieder zu Myrrima auf und sagte befehlend: »Geh nach Hause. Ich bin nicht mehr der Mann, den du geheiratet hast. Dafür hat Raj Ahten gesorgt.«

»Was?« fragte sie. Er senkte den Blick, und Myrrimas Blick wanderte zu dem immer noch tröpfelnden und geronnenen Blut auf seinem Mantel, dort an den Oberschenkeln. Sie nahm an, er hatte eine Stichwunde erhalten, die bis in die Gedärme ging, und sei dabei, langsam zu sterben. »Was?«

»Es ist mir gelungen, die Aufgabe zu erledigen, die Gaborn mir gestellt hat«, erklärte Borenson. »Ich habe Saffira davon überzeugt hierherzukommen. Ich habe dafür gesorgt, daß sie getötet wurde. Ich habe dafür gesorgt, daß wir alle getötet wurden.«

Borenson griff nach seiner Kampfaxt und richtete sich daran auf. Er schwankte einen Augenblick, und Myrrima begriff, daß er fast keine Kraft mehr hatte. Plötzlich verstand sie seine Leidenschaftslosigkeit: Sie hatte die Verwundeten hier in Carris gesehen, einige mit Wundbrand selbst an den kleinsten Kratzern. Der Fluch der Todesmagierin hatte dafür gesorgt. Borenson war mitten in der Schlacht gewesen, wo die Flüche am intensivsten waren.

Und nun stand er hier zitternd, Schweiß perlte auf seiner Stirn, die Augen waren glasig.

Er wandte ihr den Rücken zu und begann, in die Nacht davonzuhinken, wobei er immer noch seine Kampfaxt als Krücke benutzte. Der Regen fiel nun ernsthafter, und die kalten Tropfen prasselten auf das tote Laub am Boden. Das kleine Mädchen mit der Laterne schluchzte jämmerlich. Borenson stolperte und fiel in den Dreck zwischen den Toten. Er regte sich nicht mehr.

Das Mädchen stieß einen Schrei aus, und Myrrima sagte: »Lauf und such einen Heiler.«

Das Mädchen reichte Myrrima die Lampe, und Myrrima ging zu ihrem Mann und drehte ihn um. Mit ihrer Gabe der Muskelkraft konnte sie das leicht tun. Borensons Augen waren ein wenig geöffnet, aber so verdreht, daß man nur das Weiße sah. Sie berührte seine Stirn, und die fühlte sich an, als würde sie brennen.

Das Mädchen holte keinen Heiler. Statt dessen sah sie zu, wie Myrrima Borensons Mantel und das Kettenhemd hochzog und nach der Quelle des Blutes und des Eiters suchte, die über seine Beine liefen.

Als sie die Wunde entdeckte, war sie viel schrecklicher als alles, was sie sich jemals vorgestellt hätte. Nein, Borenson war nicht mehr der Mann, den sie geheiratet hatte.

Raj Ahten hatte dafür gesorgt, daß er überhaupt kein Mann mehr war.

KAPITEL 7
Stimmen

Wenn ein Sturm durch die Bäume singt, hört man häufig die Stimmen von Menschen aus weiter Ferne. Aber dies sind die Lieder der Toten. Weise Menschen lauschen ihnen nicht.

Sprichwort aus Rofehavan

In Mystarria sang ein kalter Wind über das Dorf von Padwalton, nahe den Gezeitenhöfen. Es war eine Stunde vor der Morgendämmerung, und der Wind fegte Wolken über den Himmel. Er riß die braunen Blätter von den Kastanienbäumen und ließ sie auf die Hügel fallen, wo sie bei den Gebeinen der Blätter des letzten Herbstes lagen.

Der Wind ächzte durch kahle Zweige, und eine Bö ließ die Wäsche auf der Wäscheleine der alten Triptoe tanzen und flattern, als wäre sie lebendig, während der Eimer über ihrem Brunnen quietschend hin und her schwang.

Eine Melkerin spürte die Berührung des Windes an ihrem Rücken. Sie drehte sich um, um nachzusehen, ob jemand sie gestreift hatte. Sie zog ihren Umhang fester um sich und trieb ihre Kuh schnell in den Stall.

Dann zuckte ein Finger des Windes durch die Dorfstraße, tanzte über die dunkle Oberfläche von Pfützen, die vom Regen der letzten Nacht zurückgeblieben waren.

Er schlug gegen die Tür des Gasthauses zum Roten Hirsch und glitt dann durch eine Ritze darunter.

Die Wirtin holte gerade ein Blech aus dem Ofen – leicht getoastete Brotscheiben, überbacken mit Pilzen und Wild in Rotweinsoße. Sie sog den Duft ein, als sie sie zum Abkühlen in die Gaststube trug, dann bemerkte sie die Kälte.

Das Feuer unter dem Herd stellte die einzige Lichtquelle des Raumes dar und hatte ihn in der vergangenen Stunde warm und gemütlich gemacht.

Die Wirtin runzelte die Stirn, als sie den Durchzug bemerkte, und drehte sich um, um nachzusehen, ob die Tür offen war.

In einem Zimmer im Obergeschoß lagen mehrere Runenlords nach einem anstrengenden Ritt im Bett. Sie hatten erfahren, daß es in Carris Probleme gab. Sie kamen aus den westlichen Provinzen und waren auf dem Weg zur östlichen Grenze.

Einer von ihnen, Baron Beckhurst, schlief tief, als die Luft seinen Hals streifte.

»Töte die Königin«, flüsterte eine Stimme in sein Ohr, »denn sonst wird Iomes Sohn größer als sein Vater.«

Beckhurst drehte sich um und öffnete die Augen. Er flüsterte: »Sofort, Herr.«

Ohne seine Begleiter zu wecken, stand er auf. Rasch zog er sein Kettenhemd über und ging zu den Waffenvorräten, die einer seiner Mitreisenden dabeihatte.

Er wählte eine Lanze, die gut im Gleichgewicht war und deren Schaft gut in der Hand lag. Eisenbänder umgaben sie an einem Dutzend Stellen. Als er sie zum Himmel hob, blitzte ihre Spitze auf. Vor langer Zeit hatte seine Mutter ihm eine Rune der Luft beigebracht. Er zeichnete sie mit der Lanzenspitze, und ein flackernder blauer Blitz kringelte sich über die Waffe. Er grinste und ritt vom Gasthaus weg.

Der Wind reiste weiter.

KAPITEL 8
Der Himmel brennt

Nach dem Kampf bei Engtford fragte ich den guten Sir Gwyllium: »Wie geht es mit den Zwingeisen?«
Er wurde plötzlich sehr nachdenklich. Er sagte: »Keine mächtigere Waffe wurde je geschaffen! Fünfundvierzig starke Ritter habe ich zwischen dem Hahnenschrei und dem Sonnenuntergang getötet, aber ich bin immer noch nicht müde. Bei meinem Bart, solche Werkzeuge sollten dazu führen, daß höfische Männer jegliche Barbarei aufgeben!«
Aber seine Frau sagte: »Nein, ich denke, mit ihrer Hilfe werden grausame Menschen die Barbarei nur noch vergrößern.«

Über die Entdeckung der Zwingeisen, aus den Chroniken von Sir Gwyllium von Seward, aufgezeichnet von seinem Days

Eine Stunde vor dem Morgengrauen blitzten die Sterne über Raj Ahten an einem kalten Himmel, als hätten sie vor, das Firmament zu entzünden. Raj Ahten eilte über das Festgebirge und hinab zu den Wüsten von Indhopal: Er war schweißdurchtränkt, und an Wunden an seinem Knie und der Brust bildete das Blut Krusten. Sein schwarzes Schuppenpanzerhemd, zerrissen im Kampf, klirrte bei jedem Schritt wie Fesseln.

Der gewundene Pfad, auf dem er unterwegs war, zog sich über quälende Anhöhen und durch Schluchten, ringelte sich durch Schwarzfichtenwälder, die wie Speere zwischen zerklüfteten Felsen aus einer dünnen Schneekruste aufragten.

Es war bitterkalt, und Raj Ahten umklammerte seinen

Kriegshammer vor der Brust. Nach dem Kampf bei Carris waren die Greifer blind in alle Richtungen geflohen. Zweimal war Raj Ahten in den Wäldern über einige der Ungeheuer gestolpert und hatte sie getötet.

Aber in diesen Wäldern war Schlimmeres als Greifer unterwegs. Gaborn hatte viele von Raj Ahtens eigenen Unbesiegbaren gegen ihn gekehrt. Eine Truppe von ihnen war vor kurzem über den Paß geritten und hatte Hufabdrücke im frischen Schnee hinterlassen.

Also nahm Raj Ahten andere Wege, denen Pferde nicht folgen konnten und die schließlich an seinen Armeen vorbeiführen würden.

Wölfe heulten in den Wäldern. Sie rochen sein Blut, und nun folgten sie ihm, versuchten, mit seiner Geschwindigkeit Schritt zu halten. Raj Ahten konnte seine eigenen Lebenssäfte riechen, wie sie zwischen den anderen Düften nach Schnee, Eis, Stein und Bäumen hingen.

Er bemerkte, daß er schwer atmete; die Muskeln in seiner Brust verkrampften sich. Die Luft so hoch in den Bergen war dünn und stach in seine Lungen wie Nadeln.

Seine Rüstung drohte ihn zu erdrücken; das Metall zog die Wärme aus seinen Knochen. Er hatte die Rüstung die ganze Nacht getragen, aber endlich zog er das zerrissene Kettenhemd aus und warf es zu Boden. Schwarze Schuppen brachen ab und verstreuten sich über den Schnee, als hätte er einen Karpfen gegen einen Stein geschmettert.

Raj Ahtens Magen zog sich vor Hunger zusammen.

Mit so vielen Gaben der Muskelkraft und des Durchhaltevermögens hätte er sich lebendig und von endloser Energie erfüllt fühlen müssen.

Er fragte sich, welch seltsame Krankheit ihn befallen hatte. Vor nun elf Stunden hatte Binnesmans Wylde ihn angegriffen und ihm die Rippen gebrochen. Vielleicht waren die nicht richtig verheilt. Die ganze Nacht lang hatte er immer stärker werdende Schmerzen verspürt – in den Wunden in seiner Brust und in seinen Muskeln, als litte er an einer auszehrenden Krankheit.

Er befürchtete, daß einige Übereigner gestorben waren, was bewirkte, daß er an Durchhaltevermögen verlor. Aber der Tod eines Übereigners brachte für gewöhnlich plötzliche Übelkeit und ein jämmerliches Verlustgefühl mit sich, wenn die magische Verbindung durchtrennt wurde. Das hatte er nicht gespürt.

Raj Ahten schlich sich leise über eine kleine Erhöhung und bemerkte etwas Seltsames: Eine halbe Meile entfernt, in einem schattigen Tal, schwebte sein Späherballon in einer Lichtung – ein großer Ballon, der geformt war wie ein Graak.

Auf dem Boden darunter brannte ein Feuer, dessen Flammen vom Schnee reflektiert wurden und bis in die seidigen Schwingen des Graaks leuchteten.

Ein paar von seinen Männern hockten neben dem Feuer und kochten Tee – sein Berater Feykaald, zusammen mit drei Flammenwebern: Rahjim, Chespot und Az. Der Days, der die Chronik von Raj Ahtens Leben schrieb, befand sich ebenfalls bei der Gruppe.

Feykaald war ein alter Mann, hatte sich seinen grauen Burnus über den Kopf gezogen und sich in einen schwarzen Umhang wie in eine Decke gewickelt. Die Flammenweber trugen nichts als Lendenschurze und erfreuten sich dicht am Feuer. Die Flammen vieler Feuer hatten schon vor langer Zeit jegliches Haar von ihren braunen Häuten gefressen. Ihre Augen glitzerten wie Spiegel und reflektierten das Licht des Lagerfeuers in Vollendung.

Raj Ahtens treueste Gefolgsleute saßen still dort, als warteten sie auf ihn – oder als hätten sie ihn lautlos heraufbeschworen.

Er steckte den Kriegshammer in die Scheide und ging auf das Lager zu. *»Salaam«*, sagte er. *Frieden.* Die Männer sahen ihn an, und jeder murmelte ebenfalls: »Salaam«.

»Rahjim«, fragte Raj Ahten den mächtigsten Flammenweber, »habt Ihr gesehen, daß eine Patrouille vorbeigekommen ist?«

»Kurz bevor wir landeten, sind Reiter den Weg entlanggezogen. Es waren die Richter der Ah'kellah.«

»Aufrührer«, verbesserte ihn Raj Ahten. »Ich bin froh, daß nicht alle meine Leute dem Erdkönig folgen.«

Rahjim zuckte die Achseln. »Der Erdkönig könnte mich ebensowenig erwählen wie einen Wasserbüffel.«

Rauch drang bei diesen Worten aus seinem Mund.

Raj Ahten grinste, blieb aber einfach nur keuchend im Schimmer des Lagerfeuers stehen und wärmte sich die Hände in dem bleichen Rauch. Ein Holzscheit knisterte; Gedanken schossen in den Himmel hinauf.

Das Feuer fühlte sich gut an. Es brannte die Kälte und

den Schmerz weg. Flammen breiteten sich über dem Boden aus, als wollten sie an ihm lecken, obwohl kein Wind wehte. Er nahm an, daß die Zauberer die Flammen zu seinen Gunsten manipulierten.

Alle drei Flammenweber beobachteten Raj Ahten neugierig.

Rahjim sagte: »Großes Licht, geht es Euch ... gut?«

Raj Ahten gab zu: »Ich fühle mich ...« und fand dann keine Worte dafür. Er fühlte sich eindeutig schwach, gebrechlich und verwirrt. »Ganz wie ich selbst. Vielleicht habe ich allerdings einige Gaben verloren.«

Rahjim betrachtete ihn mit durchdringendem Blick. Flammenweber waren häufig hervorragende Heiler und imstande, selbst die kleinsten Beschwerden eines Menschen zu diagnostizieren.

»Ja«, sagte Rahjim nun. »Euer Licht ist sehr schwach. Bitte atmet den Rauch des Feuers ein und atmet ihn für mich wieder aus.«

Raj Ahten beugte sich dicht über das Feuer, atmete den Fichtenrauch ein und langsam wieder aus. Die Flammenwerfer studierten, wie der Rauch sich bewegte, und folgten seinem Pfad durch den Himmel.

Plötzlich riß Rahjim die Augen ein wenig auf. Er sah zu den anderen, als wolle er sich etwas bestätigen lassen, wagte aber nicht zu sagen, um was es ging.

»Was ist es?« wollte Raj Ahten wissen. Er fragte sich, ob er sich durch die Flüche der Greifer vielleicht eine Krankheit zugezogen hatte.

»In Euch gehen Veränderungen vor ...«, gestand Rahjim. »Das hier ist keine gewöhnliche Krankheit. Es hat mit Zauberei zu tun – mit Binnesmans Fluch. Erinnert Ihr Euch an Longmot?«

»Ja!« sagte Az, die Augen ebenfalls weit aufgerissen. »Jetzt sehe ich es auch!«

»Ihr seht was?« wollte Raj Ahten wissen.

Rahjim sagte: »Die Erdkräfte ziehen sich von Euch zurück. Das bewirkt ... die Veränderungen.«

»Welche Veränderungen?« wollte Raj Ahten wissen.

»Ihr habt Euer Durchhaltevermögen verloren – eine einzelne Gabe. Und eine der Geisteskraft, eine der Muskelkraft ...«

»Nur eine? Es fühlt sich nach viel mehr an.«

»Ihr habt Eure *Schlüssel*gaben verloren«, erklärte Rahjim.

Schlüsselgaben war ein Begriff, den die Annektoren benutzten. Es ging dabei um die Gaben, mit denen ein Mensch zur Welt gekommen war. Wie die Schlüsselsteine eines Torbogens hielten sie den Menschen zusammen. Das war eine verblüffende Neuigkeit.

»Ihr sterbt«, sagte Chespot schlicht. »In gewisser Hinsicht seid Ihr bereits tot.«

»Wie bitte?« sagte Raj Ahten.

Selbstverständlich hatte er von Toten gehört, die noch atmeten. Als Kind war er mit solchen Geschichten aufgewachsen. Ebenso wie ein seniler Mann seinen Zustand häufig mit Gaben der Geisteskraft verbergen kann – woraufhin er sich noch an alles erinnert, selbst während sein Hirn langsam dahinwelkt –, konnte ein toter Runenlord mit vielen Gaben des Durchhaltevermögens manchmal noch Stunden oder Tage in einem morbiden

Zustand überleben. Es gab ein Wort für einen solchen Mann.

»Was?« fragte Raj Ahten wie betäubt.

Rahjim sagte: »Ihr ... seid etwas, das es noch nie zuvor gab.«

Chespot betrachtete ihn forschend. »Über die Euch zugestandene Zeit hinwegzuleben ist keine Kleinigkeit. Euer Leben ist zu Ende, aber die Gaben, die Ihr übernommen habt, sind nicht zu jenen zurückgekehrt, die sie Euch verabreichten. Ihr habt einen großen Schritt vollzogen. Ich glaube, Ihr seid tatsächlich die Summe aller Menschen. Ihr seid ewig.«

Bin ich das? fragte sich Raj Ahten. Seit Jahren hatte er Gaben gesammelt, versucht, zur Summe aller Menschen zu werden, zu jenem mythischen Geschöpf, das unsterblich werden konnte. Er hatte die Muskelkraft, das Durchhaltevermögen und die Geisteskraft Tausender gesammelt und war immer mächtiger geworden, bis er sich gefühlt hatte, als wäre er selbst eine der Elementarmächte wie die Erde oder die Luft.

Aber nun fühlte er sich eher verringert. Dieser morbide Zustand war nicht das, was er sich vorgestellt hatte. Chespot hatte unrecht. Er fühlte sich nicht wie eine ewige Macht. Seine Sinne warnten ihn, daß es immer noch schlimmer werden würde – es war, als wäre er eine Motte in einem Spinnennetz irgendwo zwischen Leben und Tod.

Raj Ahtens Days fragte: »Euer Hoheit, erinnert Ihr Euch an den genauen Augenblick, als dies begann?«

Raj Ahten verzog nachdenklich das Gesicht. Ein Teil

von ihm war mit Saffira gestorben. Sie war die schönste und seltenste Blüte gewesen.

Und als er seine Unbesiegbaren zusammengerufen hatte, ihnen befohlen hatte, ihm bei der Vernichtung Gaborns zu helfen, hatten sie sich statt dessen gegen ihn gewandt. Es war ein schrecklicher Kampf gewesen. Er war nur noch halb lebendig daraus entkommen.

»Ich kann mich nicht erinnern«, log Raj Ahten.

Einen Augenblick lang sagte niemand etwas.

Die Flammen des Lagerfeuers breiteten sich dicht am Boden aus und kamen auf ihn zu. Raj Ahten streckte die Hand aus, bis sie fast von Flammen umhüllt war. Eine Flamme leckte daran, und in dieser durchdringenden Kälte spürte er keine Hitze, nur Wärme, die in seine Knochen eindrang und den Schmerz linderte. Die goldenen Locken der Flammen waren wie Sonnenlicht, das durch die Bäume fällt, weich und strahlend. Die Flammenweber nickten wissend.

Az sagte: »Seht Ihr, wie das Feuer ihn aufsucht?«

Raj Ahten hatte geglaubt, daß die Zauberer die Flammen veranlaßt hätten. Nun sah er, wie sie sich ihm ehrfurchtsvoll zuneigten.

Chespot versicherte Raj Ahten: »Die Erdkräfte ziehen sich von Euch zurück. Aber nicht alles, was auf dem Angesicht der Erde einhergeht, braucht ihre Unterstützung. Ihr habt in der Vergangenheit unserem Herrn gut gedient. Die Wälder von Longmot sind zu Asche geworden, und das auf Euren Befehl. Wenn Ihr Euch krank fühlt, wenn Ihr weiter schwindet, wird mein Herr Euch dienen. Tretet ins Feuer und laßt den letzten Bodensatz wegbrennen. Übergebt Euch ihm, und es wird Euch erhalten.«

Nackte Begierde stand in der Miene des Flammenwebers, als hätte er sich seit Jahren nach diesem Augenblick gesehnt.

Die Flammen des Lagerfeuers krochen noch weiter auf Raj Ahten zu, als leckten sie hungrig am Schnee.

Raj Ahten zuckte zurück und starrte seine rechte Hand an. Sie fühlte sich tatsächlich besser an, wo die Flammen sie berührt hatten – als hätte er eine Salbe benutzt.

Binnesman hatte Raj Ahten gewarnt, daß er im Bann der Flammenweber stünde. Es stimmte, daß sie ihn zu ihren eigenen Zwecken benutzten, ebenso wie er sie benutzte.

In unendlichem Entsetzen begriff Raj Ahten, daß nun eine Wahl vor ihm lag. Er konnte weitermachen wie zuvor und schwinden, bis nicht einmal seine Gaben ihn noch retten konnten. Oder er konnte ins Feuer schreiten und seine Menschlichkeit verlieren und selbst ein Flammenweber werden.

Er taumelte rückwärts, zog sich vor dem Lagerfeuer in den Schnee zurück.

Feykaald und sein Days standen auf, als wollten sie ihm folgen, aber Raj Ahten winkte ab. Er wollte allein sein. Sein Herz klopfte heftig.

Rahjim warnte: »Das Feuer ist Euch wohlgesinnt. Das wird nicht immer so sein.«

Raj Ahten drehte sich um und lief ein paar Minuten weiter, dann blieb er auf einer Anhöhe stehen und rang keuchend nach Atem. Er betrachtete die Straße in den Tälern unter sich. Sie wand sich unter Bäumen hindurch und verlor sich ein paar Meilen weiter unter einer dünnen Wolkendecke. Dahinter hing Dunkelheit über der großen Wüste.

Ein Schatten flatterte über den Wald – eine Eule auf der Jagd. Er folgte ihr mit dem Blick, bis er sich zu den Sternen erhob. Im Nordosten ragten ein paar Berge wie Inseln aus dem Nebelmeer auf. Es war wunderschön.

Das Sternenlicht fiel auf den schneebedeckten Boden rings um ihn her. Die Bäume waren schwarze Gespenster im Schnee, das trübe Licht zog alle Farbe aus ihnen heraus.

Wie ein Gesicht, aus dem alles Blut gewichen ist, dachte er. All seine Gedanken kreisten um den Tod. Er schloß seine brennenden Augen, versuchte, nicht mehr an Saffira zu denken, wie sie auf dem Schlachtfeld in Carris gelegen hatte, mit einem Blutrinnsal über die Stirn und aus ihrer Nase.

Sie ist tot, aber ich lebe weiter.

Er biß die Zähne zusammen, weil er nicht mehr trauern wollte. Aber er konnte seine Gedanken nicht beherrschen. Erst gestern war Saffira diese Straße dort entlanggeritten. Mit seinen Gaben des Geruchssinns konnte er einen Hauch ihres Jasminparfüms in der Luft wahrnehmen, den Geruch des Schweißes ihres Pferdes. Saffira war für ihren Mut und ihr Mitgefühl gestorben.

Saffira war gestorben. Besser, es wäre Gaborn gewesen.

»Warum?« flüsterte Raj Ahten der Erde zu. »Du hättest

mich als deinen König erwählen können. Warum nicht mich?«

Er lauschte – nicht, weil er eine Antwort erwartete, sondern aus Gewohnheit. Wind seufzte durch den Wald tief drunten. In der Nähe raschelten Mäuse unter einer Schneekruste im trockenen Berggras – ein Geräusch, das für niemanden sonst hörbar gewesen wäre. Ansonsten nichts.

Raj Ahten war mit Geschichten von Menschen aufgewachsen, die dem Tod ein Schnippchen geschlagen hatten. »Hassan der Kopflose« war ein König, der vor achtzig Jahren gelebt hatte, und er hatte hundertvierzehn Gaben des Durchhaltevermögens übernommen. In einem Kampf hatte sein Feind ihn geköpft. Aber ebenso wie ein Frosch weiterlebt, selbst wenn er keinen Kopf mehr hat, lebte auch Hassan.

Hassans Körper kroch umher und schrieb sogar eine Botschaft in den Sand, in der er um einen gnädigen Tod bat. Aber sein Feind verspottete ihn und packte die untote Leiche in einen Käfig. Raj Ahtens Mutter hatte erzählt, daß Hassan geflohen war und daß man nachts in der Wüste immer noch hören konnte, wie seine Finger im Sand kratzten, wenn Hassan der Kopflose umherkroch, auf der Suche nach Rache.

Es war eine Geschichte, die nur dem Zweck diente, Kinder zu erschrecken.

Aber Raj Ahten hatte sich mit der Angelegenheit genauer beschäftigt und kannte die Wahrheit. Hassan hatte nur einen Teil seines Kopfes verloren – vom Gaumen aufwärts. Sein Körper hatte überlebt, weil die unteren

Teile des Hirns geblieben waren. So hatte er drei Wochen weitergelebt, gequält von Hunger und Durst, bis er vor Maden nur so wimmelte.

Raj Ahten hatte ein ähnliches Experiment mit einem mit vielen Gaben versehenen Meuchelmörder namens Sir Rover durchgeführt. Raj Ahten war überzeugt, daß seine eigenen Gaben ihn viel länger am Leben erhalten konnten, als die meisten annehmen würden.

Nun lag eine schreckliche Wahl vor ihm, aber am Ende fürchtete er, daß er doch keine Wahl hatte.

Raj Ahten ballte die Fäuste. Blut rauschte durch seine Adern. Er schwor: »Gaborn, die Erde wird mir gehören.«

Als Raj Ahten die Augen öffnete, entdeckte er tief unten in den Bäumen ein silbernes Leuchten, das nur ein Mann mit seiner Sehkraft entdecken konnte – die Farbe der Wärme eines lebendigen Körpers. Einen Augenblick später erkannte er zwei riesige Hirsche, deren Geweihe ineinander verhakt waren. Einer war bereits tot, niedergestreckt im Zweikampf. Aber das lebende Tier konnte sich nicht lösen.

Manchmal geschah so etwas im Herbst. Die großen Hirsche kämpften, und ihre Geweihe verhakten sich hoffnungslos und hielten beide Tiere im Todesgriff umfangen.

Selbst der Sieger schien nur noch halb am Leben zu sein.

Ich muß die Wahl jetzt noch nicht treffen, sagte sich Raj Ahten. Ich muß nicht ins Feuer schreiten und meine Menschlichkeit aufgeben. Hassan hatte nur einen Bruchteil des Durchhaltevermögens, über das ich verfüge.

Aus den nebligen Schluchten drunten kam ein Kraftpferd die Straße hinaufgaloppiert. Raj Ahten betrachtete den Reiter neugierig. Auf dem Pferd saß ein Wüstenjunge von neun oder zehn und wankte vor Müdigkeit. Er trug einen weißen Burnus, einen dunklen Umhang und einen Turban auf dem Kopf. Ein Botschaftskasten war an seinen Sattelknauf gebunden. Die Goldprägung darauf identifizierte ihn als kaiserlichen Botschaftskasten. Raj Ahten wußte, daß die Botschaft schlechte Nachrichten enthielt.

Er ging zurück zum Feuer unter dem Späherballon.

Der Junge schlug auf sein Pferd ein, als er näher kam. Der Hengst sah den graakförmigen Ballon und verdrehte vor Entsetzen die Augen. Er tänzelte, legte die Ohren zurück, blähte die Nüstern auf. Das Tier war schweißnaß. Es atmete stoßweise.

»O großes Licht!« rief der Junge, als er Raj Ahten erkannte. »Gestern haben die Greifer im Morgengrauen die Blutmetallminen in Kartish übernommen! Offenbar führt die Herrin der Unterwelt sie persönlich an.«

Feykaald keuchte. »Wenn der Angriff ähnlich war wie der auf Carris ...«

Raj Ahten wußte nun, wie gefährlich eine Greiferhorde sein konnte. Sein hervorragendes Gedächtnis zeigte ihm Bilder der Todesmagierin auf dem Knochenhügel, deren Stock von Licht pulsierte, wie sie ihre Beschwörungen in Form von Düften von sich gab, während ihre Untergebenen in der Nähe warteten. Ihre Flüche hatten jede lebendige Pflanze zerstört, seine Truppen geblendet und taub werden lassen und das Wasser aus den Körpern der Menschen gesogen.

Die Greifer in Kartish konnten unsäglichen Schaden anrichten. Allein die Zerstörung der Ernten würde überall in Indhopal zu Hungersnöten führen.

»Alle sind in den Kampf gezogen«, keuchte der Junge, »bis auf deine Diener im Kanarienpalast in Om. Sie bringen Eure Übereigner nach Norden. Sie haben mich ausgeschickt ...«

»Du sagst, die Herrin der Unterwelt selbst führte sie an?«

»Ja«, sagte der Junge und riß die ängstlichen Augen weit auf. »Eine riesige Todesmagierin. Niemand hat je von solchen Ungeheuern gehört.«

Selbstverständlich. Jetzt begriff Raj Ahten. Die Greifer hatten ihre besten Truppen nach Indhopal geschickt. Es war dichter bevölkert als Rofehavan und mächtiger. Nur die Kräftigsten unter ihnen hätten gewagt, dort einzudringen.

Raj Ahtens Weg stand fest. Sein Volk brauchte ihn.

Er riß den Jungen vom Pferd und sprang auf den Rükken des Tieres. »Folgt mir, so schnell ihr könnt«, rief Raj Ahten den Flammenwebern zu.

Feykaald sah ihn an, nach Befehlen heischend. Raj Ahten dachte rasch nach. Er fühlte sich krank, als sei selbst seine Seele im Schwinden begriffen. Er mußte stark sein. »Kehrt nach Carris zurück«, befahl er. »Findet heraus, was der Erdkönig mit meinen Zwingeisen gemacht hat. Ich werde sie brauchen.«

»Er wird mir nicht trauen«, wandte Feykaald ein.

»Er wird es tun, wenn er glaubt, daß Ihr gegen meinen Willen dort seid«, sagte Raj Ahten. Er griff nach dem goldenen Botschaftskasten und warf ihm Feykaald zu. »Erzählt ihm von den Greifern in Kartish. Erzählt ihm, daß die Herrin der Unterwelt sie anführt. Sagt ihm, Ihr seid gekommen, um ihn anzuflehen, Indhopal zu retten.«

»Glaubt Ihr, daß er kommen wird?« fragte Feykaald.

»Er wird zumindest darüber nachdenken.«

»Wie Ihr befehlt, o Licht der Welt«, erwiderte Feykaald.

Raj Ahten riß den Hengst herum und machte sich auf den Weg nach Kartish.

KAPITEL 9
Zaubergeboren

Ich habe keinen Vater. Wie alle Erdwächter bin ich aus der Erde geboren.

Der Zauberer Binnesman

Während sich das Licht langsam vom Himmel senkte und über die zerstörten Felder dreißig Meilen nördlich von Carris ausbreitete, fragte Myrrima Averan: »Du weißt also nichts weiter?«

»Ich habe Euch alles gesagt«, erwiderte Averan. Sie hatte erzählt, wie sie Roland Borenson, Myrrimas Schwiegervater, auf dem Weg nach Carris begegnet war, zusammen mit Baron Poll und der grünen Frau. Averan hatte Myrrima berichtet, wie sie von Roland und Baron Poll getrennt und schließlich von Myrrimas Mann und Saffira gerettet wurde. Sie erzählte Myrrima, wie sie Sir Borenson geholfen hatte, nach Carris hineinzukommen, um nach seinem Vater zu suchen.

Averan sah, daß diese Geschichte Myrrima weh tat.

Hinten im Wagen schlief Sir Borenson tief. Ein glühendes Fieber schien jederzeit bereit, ihn vollends zu verzehren. Myrrima hatte am vergangenen Abend alles für ihn getan, was sie konnte. Sie hatte Balsam aufgetragen, den sie von den Heilern erhalten hatte, hatte ihn mit Wein gewaschen und Wasserzauber gemurmelt. Sie waren über Nacht in Carris geblieben, aus Angst, in der Dunkelheit auf Greifer zu stoßen. Aber im ersten Morgengrauen hatte Myrrima mit ihrem Mann jenen entsetzlichen Ort verlassen, in der Hoffnung, daß der Zauberer des Königs in Balington Borenson heilen konnte.

Ein Kraftpferd zog den Wagen, und die Räder sangen beinahe, als sie sich über die Straße durch das tote Land drehten.

Averan hatte behauptet, sie hätte eine »dringende Botschaft« für den König, und hatte sich Myrrima angeschlossen. Sie hatte bei ihrer Geschichte ein paar Einzelheiten ausgelassen.

Die Sonne ging nun weit hinter den eichenbedeckten Hügeln auf, wie ein kaltes, rotes Auge. Averan blinzelte in diese Richtung, dann zog sie die Kapuze übers Gesicht.

Ihr gefiel das brennende Gefühl nicht, das die Sonne bewirkte. Ihre Haut kribbelte bei dieser Berührung. Ihre Hände juckten, als hätte sie Nesseln berührt.

Aber sie war froh, nicht an Borensons Stelle zu sein. Myrrima hatte sein Hemd hochgezogen und unter seine Rüstung geschaut, und Averan hatte einen kurzen Blick auf die Wunde werfen können.

Diese Wunde wäre unter allen Umständen grausig gewesen, selbst wenn sie sich nicht entzündet hätte. Averan hatte nicht gewußt, daß Menschen einander so etwas antun konnten.

»Myrrima«, fragte Averan, »wenn du einem Bullen die Eier abschneidest, wird er zum Ochsen. Und wenn man einem Hengst die Eier abschneidet, ist er ein Wallach. Wie nennt man es, wenn das einem Mann passiert?«

»Eunuch«, erwiderte Myrrima. »Raj Ahten hat aus meinem Mann einen Eunuchen gemacht.«

»Oh«, sagte Averan. »Das bedeutet, daß er keine Kinder haben kann, nicht wahr?«

Myrrimas dunkle Augen füllten sich mit Tränen, und sie biß sich auf die Lippe. Einen Augenblick später sagte sie: »Das stimmt. Wir können keine Kinder haben.«

Averan wagte nicht, noch mehr Fragen zu stellen. Es war zu schmerzlich für Myrrima.

»Ich habe gesehen, wie du um Roland geweint hast«, sagte Myrrima.

»Er ist tot«, sagte Averan. »Alle, die ich kenne, sind tot: Roland und Brand und meine Mutter.«

»Ich war in Longmot, als der Wicht von Erden Geboren dort hinkam«, meinte Myrrima. »Er hat sein Kriegshorn geblasen, und Männer, die an diesem Tag gestorben waren, erhoben sich und gesellten sich zu seiner Jagdgesellschaft. Sie waren glücklich, Averan. Der Tod ist kein Ende. Er ist ein Neubeginn. Ich bin sicher, daß Roland glücklich ist, wo immer er sein mag.«

Averan sagte nichts. Sie konnte nicht sicher sein, was die Toten empfanden.

»Du hast ihn nicht lange gekannt«, sagte Myrrima, als ob Averan sich deshalb besser fühlen sollte.

Averan schüttelte den Kopf. »Er sagte ...«, schniefte sie. »Er sagte, er wolle mit dem Herzog sprechen, damit er mein Vater werden könnte. Ich hatte nie einen Vater.«

Myrrima griff nach Averans Hand. Sie sah in die Augen des Mädchens und erklärte: »Wenn der Herzog ihm das gewährt hätte, dann wäre ich deine Schwägerin geworden.« Myrrima drückte ihr die Hand. »Ich könnte immer noch eine andere Schwester brauchen.«

Averan biß die Zähne zusammen, dann versuchte sie, ihren ganzen Mut zusammenzunehmen.

Sie zitterte. Ihre Gedärme waren immer noch verkrampft und vor Schrecken verzerrt. Sie hatte am Abend zuvor das Hirn eines Greifers gegessen, aber sie wagte nicht, Myrrima davon zu erzählen. Sie wagte nicht, einer Fremden zu erzählen, wie die Erinnerungen des Greifers sie nun verfolgten.

Averan kletterte vom Kutschbock in den Wagen hinein und rollte sich im Heu zusammen. Die frische Unterlage roch nach süßem Klee und Schimmelgras und Haferstroh. Sie vergrub ihr Gesicht darin, aber es hielt die Erinnerungen nicht fern.

Vor ihrem geistigen Auge sah Averan eine riesige Greifermagierin, die durch eine windige Höhle nach oben glitt. Abbild und Gerüche kamen unnatürlich deutlich zu ihr, wie bei einem Wachtraum, oder als wäre die Erinnerung wirklicher als ihr eigentliches Leben.

Averan sah diese Szene nicht wie ein Mensch. Greifer haben keine Augen. Statt dessen spüren ihre Fühler das Leben auf eine Weise, die Averan nicht verstehen konnte. Für einen Greifer schimmerten lebende Tiere im Dunkeln, wie ein Blitz leuchtet.

Nun erinnerte sich Averan daran, wie die Greifermagierin schimmerte und in Gerüchen zu ihr sprach. »Folge meiner Spur.«

In ihrer Erinnerung hatte Averan keine andere Wahl, als zu folgen. Aber sie hatte entsetzliche Angst, und sie wußte, daß sie sich an einen Ort begab, zu dem sie nicht gehen wollte. Sie bemerkte Gerüche in der Luft, die Schreie von Greifern in entsetzlicher Qual.

Die Fühler nahe dem After der Einen Wahren Meisterin begannen Worte auszuscheiden, und Averan huschte vorwärts, um sie zu schmecken.

»Hab keine Angst«, sagte die Eine Wahre Meisterin. »Du riechst Schmerz, aber er soll dir nicht angetan werden. Das Blut der Getreuen wird für dich süß schmekken.«

Das Abbild verschwand. Averan bemerkte, daß sie das Bewußtsein verloren hatte.

Sie hatte offenbar ein paar Minuten geschlafen, denn ihre Augen brannten nicht mehr so sehr. Aber ihr Magen tat immer noch weh, weil sie soviel gegessen hatte. Sie legte die Hände darauf.

Averan kämpfte gegen eine unterschwellige Angst an. Sie erinnerte sich an Teile dessen, was als nächstes geschehen war. Sie erinnerte sich an Zwingeisen und Bannsprüche.

Die Eine Wahre Meisterin hatte ihrer Dienerin eine Gabe übertragen. Aber Averan wußte nicht genau, von welcher Art diese Gabe gewesen war. Averan war nicht imstande gewesen, viel vom Hirn des Ungeheuers zu essen – nicht einmal ein Zehntel. Sie wußte nicht alles, was die Magierin gewußt hatte, und begriff nicht viel von den Gedanken und Erinnerungen des Greifers.

Und es waren die Dinge, die sie nicht wußte, die Averan am meisten ängstigten.

Sie versuchte ruhig zu bleiben, behielt ein Bild des Greifers in ihrem Kopf und fragte sich, warum Greifer lebende Geschöpfe sahen, als leuchteten sie. Averan nahm an, es läge daran, daß sich innerhalb von lebenden Wesen so etwas wie Blitz befand. In warmen Sommernächten, wenn die Wolken niedrig über den Horst der Graaks in Burg Haberd hinwegrollten, hatte sie ihre Wolldecke weggeschoben und winzig kleine Blitze auf ihrer eigenen Haut bemerkt. Brand hatte damals gesagt, das läge daran, daß es auch in ihr Blitze gäbe.

Averan lag neben Sir Borenson und stützte den Kopf auf die Hand. Sie bemerkte ein paar hellgrüne Dinge – Wurzeln – die sich in den Stoff ihres Kleides verflochten hatten.

Sie zupfte ein paar heraus und warf sie aufs Heu. Es hatte die ganze Nacht geregnet, also war ihr Kleid naß geworden, und dann waren viele Grassamen daran hängengeblieben.

Nun sprossen sie. Sie waren überall in ihrem Kleid, wie kleine, grüne Würmer. Averan beschloß, sie später herauszuzupfen.

Der Wagen kam unter einem Baum durch, und Averan sah die Schatten der Äste. Sie holte tief Luft, atmete den Duft von Feldern und Hügeln ein.

Dann setzte sie sich aufgeregt hin. Sie hatten das tote Land hinter sich gelassen! Ihr Kopf schmerzte immer noch. Sie blinzelte ins Sonnenlicht und zog ihren Umhang fest um sich.

Nach einer Gewitternacht stand nun die Sonne am Himmel und warf ihre gebrochenen Silberspeere durch zerrissene Wolken auf die smaragdgrünen Hügel. Die Hähne in einem Bauernhaus in der Nähe feierten mit einem Geschrei, als wäre es der erste Sonnenaufgang seit einem Monat, und das ganze Land war mit dem Gesang von Lerchen und dem Zwitschern von Spatzen unter jedem Busch erfüllt.

Die runden Hügel zu ihrer Linken schienen sich vor den Bergen zu verbeugen. Der Regen der Nacht war in das vom Sommer vertrocknete Gras gedrungen, und nun roch das Land feucht und frisch. Die Blätter von Ahorn und Erlen auf den niedrigeren Hängen hatten bereits begonnen, sich zu verfärben, und überzogen die Landschaft mit Schattierungen von Rot und Gold.

Rechts wand sich ein silberner Bach durch einen Erlenhain. Weiße Enten quakten, als sie am Bachufer fraßen.

Vor ihnen lag ein Dorf mit strohbedeckten, niedrigen Hütten, die an der Straße aufgereiht waren. Geißblatt und Efeu rankten über Gartenmauern.

Alles hier war so lebendig – alles außer Sir Borenson. Er war nicht mehr bleich, sondern von einem fiebrigen Rot. Schweiß lief ihm über die Stirn.

»Wo sind wir?« fragte Averan.

»In Balington«, erwiderte Myrrima. »Du hast länger als eine Stunde geschlafen.«

Averan sah sich die Hütten an. Gestern war sie imstande gewesen, Gaborn auf dem Schlachtfeld zu spüren. Sie hatte den Erdkönig als große Flamme erblickt, die vor ihr stand, selbst wenn sie die Augen schloß. Angeblich befand sich der Erdkönig in diesem Dorf.

Nun streckte sie ihre Sinne aus und versuchte ihn zu finden. Aber die Flamme war verschwunden.

Dennoch, dieses Dorf hatte etwas an sich. Sie spürte eine Macht hier, alt und gewaltig. Sie konnte die Mitte dieser Macht nicht finden, hätte nicht sagen können, ob sie gut oder böswillig war. Aber sie hatte das Gefühl, direkt auf ihr Schicksal zuzufahren.

Sie fuhren ins Dorf hinein, vorbei an vierzig schönen Pferden, die alle mit Decken bedeckt vor dem Stall standen. Averan entdeckte auch einen Wagen mit mehreren kräftigen Soldaten in der Nähe – die hielten sicher Wache über dem Schatz des Königs. Es sah so aus, als mache sich der König bereit, aufzubrechen.

Ein Dorfjunge in einer Lederhose, grünem Hemd und einer Mütze mit einer Feder daran, führte eine Milchkuh über die Straße. Sahne tröpfelte aus ihrem geschwollenen Euter.

Myrrima hielt lange genug inne, um den Jungen zu fragen: »Wo ist der Zauberer des Königs?«

»Hinter dem Haus«, sagte der Junge und zeigte auf den Gasthof.

Myrrima fuhr den Wagen zur Rückseite des Gasthofs. Sie fuhr an einem steinernen Zaun entlang, der mit Jasmin- und Hopfenranken überzogen war, bis sie an ein hölzernes Tor kam. Sie stieg vom Kutschbock und schob den Riegel zurück.

»Kommst du?« fragte Myrrima. »Du sagtest, du hättest eine Botschaft, die nur für die Ohren des Königs bestimmt ist.«

Nun, da sie hier eingetroffen war, war Averan die

Lüge unangenehm. Sie fürchtete, wenn sie Gaborn ihre Geschichte erzählte, würde er sie für verrückt halten. Ein matter Schmerz pulsierte in ihrem Nacken.

Sie nahm ihren ganzen Mut zusammen. »Ich komme.«

Steifbeinig sprang sie aus dem Wagen und ging durchs Gartentor. Braunweiße Tauben stolzierten über das Dach eines Taubenschlags und gurrten leise. Ein graues Eichhörnchen sprang mit wehendem buschigem Schwanz einen Kirschbaum hinauf.

Gaborns Days stand am Ende des Gartens in einem Flecken Sonnenlicht. Der magere Gelehrte mit seinem kurzgeschnittenen Haar und den rostfarbenen Gewändern stand ruhig da, die Hände hinter dem Rücken verschränkt, und sah einfach nur zu.

Der König selbst saß auf einem Stein unter einem Mandelbaum mitten im Garten. Er trug ein Kettenhemd, wie für den Kampf. Schweiß hatte das gesteppte Hemd unter seinen Armen dunkler werden lassen, als hätte er bereits schwer gearbeitet. Aber er sprach nur. Mindestens dreißig Ritter umgaben ihn, alle im Gras sitzend, in ihren besten Rüstungen, die jungen Knappen mit ihren geraden Haarschnitten und ihren schlichteren Gewändern warteten im Schatten dahinter. Die meisten Lords kamen aus Mystarria, aber Averan sah auch ein paar leere Schilde und sogar ein paar Unbesiegbare, die ihre Waffenröcke abgerissen hatten, so daß sie nicht mehr das Gold und Scharlachrot von Raj Ahten trugen.

Gaborn lehnte sich zurück, mit geradem Rücken, das Kinn hoch erhoben, und unterhielt sich unbeschwert.

Die Königin saß zu seinen Füßen, in einem Gewand vom zarten Gelb einer Rose.

Averan konnte den Zauberer, den Myrrima suchte, nicht entdecken. Tatsächlich tuschelte Myrrima gerade mit einem Lord, und der Mann nickte zum Gasthaus hin.

Myrrima verließ den Garten eilig, und Averan blieb einen Augenblick stehen, zu ängstlich, um etwas sagen zu können.

Ein niedriger Adliger sagte gerade: »Es heißt, daß ein Gemeiner, ein Bursche namens Waggit, im Kampf um Carris neun Greifer getötet hat.«

»Neun?« Mehrere Männer schnaubten ungläubig.

»Niemand, der Carris überlebt hat, sollte je wieder als Gemeiner bezeichnet werden«, meinte Gaborn. »Und wenn diese Geschichte der Wahrheit entspricht, fühle ich mich sehr versucht, diesen Waggit zum Ritter zu machen und in meine Leibwache aufzunehmen. Was wißt Ihr von ihm?«

»Er arbeitet in den Minen von Silbertal«, sagte der Lord. »Ich habe gehört, er sei ein wenig ... nun, von schlichtem Geist.«

»Ein Einfältiger hat neun Greifer getötet?« fragte Gaborn ungläubig.

»Mit einer Spitzhacke, heißt es«, bestätigte Lord Bowen. »Die Barden von Carris singen bereits darüber. Ich hätte Euch früher von dem Mann erzählt, aber wenn man seine geringe Geisteskraft bedenkt ...«

»Bei den Mächten, ich wünschte, alle Männer wären solche Dummköpfe!« rief Gaborn. »Ich will den Mann in meiner Leibwache!«

Die Ritter lachten, und auch Averan mußte über den Scherz lächeln. Gaborn würde doch sicher kein Zwingeisen an einen Dummkopf verschwenden, denn wenn man einem Dummkopf Geisteskraft zuleitete, schuf man damit nur einen weiteren – und dafür zahlte das Königreich einen hohen Preis.

Sie hatte nicht gewußt, was sie von Gaborn erwartete. Normalerweise hatte sie es mit alten, faltigen Herzögen und Baronen zu tun gehabt. Aber Gaborn war kein aufgeblasener Adliger, der versuchte, Menschen mit seinen zehn Gaben der Anmut zu beeindrucken. Statt dessen war er ein kräftiger junger Mann mit dunklem Haar und durchdringenden blauen Augen.

Sie hatte erwartet, der Erdkönig wäre grimmig und streng und eingebildet. Aber Gaborn tat sein Bestes, zu wirken wie einer der anderen, und die Männer, die ihn umgaben, aufzuheitern.

Averan entschied, daß sie ihn mochte, obwohl sie irgendwie wußte, daß etwas nicht stimmte.

Ein recht unwahrscheinliches Kriegerpaar erhob sich. Einen erkannte sie an seinem Hemd. Er trug die Farben von Süd-Crowthen und konnte nur König Anders' Sohn Celinor sein. Die andere war eine junge Pferdeschwester aus Fleeds.

»Herr«, sagte Celinor. »Wir brechen jetzt auf, wenn Ihr gestattet.«

Gaborn sah sie nachdenklich an. »Ich spüre keine unmittelbare Gefahr.«

Die Königin sprach einen alten Segen, der aus Fleeds stammte: »Erin, Celinor – mögen die Glorreichen vor

Euch reiten, während die Hellen in Eurem Rücken scheinen.«

»Wir wünschen Euch dasselbe, Euer Hoheit«, sagte die Pferdeschwester.

Gaborn schaute nun in Averans Richtung und sah sie direkt an. Alle schwiegen und beobachteten sie erwartungsvoll. Sie trug immer noch das Gewand eines Himmelsreiters. Averan merkte an Gaborns Tonfall, daß er befürchtete, sie würde schlimme Nachrichten bringen.

»Nun?« fragte der König freundlich. »Hast du eine Botschaft?«

Averan stotterte und wußte nicht, wie sie beginnen sollte.

»Hast ... hast du die Botschaft vergessen?« fragte Gaborn freundlich.

»Ich ...« Averan wußte nicht, was sie sagen sollte.

»Spuck es aus, Kind«, sagte einer von Gaborns Beratern.

Averan schwatzte los, versuchte alles zu erklären, was sie begriffen hatte: »Eine grüne Frau ist vom Himmel gefallen, und ihr Blut floß auf mich, und seitdem ist alles so seltsam. Ich habe das Hirn eines Greifers gegessen. Ich kann mich an Dinge erinnern – die Art, wie ein Greifer Dinge sieht und riecht und denkt. Ich weiß, was sie wissen. In der Unterwelt gibt es eine Todesmagierin. Sie heißt die Eine Wahre Meisterin. Sie ist diejenige, die die Greifer nach Carris geschickt hat. Ihr habt sie nicht besiegt ...«

Die Ritter und Lords rings um Gaborn starrten Averan verblüfft an. Einer rief: »Wo kommt dieses Kind überhaupt her? Ich habe keinen Graak gesehen. Was erzählt sie da?«

Averan wußte, daß vieles von dem, was sie sagte, wie Unsinn klingen mußte.

Ein anderer Ritter meinte: »Sie hat den Verstand verloren.«

Er stand auf und ging auf sie zu.

Averan schrie: »Nein!«

Gaborn hob die Hände und befahl den Lords mit dieser Geste, sich zurückzuhalten. Er warf Averan einen scharfen Blick zu. »Du sagst, du hast das Hirn eines Greifers *gegessen* und weißt jetzt, was dieser Greifer wußte?«

»Ja«, sagte Averan. »Ich habe das Hirn der Todesmagierin gegessen, die Ihr getötet habt. Ich weiß, was sie wußte. Sie ist gekommen, um alles Blutmetall unter Carris zu zerstören, so daß sie uns schaden konnte. Aber ... in meinen Visionen erinnere ich mich an die Schreie von Greifern. Auch sie haben gelernt, wie man Gaben übernimmt.«

Gaborn zögerte einen Augenblick. Er wirkte nachdenklich. Vor vielen Zeitaltern hatte die Menschheit das Runenwissen entwickelt, um nachahmen zu können, wie die Greifer an Kraft gewannen, indem sie die Drüsen ihrer Toten fraßen, oder an Wissen gewannen, indem sie die Hirne verschlangen. Aber dies war das erste, was man davon hörte, daß Greifer gelernt hatten, einander Gaben zu übereignen.

»Sag mir«, fragte Gaborn, »weißt du etwas über den Ort der Knochen?«

»Ja!« rief Averan. »So nennen die Greifer den Thron,

auf dem die Eine Wahre Meisterin sitzt, inmitten der Knochen der Feinde, die sie verschlungen hat! Er befindet sich in der Unterwelt, nahe den brennenden Steinen.«

Die Königin gab einen überraschten Aufschrei von sich und stand auf.

»Kannst du mir sagen, wie ich dorthin komme?« fragte Gaborn.

Averan war verwirrt. Sie erinnerte sich an Einzelheiten des Weges, wirre Bilder von Greifern, die durch gewundene Höhlen durch die Unterwelt zogen. Aber es waren nur Fetzen von Bildern – ein langer Marsch durch gefährliches Gelände, wo die großen Würmer lebten, und um heiße Schächte nahe der Feuerhöhlen herum. Es gab Steilwände und Simse, die kein Mensch bewältigen konnte, und der Weg führte an anderen Tunnels vorbei, die ins Nichts gingen. Sie konnte es nicht beschreiben.

»Es gibt einen Weg«, sagte Averan. »Ich ... ich weiß nicht, wie man dorthin gelangt. Der Weg ist lange und gewunden, und kein Gewöhnlicher konnte ihn je bewältigen. Selbst für einen Greifer war der Weg schrecklich schwierig ...«

»Aber es gibt einen Weg, einen, dem ein mutiger Mann folgen könnte?« drängte Gaborn hoffnungsvoll.

»Ja«, erwiderte Averan. »Aber es gibt dort unten Millionen von Tunnels. Es gibt Hunderte von Greifernestern, jedes mit tausend Durchgängen. Ihr ... Ihr könntet ein ganzes Leben darauf verschwenden, nach dem Nest der Einen Wahren Meisterin zu suchen. Selbst wenn Ihr es finden würdet, wäre es noch eine andere Sache, *sie* zu finden!«

Gaborns Blick schien sich direkt in sie hineinzubohren. Sie wußte, was er dachte. Er wollte in die Unterwelt. Aber Averan kannte den Weg nicht.

»Was ist hier los?« fragte jemand.

Sie drehte sich um. Ein Zauberer im rostbraunen Gewand stand am Ende des Gartens. Er schien ein freundlicher Mann zu sein, mit verwittertem Gesicht und einer Haut, die eine Spur zu grünlich war. Seine Augen hatten das klare Blau eines Sommertags. Sein Haar war vielleicht einmal rötlichbraun gewesen, aber nun grau gesträhnt. Seine Wangen waren so rot wie Sandstein, und sein Bart war am Kinn relativ dicht, wurde dann aber schütterer. Sein seltsames Gewand sah aus, als bestünde es aus rötlichen Wurzeln.

Averan hatte so einen Menschen noch nie gesehen. Dennoch kam ihr alles an ihm vertraut vor. Sie war ihrem Vater nie begegnet. Nach allem, was sie wußte, hatten Greifer ihn verschlungen, als sie noch klein gewesen war. Aber als sie den Zauberer sah, fragte sie sich, ob die Leute vielleicht gelogen hatten. Vielleicht war dieser Mann ihr Vater.

Der Zauberer bedachte sie mit einem so intensiven Blick, daß man damit Löcher in einen Mühlstein hätte bohren können. Averan spürte Macht in diesem Mann, eine Kraft, die älter war als die Hügel, stärker als Eisen.

Hinter ihm standen Myrrima und die grüne Frau, die vom Himmel gefallen war.

»Averan!« rief die grüne Frau.

Der Zauberer ging auf sie zu, und sein Gewand raschelte in dem Schweigen, das sich plötzlich auf den Garten hinabgesenkt hatte. Die grüne Frau folgte.

Er hielt einen Augenblick lang inne und sah sich die bleichen Wurzeln an, die in ihrem Kleid sprossen. »Kind«, sagte Binnesman sanft, »zeig mir deine Hände.«

Averan streckte die Hände aus, mit den Handflächen nach oben. Ihre Handflächen juckten noch mehr als zuvor. Gestern hatten sich dort formlose grüne Blasen gezeigt. Es sah aus, als wäre das Blut der grünen Frau bis unter ihre Haut gedrungen.

Nun zeigte jede Handfläche zu Averans Überraschung ein dunkelgrünes Bild, das in der Hand größer geworden war. Es sah vollkommen so aus, als hätte sie auf jeder Handfläche ein Eichenblatt tätowiert.

Binnesman lächelte und berührte dann die Handflächen. Sofort ließ das Jucken nach, und der dumpfe Schmerz in ihrem Nacken verschwand.

Einer der Berater des Königs, ein alter Mann mit silbernem Haar, starrte verblüfft ihre Hände an und sagte staunend: »Sie ist zaubergeboren!«

KAPITEL 10
Seltsame Kunde

Wenn du genau zuhörst, kannst du von deinem Kind ebenso viel lernen, wie es von dir lernt.

Sprichwort aus Heredon

Iome starrte Averan mit klopfendem Herzen an. So ein kleines, zerbrechlich aussehendes Mädchen, dachte Iome. Aber sie kam ihr vor wie eine Botin des Schicksals.

Iome hatte geglaubt, daß ihr Mann sich irrte. Sie hatte angenommen, daß der Ort der Knochen nur in Gaborns Vorstellung existierte, daß Gaborn nicht imstande gewesen war, die Zurückweisung durch die Erde zu ertragen.

Nun fürchtete sie, daß er dieses unschuldige Kind zwingen würde, ihn in die Unterwelt zu führen, um diese Eine Wahre Meisterin zu bekämpfen.

Binnesman beugte sich über das Mädchen. *Zaubergeboren.* Jerimas' Wort hing noch in der Luft.

»Nicht einfach nur zaubergeboren«, sagte Binnesman. »Sie ist eine Erdwächterin – die Schülerin, auf die ich lange gewartet habe.«

Binnesman hielt die Hände des Mädchens und lächelte sie liebevoll an. Seine leise Stimme, seine warme Berührung, all das hätte sie trösten sollen. Aber Iome bemerkte an seiner starren Haltung und der Art, wie er dem Blick des Kindes auswich, daß der Zauberer uneins mit sich selbst war.

»Sprechen wir nicht hier draußen darüber«, sagte Binnesman. »Komm mit mir nach drinnen.«

Er nahm die Hand des Mädchens und führte sie in die Gaststube. Alle folgten, bis es rings um die Theke, auf der Averan saß, keinen Platz mehr gab und Männer sich noch in den Türen drängten.

Nachdem er sie auf die Theke gesetzt hatte, fragte Binnesman scheinbar unbeschwert: »Sag mir, Kind, ist Averan dein Name?«

Das Mädchen nickte.

»Woher hat die grüne Frau das gewußt?«

»Ich ritt auf meinem Graak und sah, wie sie vom Himmel fiel. Ich landete und habe versucht, ihr zu helfen, und ihr Blut floß auf mich. Sie ist mit mir nach Norden gekommen, nach Carris ...«

»Hmm...«, murmelte Binnesman. »Ein seltsamer Zufall, findet ihr nicht, daß ich einen Wylde verliere und du ihn findest?«

Averan zuckte die Achseln.

»Es ist mehr als ein Zufall«, sagte Binnesman. »Sag mir, was hast du gedacht, als es geschah?«

»Daran erinnere ich mich nicht genau«, sagte Averan. »Ich nehme an ... ich habe gehofft, daß mir jemand helfen würde.«

»Hmm ... du bist ein Himmelsreiter? Ich nehme an, du kannst gut mit Tieren umgehen. Magst du Tiere gern?«

»Ja«, gab Averan zu.

»Kannst du gut mit Graaks umgehen?«

»Tiermeister Brand sagte, er glaubte, ich wäre die Beste, die er je gesehen hat. Er wollte mich eines Tages selbst zur Tiermeisterin machen.«

»Hmm ...«, meinte Binnesman nachdenklich. »Hast du ein Lieblingstier?«

Averan schüttelte den Kopf. »Ich mag sie alle.«

Binnesman dachte lange nach. »Magst du Pflanzen lieber als Tiere oder Steine?«

»Wie könnte man einen Stein lieber mögen als ein Tier?« fragte Averan.

»Manche Menschen tun das«, sagte Binnesman. »Was mich selbst angeht, ich mag Pflanzen genauso gern wie Menschen. Als ich ein Junge war, bin ich gerne durch die Wiesen gegangen und habe Butterblumen gezählt und dann die Körner an einer Weizenähre. Stundenlang habe ich studiert, wie sich Efeu einen Baum hinaufwindet. Manchmal hatte ich das Gefühl, als wartete ich auf irgendeine Enthüllung. Es war so ... ich saß da und lauschte darauf, daß das trockene Sommergras und die Unkräuter mir eine kosmische Wahrheit zuflüsterten.

Ich habe versucht, wie eine Eiche zu denken und mir vorzustellen, wie weit die Wurzeln einer Espe reichen, und ich habe mich gefragt, welche Träume die Weiden wohl haben.

Hast du so etwas auch je getan?«

»Ich glaube, Ihr seid verrückt!« meinte Averan.

Jerimas lachte laut und sagte: »Das ist mal ein Kind, das sagt, was es denkt.«

»Es kann schon sein, daß ich verrückt bin«, gab Binnesman zu. »Aber jeder hat eine Spur Verrücktheit, und die, die es nicht zugeben können, sind für gewöhnlich viel verrückter als wir anderen. Zauberer sind, wie dir jeder sagen kann, nicht ganz bei Verstand.«

Averan nickte, als erschiene ihr das vernünftig.

»Ich liebe die Erde«, erklärte Binnesman. »Und noch mehr, ich weiß, daß auch du sie liebst, auf deine eigene Weise. Sie so sehr zu lieben ist nichts Schlechtes oder Schandbares. Du wirst große Macht darin finden, dich außerhalb deiner selbst zu bewegen. Es liegt Macht darin, die Pflanzen zu studieren, die Tiere, die Steine. Sie liegt im Herzen der Erdkräfte.

Das Grün in deinen Händen kommt daher, daß Erdblut in deinen Adern fließt.«

»Aber ...«, sagte Averan. »Ich ... es war ein Unfall. Ich habe das Blut der grünen Frau abbekommen.«

Binnesman schüttelte den Kopf. »Nein, Erdblut floß schon die ganze Zeit in dir. Es ist immer ein Teil von dir gewesen, seit du zur Welt gekommen bist. Du bist zaubergeboren. Aber bei uns Geschöpfen der Erde ruft Blut zu Blut. Deshalb bist du gerade vor einem Augenblick in den Garten gekommen. Ich habe deine Anwesenheit gespürt. Und noch wichtiger, ich nehme an, daß du meinen Wylde aus dem Himmel gerufen hast. Und als du das Blut der grünen Frau berührtest, konntest du es nicht mehr abwischen, weil es auch in dir floß. Gleiches hat sich zu Gleichem gesellt.«

»Ich habe mich seitdem so seltsam gefühlt«, erklärte Averan. »Ich hatte ... seltsame neue Kräfte.«

»Du hättest diese Kräfte ohnehin mit der Zeit entwickelt«, versicherte ihr Binnesman. »Das zusätzliche Erdblut hat den Prozeß nur beschleunigt und dafür gesorgt, daß du es deutlicher spürst. Aber ich versichere dir, wärest du nicht bereits ein Geschöpf der Erde gewesen, dann hättest du das Blut einfach abwaschen können.«

Iome lauschte fasziniert. Sie starrte das Mädchen forschend an. Averan hatte rotes Haar und Sommersprossen, und von den seltsamen, grünen Tätowierungen auf ihren Handflächen abgesehen, schien sie ein vollkommen normales Kind zu sein. Aber in ihrem Blick lag eine Intensität, eine Leidenschaft und Reife, die Iome selbst bei einer Frau, die doppelt so alt war wie Averan, überrascht hätte.

Nun hatte Gaborn eine Bitte. »Du sagst, du hast seltsame Kräfte entwickelt. Erzähl mir von ihnen.«

Averan warf den Männern in der Gaststube einen Blick zu, als hätte sie Angst, davon zu sprechen, als befürchtete sie, daß ihr niemand glauben würde.

»Erzähl schon«, drängte Binnesman.

»Nun, zum einen«, meinte Averan, »kann ich nicht gut schlafen, es sei denn, ich ...«

»Es sei denn, du vergräbst dich im Boden?« fragte Binnesman.

Averan nickte tapfer. »Und die Sonne tut mir weh. Selbst wenn sie mich kaum berührt, habe ich das Gefühl, ich bekomme gleich einen Sonnenbrand.«

»Dagegen kann ich etwas tun«, erklärte Binnesman. »Es gibt Schutzrunen gegen solche Dinge – so mächtige Zauber, daß du beinahe durch Feuer gehen kannst. Ich kann sie dir beibringen.«

»Und ich kann spüren, wo Essen ist – zum Beispiel

Möhren unter dem Boden und Nüsse, die im Gras verborgen sind.«

»Das ist auch eine Gabe, die dazu gehört, Erdwächter zu sein«, erklärte Binnesman. »Die ›Früchte von Wald und Feld‹ gehören alle dir. Die Erde gibt sie dir gerne.«

»Und ich konnte auch den Erdkönig sehen«, meinte Averan. »Ich konnte die Augen schließen, und dann sah ich eine grüne Flamme und wußte genau, wo er sich befand. Aber das ... das funktioniert nicht mehr.«

Sie sah Gaborn zweifelnd an. In ihrem Blick lag keine Anklage. Aber Iome wußte, daß dieses Mädchen spürte, daß Gaborn seine Kräfte verloren hatte.

»Oh«, meinte Binnesman überrascht, »das ist etwas Neues! Von solcher Kraft habe ich noch nie gehört. Aber jeder Zauberer hat seine eigenen Gaben, entsprechend seinen eigenen Bedürfnissen. Ich bin sicher, du wirst noch mehr entdecken, während du älter wirst. Gibt es noch etwas?«

»Nur das Hirn des Greifers«, gab Averan zu.

Während der ganzen Zeit, als dieses seltsame kleine Mädchen sprach, hatten sich mehrere Lords interessiert vorgebeugt, angezogen von dieser Geschichte. Es war Iome nicht aufgefallen, bis einer von ihnen schnaubte, als könnte er es einfach nicht glauben.

»Woher hast du das Hirn des Greifers bekommen?« fragte Binnesman.

Averan zeigte auf die grüne Frau. »Frühling hat auf der Straße einen getötet und begonnen, ihn zu essen, und es roch so gut, daß ich einfach nicht anders konnte. Danach hatte ich seltsame Träume – Träume, die mir gezeigt haben, wie es ist, ein Greifer zu sein, wie ein Greifer zu denken, wie einer zu sprechen und wie einer zu sehen.«

»Was hast du erfahren?« wollte Jerimas wissen.

»Ich habe gelernt, daß die Greifer miteinander sprechen, indem sie Gerüche von sich geben«, sagte Averan. »Die Fühler an ihren Köpfen erlauben, daß sie einander ›zuhören‹, und diejenigen an ihren Hinterteilen machen Gerüche.«

Ein skeptischer Lord rief: »Du willst also behaupten, daß sie mit dem Arsch reden?«

»Ja«, sagte Averan. »In dieser Weise unterscheiden sie sich nicht sonderlich von vielen Leuten.«

Jerimas lachte laut und sagte zu dem Lord: »Da hat sie Euch erwischt, Dullins.«

Aber der Spott verstörte das Kind. Averan zog sich ein wenig zurück, und nun begann sie zu zittern und starrte von einem zum anderen. »Ich erfinde das nicht!« sagte sie. »So was könnte ich gar nicht erfinden.«

Iome wußte, daß sie recht hatte, was die Gerüche anging. Die Lords hatten lange darüber debattiert, ob Greifer überhaupt Gerüche von sich gaben. Die meisten schworen, daß man einen Greifer nicht riechen konnte. Andere glaubten, es wäre möglich. Aber gestern, vor Carris, hatte die Todesmagierin Wellen von Gerüchen über Gaborns Armeen ausgesandt und schrecklichen Schaden angerichtet.

»Ich lüge nicht«, sagte Averan. »Und ich bin auch nicht verrückt. Ihr dürft einfach nicht denken, daß ich verrückt bin! Ich will nicht in einen Käfig gesperrt werden wie Corman die Krähe.«

»Wir glauben dir«, sagte Iome und lächelte sie an. Sie hatte nie von Corman der Krähe gehört. Aber manchmal wußten die Leute nicht, was sie mit einem Verrückten anfangen sollten, und solch unglückliche Geschöpfe mußten zu ihrem eigenen Besten eingeschlossen werden, in der Hoffnung, daß die Zeit ihnen helfen würde.

»Ich weiß, daß du nicht verrückt bist«, sagte Gaborn. Er versuchte offenbar, sie wieder aus sich herauszulokken. »Greifer unterhalten sich also mit Hilfe von Gerüchen?«

»Ja, und sie lesen und schreiben auch so.«

Nun war auch Iome verblüfft. Das hätte sie nie gedacht.

»Wie kommt es, daß wir ihre Schrift nie gesehen haben?« fragte Gaborn.

»Weil sie in Gerüchen schreiben. Sie hinterlassen Gerüche auf Steinen auf jedem Weg. So sprechen sie am liebsten. Tatsächlich ist es für einen Greifer leichter, eine Botschaft zu schreiben, als direkt von einem zum anderen zu sprechen.«

»Warum?« fragte Gaborn.

Averan versuchte das zu erklären. »Für einen Greifer ist ein Wort ein bestimmter Geruch. Euer Name und Euer Geruch sind dasselbe, so daß ein Greifer, wenn er ›Gaborn‹ sagen will, einfach nur Euren Geruch erzeugen muß.«

»Das klingt tatsächlich einfach«, meinte Gaborn.

»Das ist es auch, und andererseits wieder nicht. Stellt Euch vor, daß wir uns unterhalten, und Ihr sagt zu mir:

›Averan, das sind aber schöne Kaninchenfellstiefel, die du da hast. Wo hast du die her?‹ Und ich sage: ›Danke, ich habe sie am Straßenrand gefunden, und niemand wollte sie haben. Also gehören sie jetzt mir.‹

Wenn wir uns so unterhalten, kommt jedes Wort aus unseren Mündern und bleibt einen Augenblick in der Luft. Dann verblaßt es und verschwindet ganz von selbst. Also sind unsere Worte eine Reihe von Geräuschen, die aus uns herauskommen.

Aber bei Greifern verschwinden die Worte nicht von selbst. All diese Gerüche, all diese Worte bleiben in der Luft hängen – bis man sie auslöscht.«

»Und wie wird das gemacht?« Alle in Gaborns Gefolge drängten sich jetzt um Averan, als wäre sie ein großer Gelehrter im Haus des Verstehens. Sie saugten ihre Worte geradezu in sich auf.

»Nachdem ich einen Geruch geschaffen habe, muß ich sein Gegenteil herstellen, den Gegengeruch, der ihn löscht.«

»Was ...?« fragte Binnesman. »Du sagtest, ich. Aber du sprichst jetzt von den Greifern?«

»Ja, ich meine die Greifer stellen den Gegengeruch her.«

»Das Gegenteil des Geruchs?« fragte Gaborn.

»Ja«, sagte Averan unsicher, als hätte sie das Wort Gegenteil nie zuvor gehört.

»Wenn ich also das Wort ›Gaborn‹ ausspreche, muß ich danach einen Duft herstellen, der ›nicht Gaborn‹ bedeutet, bevor ich weiterspreche. Ich muß das Wort Gaborn aus der Luft wegnehmen.

Und das kann sehr schwierig sein«, sagte Averan. »Wenn ich das Wort schreien will, wenn ich den Duft sehr intensiv mache, muß ich auch den Gegenduft schreien. Und je weiter Ihr entfernt seid, desto länger dauert es, bis Ihr meine Botschaft erhaltet. Also lernen die Greifer, wenn sie einander nahe sind, leise zu sprechen, Düfte herzustellen, die so vage sind, daß andere Tiere sie nicht riechen können. Es ist nur Flüstern, das in der Luft treibt.«

»Warte einen Moment«, meinte einer der Lords. »Du sagst, du mußt dafür sorgen, daß dieses Wort wieder verschwindet. Aber könntest du nicht einfach alle Gerüche gleichzeitig stehenlassen? Man kann zum Beispiel in einen Raum kommen und Möhren und Rindfleisch und Rüben riechen, die alle zur gleichen Zeit kochen.«

»Ja, das könnt Ihr«, meinte Averan. »Aber dann bedeutet es nichts. Für einen Greifer ist das nur ein Durcheinander von Worten. Stellt Euch vor, Ihr würdet all die Worte, die ich in den letzten beiden Minuten gesagt habe, nehmen und sie gleichzeitig aussprechen – könntet Ihr das verstehen?«

»Dann unterhalten sich die Greifer also sehr langsam«, sagte Gaborn nachdenklich.

»Nicht viel langsamer, als Ihr und ich jetzt miteinander sprechen«, sagte Averan, »zumindest nicht, wenn sie dicht beieinander sind. Aber es ist schwer, sich über große Entfernungen hinweg zu verständigen.

Also schreiben die Greifer«, fuhr Averan fort. »und das die ganze Zeit. Wenn ein Späher über einen Weg zieht, hinterläßt er Botschaften, die verkünden, was er gespürt hat und wo er zum letzten Mal Feinde sah.«

Diese Neuigkeiten verblüfften Iome und alle anderen in der Gaststube. Seit Ewigkeiten hatten die Menschen sich gefragt, wie Greifer miteinander kommunizierten. Die meisten nahmen an, sie täten es, indem sie mit ihren Fühlern wackelten. Aber Averans Worte veränderten die Vorstellung der Menschen von Greifern zutiefst. Das Mädchen wußte dies und schien nun ihre Schüchternheit verloren zu haben.

»Und es gibt noch etwas anderes«, meinte sie also. »Greifer sehen nicht so wie wir. Sie können nur von ganz nahe sehen, sie sehen die ganze Welt nur in einer Farbe, aber es ist eigentlich keine Farbe. Ich kann es nicht erklären, aber es ist die Farbe des Blitzes. Blitze blenden sie. Wenn es blitzt, fühlen sie sich so wie wir, wenn wir in die Sonne starren. Es tut sehr weh.«

»Du bist ein mutiges kleines Mädchen«, sagte Gaborn. Als hätte sie nur auf diese Worte gewartet, verschwand Averans Entschlossenheit plötzlich. Tränen traten ihr in die Augen, und sie begann zu schluchzen.

»Deine Geschichte wirft bestimmte Fragen auf«, sagte Gaborn.

»Welche?« wollte Averan wissen.

»Zum Beispiel, was kannst du mir über das Wesen der Armeen der Greifer erzählen?«

Averan starrte ihn an. »Wesen?«

»Die Armeen der Greifer«, erklärte Gaborn. »Weißt du, wie viele Greifer es gibt?«

Averan schüttelte den Kopf. »Ich ... einer der Greifer,

die ich gegessen habe, war ein Späher. Der andere eine Magierin. Ich weiß nichts von Zahlen.«

Gaborn wandte sich wieder Averan zu. »Laß es mich anders ausdrücken. Du hast keine Ahnung, wie viele Greifer es in der Unterwelt gibt?«

Averan schien sich zu sammeln. Sie schloß einige Zeit die Augen, dann sagte sie: »Die Unterwelt ist voll von ihnen, aber die Greifer – sie können nicht einfach überall leben. Es gibt nur wenig Essen.«

Und wir sind Essen für sie, dachte Iome. Gaborn warf seinen Beratern einen Blick zu. Die Männer wirkten ungerührt.

»Euer Hoheit«, fuhr Averan fort, »ich habe Angst.«

»Wovor?« fragte Gaborn leise.

»Die Eine Wahre Meisterin hat bereits viel von der Meisterrune erkannt. Gestern habt Ihr das Siegel der Zerstörung vernichtet, das ihre Schülerin über Carris verhängt hat.«

Gaborn nickte. Gaborn hatte die mächtigste Greifermagierin getötet, die je von den Gelehrten erwähnt worden war. Ein kleiner Teil von Iome hatte sich an die Hoffnung geklammert, daß Gaborn bereits die mächtigste Greiferin getötet hatte. Aber dieses Kind beschrieb sie als reine Schülerin einer viel mächtigeren Meisterin.

»Erzähl mir von ihr«, verlangte Gaborn.

Iome warf Binnesman einen Blick zu. Der stets gebeugt dastehende Magier war plötzlich bleich geworden. Er stützte sich auf einen Stock, als bräuchte er etwas, um sich anzulehnen.

»In der Unterwelt«, sagte Averan, »nimmt die Eine

Wahre Meisterin Gaben entgegen. Und sie übereignet sie weiter an ihre Anführer.«

»Greifer waren immer imstande, einander zu fressen und auf diese Weise zu wachsen«, sagte Gaborn. »Bist du sicher, daß es nicht dasselbe ist?«

»Das hier ist etwas anders«, meinte Averan. »Greifer können die Hirne anderer Greifer fressen, um zu lernen. Und sie können die Moschusdrüsen in ihren Achselhöhlen fressen, um zu wachsen. Aber nun haben sie das Runenwissen entdeckt. Die Eine Wahre Meisterin hat bereits die Runen der Anmut, des Geruchssinns und der Muskelkraft entziffert. Nun versucht sie, am Stoffwechsel zu arbeiten.«

Einen Augenblick lang herrschte Schweigen, als die Krieger einander bedeutungsvolle Blicke zuwarfen. Es war schlimm genug, den Greifern gegenüberzustehen, wie sie jetzt waren. Ein Greifer mit Gaben des Stoffwechsels war eine erschreckende Vorstellung.

»Aber es gibt noch etwas«, sagte Averan. »Ich verstehe es nicht ganz. Das Siegel der Zerstörung, das Ihr zerbrochen habt, das war Teil von etwas Größerem. Sie hat vor, eines von ihnen an das Siegel des Himmels und das Siegel der tosenden Flammen zu binden.«

Binnesman wich zurück und mußte sich wieder stützen. »Das ... das ist nicht möglich! Niemand könnte so viel von der Meisterrune entziffern!«

»Es ist möglich«, sagte Averan. »Ich sah, wie die Runen am Ort der Knochen Gestalt annahmen! Ihr habt das Siegel der Zerstörung gesehen ...«

»Aber«, rief Jerimas, »die Menschheit hat Jahrtausende gebraucht, um die Gestalten selbst der kleinsten Runen – Muskel- und Geisteskraft – zu entziffern. Wie kann ein einzelner Greifer so viel erfahren?«

»Sie erkennt sie, indem sie ins Feuer schaut«, sagte Averan.

Binnesman zuckte zusammen. »Beim Baum!« fluchte er. Er sah aus, als hätte ihn gerade jemand aus einem vollkommen unersichtlichen Grund geschlagen. »Beim Baum ...« Iome war sicher, daß er etwas wußte, was ihr nicht bekannt war. Oder vielleicht hat er auch nur einen Verdacht. »Bist du sicher, daß diese Eine Wahre Meisterin ein Greifer ist und kein anderes Geschöpf?«

»Ich habe sie gesehen«, sagte Averan. »Sie ist riesig, aber sie ist nur ein Greifer.«

Binnesman schüttelte den Kopf, als könne er es nicht glauben. »Nicht nur ein Greifer.«

»Ihr sagt, sie bindet diese Siegel«, fragte Gaborn Binnesman. »Was wird das bewirken?«

»Sie hat vor, die Kräfte von Feuer und Luft gegen uns zu vereinen«, meinte Binnesman. »Erde und Wasser würden geringer werden. Das Leben würde sich ... auf so grundlegende Weise verändern, daß ich nicht einmal erraten kann, was das bedeuten könnte.«

Jerimas schloß: »Sie wird die Welt zerstören!«

»Nein!« sagte Averan. »Sie will die Welt nicht zerstören – sie will sie nur ... *verändern*, damit sie zu einem Ort wird, an dem wir nicht mehr leben können.«

»Wäre das überhaupt möglich?« fragte Gaborn Binnesman.

Binnesman runzelte die Stirn und strich sich über den

Bart. »Wenn sie soviel von der Meisterrune versteht, dann gibt es auf der ganzen Welt kein anderes Geschöpf mit solcher Macht ...«

»Averan«, sagte Gaborn, »das ist jetzt sehr wichtig. Ich muß diese Eine Wahre Meisterin finden. Ich muß sie töten, und zwar schnell. Wie kann ich zu ihr gelangen? Du sagst, du kannst mir keine Karte zeichnen. Aber du sagst auch, du lernst, indem du Greifer ißt. Gibt es eine bestimmte Art von Greifer, die du essen müßtest, einen, der den Weg kennt – vielleicht noch einen Späher oder einen Heuler?«

Averan blickte zu ihm auf. In ihren Augen stand ein Blick, der nicht zu beschreiben war. Iome erkannte eine Mischung aus Abscheu und Verlegenheit und reinem Bedürfnis zu helfen. »Vielleicht ...«, sagte sie, als wäre dies eine neue Idee für sie. »Es gibt Markierungen in der Unterwelt – Richtungszeichen.«

»Richtungszeichen?« fragte Gaborn. »Müßtest du vielleicht ihre Sprache besser verstehen? Kannst du das nicht von irgendeinem Greifer erfahren?«

Averan schüttelte den Kopf und sagte ein wenig verwirrt: »Nein. Nicht alle Greifer sprechen dieselbe Sprache.«

»Wie?« fragte Gaborn. »Wie Rofehavanisch und Taifan?«

Averan versuchte zu erklären. »Nicht unbedingt so«, sagte sie. »Aber ein Zimmermann spricht nicht wie ein Krieger, oder? Er hat seine eigenen Worte für Werkzeuge und die Dinge, die er damit tut, und seine eigene Sprache. Greifer sind da ganz ähnlich. Sie haben alle verschiedene Aufgaben. Wenn Ihr je die Eine Wahre Meisterin erreichen wollt, dann gibt es einen bestimmten Greifer, den Ihr braucht. Dieser Greifer ... es gibt keine Namen dafür. Nur einen Geruch.«

»Hat diese Art Greifer bestimmte Kennzeichen?« fragte Gaborn.

Averan runzelte die Stirn. »Sie heißen Weghüter«, sagte sie bedächtig, als suchte sie nach der richtigen Beschreibung. »Sie heißen Wegmacher. Sie wissen, wohin die Wege der Unterwelt führen, welche Türen verschlossen sind und wie sie bewacht werden.«

»Wie viele dieser Meister reisen mit der Horde?«

»Einer.«

»Nur einer?«

»Ja!« sagte Averan. Ein wildes Flackern trat in ihre Augen. »Nur einer – ein großes Männchen mit sechsunddreißig Fühlern und riesigen Tatzen und Runen auf seinen Armen. Ich ... ich würde ihn erkennen, wenn ich ihn sehe und ihn riechen könnte!«

Gaborn trat ein paar Schritte zurück und sah Iome an. Sein Blick war gehetzt, seine Miene die eines Tieres in der Falle. Iome wußte, daß er davongehen würde, an einen Ort, an den sie ihm nicht zu folgen wagte.

»Meine Herren«, sagte Gaborn zu den Rittern in der Gaststube, »bereitet Eure Pferde vor. Wir brechen innerhalb einer Stunde nach Carris auf.«

KAPITEL 11
Eine Kleinigkeit

Wunder sind so gewöhnlich wie Unkrautsamen und Spinnennetze. Aber die Menschen neigen dazu, das zu vergessen, bis sie ein neugeborenes Kind schreien hören.

Der Zauberer Binnesman

Binnesman zog die graue Decke weg, die Sir Borenson bedeckte, schaute unter sein Hemd, wandte den Blick ab und runzelte die Stirn. »Die Wunde hat sich entzündet. Wir müssen das Fieber senken.«

Er deckte Borenson rasch wieder zu, damit jene, die in der Nähe standen, ihn nicht sehen würden, aber es war zu spät. Als Myrrima aus dem Gasthaus gekommen war, hatte sie ein paar Knappen auf dem Wagen gesehen, die die Wunde anglotzten. Sie hatte sie weggescheucht. Aber inzwischen hatten sich ein paar Ritter versammelt, die Borenson entweder persönlich oder dem Ruf nach kannten. Sie standen um den Wagen herum, und Myrrima stellte rasch fest, daß nichts so sehr die Aufmerksamkeit einer Menschenmenge auf sich zieht wie eine Menschenmenge.

Borenson lag bewußtlos auf dem süß duftenden Heu. Myrrima fürchtete um ihn. Sie hatte schon häufig Menschen sterben sehen. Sie glaubte, daß er in seinem derzeitigen Zustand vielleicht noch einen oder zwei Tage überleben könnte. Dennoch war sie unruhig. Manchmal täuschten einen die Kranken und starben, wenn man schon glaubte, sie wären auf dem Weg der Besserung.

Schweiß glitzerte auf Borensons Gesicht. Die Ritter und Knappen in Gaborns Gefolge bereiteten sich auf den Ritt nach Süden vor. Jene, die mit ihren Pferden schon fertig waren, standen in ihrer Rüstung da, die Ellbogen auf die Wagenseite gestützt, und spähten hinein. Binnesman hatte Averan und seinen Wylde an seiner Seite.

Binnesman wandte sich Averan zu. »Weißt du, wie Waldmeister aussieht?«

»Weiße Blüten?« fragte Averan. »Meister Brand hat die Blätter immer in seinen Wein getan.«

»Kluges Mädchen«, erwiderte Binnesman. »Ich habe welchen unter der Hecke hinter dem Gasthaus wachsen sehen. Geh und pflücke ein Dutzend Blätter für mich.«

Averan lief zur Rückseite des Gasthauses, während Binnesman einen Augenblick lang wieder nach drinnen ging. Inzwischen standen zwanzig Männer rund um den Wagen.

Ein Ritter aus Mystarria näherte sich, ein Bursche mit einem langen, schwarzen Schnurrbart, der ihm bis auf die Halsberge hing. Er starrte in den Wagen. »Sir Borenson? Verwundet?«

»Ja«, meinte ein anderer. »Das Schlimmste.«

»Kopfwunde?«

»Schlimmer – sie haben ihm die Eier abgerissen.«

Der Mann verzog das Gesicht und streckte die Hand aus, um Borensons Hemd anzuheben.

»Wenn Ihr hinsehen wollt«, sagte Myrrima, streckte

die Hand aus und packte ihn am Handgelenk, »dann kostet das was!«

»Kosten?« fragte der Ritter. Er lächelte entwaffnend. »Wieviel?«

»Ein Auge«, sagte Myrrima. Rings um sie her brach die Menge in Lachen aus.

Binnesman kam wieder zurück aus dem Gasthaus, mit ein wenig aufgeschlagenem Honig in einer Schale. Sobald Averan mit den kleinen, hellen, spatenförmigen Blättern des Waldmeisters zurückkehrte, sagte er: »Jetzt zerdrückst du die Blätter, indem du sie zwischen den Händen rollst.«

Averan rollte die Blätter.

»Gib sie in den Honig.«

Sie ließ sie in die Schale fallen.

Binnesman griff in eine Tasche seines Gewandes und holte ein Stück dunklen Pflanzenstiel heraus. »Ysop«, sagte er zu Averan. »Du pflückst es immer zwei Tage nach dem Regen, und achte darauf, die modrigen Blätter zu verwenden, die unten dicht an den Wurzeln wachsen.«

Er zerdrückte das getrocknete Blatt, gab es zum Honig hinzu und rührte mit den Fingern.

In diesem Augenblick gesellte sich ein weiterer Mann zur Zuschauermenge. »Was ist denn los?«

»Borenson hat seine Eier verloren«, sagte ein Ritter, »und Binnesman wird dafür sorgen, daß ihm neue wachsen.«

Mehrere Männer schnaubten verächtlich. Es war ein schlechter Witz, und Myrrima fand es alles andere als komisch.

»Ehrlich, wie lange dauert es, bis er wieder reiten kann?« neckte der Ritter.

Binnesman fuhr zu der Menge herum. »Ist es also so weit gekommen?« rief er. »Stehen die Kinder der Erde hier auf heiligem Boden und verspotten die Erde?«

Myrrima war sicher, daß die Männer es nicht böse gemeint hatten, aber Binnesman schien wütend zu sein. Er richtete sich gerade auf, starrte die Ritter erbost an, so daß sie wie ein Mann vor seiner Herausforderung zurückwichen. Und, was wichtiger war, sie wichen alle vor dem Ritter zurück, der gerade den Witz gemacht hatte: Sir Prenholm aus Heredon.

»Wie könnt Ihr es wagen!« sagte Binnesman. »Habt Ihr in diesen vergangenen Tagen denn nichts gelernt?

Ihr hättet gegen den Glorreichen der Finsternis nicht bestehen können. Aber Myrrima hier, eine Frau ohne Gaben, hat ihn ganz alleine getötet.

Ihr mit all Euren Gaben konntet Euch nicht gegen die Greifer vor Carris stellen – aber Gaborn beschwor einen Erdwurm herauf, einen einzelnen Wurm, und hat die ganze Greiferhorde vertrieben!

Wie könnt Ihr an der Macht zweifeln, der ich diene? Es gibt nichts, was zerbrochen ist und nicht geflickt werden kann. Es gibt keine Kranken, die man nicht heilen kann.

Die Erde hat Euch geschaffen. Sie gibt Euch von einem Augenblick zum anderen Leben. Und in diesem heiligen Tal, Sir Prenholm, könnte ich im Morgengrauen einen Stock in den Boden stecken, und bis zur Abenddämmerung wäre er zu einem besseren Mann gewachsen, als Ihr je sein werdet!«

Myrrima wich verängstigt zurück. Grüner Nebel hatte begonnen, sich zu Füßen des Zauberers zu bilden, und er strahlte Macht aus. In der Luft hing ein Geruch nach Kupfer, gemischt mit Moos und alten Wurzeln.

Sir Prenholm wurde bleich, wie er dort nun zitternd und alleine stand. »Ich wollte nicht respektlos sein. Es war nur ein Scherz.«

Binnesman zeigte auf Borenson und brüllte: »Bei der Macht, der ich diene, ich sage Euch, daß dieser Eunuch bald wieder Kinder zeugen kann!«

Myrrima hatte eine solche Gunst nicht erwartet. Sie glaubte nicht einmal, daß es wirklich geschehen könnte. Aber Prenholm hatte Binnesman dazu verlockt, zu prahlen. Selbst wenn Binnesman ihren Mann tatsächlich wiederherstellen konnte, dann gab es eines, was Myrrima wußte: Magie hatte ihren Preis. Binnesmans Tat würde teuer sein.

Die Ritter und Lords standen wie ausgeschimpfte Kinder da und wagten nicht, etwas zu sagen.

Binnesman nahm wieder seine Schale mit Honig und Kräutern, zog sie durch den grünen Nebel zu seinen Füßen und kniete dann nieder und mischte eine Prise Erde hinein.

Wieder schaute er die wachsende Menschenmenge an und reichte Myrrima die Schale. »Bringt das zum Fluß. Kniet nieder und zeichnet siebenmal die Heilrune ins Wasser. Dann schöpft eine Handvoll Wasser und mischt sie mit diesem Gebräu hier. Wascht Euren Mann damit. In etwa einer Stunde wird er reiten können.«

Dann beugte er sich dichter zu ihr und flüsterte:

»Aber eine so schreckliche Wunde wird zum Heilen länger brauchen – falls sie überhaupt geheilt werden kann.«

»Ich danke Euch«, sagte Myrrima mit klopfendem Herzen. Vorsichtig nahm sie die Schale entgegen, weil sie fürchtete, etwas zu vergießen, und stellte sie auf den Kutschbock. Sie fuhr den Wagen um die Ecke, an der Steinmauer des Gasthausgartens entlang und hinunter zum Bach, der an den Erlen entlangrauschte. Die Blätter schimmerten golden, und das Sonnenlicht färbte die Baumstämme silbern.

Myrrima hielt den Wagen im Schatten der Bäume an. Zwei Enten kamen angeschwommen, flatterten und bettelten um eine Brotrinde.

Myrrima zog Borensons Decke weg.

Sie stieg aus dem Wagen, stand am Rand des Wassers. Nach dem Regen der vergangenen Nacht lagen bereits goldene Erlenblätter am Boden. Der Bach floß frei dahin, gurgelte über die Felsen. Die Enten stiegen zu Myrrimas Füßen aus dem Wasser.

Sie kniete sich, beugte sich über das Wasser und schrieb siebenmal die Heilrune hinein.

Es war so friedlich, ein so heiterer Hintergrund für einen so verstörenden Tag. Als sie die Runen schrieb, hatte sie das Gefühl, etwas rezitieren zu sollen, aber ihr fiel nichts ein. Dann erinnerte sie sich an ein Lied, ein dummes Liedchen, das sie als Mädchen gedichtet hatte, als sie ihre Kleider auf den Waschsteinen am Dwindell schrubbte.

Ich liebe das Wasser, denn das Wasser liebt mich
ob als Regenpfütze oder Tümpel,
und alles fließt ins Meer und wird dort zu Gischt.

Plätschernd, spritzend, schäumend
rauscht es von den Bergen,
tränkt es trockene Täler,
oder es ist tief und still,
kann Pflanzen und Tiere nähren.

Ich liebe das Wasser, und das Wasser liebt mich.
Und ich treibe auf ihm, diesem stillen Fluß hinab,
bis er sich ins Meer ergießt.

Sie schaute in den Bach, zu den breiteren Stellen, und hoffte, vielleicht den dunklen Rücken eines der großen Störe zu sehen, die in geheimnisvollen Mustern schwammen.

Aber nichts geschah. Sie schöpfe Wasser mit der Hand und mischte es mit dem Gebräu des Zauberers.

Sie tupfte ihre Finger in diesen Balsam aus Honig, Kräutern, Erde und Wasser, dann brachte sie ihn zu Borenson und griff unter sein Hemd.

Sanft nahm sie seinen Penis in die Hand und versuchte, die Mixtur über die schwärende Wunde zu reiben, wo sich seine Hoden befunden hatten. Sie war sich schmerzlich bewußt, daß sie ihn dort nie zuvor berührt hatte, nicht einmal in ihrer Hochzeitsnacht.

Borenson verzog im Schlaf schmerzerfüllt das Gesicht. Er schlug fest mit der Faust ins Heu.

»Es tut mir leid«, sagte Myrrima, ersparte ihm die Medizin aber nicht. Alles hat seinen Preis, selbst Heilung.

Als sie fertig war, ächzte er laut und rief: »Saffira?« Er hob eine Hand in die Luft wie eine Klaue, als wollte er sie festhalten.

Myrrima merkte, daß sie zitterte. Binnesmans Salbe heilte vielleicht eine Wunde des Fleisches, begriff sie, aber was war mit den Wunden des Herzens?

Borenson triefte vor Schweiß, und sein Gesicht war dunkelrot. Ganz gleich, was Binnesman versprochen hatte, Myrrima nahm an, daß es noch Stunden dauern würde, bis er das Bewußtsein wiedererlangte.

Sie drehte sich um und kniete sich ans Wasser. Die Morgensonne schimmerte durch die Blätter. Es schien angenehm warm. Sie beschloß, den Tag über Wache zu halten.

Für scheinbar lange Zeit stand sie trauernd dort. Mit ihren Gaben des Stoffwechsels war es einfach, die Zeit aus den Augen zu verlieren und das Gefühl zu haben, daß sie sich ungewöhnlich lang erstreckte.

Im Dorf stiegen gerade die Reiter auf die Pferde, als Myrrima ihren Mann keuchen hörte. Sie kletterte auf den Wagen und sah ihn an. Er war aufgewacht.

Äußerlich hatte er sich wenig verändert. Schweißperlen standen auf seiner Stirn, und unter den Achseln war sein Hemd klatschnaß. Seine Augen waren immer noch gelblich glasig, sein Gesicht bleich. Seine Lippen hatten Blasen vom Fieber. Er schaute hinauf in die Bäume.

»Du siehst ein wenig besser aus«, log Myrrima. »Geht es dir besser?«

»Es ging mir noch nie schlechter«, sagte er mit trockenem Hals. Sie holte den Wasserschlauch und zwang ein Rinnsal in seine Kehle. Er trank schwächlich, dann schob er den Schlauch weg. »Was machst du da?« fragte er sie.

»Ich versuche, dich zu retten«, erwiderte Myrrima. »Du hast Glück, daß du nicht krank geworden und gestorben bist.«

Er schloß gequält die Augen und schüttelte den Kopf. Diese winzige Geste sprach Bände. Er wollte nicht reden.

Myrrima schwieg einen Augenblick. Sie hätte am liebsten durch seine Rüstung hindurchgedroschen, um das weiche Fleisch darunter zu erreichen. Sie ließ ihn einen Augenblick sitzen und fragte dann leise: »Warum? Du hast gewußt, daß sich die Wunde entzündet hatte, und du bist einfach weggegangen. Warum?«

»Das willst du nicht wissen«, sagte Borenson.

»Doch.«

Er öffnete die Augen zu Schlitzen und betrachtete sie leidenschaftslos. »Ich liebe dich nicht. Ich ... kann dich nicht lieben.«

Myrrima war von den Worten schwer getroffen. Ihr Herz klopfte plötzlich sehr heftig, und sie mußte sich anstrengen, um die Gewalt über ihre Stimme zu behalten. Sie wußte vage, was er durchgemacht hatte. Sie hatte das Licht in seinen Augen gesehen, als er von Saffira gesprochen hatte. Sie hatte gehört, wie er im Schlaf nach ihr rief. Sie wußte, daß Saffira mit all ihren Gaben der Anmut für jeden Mann unwiderstehlich sein würde. Und Raj Ahten hatte ihren Mann kastriert. »Hast du mit ihr geschlafen?« Myrrima versuchte, sich ihren Schmerz und den Zorn nicht anmerken zu lassen. »Hat dir Raj Ahten deshalb die Eier abgeschnitten?«

»Was bedeutet es dir schon?« wollte Borenson wissen.

»Ich bin deine Frau.«

»Nicht ...«, setzte er an. Dann schüttelte er den Kopf. »Ich habe sie nie angerührt. Kein Mann hätte sie anrühren können; sie war zu schön ...«

»Du weißt nicht, was Liebe ist«, sagte Myrrima mit großer Endgültigkeit.

Einen Augenblick lang schwiegen beide. »Ich wußte, daß es dir weh tun würde, wenn du es herausfändest«, sagte Borenson.

Myrrima wußte lange nicht, was sie sagen sollte. »Ich bin immer noch deine Frau«, sagte sie schließlich. Sie konnte seine Qual deutlich erkennen, sah sich aber nicht in der Lage, ihn zu erreichen. Raj Ahten hatte ihm soviel angetan. »Warum hat er dich nicht einfach getötet?«

Borenson ächzte und schob sich im Stroh höher. »Das weiß ich nicht. Aber normalerweise macht Raj Ahten keine strategischen Fehler.«

In seinem Tonfall lag Zorn, unterdrückte Wut. Das gefiel Myrrima. Wenn er wütend war, dann hatte er zumindest etwas, wofür er leben konnte.

Myrrima hörte Schritte und blickte auf.

Gaborn kam die Straße entlang, mit besorgter Miene. Iome war an seiner Seite und schien über Borensons Verletzung entsetzter als über alles andere.

Gaborn kam direkt zum Wagen. »Wie geht es Euch?«

Borenson erwiderte mit müder Stimme: »Gut, Herr,

und Euch?« Der Sarkasmus war schwerlich zu überhören.

Gaborn streckte die Hand aus und berührte Borensons Stirn. »Das Fieber ist gebrochen.«

»Ich bin froh, daß das alles ist, was gebrochen ist«, meinte Borenson.

Gaborn sagte: »Ich ... ich bin gekommen, um Euch für Eure Anstrengung zu danken. Ihr habt Mystarria viel gegeben.«

»Nur mein Gewissen, die Leben meiner Übereigner und meine Eier«, sagte Borenson. Er wußte immer noch nichts von dem Zauber, den Binnesman über ihn gelegt hatte, in der Hoffnung, daß er bald wieder vollständig sein würde. Er sprach aus seinem Schmerz heraus. »Gibt es noch etwas anderes, was Ihr wünscht, Herr?«

»Friede und Gesundheit für Euch und alle Eure Lieben«, sagte Gaborn. »Und ein Land ohne Krieg, in dem die Menschen nie von Raj Ahten oder Greifern oder den Glorreichen der Finsternis gehört haben.«

»Ich hoffe, Ihr erhaltet, was Ihr wünscht«, sagte Borenson.

Gaborn seufzte. »Wir haben Zwingeisen, um Euch beim Gesundwerden zu helfen, wenn Ihr wollt.«

Schmerz umwölkte Borensons Blick. Er sah verletzt und gebrochen aus. »Wie viele könnt Ihr für mich erübrigen?«

»Wie viele wollt Ihr?«

»Genug, um Raj Ahten töten zu können«, sagte Borenson. »Stimmt es, daß er noch lebt?«

Gaborn zögerte nicht. »Ich kann Euch nicht so viele

geben.« Nun stand in seinem Blick Schmerz. Er hätte gerne seinem Zorn nachgegeben, er hätte Borenson gern seine Rache verschafft. Wenn überhaupt je ein Mann Rache verdient hatte, dann dieser. Er war gezwungen gewesen, Kinder zu töten, die Raj Ahten dazu verführt hatte, ihm ihre Gaben zu übereignen. Er war gezwungen gewesen, selbst Männer zu töten, die er als Freunde betrachtet hatte. Und Raj Ahten hatte ihm seine Männlichkeit genommen.

Unter großen Schmerzen zog sich Borenson an der Seite des Wagens hoch, als wollte er seine Entschlossenheit beweisen. »Ich war der beste Leibwächter im Dienst Eures Vaters. Wenn es überhaupt jemanden gibt, der ihn töten kann ...«

»Ich kann es nicht«, sagte Gaborn. »Und Ihr auch nicht. Der Erdgeist verbietet es. Um unser aller willen ...«

»Und dennoch seid Ihr hergekommen, um mich um einen Gefallen zu bitten«, sagte Borenson. »Das sehe ich Euch an. Und Ihr bietet Zwingeisen an ...«

»Hundert Zwingeisen«, sagte Gaborn. »Nicht mehr.«

Das waren viele, mehr als doppelt soviel an Gaben, als Borenson zuvor besessen hatte.

Iome nahm Myrrimas Arm und zog sie weg, so daß die beiden Männer alleine feilschen konnten.

»Um was geht es da?« fragte Myrrima.

»Gaborn braucht Euren Mann, damit er König Zandaros eine Botschaft bringt, in der er um Frieden bittet. Und das ist nach allem, was geschehen ist, eine große Bitte.«

»Ich verstehe«, sagte Myrrima. Sie wußte, daß Borenson die Botschaft überbringen würde. Vor beinahe einer Woche hatte er geschworen, nach Inkarra zu gehen, um nach dem legendären Daylan Hammer zu suchen, der Summe aller Menschen, in der Hoffnung, zu erfahren, wie man die Greifer und Raj Ahten besiegen konnte. Er hatte vorgehabt, im geheimen dort hinzugehen, sich ins Land zu schleichen, denn die Grenzen Inkarras waren Menschen aus Rofehavan seit Jahrzehnten verschlossen. Aber Myrrima begriff sofort, wie sich diese Botschaft zu ihren Gunsten auswirken konnte. Wenn Borenson Zandaros überreden konnte, es sei in seinem besten Interesse, sich mit Mystarria zu verbünden, würde Zandaros ihm vielleicht sogar helfen, Daylan Hammer zu finden. Selbst wenn er Zandaros nicht überzeugen konnte, würde die Übergabe der Botschaft Borenson zumindest einen Vorwand geben, die Grenze zu überschreiten.

»Wo wird er die Übereigner herbekommen?« fragte Myrrima, während sie am Ufer entlanggingen.

»Es gibt in Carris einen Annektor«, sagte Iome. »Euer Mann kann seine Gaben dort übernehmen.«

»Die Stadt liegt in Trümmern«, wandte Myrrima ein. »Seid Ihr sicher, daß das gutginge? Die Flüche der Greifer sind noch so mächtig in der Luft, daß überall Krankheiten ausbrechen!«

»Er wird dann einige Zeit kein Durchhaltevermögen übernehmen können, aber auf seinem Weg liegt Batenne. Gaborn hat mir versichert, daß Euer Mann dort weitere Gaben erhalten könnte.«

Myrrima hielt inne. Sie hatte nie eine Landkarte von Mystarria gesehen und keine Ahnung, wo Batenne lag, obwohl der Name vertraut klang. Es war eine ausgedehnte Stadt tief im Süden, im Weinland, am Fuß des Alcairn-Gebirges. Wohlhabende Adlige überwinterten dort häufig.

Iome fragte: »Werdet Ihr ihn begleiten?«

»Wenn er das zuläßt. Ich nehme an ... auch wenn nicht.«

»Selbstverständlich wird er Euch an seiner Seite haben wollen«, erklärte Iome. In ihren Worten lag solch kindliches Vertrauen, daß sie einfach wahr sein mußten.

Myrrima drückte Iome die Hände und schwieg lange Zeit. Dann fragte sie: »Wie macht Ihr das? Wie könnt Ihr so einfach lieben?«

Die Frage schien Iome zu überraschen.

»Ich sehe es in Euren Augen«, sagte Myrrima. »Ich habe es gesehen, wenn Ihr Eure Diener angeschaut habt. Ich sehe es, wenn ihr mich anseht. Es ist nichts Künstliches daran. Aber ich bin mit einem Mann verheiratet, der sagt, daß er mich nicht liebt, und ich glaube ihm. Er wird nicht einmal versuchen, so zu tun als ob.«

»Ich weiß es nicht«, sagte Iome. »Liebe ist nicht etwas, das man spürt. Es ist etwas, was man gibt.«

»Zerreißt es Euch nicht, Euch auf diese Weise hinzugeben?«

»Manchmal«, gab Iome zu. »Aber wenn jemand die Liebe erwidert, macht es den Schmerz allemal wett.«

Myrrima staunte über dieses Gespräch. Wohin immer sie schaute, brachen Kriege aus. Aber sie machte sich Gedanken über Liebe. Sie fühlte sich schuldig, weil sie mit Iome darüber gesprochen hatte. Aber ein Leben ohne

Liebe wäre so kalt und leer, daß es eine Art Tod ganz eigener Art darstellte.

»Ich nehme an«, fuhr Iome fort, »ich habe es von meinem Vater gelernt. Ihm waren alle von seinem Volk gleich lieb. Wenn er einen Menschen für faul oder boshaft hielt, haßte er ihn nicht und verdammte ihn nicht. Er glaubte, Menschen könnten jedes ihrer Laster heilen, wenn sie nur versuchten, sich zu ändern. Und er war sicher, wenn man jemandem genug Freundlichkeit entgegenbrachte, würde er sich verändern wollen.«

Myrrima lachte. Wären nur die Streitigkeiten zwischen Menschen so schnell zu schlichten.

»Aber versteht Ihr, was ich meine? Wenn Ihr Liebe wünscht, müßt Ihr sie zuerst geben.«

»Ich glaube nicht, daß mein Mann weiß, wie man liebt.«

»Dann müßt ihr es erklären«, sagte Iome. Die Sonne stand ihr ins Gesicht geschrieben. »Ihr müßt immer ein deutliches Beispiel geben. Nicht jeder lernt leicht, wie man Liebe gibt. Ich habe gehört, daß es für einige so gut wie unmöglich sein kann, es zu lernen. Sie verbergen ihre Gefühle alle unter einem dicken Panzer.«

Nur einen Augenblick zuvor hatte Myrrima dasselbe gedacht – daß sie sich vorkam, als versuchte sie, ihrem Mann die Rüstung abzureißen. Myrrima schüttelte den Kopf. »Er ist so voller Selbsthaß. Wie beweist man seine Liebe einem Mann, der sich weigert, sie zu erkennen oder daran zu glauben?«

»Ihr habt ihn geheiratet«, sagte Iome. »Das sollte Euch einen Hinweis geben.«

»Die Ehe wurde von Eurem Gemahl arrangiert.«

»Ihr geht mit ihm nach Inkarra. Das kann er nicht übersehen.«

Myrrima schüttelte verblüfft den Kopf.

»Vielleicht wird er lernen, Euch zu lieben, wenn er sich selbst lieben kann«, sagte Iome. »Er hat große Veränderungen erlebt, die sich sehr schnell vollzogen. Er hat seine Stellung im Leben aufgegeben, hat seine Gaben verloren. In dieser Kriegerrüstung steckt ein guter Mann, der darum kämpft, nach draußen zu gelangen. Helft ihm, das zu entdecken.«

Plötzlich konnte Myrrima Borenson begreifen. Iome sagte ihr, daß er nicht wußte, wie man liebt, weil er niemals wirklich geliebt worden war.

Sie hatte viel von seinem Ruf gehört – ein Mann, der sich grimmig den schlimmsten Herausforderungen stellte und der im Kampf lachte. Selbstverständlich würde er im Kampf lachen.

Oben an der Straße standen Gaborns Truppen bereit. Gaborn rief Iome zu: »Fertig?«

Iome umklammerte noch einen Augenblick lang Myrrimas Hände, dann ging sie rasch mit ihrem Mann zur Straße hinauf.

Myrrima kehrte zum Wagen zurück und schaute Borenson an.

»Er will, daß ich König Zandaros eine Botschaft überbringe«, sagte Borenson. »Wenn ich bereit bin zu reiten.«

»Und wirst du das tun?«

»Sobald ich reiten kann.« Er verzog schon bei dem Gedanken schmerzlich das Gesicht.

»Es gibt etwas, das ich dir sagen muß«, erklärte Myrrima. »Ich weiß, du sagst, daß du mich nicht liebst. Aber ich bin immer noch deine Frau, und vielleicht genügt es ja, daß ich dich liebe.«

Er blieb lange Zeit schweigend liegen, und Myrrima berührte einfach nur seine Hand.

Nach einer Weile streckte er die Hand unters Hemd und betastete seine Wunde. Ein erstaunter Ausdruck trat ihm aufs Gesicht.

»Was ist los?« fragte Myrrima. »Bist du weniger Mann, als du geglaubt hättest, oder mehr?«

Er betastete sich weiter, unfähig zu begreifen, was geschehen war. »Binnesman hat dich behandelt«, erklärte Myrrima. »Er sagte, du wärest innerhalb einer Stunde imstande zu reiten. Und mit der Zeit wirst du dich vielleicht vollkommen erholen.«

Das Staunen, die Erleichterung in seiner Miene wärmte ihr das Herz. Einen Augenblick lang schien er nicht zu wissen, was er sagen sollte, und seinem Glück nicht trauen zu wollen. Endlich meinte er mit mühsam beherrschter Stimme: »Wenn dieser Zauberer es wirklich schafft, mir neue Eier wachsen zu lassen, dann schleppe ich ihn in die nächste Kneipe und gebe ihm ein Bier aus.«

Myrrima lächelte und gab zurück: »Nur eins? Mehr sind sie dir nicht wert?«

KAPITEL 12
Das Angesicht des Erdkönigs

Jeder Mensch wird mit zehntausend Gesichtern geboren, aber er enthüllt sie der Welt immer eines nach dem anderen.

Torin Belassi über die »Kunst der Verstellung«

Gaborn und Iome gingen zu ihren Pferden in den Stall, und Iome schwieg lange Zeit. Sie wußte, daß Borensons bittere Worte Gaborn traurig gemacht hatten. Borenson war immer offen mit Gaborn gewesen, und Iome hatte gedacht, die beiden stünden einander so nah wie Brüder.

»Er wird wieder gesund werden«, sagte Iome schließlich. »Binnesman hat es versprochen.«

Gaborn schüttelte den Kopf. »Nein, das glaube ich nicht. Nicht richtig. Wir haben ihn mißbraucht. Er ist zornig auf Raj Ahten, zornig auf mich. Und er ist mißtrauisch. Zandaros wird keine Zugeständnisse machen, nur weil ich einen Freund als Boten schicke. Es mag gut sein, daß ich Borenson in seinen Tod sende.«

Iome biß sich besorgt auf die Unterlippe. Zandaros hatte alle Kontakte mit Mystarria schon abgebrochen, bevor Gaborn zur Welt gekommen war, und er hatte einen Meuchelmörder ausgeschickt, um Gaborn zu töten. Zandaros klang gefährlich, aber Iome wußte, daß Inkarra ein seltsames Land war, das ganz eigene Bräuche hatte.

»Bist du sicher, daß du willst, daß Borenson mit König Zandaros spricht?« fragte Iome. »Zandaros' Neffe dachte offenbar, der Sturmkönig würde mir den Vorzug geben – und ich bin deine nächste Verwandte.«

Iome versuchte beiläufig zu klingen. Sie wollte nicht gehen. Es würde eine lange, schwere Reise werden, deren Ende vollkommen in den Sternen stand. Wenn sie gehen würde, würde sie ihr eigenes Leben ebenso aufs Spiel setzen wie das des Sohnes, der in ihr heranwuchs.

Gaborn schüttelte den Kopf. »Nein. Nicht du.«

Sie sah ihm ins Gesicht. Sein Blick war nach innen gerichtet. Iome stellte fest, daß ihre Pferde bereits gefüttert waren. Die Mähnen und Schweife waren geflochten, die Tiere waren gewaschen und gestriegelt. Gaborns Pferd trug einen Panzer, der im Laufe der Nacht aus Carris gebracht worden war. Er glitzerte wie Silber. Der Kopfschutz des Tieres hatte ein gedrehtes Horn, das sich nach oben wand, und die Rüstungsplatten an Brust und Flanken waren poliert. Unter der Rüstung befand sich eine Steppdekke aus weißer Seide. Das Pferd sah aus wie ein Wundertier, das aus den Wolken herabgeschritten war.

Die Lords in Carris wollten, daß Gaborn einen großartigen Einzug hielt, um die Geister seiner Untertanen zu beflügeln. Iome und seine Berater hielten das für eine gute Idee. Paldanes alter Kanzler, Gallentine, hatte ihnen eine Botschaft geschickt, daß sich in Carris Gerüchte verbreiteten, Gaborn sei im Kampf getötet worden. »Es würde die Menschen sehr ermutigen«, sagte er, »wenn Gaborn sich sehen ließe.«

Also würde Gaborn einmal durch die Stadt paradieren, aber nur, weil er dort auf dem Weg in den Kampf ohnehin vorbeimußte.

Die Greifer würden heute über offene Ebenen weiter nach Süden fliehen, und Gaborn plante, seine Männer gegen sie zu führen. Er brauchte Averans Hilfe, um den Wegmacher zu finden.

Die ganze Nacht hindurch hatte er mit seinen Beratern zusammengesessen und Pläne geschmiedet. Stündlich trafen Berichte von Skalbairn ein. Die Greifer hatten sich eingegraben, sobald es kalt wurde, und in der Morgendämmerung hatten sie sich immer noch nicht gerührt. Das Gewitter der Nacht hatte auch Gaborn in Balington aufgehalten. Er wagte nicht, im Dunkeln Krieger auf Pferden auszuschicken, nicht über Straßen, die zu Schlammflüssen geworden waren.

Auf diese Weise hatte das Wetter Gaborn zwar langsamer werden lassen, die Greifer aber vollkommen aufgehalten. Die Greifer konnten in einer Nacht nur vierzig Meilen zurücklegen. Das gab Gaborn einen großen Vorteil.

Er hatte Botschaften zu Burgen südlich der Berge geschickt und Lanzen und Ballisten und Vorräte dicht an den Weg der Greifer bringen lassen.

In den frühen Morgenstunden hatten die Boten mehr gute Nachrichten gebracht: Der Regen hatte alles südlich der Berge beinahe vollkommen verschont.

Die Wälder würden trocken sein – hervorragend für einen Kavallerieangriff geeignet.

Sobald Gaborn bereit war, sich den Greifern zu stellen, setzte er sich ein letztes Mal mit seinen Beratern zusammen und entwarf Botschaften, die an die Könige von Rofehavan geschickt werden sollten.

Die ganze Nacht hatte er sich sowohl um gewaltige als auch um vollkommen banale Angelegenheiten gekümmert. Er hatte Pläne für die Evakuierung von Carris geschmiedet und dafür, Truppen zur Hilfe zu schicken, um die Burgen im Norden zu verteidigen. Er hatte Bestechungen an diverse Lords geschickt, darunter auch das Angebot, Söldner aus Internook anzuheuern, um die Küste zu schützen.

Ein Bote aus Nord-Crowthen hatte eine erstaunliche Nachricht gebracht: Gaborn hatte seine Hilfe dabei angeboten, die Greiferhorde niederzuschlagen, die sich dort erhoben hatte. Aber der Eiserne König hatte ihm eine barsche Botschaft geschickt und sein Angebot abgelehnt. Der Kurier selbst hatte gehört, daß der Eiserne König die Greiferhorde leicht hatte besiegen können. Die Greifer waren an der nördlichen Küste aufgetaucht und am Ufer entlang nach Süden marschiert.

Ein gutgezielter Ballistenschuß von einem Schiff hatte die Todesmagierin getötet, die die Horde anführte. Ihr Gefolge hatte sich sofort zurückgezogen.

Nun war Gaborn bereit, nach Carris zu reiten. Gaborn und Iome stiegen auf ihre Schlachtrösser und ritten aus dem Stall heraus. Sechs junge Herolde, alle in das Blau des Hauses Orden gekleidet und mit dem Zeichen des Grünen Mannes auf dem Wappen, ritten vor ihnen her. Alle sechs Herolde hatten langes, blondes Haar und trugen goldene Trompeten.

Ihnen folgte ein siebter junger Mann mit der Standarte des Königs.

Draußen stand ein Wagen, und die Ritter in Gaborns

Gefolge nahmen jeder eine weiße, lange Lanze herunter und hielten sie nun hoch, so daß sie sich über ihren Köpfen wie Stacheln crhoben.

Die Ritter selbst waren ein gemischter Haufen und trugen die Farben eines halben Dutzends Königreiche, um damit kundzutun, daß Gaborn nicht nur Herr eines einzigen Landes war, sondern der gesamten Erde.

Jureem, Binnesman, der Wylde und nun auch die junge Averan würden mit den Beratern des Königs nahe der Spitze der Truppe reiten. Am Ende folgte ein unauffälliger Wagen mit Gaborns Zwingeisen.

Als Gaborn aus dem Stall ritt, jubelten seine Männer ihm zu. Binnesman trieb sein Pferd vorwärts und reichte Gaborn einen Eichenzweig, den er trug wie ein Zepter, obwohl noch ein wenig Efeu daran hing.

So begann Gaborn seinen Ritt nach Carris wie ein Erdkönig aus den alten Geschichten. Aber Iome hatte den Eindruck, daß er in Gedanken versunken war.

Sie hatten noch keine sechs Meilen zurückgelegt, als die Herolde an der Spitze über eine bewaldete Hügelkuppe ritten, rasch die Pferde wendeten und riefen: »Herr, vor uns sind Riesen!«

Sie hätten die Warnung nicht gebraucht, denn in diesem Augenblick überquerte ein Frowth-Riese den Hügel und starrte Gaborn an.

Ein riesiger Fuchshengst, der schlaff mit einem gebrochenen Genick dahing, war deutlich auf dem gebeugten Rücken des Riesen zu erkennen. Das goldene Fell des Riesen sah im Morgenlicht schmutzig und verfilzt aus. Er war ein alter Frowth mit weißen Strähnen im Haar, und seine silbrigen Augen waren riesig wie Schalen. Er hatte Eisennieten in den Ohren und einen Ring durch seine Nase gezogen. Die Haare unter seiner langgezogenen Schnauze waren in Kriegerknoten geflochten.

»Wahut«, schrie der Riese und hob die Schnauze in die Luft. Aus den nahegelegenen Eichen flatterten Tauben auf und begannen zu kreisen. Iome verstand die Sprache der Frowth-Riesen nicht und hatte keine Ahnung, was das Geschöpf geschrien hatte. Aber es hatte wie ein Siegesschrei geklungen, und bald kamen andere Riesen den Hügel hinaufgerannt, und ihre Rüstungen ratterten wie die Ketten einer Zugbrücke.

Der erste Riese packte das tote Pferd, das er auf dem Rücken getragen hatte, und warf es auf die Straße; andere Riesen taten dasselbe – insgesamt zweiundzwanzig von ihnen. Sie hinterließen einen gruseligen Haufen toter Pferde vor Gaborn und seinen Rittern.

Sie sind wie Katzen, begriff Iome, die kopflose Mäuse auf der Schwelle ihrer Herren niederlegen. Der Anführer der Riesen senkte den Kopf und schloß die Augen, streckte seine gewaltigen Unterarme aus und überkreuzte sie an den Gelenken. »Wahut!« schrie er abermals.

Gaborn saß im Sattel und schaute verdutzt drein. Die meisten seiner Männer starrten die Ungeheuer voller Ehrfurcht an.

Es war ein unheimlicher Augenblick. Bis vor hundertzwanzig Jahren hatte überhaupt nie ein Mensch einen Frowth zu sehen bekommen. Dann waren während eines harten Winters vierhundert der riesigen Geschöpfe über das nördliche Eis gewandert. Viele von ihnen waren verwundet und vernarbt und offenbar vor einem unbekannten Feind geflohen.

Die Frowth konnten sich in keiner menschlichen Sprache sonderlich gut ausdrücken und waren nie imstande gewesen zu erzählen, welch schreckenerregende Geschöpfe sie über das Eis gescheucht hatten. Aber mit ein paar Gesten und Worten hatten ein paar Riesen gelernt, neben den Menschen zu arbeiten – in Minen Felsblöcke zu schleppen, auf Bauernhöfen Bäume auszureißen, oder sie kämpften als Söldner.

Bis nach Rofehavan kamen die Frowth selten; sie lebten in der Wildnis am Fuß des Gebirges.

Diese Riesen waren mit Raj Ahtens Armee gekommen und hatten in Iomes Königreich Menschen gefressen. Es waren die ersten, die Iome je zu Gesicht bekommen hatte. Sie war gleichzeitig entsetzt über diese Geschöpfe und fasziniert.

»Kann jemand mit ihnen sprechen?« wandte sich Gaborn an sein Gefolge. »Was wollen sie?«

»Wahut«, rief der Riese abermals und nickte mehrere Male hintereinander rasch. Er zeigte auf Gaborn. »Wahut!«

»Er spricht Indhopalesisch«, meinte ein Ritter, ein gutaussehender Unbesiegbarer aus Indhopal mit dunkler Haut und dharmadischem Akzent. Er ritt an Gaborns Seite. »Er sagt, Ihr *Mahout* – Elefantenreiter. Sehr groß, sehr mächtig.«

»Wahut!« rief der Riese abermals und zeigte auf die toten Pferde.

»Ich glaube, er mag Euch!« scherzte einer der Lords.

»Nein«, erklärte der Übersetzer, »er Hände gekreuzt, er sich ergeben. Er Diener.«

Der Riese öffnete den Mund und machte rasche, zischende, klickende Geräusche im Rachen. Dann hob er die Schnauze in die Luft und schnupperte. Er versuchte nicht länger, sich in schlechtem Indhopalesisch zu verständigen. Statt dessen sprach er nun Frowth.

»Was sagt er da?« fragte Gaborn.

Aber es war nie einem Menschen gelungen, die Sprache der Frowth-Riesen zu erlernen. Nicht einmal der Mann aus Indhopal wagte zu raten.

»Werdet Ihr für mich kämpfen?« fragte Gaborn das Geschöpf. Die Wesen hatten sich am Vortag in Carris gut geschlagen.

Der Riese grunzte, gab ein tief aus dem Bauch kommendes Geräusch von sich; er hob seinen riesigen, eisenbeschlagenen Stock, der immer noch von den Körpersäften der Greifer dunkel gefleckt war.

»Vielleicht«, meinte der Übersetzer. »Er bietet an zu arbeiten.«

Gaborn sah sich fragend unter seinen Männern um. »Hat irgend jemand von Euch Verwendung für einen Riesen?«

»Ich«, rief ein Ritter vergnügt. »Sein Fell würde einen guten Teppich abgeben!«

Die anderen Ritter lachten laut, aber Gaborn betrachtete das Geschöpf forschend. Der Riese hob seinen Stock in den Himmel und brüllte: »Wahut?« und breitete dann die Arme weit aus, als wolle er die ganze Welt umarmen.

»Er sagt, Ihr großer Wahut«, erklärte der indhopalesische Unbesiegbare. »Großer Reiter der Welt.«

Aber Iome war anderer Ansicht. »Nein«, erklärte sie. »Er hat eine Frage gestellt. Er möchte wissen ... ob Gaborn der Erdkönig ist!«

Bevor sich noch jemand regen konnte, zeigte Iome auf Gaborn und rief: »Ja. Er ist der große Reiter. *Wahut.*«

Der Riese starrte sie an, als müsse er nachdenken. Seine silbernen Augen waren groß, und Wissen stand in seinem Blick.

Die anderen Riesen begannen, rasch aufeinander einzuknurren. Jeder von ihnen starrte Gaborn an und schloß dann die Augen fast vollständig. Sie begannen sich zu verbeugen und ließen die Unterkiefer dabei herabhängen, so daß sie ihre Zähne auf eine unbedrohliche Weise entblößten. Diese Stellung hielten sie mehrere, lange Sekunden ein, dann begannen ein Dutzend von ihnen nach Westen davonzulaufen, auf die Berge zu.

»He, wo wollen die hin?« fragte Gaborn.

Iome fiel eine einzige Antwort ein. Es hieß, daß in diesen Bergen noch wilde Frowth lebten. Vielleicht kehrten diese Riesen nach Hause zurück. Zehn von ihnen jedoch waren stehengeblieben und beobachteten Gaborn aufmerksam, wie ein Hund seinen Herrn beobachtet, wenn dieser sich anschickt, das Zimmer zu verlassen. Es war klar, daß sie vorhatten, ihm zu folgen.

Gaborn fragte seine Männer: »Ganz Carris wartet auf uns. Wagen wir es, diese Riesen mitzunehmen?«

Binnesman meinte: »Nun, da wir keine Tanzbären im Gefolge haben, werden sie wohl genügen müssen.«

Die Männer lachten alle über seinen Scherz, und dann ritten sie um den Haufen toter Pferde herum. Die zehn Riesen, die geblieben waren, setzten sich ans Ende der Reihe, hinter den Wagen mit Zwingeisen.

Gaborn ritt ein paar Minuten schweigend weiter. Iome sah, wie bedrückt er war.

»Du hast mir keinen Gefallen getan mit deiner Lüge«, flüsterte Gaborn. »Selbst wenn du nur einen Frowth-Riesen angelogen hast.«

»Lüge?« fragte Iome überrascht.

»Was immer ich sein mag, ich bin kein Erdkönig mehr. Ich will ihre Hoffnungen und ihr Vertrauen nicht verraten.«

Sie sah, wie sein Versagen ihn quälte. Sie begriff, wie schwer es ihm fiel, damit fertig zu werden. Sie liebte Gaborn für seine Tapferkeit und für sein Gefühl für Anstand und Ehre.

»Du bist immer noch der Erdkönig«, sagte sie. »Die Erde hat dir eine Aufgabe übertragen. Deine Macht ist vielleicht geringer ... aber die Aufgabe bleibt: Rette dein Volk.«

Iome dachte daran, ihm von dem Sohn zu erzählen, den sie in sich trug. Sie wollte, daß er stark war, und fragte sich, ob diese Nachricht ihm helfen würde. Aber im Augenblick nagten Schuld und sinnlose Selbstvorwürfe an ihm. Sie wagte nicht, ihn mit dem Wissen zu belasten, daß sie sein Kind trug.

»Du hast recht«, sagte Gaborn leise. »Mein Volk

braucht einen König. Selbst wenn die Erde meine Berufung nicht bestätigen will, brauchen die Menschen immer noch einen König.«

Gaborn schloß die Augen. Sein Gesicht wurde schlaff, als er jeden Muskel entspannte.

Dann hob er das Kinn, und als er sie wieder ansah, stand Entschlossenheit und Kraft in seinem Blick. Er blähte die Nasenlöcher ein wenig auf, und sein Blick war einer eines Mannes, der sich durchschaute, sich akzeptierte und gleichzeitig beherrschte. Es war ein Blick, der auf endlose Macht hinwies.

»Herr!« sagte Iome, die kaum mehr Luft bekam. Sie wußte, daß er im Saal der Gesichter Verstellung gelernt hatte. Aber die Veränderung, die sich in diesem Augenblick mit Gaborn vollzogen hatte, war wahrlich verblüffend.

In diesem Augenblick erkannte sie zum ersten Mal, daß sie trotz all der Zweifel, die Gaborn zum Ausdruck gebracht hatte, und trotz der Tatsache, daß er sich seiner Kräfte beraubt fühlte, zum Gesicht des Erdkönigs aufblickte.

KAPITEL 13
Unterricht in Zauberei

Die einfachen Leute nennen die vier Mächte Erde, Luft, Wasser und Feuer. Solche Begriffe genügen für das einfache Volk, aber nur Zauberer lernen ihre wahren Namen. Wir wenden uns nur in der Stunde größter Not an sie, und manchmal auf eigene Gefahr.

Auszug aus dem Kinderbuch der Zauberei
von Herdmeister Col

Averan klammerte sich fest an den Sattelknauf, während der kalte Wind ihr ins Gesicht peitschte. Die Kraftpferde galoppierten über smaragdgrüne Hügel unter einem blauen Himmel, der von hohen Zirruswolken marmoriert war, nach Süden.

Binnesman hatte sie vor sich aufs Pferd gesetzt, mit dem Rücken fest gegen seinen warmen Umhang, und mit seiner großen linken Hand hatte er sie schützend umfaßt. Er wollte sie lieber nicht allein auf einem so schnellen Pferd reiten lassen.

Sie fand das lächerlich, denn mit fünf Jahren war sie einmal auf einem Graak durch ein wildes Unwetter geritten, wo der Wind auf sie eindrosch, während Blitze unter den Wolken herzischten. Der Graak hatte so heftig gegen die Luftströmungen ankämpfen müssen, daß seine Flügel sich manchmal durchbogen. Es war ein Erlebnis, das nur ein anderer Himmelsreiter hätte begreifen können, und eines, das die Gedärme so manchen tapferen Ritters dazu gebracht hätte, sich zu lockern.

Dennoch, sie war froh, daß der Zauberer mit ihr ritt.

Averan war noch nie mit so vielen Menschen unterwegs gewesen, und bei all den Gefahren, die auf sie lauern mochten, fühlte sie sich in dieser Gesellschaft sehr viel sicherer. Es gab Vorreiter vor ihr, strenge, lanzenbewaffnete Runenlords in ihrem Rücken, und hinter denen wilde Riesen als Nachhut.

Averan war besonders froh, daß auch Frühling dabei war, denn Averan war die erste gewesen, die die grüne Frau gefunden hatte. Ein kleiner Teil von ihr fühlte sich immer noch für sie verantwortlich, obwohl sie nun wußte, daß Frühling ein Wylde war. Und Averan war auch froh, bei Iome zu sein, denn als Himmelsreiter hatte sie selten Kontakt mit anderen Frauen gehabt.

Das Krafttier raste dahin, seine Hufe droschen einen Rhythmus auf die Straße, und das Zaumzeug und die Rüstungen klirrten wie Musik.

Averan nahm an, daß sie nie wieder einem Ritt auf einem Graak so nahe kommen würde wie auf diesem königlichen Kraftpferd.

Binnesman schwieg eine Weile, und sein Griff um sie war locker. Er schien müde.

»Wird Borenson wirklich wieder gesund werden?« fragte Averan.

»Ich hoffe es«, antwortete der Zauberer. »Eine Fleischwunde zu heilen ist eine Kleinigkeit. Einen Körperteil wieder nachwachsen zu lassen ist größere Magie und fordert einen hohen Preis. Aber für eine wahre Heilung, wie er sie braucht, eine Heilung des Herzens, muß sich der Betroffene auch wünschen, geheilt zu werden.«

»Ist es schwere Arbeit – eine solche Wunde zu heilen?«

»Sehr schwer«, sagte Binnesman. »Beinahe unmöglich. Aber wir waren an einem Ort der Macht, und ein Wylde stand uns zur Seite. An einem anderen Tag, in einer anderen Umgebung, hätte ich es nicht einmal versucht.« Dann schwieg er wieder eine Weile.

Sie fegten wie ein Sturm durch Dörfer, die Averan immer nur aus der Luft und weiter Entfernung gesehen hatte. Garrius' Zahn hatte sie immer nur als Ländereien mit seltsam geformten Feldern und ein paar dichtgedrängten Gebäuden nördlich der Berge gesehen. Aber vom Boden aus und in der Frühherbstsonne war es ein Rausch des Lebens. Eines der Gebäude erwies sich als ein schönes, großes Gasthaus mit weißgekalkten Seiten und grünem Zieranstrich und Blumenkörben, die an jedem Fenster hingen. Die seltsam geformten Felder waren Weingärten und Heuweiden, die aus den Hügeln geschnitten waren, durch die sich ein blauer Bach zog und hier und da einen größeren Teich nährte, der den Himmel spiegelte und auf dessen Oberfläche schwarze Schwäne schwammen. Das Herrenhaus war ein so schönes Gebäude, daß es ihr den Atem verschlug.

Dann hatten sie die Hügel vollkommen hinter sich gelassen und galoppierten an Dörfern namens Saat und Windstille und Zuflucht vorüber – jedes eine Oase des Lebens inmitten der herbstlichen Felder, in denen riesige schwarzäugige Susannen kindshoch wuchsen. Averan liebte es, wie die gelben Blüten mit den dunklen Gesichtern im Wind auf und ab wippten.

Die Truppe legte etwa dreißig Meilen in der Stunde zurück und bewegte sich damit so schnell, daß die Riesen in der Nachhut kaum Schritt halten konnten. Sie grunzten und keuchten und gaben manchmal ein bellendes Brüllen von sich, wenn sie sprangen. Sie fielen zurück, holten den Haupttrupp aber wieder ein, wenn die Pferde sich ausruhten.

Averan zupfte an den Sprossen, die aus der Manschette ihres Gewandes wuchsen.

Binnesman schlug ihr spielerisch auf die Hand. »Laß das.«

»Warum?«

»Dir wächst dein Zauberergewand«, sagte er. »Es wird dich vor Sonne und Feuer schützen, vor Wind und Kälte. Und ob du im Wald oder draußen auf dem offenen Feld unterwegs bist, ob im Tageslicht oder in der Dunkelheit, es wird dich schützen.«

Averan warf einen Blick auf den Ärmel von Binnesmans Gewand. Die wurzelähnlichen Fasern darin waren von einem rötlichen Braun, der Farbe von Ahornblättern im Herbst. Sie konnte nicht erkennen, ob es jemals so etwas wie Tuch unter diesen Fasern gegeben hatte. Sie konnte sich auch nicht vorstellen, daß dieses Gewebe vor neugierigen Blicken Schutz bot.

»Meister Brand sagt, daß ich rasch wachse. Was geschieht, wenn ich zu groß für mein Gewand werde?«

»Du wirst nie zu groß für dein Gewand sein«, sagte Binnesman. »Es wächst mit dir und wird immer passen.«

»Ich hoffe, mein Gewand wird besser aussehen als Eures«, meinte Averan. »Ich meine das nicht böse, aber Euer Gewand ist ziemlich sackartig. Ich hätte lieber etwas Hübsches.«

Binnesman lachte. »Ich bin sicher, daß dein Gewand überall den Neid der Erdwächter erregen wird.«

»Also«, meinte Averan dann, »wann werdet Ihr anfangen, mir Bannsprüche und solches Zeug beizubringen?«

»Nun, warum nicht gleich«, meinte er. »Das hier wird dich gegen Feuer schützen.« Binnesman zeichnete ihr eine Rune auf ihre Hand, und sofort schien die Sonne, die in den letzten paar Tagen schrecklich geblendet hatte, ein wenig trüber zu werden. Die Sonnenstrahlen verbrannten Averan nicht mehr. »Das wird dich gegen Luft schützen.« Er zeichnete eine zweite Rune. Averan hatte in den vergangenen paar Tagen nicht einmal bemerkt, daß der Wind so beißend geworden war, als trüge er schon den Winter in sich. Aber plötzlich schien es ruhiger zu werden. Averan zog die Runen noch einmal nach.

»Das sollte im Augenblick genug helfen«, sagte Binnesman. »Ich werde dir später noch mehr beibringen.«

Sie näherten sich dem toten Land, das Carris umgab. Eine dunkle, häßliche Linie zeigte sich am Horizont, und intuitiv wollte Averan sich abwenden. Etwas Lebensnotwendiges war dort aus dem Boden gesogen worden. Auf den Hügelkämmen vor ihnen sah es nun aus, als wären die Steine die verbrannten Knochen der sterbenden Erde, ganz ähnlich wie die weißen Knochen eines Aussätzigen sich zeigen, wenn die Haut abfällt.

Averan hatte gehofft, nie wieder nach Carris gehen zu müssen, nicht einmal in Alpträumen, aber nun ritt sie wieder auf die Stadt zu.

Binnesman rief Gaborn zu: »Euer Hoheit, können wir einen Augenblick Rast einlegen?«

Gaborn fragte nicht, warum. Er konnte die häßliche Linie vor ihnen ebenfalls sehen und wußte, daß die Tiere noch einmal grasen mußten. »Halt!« befahl er.

Die Pferde begannen sofort, nach Gras zu suchen, und die Riesen blieben stehen und ließen sich keuchend zu Boden fallen.

Binnesman ritt von der Truppe weg, auf einen Hügel eine halbe Meile westlich zu. Der Wylde blieb an seiner Seite. Am Fuß des Hügels zügelte Binnesman sein Pferd neben einem Bach und ließ die Tiere grasen und trinken.

»Ihr könnt hierbleiben, wenn Ihr wollt«, sagte er zu Averan und der grünen Frau.

Er stieg auf den Hügel und blieb dort unter einer großen Eiche stehen. Er beugte sich zu dem verwüsteten Land hin und hob seinen Stock mit beiden Händen über den Kopf. Averan hörte ihn etwas rezitieren, aber der Wind trug seine Worte davon.

Lange Minuten kam es ihr so vor, als würde nichts geschehen. Dann sah sie dünnen, grünen Nebel, der offenbar aus Binnesmans Stock ausdrang und im Wind weiterflog, als wären es Saatkörner oder Pollen.

Die grüne Frau war zum Bach gegangen. Sie kniete sich ins Wasser und fing einen Krebs, hielt ihn hoch und starrte ihn neugierig an. Seit Averan ihr zum letzten Mal begegnet war, hatte jemand sie bekleidet. Die grüne Frau trug nun ein braunes Hemd mit grünen Hosen und neuen Lederstiefeln. Aber darüber hatte sie Rolands großen, schwarzen Bärenfellumhang gezogen. Es ließ sie irgendwie menschlicher wirken.

Averan wußte, daß es sich dabei um eine Illusion handelte. Sie war ein Wylde. Binnesman hatte sie geschaffen wie ein Holzschnitzer eine Puppe. Er hatte sie aus Steinen und Rinde und dem Blut der Erde gemacht. Er hatte ihr eine Art Leben gegeben, hatte sie zu seinem Krieger gemacht.

»Was tut Binnesman da?« fragte Averan Frühling.

Frühling schaute Averan an, folgte ihrem Blick, sah den Zauberer auf dem Hügel stehen und blinzelte. »Weiß ... nicht.«

Averan betrachtete die grüne Frau. Sie lernte rasch. Vor ein paar Tagen war sie nur imstande gewesen, wenige Worte zu wiederholen. Nun konnte sie ein paar grundlegende Fragen beantworten.

»Frühling«, sagte Averan, »hast du Angst?«

»Angst?« fragte sie und legte den Kopf schief. Sie ließ den Krebs wieder ins Wasser fallen und sah Averan an.

»Angst haben«, sagte Averan. »Es ist ein Gefühl. Dein Herz fängt an, schneller und lauter zu schlagen, und manchmal, wenn man richtig Angst hat, zittert man. Es ist ein Gefühl, das man hat, wenn man weiß, daß etwas Schlimmes geschehen wird.«

»Nein«, sagte Frühling. »Keine Angst.«

»Du bekommst nicht einmal Angst, wenn du gegen Greifer kämpfst?«

Frühling schüttelte den Kopf mit einer Miene, die zeigte, daß sie vollkommen verblüfft war.

Vielleicht hat sie keine Gefühle, dachte Averan. Sie hatte Frühling nie weinen oder lachen sehen.

»Spürst du irgend etwas?« fragte Averan. »Träumst du, wenn du schläfst?«

»Träumen?«

»Siehst du Dinge, wenn du die Augen schließt?«

Die grüne Frau schloß die Augen. »Nein. Nichts sehen.«

Averan gab auf. Sie wollte sich mit dem Wylde anfreunden, aber das Geschöpf konnte kaum reden.

Also begann Averan, ihr ein paar Worte mehr beizubringen.

Als Binnesman fertig war, verbeugte er sich abermals vor dem verwüsteten Land, dann stieg er gebeugt den Hügel hinab.

Nichts hatte sich verändert. Das Land im Süden war so verwüstet wie eh und je.

Aber die Veränderung, die in den wenigen Minuten mit Binnesman stattgefunden hatte, war verblüffend. Schweißperlen standen auf seiner Stirn, und er zitterte vor Erschöpfung. Er ließ sich ans Bachufer sinken und trank lange Zeit. Er zitterte so schrecklich, daß Averan sich fragte, ob er überhaupt wieder von allein auf die Beine kommen würde.

»Was habt Ihr getan?« fragte Averan.

»Dieses Land ist zutiefst verflucht«, erklärte Binnesman. »Mit Seuchen und Krankheiten, Fäulnis und Verzweiflung. Es brauchte einen Segen.«

»Habt Ihr versagt?«

»Versagt? Nicht im geringsten!« sagte Binnesman. »Einige Magie arbeitet nur langsam. Die Wirkung meines Zaubers wird sich vielleicht ein Jahrhundert oder länger nicht zeigen.«

Er tätschelte ihr den Kopf.

»Binnesman«, sagte Averan, »kann die grüne Frau träumen?«

Der Zauberer runzelte die Stirn. »Träumen? Nein, das glaube ich nicht. Vielleicht träumt sie vom Essen oder vom Jagen. Aber nichts weiter.«

»Oh«, sagte Averan enttäuscht.

»Du darfst sie dir nicht als eine Person vorstellen.«

»Ich hatte gehofft, wir könnten Freunde werden.«

»Das ... könnte gefährlich sein.«

»Glaubt Ihr, sie würde mir weh tun?«

»Nein«, erwiderte der Zauberer. »Nicht absichtlich. Aber sie ist kein Mensch. Sie wird dich beschützen, aber sie hat keine Gefühle – sieh, was du getan hast! Du hast mich dazu gebracht, *es* als *sie* zu bezeichnen. Der Wylde hätte jede Gestalt annehmen können. Er hätte wie ein Baum auf Beinen aussehen oder die Gestalt einer Schlange haben können. Aber ich habe die Menschheit schützen wollen, und ich denke, daher ist es nur angemessen, daß mein Wylde die Gestalt eines Menschen angenommen hat.«

»Sie kann also gar nichts spüren?« fragte Averan.

»Schmerz, Hunger«, sagte Binnesman. »Vielleicht noch andere, schlichtere Dinge. Aber dieses Geschöpf wird dir nie ein Freund sein. Es ist wie ein Lachs, der flußaufwärts schwimmt. Es wird seinen Zweck erfüllen – wenn wir Glück haben –, und dann wird es sterben. Daran mußt du dich gewöhnen. Sie wird dich nicht zum Tee einladen.«

»Oh«, meinte Averan. Sie sagte ihm nicht, daß sie das Gefühl hatte, Frühling würde von ihnen allen betrogen – daß es einfach nicht gerecht war, sie so zu benutzen.

Sie stiegen wieder auf ihre Pferde, gesellten sich zu Gaborns Truppe, und bald machten sich alle wieder auf den Weg.

»Heute gibt es keinen Zauber mehr«, meinte Binnesman, als sie weiterritten. »Statt dessen werde ich dir etwas erzählen. Der Weg zur Zauberei«, verkündete er im Vorlesungston, »ist ein Weg zur Macht. Aber es ist kein einfacher Weg. Möchtest du ihn wirklich beschreiten?«

Averan fragte: »Woher soll ich das wissen?«

»Das ist richtig«, meinte Binnesman. »Ich hätte von einem Kind nichts anderes erwarten dürfen.« Er dachte einen Augenblick lang nach. Averan nahm an, daß er nicht sonderlich gut darauf gefaßt gewesen war, je über dieses Thema dozieren zu müssen. »Laß es mich auf eine andere Weise ausdrücken: Ich nehme an, dein Weg wird schwer sein und voller Gefahren. Wirst du die Reise auf dich nehmen.«

»Redet Ihr von der Unterwelt?« fragte Averan. »Wollt Ihr, daß ich mit Euch und Gaborn gehe?« Averan wollte dort nicht hingehen, nicht an diesen finstersten aller finsteren Orte.

»Vielleicht«, meinte Binnesman. »Mein Wylde wird essen müssen, und dort befindet sich ihr Essen.«

»Ich weiß«, erwiderte Averan. »Ich kann ihren Hunger nach Blut spüren. Ich war letzte Nacht satt, aber ich sehne mich bereits wieder danach. Ich spüre ... nichts, was ich sonst esse, kann mich wirklich sättigen. Ich meine, ich kann Fleisch essen, ich kann Gras essen, und nichts sättigt mich. Es ist, als nähme ich nur Luft zu mir. Ich kann mir nicht vorstellen, wie es sein würde, sehr lange so weiterzuleben.«

Frühling ritt auf einem grauen Hengst neben ihnen her und fläzte sich im Sattel, als wäre sie dort zur Welt gekommen. Sie hatte gehört, daß Averan von Essen sprach und sagte jetzt: »Blut, ja!«

Binnesman hörte nachdenklich zu. Das gefiel Averan an ihm. »Es ist sehr seltsam, daß du außer deinen Kräften noch diesen Hunger nach Greifern hast. Du kannst dem widerstehen, weißt du. Du mußt keine Greifer oder etwas anderes essen. Die Erde wird dich nicht in ihren Dienst zwingen. Wenn du diesem Bedürfnis widerstehst, wird es nachlassen. Aber du wirst selbstverständlich auch die Macht verlieren, die daher kommt, daß du diesem Drang gehorchst.«

»Wie Gaborn?«

»Wie Gaborn.«

»Und dann wird mich diese Gier nie wieder befallen?« fragte Averan.

Binnesman schüttelte den Kopf, und sein Bart fegte dabei über ihren Nacken. »Das ... das weiß ich nicht. Sie wird sicherlich geringer werden, aber sie wird dich vielleicht von Zeit zu Zeit doch befallen. Sie wird dich bis zum Tag deines Todes beunruhigen, glaube ich. Du wirst immer ein wenig nach Greiferblut gieren, und du wirst versuchen dir vorzustellen, wie es gewesen wäre, wenn du den Weg der Macht gegangen wärest. Und du wirst dich vielleicht fragen, was hätte sein können. Aber so ist das mit dem Leben. Wenn man einen Weg wählt, muß man andere ignorieren.«

»Brand hat immer gesagt, das Leben sollte eine Reise und kein Ziel sein«, sagte Averan. »Und man sollte sich an dem Weg freuen können.«

»Hmm ...«, murmelte Binnesman, »viele Weise würden dem zustimmen, obwohl ich selbst nicht glaube, daß wir uns für das eine oder andere entscheiden müssen – für eine Reise oder ein Ziel. Das Leben kann beides sein.«

»Was muß ich also tun, um ein Zauberer zu werden?« fragte Averan.

»Es ist eigentlich ganz einfach«, sagte Binnesman, »obwohl wir dazu neigen, es komplizierter zu machen: Wir sammeln Macht, indem wir dienen. Ich diene der Erde, und im Gegenzug dient sie mir.«

»Das klingt einfach«, sagte Averan.

»Ach ja?« fragte Binnesman. »Es ist für die meisten unmöglich, und ausgesprochen schwierig für jene, denen es auch nur annähernd gelingt. Deshalb gibt es auch so wenig halbwegs verdienstvolle Zauberer. Aber es mag für dich durchaus leicht sein. Deshalb hast du grüne Eichenblätter in deinen Handflächen und Wurzeln, die aus deinem Gewand sprießen, und du erreichst bereits eine Macht, die andere nie beherrschen werden.«

»Aber was habe ich für die Erde getan?« fragte Averan.

»Ich habe keine Ahnung«, meinte Binnesman. »Du hast dich um Graaks gekümmert. Könnte das ein Dienst gewesen sein? Und du hast versucht, meinen Wylde zu retten, als er aus dem Himmel fiel.«

Averan glaubte nicht, daß sich das besonders wichtig anhörte.

»Ich könnte dich vielleicht auch fragen, ob du je bemerkt hast, daß der Erde Unrecht getan wurde, und versucht hast, es richtigzustellen?«

Averan nickte.

»Erzähl mir vom ersten Mal«, sagte Binnesman.

»Ich war noch klein ...«

»Wie alt?«

»Ich weiß nicht, vielleicht zwei oder drei?«

»Erzähl weiter.«

»Meine Mutter hatte mich zum Fluß mitgenommen, damit ich ihr beim Waschen half, und ich habe einen Busch gesehen. Ich weiß nicht, was für eine Art Busch es war. Ich habe nie einen anderen dieser Art gesehen, weder vorher noch nachher. Aber überall auf dem Busch waren diese ekeligen, fetten, grünen Raupen, und die haben ihn gefressen. Also habe ich sie getötet.«

»Alle?«

»Alle, die ich finden konnte. Ich habe am ersten Tag schon die meisten erwischt. Dann hat meine Mutter mich gesehen und mich gezwungen, nach Hause zu gehen. Aber ich habe mich später zurückgeschlichen und noch alle anderen getötet.«

»Und wie ist es danach deinem Busch ergangen?«

»Sehr gut, danke«, erwiderte Averan. »Er ist groß geworden, und als die roten Beeren daran hingen, habe ich ein paar davon gepflanzt. Jetzt wachsen mehr von diesen Büschen rings um Burg Haberd.«

»Ich nehme an, indem du das getan hast«, sagte Binnesman, »hast du der Erde einen großen Dienst erwiesen. Und jetzt erzähl mir von den Greifern. Was siehst du, wenn du sie siehst?«

»Ich sehe ... dieselbe Falschheit«, sagte Averan. »Als sie über die Hügel auf Burg Haberd zurannten und ihre Füße den Boden erbeben ließen ... es war einfach *falsch.* Sie gehörten überhaupt nicht dorthin.«

»Wolltest du sie umbringen?« fragte Binnesman.

»Ich wußte, daß sie Brand umbringen würden und meine Freundin Heather und alle anderen, die ich kannte. Ich wollte sie nicht wirklich töten. Ich wollte nur, daß sie dahin zurückkehrten, wo sie hingehören.«

»Ich denke«, meinte Binnesman, »das könnte dein Schicksal sein, wenn du dich dafür entscheidest – dabei zu helfen, sie zurückzutreiben. Vielleicht *ist* es bereits dein Schicksal, und du kannst es überhaupt nicht mehr vermeiden.«

Averan war nervös. »Aber ich bin nur ein kleines Mädchen!«

»Mit einem unnatürlichen Geschmack für Greiferhirn«, erklärte Binnesman, »und der Möglichkeit, ein Erdwächter zu werden.«

»Und was genau bedeutet das, ein Erdwächter zu sein?«

»Du kannst zum Beschützer der Erde werden. *Leben* wird deine Beschäftigung sein – alles, was klein und hilflos auf der Welt ist, zu beschützen und zu ernähren.«

»Die Mäuse und Pflanzen?« fragte Averan.

»Oder Menschen«, sagte Binnesman.

»Ich habe an Menschen nie als klein und hilflos gedacht«, sagte Averan.

»Das kommt Kindern auch selten so vor«, antwortete Binnesman. »Aber jetzt, nachdem du die Greifer gesehen hast, weißt du es besser. Es gab eine Zeit vor vielen, vielen Jahren, in der Menschen in Rudeln lebten und von hier nach dort zogen, um sich vor den Greifern zu verstecken. Wir lebten in den Wäldern wie Wild, immer voller Angst, immer geduckt und zitternd. Auch jetzt fürchten wir uns noch leicht, und die Menschen wissen immer noch besser, wie man flüchtet, als wie man kämpft.

Aber im Lauf der Zeit haben die Menschen entdeckt, wie man nach Metall gräbt, um Waffen aus Messing und Eisen herzustellen, und wie man Festungen baut und wie man gemeinsam Krieg führt. Das Blutmetall und die Gaben ließen die Menschen mit jedem Raubtier gleichziehen und erhoben sie in die Stellung von Herren der oberen Welt.

Also ist es jetzt einfach für dich, einen Runenlord anzusehen und dir vorzustellen, daß nichts auf der Welt je so mächtig sein könnte.

Aber nichts wäre weiter von der Wahrheit entfernt als diese Idee.«

Averan schwieg einen Augenblick und dachte nach. »Wie lange wißt Ihr schon, daß der Menschheit so Schlimmes droht?«

Binnesman strich sich über den Bart. »Ich weiß nun schon seit einer Ewigkeit, daß finstere Zeiten bevorstehen. Die Menschheit hat seit vielen tausend Jahren keinen Beschützer, keinen Erdwächter mehr gebraucht, der über sie wacht.

Aber als ich hörte, wie die Erde meinen Namen flüsterte, als ich zum ersten Mal den Drang verspürte, die

Menschheit zu schützen und zu lehren, wußte ich, daß finstere Zeiten bevorstehen. Als ich die Ruinen von Carris sah, hatte ich keine Ahnung, wie finster sie werden könnten.«

»Passiert es auf diese Weise?« fragte Averan. »Ihr hört die Erde rufen und erfahrt so, was Ihr tun müßt?«

»Es ist kein Geräusch, das menschliche Ohren hören könnten«, meinte Binnesman. »Es ist mehr wie ein Beben, ein Wissen, das dir bis ins Mark dringt. Plötzlich weißt du es einfach ... alles – wieso du existierst, auf welche Weise du mit der Erde verbunden bist und was du tun mußt.«

Binnesman konnte nicht verbergen, wie ihm zumute war. Dieser Augenblick, an dem er zum ersten Mal den Zweck seines Lebens verstand, seine Verbindung mit der Erde, mußte ein wahrhaft mächtiger Moment gewesen sein. Er klang hingerissen ...

Es erfüllte Averan mit Sehnsucht.

»Ich denke, du bist berufen, die Tiere zu beschützen. Es sieht so aus, als würdest du sie mehr lieben als Pflanzen oder Mineralien. Hast du schon von Alwyn Krötenmeister gehört?«

Averan lachte. Die Geschichten über Alwyn Krötenmeister hatten zu ihren liebsten Gute-Nacht-Geschichten gehört, als sie noch kleiner gewesen war.

»Nun, es gab ihn wirklich«, meinte Binnesman. »Er hat tatsächlich in den Sümpfen von Callanbee gelebt. Und als die Marschen dort sechs Jahre lang austrockneten, sammelte er alle Froscheier, die er finden konnte, und bewahrte sie in dem Brunnen von Brachston auf, was die

Leute in der Stadt natürlich wütend machte. Stell dir vor, du müßtest jedesmal, wenn du etwas trinken willst, hundert Kaulquappen aus deinem Becher fischen!«

Averan kicherte, aber ein Teil von ihr war auch entsetzt. Was, wenn die Erde sie rief, um sich um etwas Ekliges wie Frösche zu kümmern? »Ist er wirklich herumgesprungen wie ein Frosch und hat Fliegen mit der Zunge gefangen?«

»Was meinst du denn?« fragte Binnesman.

»Ich glaube, das haben sie erfunden.«

»Ich denke, da hast du recht«, meinte Binnesman.

»Man weiß es also einfach?« fragte sie unruhig. »Man wacht eines Tages auf und weiß, daß man zum Dienen da ist?«

»Es ist nicht immer so leicht«, sagte Binnesman. »Alles steht miteinander in Verbindung. Manchmal muß man, um einer Sache zu dienen, eine andere gehenlassen. Zum Beispiel ... Menschen«, meinte Binnesman mit einem Blick zu Gaborn. »Gaborn hat ein Geschenk erhalten, die Fähigkeit, Menschen zu Erwählen und die Saat der Menschheit durch die langen, finsteren Zeiten, die uns bevorstehen, zu erhalten. Aber man hat ihm nicht befohlen, *alle* Menschen zu retten. Also hat er versucht, nur die Besten zu Erwählen.

Auf dieselbe Weise mag eine Zeit kommen, an der du dich entscheiden mußt, etwas zu retten und etwas anderes gehenzulassen.«

»Ich hoffe, daß ich mich um Graaks kümmern kann«, meinte Averan sehnsuchtsvoll, »oder vielleicht um Hirsche.«

»Ah«, meinte Binnesman spielerisch. »Nach meiner Ansicht ist ein Graak ein ausgesprochen unangenehmes Tier. Also bin ich froh, daß du dafür zuständig bist, sie zu retten, wenn sie gerettet werden müssen.«

»Ich nehme an, wenn wir alle wählen könnten, welche Tiere wir retten wollen«, meinte Averan, »würden wir vermutlich alle kleine Häschen retten.«

Binnesman nickte ernst. »Oder Kätzchen.« Der alte Zauberer schlang einen langen Arm um sie und drückte sie an sich, aber eine Weile redeten sie nicht mehr weiter. Sie hatten das tote Land betreten.

Averan dachte an Roland, der tot in Carris lag, und sie fragte sich, ob sie vielleicht Baron Poll wiederbegegnen würde.

KAPITEL 14
Triumphaler Einzug

Ein schlauer Mann hält den für einen Narren, der gegen sein eigenes Interesse handelt. Ein aufrechter Mann hält den für einen Narren, der gegen das Interesse der gesamten Menschheit handelt. Daher sind alle Menschen Narren.
Und da ich in der Gesellschaft dieser Narren leben muß, schlage ich mich auf die Seite der aufrechten Narren.
Werft diesen verdammten schlauen Narren den Bären vor!

Herzog Braithen von Nord Crowthen bei der Verurteilung des Kämmerers Whyte für unzählige Diebstähle

Vor Herzog Paldanes Bergfried in Carris drängten sich die Bürger von Rofehavan – Lords und Kaufleute in gleichermaßen übelriechenden Wollgewändern –, und alle schwatzten laut aufeinander ein. So kam es Feykaald zumindest vor.

Er stand allein, den Rücken gegen die Steinmauer gedrückt, und die Sonne schien hell auf ihn. Er schloß die Augen und lauschte.

Die Flut von Stimmen war überwältigend. Mit einem Dutzend Gaben des Hörvermögens und nur halb so vielen Gaben des Durchhaltevermögens verursachten die Geräusche rings um ihn her ihm Schmerzen und bewirkten ein unangenehmes Summen in seinem Nacken. Selbst das Opium, das er vorher geraucht hatte, half wenig und gab ihm nur das Gefühl, nichts begreifen zu können und nicht recht imstande zu sein, sich zu beherrschen. Der bittere Geschmack hing noch an seinen Zähnen. Er runzelte die Stirn, als er versuchte, sich auf einzelne Stimmen zu konzentrieren.

»... ›nicht einmal der Erdkönig kann das wieder in Ordnung bringen‹, habe ich ihm gesagt. Diese Aprikosenbäume werden zwanzig Jahre lang nicht mehr hier wachsen ...«, sagte ein großer, kräftiger Bauer laut.

»... und ohne auch nur um Erlaubnis zu fragen ...«, rief eine Frau tiefer in der Menge.

»Entschuldigt. Guten Tag. Verzeihung. Ich bitte um Verzeihung«, murmelte ein junges Mädchen, das sich geschickt durch die Menge drängte.

»Sieh dir den da an, mit dem schwarzen Gewand. Wenn ich König wäre, würde ich Kerle wie ihn aus der Stadt werfen. Wofür hält er sich wohl?« flüsterte eine alte Waschfrau über Feykaald, und ihre Kollegin grunzte zustimmend.

Schon bald erklang die Fanfare in den Hügeln, und Feykaald schaute zum schwarzen Horizont hin, wo die Truppe des Königs zu erkennen war.

Er lehnte sich zurück und schloß die Augen wie ein Reptil, das sich sonnt. Er wartete.

Gaborn war auf dem Ritt nach Carris zutiefst beunruhigt. Er war sich nur zu sehr seiner Schwäche bewußt, während er lauschte, wie Binnesman Averan unterrichtete.

Die Erdkräfte waren tatsächlich groß. Aber diese Kräfte konnten nur von jenen beherrscht und benutzt werden, die sich ganz dem Dienst der Erde überließen.

Und nun benahm sich Gaborn wie der Erdkönig, obwohl er das Gefühl hatte, etwas Geringeres zu sein.

In seinem Kopf wirbelte alles herum. Das Ende der Welt war nahe. Er konnte es wie einen Schmerz in den Knochen spüren. Seine Gespräche mit den Beratern seines Vaters am letzten Abend, die Botschaften, die er ausgeschickt hatte, die kleinen Kämpfe, die er gewonnen hatte – all das war unbedeutend.

Er nahm an, daß der Schlüssel zur Rettung seines Volkes darin lag, sich der Einen Wahren Meisterin zu stellen.

Ein wahnwitziger Plan begann in seinem Kopf Gestalt anzunehmen.

Alles hing von Averan ab. Die einzige Möglichkeit, die Eine Wahre Meisterin zu finden, bestand darin, daß Averan das Hirn des Wegmachers zu sich nahm. Vergeblich versuchte Gaborn, sich andere Pläne auszumalen. Binnesmans Wylde aß ebenfalls Hirne von Greifern, aber dieses Geschöpf konnte kaum sprechen. Es konnte kaum je eine Frage verstehen und sie noch weniger beantworten.

Also würde Averan essen müssen. Danach ... Gaborn wagte nicht, daran zu denken, was ihm danach bevorstand.

In den unbeschwerteren Tagen seiner Jugend hatte Gaborn zu träumen gewagt, daß er vielleicht einmal als Schauspieler auf den Bühnen Mystarrias stehen würde. Zu diesem Zweck hatte er im Haus des Verstehens, im Saal der Gesichter, die Kunst der Verstellung in allen Einzelheiten studiert.

In der Stadt Aneuve war der Saal der Gesichter anders als alle anderen. Viele »Säle« innerhalb der Stadt befanden sich in Bierhäusern oder auf offenen Plätzen. So war zum Beispiel der »Saal der Füße«, wo man die Kunst des Reisens erlernte, überhaupt kein Saal, sondern eine Reihe von Herbergen und Stellen überall auf dem Land, zu denen man reisen mußte, um seine Lektionen zu lernen.

Andere Säle waren geheimnisvoller. Der Unterricht fand in strengen Schlafsälen oder trüb beleuchteten Hallen statt. Einige Herdmeister hüteten eifersüchtig ihren geistigen Besitz, wie zum Beispiel Herdmeister Vangreve vom Saal der Träume, und daher unterrichteten sie in Gewölben unter der Erde, weit entfernt von den Ohren irgendwelcher Spione.

Aber der Saal der Gesichter war offen zu sehen, ein Ort, den man besuchen und bewundern konnte, da er sich auf einer Insel, in einem wunderschönen Schloß befand, dem Schloß Rue. Ein Kaufmann hatte Schloß Rue vor acht Jahrhunderten errichtet – nicht als einen Rückzugsort während des Krieges, sondern einfach um der Schönheit des Gebäudes willen. Daher waren alle Mauern mit Gips überzogen, der sich bei Sonnenauf- und -untergang vor dem Hintergrund des smaragdgrünen Meeres rosig verfärbte. Die hochaufragenden Türme und Minarette und die ausgedehnten Gärten, bewässert von spiegelnden Teichen, auf denen das ganze Jahr über weiße Seerosen blühten und Frösche am Abend quakten, waren für ihre Schönheit berühmt. Elegante Brücken überspannten die unzähligen Wasserwege.

Es war ein wunderbarer Ort, um sich auszuruhen und

nachzudenken. Abends konnte man durch die Gärten oder durch die Straßen der kleinen Stadt schlendern und extravagante Lebensmittel jeder Art erwerben – in Salzwasser gekochte Krebsscheren, geräucherte Schwanenbeine, mit Koriander gewürztes Schweinefleisch, das in Quittensoße gekocht war, frisches Gebäck gefüllt mit Feigen und Zimt und Becher mit heißem Rum, der mit Ziegenbutter und Muskat gewürzt war.

Der große Raum in Schloß Rue beherbergte das älteste und eines der beeindruckendsten Theater von ganz Mystarria. Jeder, der dort studierte, hoffte eines Tages die Titelrolle in einem großen Stück spielen zu können, zum Beispiel in Tananders »Dieser Käfig aus Eisen« oder Bombrays »Die Geschichte eines Einfaltspinsels.«

In einer seiner peinlicheren Perioden hatte Gaborn gewagt, davon zu träumen, einmal ein großer Schauspieler zu sein.

Aber das Haus des Verstehens war mehr als nur eine elegante Fassade oder gepflasterte Straßen, in denen der Geruch von Delikatessen hing, oder geschmückte Theater, in denen die Schauspieler sich ihrer Kunst hingaben.

Es war ein Ort des Lernens und der Übung. Es verfügte über Dutzende von Übungshallen, die überall verstreut lagen, und alle möglichen Nischen und Kämmerchen.

Der große Schauspieler Torrin Belassi hatte es zu seinem Lebenswerk gemacht, Gesichter zu studieren – die Fältchen, die sich um die Augen eines Lachenden bilden, die Art, wie sich die Lippen bei Begierde leicht öffnen. Und zu seinen Lebzeiten hatten Künstler Abdrücke seines Gesichts mit den verschiedensten Mienen hergestellt.

Nun hingen die zehntausend Gesichter des Torrin Belassi überall in Schloß Rue an den Wänden. Jede Maske bestand aus gebranntem Ton und befand sich in der Mitte eines Medaillons von vielleicht drei Fuß Durchmesser. Zur Ehre der Könige von Mystarria waren die Ränder jeder Maskenplakette mit Eichenblättern geschmückt, und die Maske selbst war aus Ton hergestellt, was sie aussehen ließ, als wäre sie aus Sandstein gemeißelt.

Man konnte also stundenlang durch diese Gänge schlendern und Masken betrachten, die Titel hatten wie »Erkennen eines alten Freundes« oder »Herausforderung an einen Dieb in einem dunklen Zimmer« oder »Ein Vater denkt über seinen erstgeborenen Sohn nach«.

Es war also im Saal der Gesichter gewesen, daß Gaborn sich einmal einer Maske gegenübergefunden hatte, die den Titel »Wie ich mir das Aussehen des Erdkönigs vorstelle« trug.

Es war die Miene eines weisen Eroberers, wohlwollend und stark und über jeden Tadel erhaben. Es war ein Gesicht, in dem Liebe für alle Menschen stand, das Versprechen der Rettung für Kinder, Bettler und Narren.

Und als er nun am zweiten Tag des Laubmonats nach Carris ritt, hatte Gaborn dieses Gesicht aufgesetzt.

Er wußte, er würde niemals im großen Saal in Schloß Rue spielen. Er würde nie in »Dieser Käfig aus Eisen« auftreten und Sir Gichtfuß spielen.

Gaborn bedauerte dies. Es war eine Rolle, die ihn ansprach. Sir Gichtfuß war ein Mann, der sich als Ritter irgendwie vorkam, als wäre er in seiner eigenen Rüstung begraben. Derweil versuchte der Knappe des guten Ritters stets zu erreichen, daß er sich mutiger fühlte, indem er ihn zu Kämpfen führte, die Gichtfuß sicher gewinnen konnte, bis der schwächliche Ritter schließlich nichts anderes mehr tat, als sich mit Huren und Kellnerinnen zu streiten, im Versuch ihre kleinlichen Querelen zu schlichten.

Aber Gaborn wußte nun, daß er nie auf einer Bühne stehen würde.

Statt dessen nahm er auf dem Ritt nach Carris die Rolle des Erdkönig an. Ganz Carris würde sein Zuschauer sein, und niemals hatte Gaborn eine wichtigere Rolle gespielt.

Zweifel und Sorgen umwölkten seinen Geist. Er ritt durch das tote Land wie durch einen Traum, und die ganze Zeit dachte er über dieses Mädchen Averan und ihre seltsame Begabung nach, fragte sich, wo sie ihn wohl hinführen würde und ob er es wagen würde zu folgen.

Nur zu bald begannen die Herolde, die goldenen Trompeten zu blasen, und als sie den Hügel oberhalb von Barrens Mauer erreichten, war die Hälfte der Bevölkerung von Carris durch die Stadttore herausgekommen oder stand auf den Türmen der Stadtmauern.

Selbst in anderthalb Meilen Entfernung war die Stärke des Jubels, der ihn grüßte, verblüffend. Bei dem Geräusch erhoben sich Krähen und Möwen und Tauben, die in der Stadt ihre Nester hatten, in die Lüfte und umkreisten die Türme der Stadt wie Konfetti.

Iome, die neben Gaborn ritt, keuchte entsetzt auf, als sie die Ruinen von Carris sah. Worte hätten das nicht beschreiben können – die eingestürzten Mauern, das große Wurmloch, das Feld mit den toten Greifern, die auf dem unfruchtbaren Land lagen, die Mäuler alle absurd weit aufgerissen, weil ihre Kiefer steif geworden waren.

Dann ritt Gaborn unter donnerndem Applaus nach Carris hinunter. Trompeten schmetterten, Menschen jubelten, hoben die Fäuste und schrien triumphierend. Frauen weinten dankbar, und so manche Mutter hob ihr Kind über die Menge, um ihm zu zeigen: »Da, da ist der Erdkönig! Erinnere dich an diesen Augenblick, vergiß es dein ganzes Leben lang nicht!«

Immerhin hatte er sie gerettet. Er hatte den Weltwurm heraufbeschworen und die Todesmagierin der Greifer vernichtet. Er hatte die Greiferhorde in einem einzigen Schlag vertrieben.

Und in einem Augenblick der Dummheit hatte er vollkommen vergessen, was er sagen sollte.

Als er über den Damm ritt, hielten sie inne. Die toten Greifer der gestrigen Schlacht waren vom Eingang der Stadt weggezogen – alle bis auf einen.

Dort im grauen Trümmerstaub lag der Kopf eines einzigen Greifers, dessen Maul weit aufgerissen war: die Todesmagierin. Dieses Ungeheuer war unglaublich. Iome hielt die Luft an, denn das Maul war weit genug, um einen ganzen Heuwagen verschlingen zu können. Rings um dieses Maul und über den Hinterkopf zogen sich die langen, schlangenartigen Fühler, die Sinnesorgane dieses augenlosen Geschöpfs. Jeder Fühler dieses Ungeheuers war drei bis fünf Fuß lang und so dick wie Gaborns Oberschenkel – beinahe dreimal so groß wie die

Fühler, die sie an anderen Greifern gesehen hatte. Der graue Kopf der Magierin schimmerte von einer Unzahl tätowierter Runen, die wie Feuer glühten, und im Morgenlicht glitzerten die riesigen kristallinen Zähne wie Quarz.

Iome schnappte angesichts dieser Trophäe nach Luft. »Ich habe nie von einem so großen gehört!«

Gaborn sagte: »Es heißt, es gibt auch noch eine größere.«

Ein Bote stand direkt draußen vor den Stadttoren. Als Gaborn vorbeikam, rief der Bote: »Herr, Nachricht von Marschall Skalbairn. Die Greifer haben ihre Löcher vor einer Stunde verlassen und bewegen sich weiter nach Süden!«

Gaborn nickte dem Boten zu und sagte: »Richte ihm aus, daß ich auf dem Weg bin.«

Dann betrat er lächelnd und winkend die Stadt und spielte weiter seiner Rolle. Streng, königlich, weise und unermüdlich. Die Maske des Erdkönigs.

Sein Volk jubelte.

Er konnte nicht lange in Carris bleiben. Er mußte den Ort der Knochen erreichen, sich der Einen Wahren Meisterin stellen. Aber als erstes mußte er zu Skalbairn gelangen und mit dem Kampf gegen die Greifer beginnen. Er mußte den Wegmacher finden und mehr über die Wege der Unterwelt erfahren. Dieser Drang begann zwanghaft zu werden. Er fühlte sich getrieben.

Er ritt durch die Straßen und betrachtete die Schäden. Der Gestank nach Verzweiflung und Fäulnis – die Überreste der Flüche der Greifer – hing immer noch in der

Stadt. Er fragte sich, wie die Menschen es ertragen konnten.

Er zügelte sein Pferd nur einmal, als Lord Bowen etwas rief und in die Menge zeigte. »Da ist er: Der da ist Waggit!«

Gaborn brachte sein Streitroß zum Stehen und starrte auf den grinsenden Tölpel nieder. Waggit hatte strohblondes Haar und so helle Augen, daß sie aussahen wie Löcher, die sich in einen gewaltigen Himmel öffneten. Aber bei den Mächten, er war groß! Er jubelte wild und fuchtelte mit einer Spitzhacke, an der noch Greiferblut klebte.

Also hatte er tatsächlich mindestens einen Greifer getötet, vielleicht sogar mehr. Wenn er ehrlich war, bezweifelte Gaborn die ganze Geschichte. Ganz sicher war doch die Anzahl der getöteten Greifer übertrieben. Aber das war gleich. Waggit war in den Augen von Carris ein Held, und die Welt brauchte Helden.

Dem Dummkopf fiel nicht einmal auf, daß Gaborn innehielt und ihn anstarrte, bis Gaborn auf ihn zeigte. Dann erstarrte Waggit, und zum Entzücken jener, die ihn umgaben, schien er vollkommen verblüfft, daß der Erdkönig ausgerechnet von ihm Notiz nahm.

Gaborn freute sich zutiefst über den jungen Mann. In einer Welt, in der die Grausamen und Heimtückischen an Macht gewannen, indem sie die Armen ausnutzten, wurden Männer wie Waggit nur zu häufig ungerecht verachtet. Und seine Dummheit war etwas, das mit einer einzigen Gabe der Geisteskraft geheilt werden konnte. Und wenn man einen wie Waggit eine Gabe der Geisteskraft von einem schwachen, feigen Mann übertrug, konnte man vielleicht einen Krieger von großem Wert schaffen.

Leider konnten sich solch einfache Menschen keine Gaben der Geisteskraft leisten. Dabei hätte Gaborn gerne zehn reiche Kaufherren aus Lysle für einen solchen Mann gegeben.

»Waggit aus Silbertal, auf die Knie!« rief Gaborn.

Der Mann hatte keinerlei höfische Anmut. Ungeschickt hockte er sich auf die Knie nieder und senkte den Kopf und runzelte dabei schrecklich die Stirn, als wüßte er, daß er ein furchtbares Verbrechen begangen hatte, könnte sich aber nicht erinnern, was es gewesen war. Gaborn ritt auf ihn zu und sah dann, daß in dem blonden Haar des großen Mannes ein paar Strohhalme hingen. Offensichtlich hatte er in der Nacht zuvor in einem Stall geschlafen. Vielleicht tat er das jede Nacht.

Gaborn würde ihn mit einem einzigen Zwingeisen heilen können. Nach alten Gesetzen hatte jeder Mann, der einen Greifer tötete, das Recht, ein Zwingeisen von seinem König zu fordern. Wenn die Gerüchte der Wahrheit entsprachen, hatte sich Waggit neun verdient. Aber Gaborn fragte sich, ob der Mann in seinem derzeitigen Zustand nicht glücklicher war.

Gaborn zog sein Schwert und berührte damit beide Schultern des Mannes. »*Baron* Waggit von Silbertal, erhebt Euch!«

Die Menschen von Carris brachen in wilden Jubel aus, als Waggit sich von den Knien erhob. Zu ihrem noch größeren Erstaunen streckte Gaborn die Hand aus und bat den jungen Mann, mit ihm zu reiten, auf seinem Streitroß.

Dann setzte Gaborn wieder das Gesicht des Erdkönigs auf.

Es war keine vollkommene Vorstellung. Einige seiner Untertanten hatten offensichtlich Gerüchte darüber gehört, daß er seine Kräfte verloren hatte. Er sah verängstigte Gesichter in der Menge, und ein Mann rief: »Herr, ist es wahr?«

Einen Augenblick lang entglitt ihm die Beherrschung über seinen Gesichtsausdruck. Das sahen die Menschen. Ein Bauernjunge, vielleicht vier Jahre alt, der mit seiner Mutter oben auf einem Stapel Fässer saß, fragte: »Warum sieht er so traurig aus?«

Gaborn setzte Baron Waggit draußen vor der Mauer ab, nachdem er die Stadt wieder verlassen hatte, und dann machte er sich auf den Weg.

Feykaald beobachtete ein wenig verblüfft, wie Gaborn am herzoglichen Palast vorbeizog. Er suchte nach einem Zeichen der Schwäche, aber der junge Mann sah königlich aus, voller Selbstvertrauen – *beinahe* alles, was diese Bauern von einem Erdkönig erwarteten.

Aber Feykaald durchschaute die Fassade. Er hatte nun jahrelang Raj Ahten gedient. Er war treu und umsichtig gewesen, wie es sich für einen Diener gehörte. Er hatte gesehen, wie Raj Ahten von einem ungelenken Jungen zum geschicktesten und mächtigsten Herrscher herangewachsen war, den die Welt je gekannt hatte.

Zu einem großen Teil hatte Raj Ahten zur Summe aller Menschen werden können, weil Feykaald ihm so treu diente. Auch nun lebte sein Herr weiter, obwohl einige seiner Schlüsselgaben verschwunden waren, und er wirkte so überwältigend wie eh und je.

Der Junge, der hier durch die Straßen der zerstörten Stadt paradierte, war nicht einmal ein Schatten von Raj Ahten.

Gaborn ritt ein Pferd, das Raj Ahten nicht einmal an seine Hunde verfüttert hätte, mit einem strahlenden Dorfidioten, den er in der Menge aufgelesen hatte, hinter seinem Sattel. Gaborns Rüstung war schmutzig von der Straße, ebenso wie sein Pferd.

Dann kam das Gefolge – abgerissene Ritter aus einem halben Dutzend Reichen, ein paar schmutzige Frowth-Riesen in zerfetzten Kettenhemden, mit denen Raj Ahten sie selbst ausgestattet hatte.

In keiner Weise konnte sich Gaborn mit Raj Ahten messen – es sei denn ... in der Angelegenheit des Weltwurms.

Gaborn hatte tatsächlich einen Wurm heraufbeschworen und Carris gerettet, während Raj Ahten nicht dazu imstande gewesen war. Man konnte beinahe glauben, daß dieser junge Mann seine Macht absichtlich unter solch schlichtem Äußeren verbarg.

Feykaald beneidete den Jungen um seine Macht. Wenn sich doch nur sein Herr irgendwie die Krone des Erdkönigs verschaffen könnte!

Während Gaborn vorüberzog, beobachtete Feykaald die Gesichter in der Menge – die strahlenden Kinder, die hoffnungsvollen Mütter, die alten Männer, die besorgt die Stirn runzelten.

Er fühlte sich nicht wie ein Teil dieser Menge. Carris hoffte auf die Gunst des Erdkönigs, aber Feykaald nicht. Die Welt war groß, und Gaborn konnte nicht hoffen, sie ganz zu beschützen. Und noch in diesem Augenblick drangen Greifer in Kartish ein.

Während Gaborn hier seine Parade abhielt, starb Feykaalds Volk.

Und so wird es auch bleiben, wußte er tief im Herzen. Die Welt ist riesig, und Gaborn ist klein.

Feykaald setzte alle Hoffnung auf seinen eigenen König.

Und Gaborn zog vorüber.

Aber Feykaalds Anwesenheit in der Menge blieb nicht unbemerkt. Ein aufmerksamer Reiter löste sich aus dem Gefolge des Königs, schlug einen Bogen um die Riesen und drängte sein Pferd durch die Menschenmenge.

»Ich grüße Euch, Kaifba«, sagte Jureem auf Indhopalesisch und beugte sich vor, so daß er von seinem hohen Pferd auf den Kaifba hinabschauen konnte. »Heute hängt der Geruch von Opium über Euch.«

Feykaald öffnete die Augen und wandte Jureem sein »gutes« rechtes Ohr zu. »Wie?« fragte er und behielt seine langgeübte Gewohnheit bei, sich halb taub zu stellen.

»Das Opium ...«, sagte Jureem laut.

»Ah.« Feykaald nickte und beendete den Satz. »Es ist eine angenehme Erinnerung an zu Hause.«

»Es kann auch Betrug verbergen«, klagte ihn Jureem an. Verbrecher in Indhopal rauchten häufig Opium, das die Nerven beruhigte und die Pupillen erweiterte. Das konnte helfen, ihre Tücke selbst während eines strengen Verhörs mittels Folter zu verbergen.

»Oder es lindert die Schmerzen in den Gelenken eines alten Mannes«, meinte Feykaald leise.

»Was habt Ihr hier zu tun?« wollte Jureem wissen.

»Ich bin gekommen, um mit Eurem König über eine dringende Angelegenheit zu sprechen«, erwiderte Feykaald. »Ich suche seinen Rat.«

»Und dennoch laßt Ihr ihn vorbeireiten?«

»Er wird doch sicher bleiben und hofhalten? Sein Triumph war gewaltig. Wird er nicht bleiben und den Applaus seines Volkes entgegennehmen?«

»Man hat gesehen, wie Ihr die Stadt letzte Nacht in der Gesellschaft von Flammenwebern verlassen habt«, meinte Jureem.

»Ich bin erst vor kurzem zurückgekehrt.«

»Ich frage mich, warum Ihr hier seid«, meinte Jureem.

Feykaald lächelte freundlich. »Ich bin letzte Nacht im Ballon geflohen, weil ich hoffte, die Bewegungen der Greifer beobachten zu können. Aber ich habe wenig Bedeutendes bemerkt.

In den Bergen habe ich allerdings einen Boten abgefangen, der schlechte Neuigkeiten brachte. Die Greifer haben Kartish angegriffen. Die Herrin der Unterwelt selbst führt sie an. Ich bin gekommen, um den Erdkönig um Hilfe zu bitten.«

»Raj Ahten bittet um Gaborns Hilfe?« fragte Jureem ungläubig.

»Nein«, sagte Feykaald. »Er würde sich niemals an den

Erdkönig wenden. Aber nach der gestrigen Schlacht mußte ich mich fragen, wer sonst unserem Volk noch helfen kann?«

»Ihr lügt, oder Ihr verbergt etwas«, sagte Jureem. »Ich werde Gaborn davor warnen, sich mit Euch zusammenzusetzen.«

»Er wird es trotzdem tun.«

»Zieht die Ringe ab«, befahl Jureem in gefährlichem Tonfall.

»Hä?« fragte Feykaald.

»Die Ringe!«

Feykaald zögerte, aber er war ein alter Mann und nicht von Natur aus zum Kampf geneigt, und Jureems Tonfall sagte ihm, wenn er die Ringe nicht freiwillig hergab, würde Jureem sie nehmen. Er zog fünf Ringe von seinen knochigen Fingern und legte sie dann in Jureems dickliche Handfläche.

Jureem öffnete das Geheimfach eines Ringes. Die Nadel darin war in das grüne Gift eines Busches getaucht, der in Feykaalds Sprache *Missetäter* hieß.

»Was ist das?« verlangte Jureem zu wissen.

»Ein wenig Schutz für einen alten Mann«, meinte Feykaald scheinbar harmlos. Jureem grunzte und öffnete ein weiteres Geheimfach mit einer zweiten Nadel. »Man kann nie sicher genug sein«, fügte Feykaald hinzu.

Jureem steckte die Ringe ein. »Ich fürchte, Ihr seid ein Verräter.«

»Was?« fragte Feykaald und legte den Kopf wieder schief, als hätte er es nicht gehört. Feykaald hatte schon vor langer Zeit gelernt, wie man manipuliert. Er wußte, es würde ihm nur dienen, sich zornig zu geben. »Ihr beleidigt mich mit solchen Anklagen. Ihr habt selbst Euren Schwur gegenüber unserem Herrn gebrochen, und nun wollt Ihr *mir* Treue beibringen?«

Jureem schwieg, aber in seinem Blick stand Zorn.

Gut, dachte Feykaald. Er fühlt sich schuldig, weil er mir mißtraut. Nun ist die Zeit zum Zuschlagen gekommen, nun biete ich ihm meine Hand in Freundschaft.

Feykaald schüttelte den Kopf. »Verzeiht mir den Ausbruch, Bruder. Aber wir hatten beide eine wilde Vergangenheit. Nun hoffen wir, durch die Gnade des Erdkönigs weiterleben zu können. Ich weiß, Ihr vertraut mir nicht. Aber ich versichere Euch, daß ich mich nicht von Euch unterscheide.«

Feykaald seufzte tief und warf einen Blick nach Osten über die finstere Schlachtebene zu den Bergen, die sich blau in der Ferne erhoben und hinter denen Indhopal lag. »Ich hoffe nur, mein alter Freund, daß wir um unser aller willen das Richtige tun, wenn wir diesen Erdkönig unterstützen. Glaubt Ihr, Gaborn wird Hilfe nach Indhopal schicken?«

»Ja«, sagte Jureem entschieden. »Sprecht mit ihm. Beobachtet ihn genau, und Ihr werdet schon sehen. Es wird eine Zeit kommen, in der Ihr ihm aus ganzem Herzen dienen möchtet.«

Feykaald sah ihm in die Augen, sein Gesicht eine Maske der Hoffnung. »Das mag wohl sein, mein Bruder«, sagte Feykaald. Er streckte die Hand aus und drückte Jureems Oberarm, wie es bei seinem Volk Brauch war.

Feykaald holte sein Pferd. Das wunderschöne graue

Kaiserliche Streitroß hatte in den letzten paar Tagen viel mitgemacht. Der Wallach hatte Gaben empfangen, aber der endlose Ritt hatte ihn abmagern lassen bis beinahe zur Hagerkeit.

Feykaald wurde langsam neugierig. Konnte Jureem recht haben? Würde Gaborn Indhopal wirklich zur Hilfe eilen? Welche Kräfte verbarg er vielleicht noch?

Falls Feykaald den Jungen überzeugen konnte zu kommen, dann würde es nachher viel leichter sein, ihn loszuwerden.

Bis Feykaald sein Pferd gesattelt hatte, hatten der König und sein Gefolge bereits die Ebene erreicht. Feykaald mußte sich beeilen, sie einzuholen.

KAPITEL 15
Subversive Einflüsse

Gedanken sind die Fäden, die uns an Taten binden. Taten sind die Seile, die uns an Gewohnheiten binden. Gewohnheiten sind die Ketten, die uns ans Schicksal binden.
Um deinem Schicksal zu entkommen, mußt du dich von üblen Gedanken abtrennen.

Inschrift an der Westmauer des Palasts des Elefanten in Maygassa

Raj Ahten raste voller Angst, aber auch voller Entschlossenheit auf Kartish zu.

All die Jahre seiner Arbeit – all seine Anstrengung, die Summe aller Menschen zu werden, all seine kriegerische Ausbildung – würden jetzt ihren Höhepunkt erreichen.

Er stellte sich vor, daß sich die Greifer bei Kartish sammelten wie bei Carris, und die Herrin der Unterwelt auf einer Rune der Zerstörung hockte, während Unmengen von Kriegern sie bewachten. Dieses Bild erschreckte ihn.

Aber es befanden sich auch viele von Raj Ahtens besten Soldaten in Kartish. Er stellte sich Ritter vor, die über die Ebene hinweg angriffen, Krieger in safrangelben Waffenröcken mit roten Umhängen, die im Wind flatterten, und Lanzen, die in die Greifer drangen.

Es würde eine Schlacht werden, von der die Kinder noch in Jahrhunderten vernehmen würden, wenn ihre Väter die Geschichte abends an der Feuerstelle erzählten.

So rannte er im Morgengrauen von den Hest-Bergen abwärts, während die Morgensonne hinter ihm aufstieg und die Wüste von Muttaya mit Licht erfüllte wie den Korb eines Worflers. Der Wüstensand hatte in der Morgendämmerung die Farbe von Rosen, an einigen Stellen mit einem schwachen Hauch hellsten Amethysts, wo an den Ufern von Bächen üppiges Grün wuchs. Im Norden erhoben sich die Hügel des Elefantentraums – ockerfarbene Steine zu Blöcken aufgetürmt, die aus der Ferne aussahen wie eine Elefantenherde.

In fünfzig Meilen Entfernung entdeckte er eine Gruppe Reiter in den dunklen Gewändern der Ah'kellah auf der Straße, die vor ihm herjagten. Aus dieser Entfernung konnte er sie wegen des Luftflirrens und des Staubs der Straße allerdings nicht genau sehen.

Sein Pferd war müde. Selbst dieser wunderbare Hengst konnte sie nicht einfach einholen. Er brauchte ein frisches Pferd.

Die Männer ritten nach Salandar. Er würde dort ein frisches Pferd erhalten können, fragte sich aber, wie sicher er sein würde. Wenn diese Männer begriffen, daß er sich auf ihrer Spur befand, würden sie vielleicht einen Hinterhalt legen. Salandar wäre der beste Ort dafür. Im Morgenlicht sah er auch den Ballon seiner Flammenweber, einen hellen Fleck wie einen blauen Graak, hoch oben in der Luft. Er hatte sie angewiesen, ihm so gut wie möglich zu folgen, aber sie kamen auf den Luftströmungen schneller voran als sein Kraftpferd.

Bei dieser Geschwindigkeit würden sie Kartish vor ihm erreichen.

Von den Bergen aus sah die Wüste öde und leblos aus. Aber als er in die Täler hinabritt, war überall Leben zu entdecken. Ziegenmelker flatterten mit ihren grauen Flügeln unter den Bäumen der Hügel hervor und fingen Motten, die am Morgen unterwegs waren. Bergschafe rannten ihm aus dem Weg und sprangen über braune Felsen. Webervögel mit ihren Feuerschweifen erhoben sich in wilden Wolken von einem Bachufer.

Obwohl er sich hier an der Grenze der Wüste befand, erreichten die Regen im Winter diesen Paß häufig, und Bäume wuchsen überall in den Bergtälern.

Raj Ahten hatte die Wüsten von Indhopal immer geliebt.

Als er am Dorf Harig vorbeikam, blieb er lange genug an einer Quelle stehen, um ein paar Frauen, ganz in Weiß gekleidet und mit grünen Tüchern um den Kopf, Wasser für ihn und sein Pferd aus dem Brunnen schöpfen zu lassen. Er ritt auf einem geliehenen Pferd, trug keine Rüstung und hatte die Kapuze des Umhangs über den Kopf gezogen. Für einen flüchtigen Beobachter war er nur ein anonymer Mann. Und da die mörderischen Ah'kellah dicht vor ihm waren, zog er es vor, unerkannt zu bleiben.

Erst als die Frauen sein Gesicht unter der Kapuze sahen, erkannten sie ihn und verbeugten sich.

Das Dorf war beinahe leer, denn um diese Jahreszeit wanderten die meisten Bergbewohner nach Süden, um dort zu überwintern, indem sie dem alten Gewürzweg nach Indhopal hinein folgten.

Für jene, die blieben, war es allerdings eine Zeit des

Feierns. Die Ernten waren eingebracht, und das Leben war gut.

Bald schon erreichte er Salandar mit seinen weißen Lehmmauern, die im Lauf der Jahrhunderte so fest geworden waren wie Steine. Er griff nach seinem Kriegshammer, ritt mit der Hand an der Waffe und hielt unter seiner Kapuze nach Anzeichen eines Hinterhalts Ausschau.

Auf dem Markt wimmelte es von Händlern – Männer mit geflochtenen Körben voller Pistazien, Mandeln, getrockneten Bohnen, Pinienkernen, Kichererbsen, Linsen, Reis und Nüssen. Andere Händler verkauften Gewürze – Cumin und Za'tar, Sumak und Koriander und Safran; alte Frauen brachten Töpfe mit gekochten Eiern oder eingelegtem Gemüse auf ihren Köpfen mit, oder Körbe mit Oliven, Auberginen und Zitronen. Auf den Fleischmärkten hingen Tiere an den Beinen aufgehängt – Tauben, Eichhörnchen und fette, junge Lämmer.

Menschen drängten sich auf den Straßen – Nomadenfrauen mit ihren buntgewebten Tüchern, die aus der Wüste gekommen waren. Kamelhändler boten ihre Waren an. Kinder liefen umher. Junge Männer und Frauen drängten sich in die Schatten von Verkaufsständen, um dort schüchtern Händchen zu halten. Qat-Händler bündelten ihre Kräuter und verkauften sie mit starrem, halbbetäubtem Blick. Alte Männer spielten Schach am Straßenrand und fächelten sich mit Palmblättern Luft zu. Reiche Männer mit juwelengeschmückten Turbanen saßen auf ihren Veranden an der Straße, bedient von schönen Frauen, und aßen ihr Frühstück.

Hühner stolzierten durch die Straßen, während weiße Felsentauben wie Schnee über den Gärten eines jeden Herrenhauses wirbelten.

In Salandar schien alles in Ordnung zu sein.

Er sah kein Zeichen der Ah'kellah, und es gelang ihm, durch die Straßen zu reiten, ohne sonderliche Aufmerksamkeit auf sich zu ziehen.

Dann machte er an der Festung halt, um sein Pferd zu wechseln und sich anzukündigen. Er fragte den zuständigen Kriegsherrn, einen drahtigen Indhopalesen namens Bhopanastrat, über die Unbesiegbaren aus. Bhopanastrat war ein kompetenter Mann, der Raj Ahten gut gedient hatte – zumindest aus der Entfernung.

»Vor einer Stunde kamen ein paar Unbesiegbare hier vorbei und haben sich frische Pferde genommen. Ihr Anführer war Wuqaz Faharaqin.«

»Hat er gesagt, was er vorhat?«

Bhopanastrat schüttelte den Kopf. »Er sagte, sie seien auf dem Weg nach Maygassa.« Bhopanastrat beugte sich dichter heran und flüsterte, als hätte er Angst, ein Geheimnis laut auszusprechen: »Es heißt, es gäbe Ärger in Kartish. Ich dachte ...« Er zwinkerte mit dem linken Auge, um zu zeigen, daß er wußte, wie man ein Geheimnis wahrt.

Raj Ahten hatte Wuqaz anscheinend beinahe eingeholt, aber es fehlte immer noch eine Stunde. Er wußte immer noch nicht, was Wuqaz eigentlich vorhatte. Vielleicht hatte der Mann Bhopanastrat angelogen. *Wuqaz* war ein unheilverkündender Name. Es bedeutete »Genickbrecher«. Bei den Ah'kellah war es ebenso ein Titel wie ein Name. Er würde ein furchterregender Feind sein.

Raj Ahten bezweifelte, daß er die Ah'kellah aufhalten könnte. Sollte er das versuchen, dann würden sie ausschwärmen wie Gänse, die vor einem Falken fliehen. Er würde vielleicht einen oder zwei erwischen, aber der Rest würde ihm entgehen.

Er befürchtete, daß ihr Bericht unangenehme Konsequenzen haben könnte. Raj Ahten hatte beinahe ganz Indhopal erobert, aber einige der Teilnationen standen erst weniger als ein Jahr unter seiner Herrschaft. Sie waren wie lebhafte Jährlinge, die noch nicht eingeritten waren. Sie bockten und bissen nach ihm, während er die Sporen einsetzte.

Sie wären nur zu bereit, seine Herrschaft abzuwerfen, und Wuqaz Faharaqin war die Art von Mann, sie dabei anzuführen.

Dennoch fragte sich Raj Ahten nach dem »Ärger in Kartish«. Wenn ein Lord in diesem entfernten Außenposten schon davon gehört hatte, wie schlimm mußte es zugehen?

Ungeduldig frühstückte er, während er darauf wartete, daß Bhopanastrat und ein Dutzend Kraftsoldaten sich auf die Reise vorbereiteten. Er aß einen Taubeneintopf mit Zwiebeln, Pflaumen, Safran und Ingwer.

Raj Ahten blieb einen Augenblick sitzen und begann, sich das linke Handgelenk zu reiben. Er verspürte einen betäubenden Schmerz im Arm. Er fragte sich, was das sollte, konnte sich aber nicht vorstellen, auf welche Weise er sich dort verletzt haben konnte.

Er nahm an, daß er nur noch wegen der gewaltigen Anzahl von Gaben, die er übernommen hatte, lebte.

Er dachte an die Flammenweber in ihrem Ballon, die auf dem Ostwind schneller ritten, als er es mit seinem Pferd konnte. Sie hatten ihn eingeladen, einer von ihnen zu werden.

In Gesellschaft von Bhopanastrat und einem Dutzend Männer ritt Raj Ahten eilig weiter über die Wüstengrenzen durch Lager und Dörfer, die nur nach den Klans benannt waren, die sie bewohnten – Isgul, Qanaat, Zelfor.

Um diese Jahreszeit lebte die Wüste. Kleine Blüten nutzten die Gelegenheit, nach ein paar Tropfen Regen zu blühen, und es hatte vor drei Tagen geregnet. Ganze Sträuße lachsfarbener Blüten erschienen in den höher gelegenen Bereichen, während der Boden von einem weißen Teppich bedeckt war. Überall waren Vögel. Hellgelbe Bienenfresser schossen wie feurige Pfeile durchs Land und tauchten in die Blütenmeere ein. Kiebitze schnellten eilig davon und taten so, als hätten sie sich einen Flügel gebrochen, um von ihrem Nest abzulenken. Sie füllten die Morgenluft mit ihrem kläglichen *kiwitt, kiwitt*. Flughühner hockten zu Tausenden an den Bachufern und sahen aus wie runde, gefleckte, braune Steine, bis sie in den Himmel explodierten.

Überall, wo Raj Ahten hinkam, wurde die Illusion, die er von weitem hätte gewinnen können – daß die Wüsten von Muttaya brach und ohne Leben waren –, zerstört.

Er machte Rast in einer Festung in Maksist, um seine Pferde gegen Kamele einzutauschen. Er fragte den ansässigen Befehlshaber nach Wuqaz.

Der Mann sagte mißtrauisch: »Ich habe die Männer gesehen, von denen Ihr sprecht. Die Ah'kellah haben das Dorf erst vor einer halben Stunde verlassen. Einige haben Kamele nach Süden genommen, andere sind mit Pferden nach Norden und Westen weitergeritten.«

»Wie viele ritten nach Süden?« fragte Raj Ahten.

»Zwölf Männer, o Licht des Universums.«

Raj Ahten biß sich auf die Lippen. Er war nur noch eine halbe Stunde hinter ihnen. Wenn er sich beeilte, würde er sie einholen.

»Gebt mir Eure besten Kraftkamele.«

»Herr«, sagte der Mann zögernd und runzelte beunruhigt die Stirn. *»Salaam.«*

»Friede«, versicherte Raj Ahten.

»Die Kamele, die ich noch habe, sind Eurer nicht würdig. Die Reiter, die Ihr sucht – sie haben meine besten Tiere mitgenommen, und andere als Ersatztiere.«

Raj Ahten kochte beinahe vor Wut. »Gibt es in dieser Stadt einen Kaufmann, der Kamele haben wird, wie ich sie suche?«

»Ich werde die besten Tiere in der Stadt zusammenstellen«, erklärte der Mann. »Inzwischen sitzt an meinem Tisch und eßt. Ruht Euch aus.«

Der Befehlshaber nahm sich ein Pferd und verließ rasch die Festung. Seinem Wort entsprechend, kam er kurz darauf mit dreizehn Kraftkamelen zurück.

»Verzeiht mir«, sagte er, als er vom Pferd sprang. »Es sind die besten, die ich finden konnten.« Er ließ sich auf Hände und Knie nieder und verbeugte sich dann so tief, daß sein weißer Turban den Boden berührte.

Es war die Haltung eines Mannes, der sein Leben anbietet, um für einen Fehler zu büßen.

Ein weiser Mann, begriff Raj Ahten. Wäre ich zornig, würde ich vielleicht befehlen, daß man ihn zu Tode foltert. Auf diese Weise führt er mich in Versuchung, ihn schneller zu töten.

»Ihr habt mir gut gedient«, sagte Raj Ahten. Dankbar übernahm er die Tiere.

Er befahl dem Befehlshaber, achtzig Männer zu Pferde nach Westen und Norden zu schicken und dort nach den Unbesiegbaren zu jagen.

Er hätte gerne gewußt, in welche Richtung Wuqaz selbst geritten war. Raj Ahten ging zum Stadtrand, und einen Augenblick lang versuchte er, Wuqaz' Geruch einzufangen. Er war nun mit einem Dutzend anderer Männer mit Kamelen unterwegs, und Raj Ahten konnte aus den schwachen Spuren in der Luft nicht schließen, mit welcher Gruppe er geritten war.

Er konnte ihn einfach nicht am Leben lassen. Er konnte sich allerdings auch nicht erlauben, sich die Zeit zu nehmen, um den Mann zu jagen.

Nach Süden, beschloß er schließlich. Wuqaz würde nach Süden weiterziehen, nach Taif oder Aven, wo die Ah'kellah am meisten verehrt wurden.

Er und ein Dutzend seiner besten Männer machten sich also auf den Weg nach Süden, in die Wüste, durch das alte Indhopal auf Kartish zu.

Der erste Teil der Reise war einfach. Der Boden war flach und fest.

Am Rand der Wüste wuchsen Affenbrotbäume, die

sich in verrenkter Majestät erhoben. Während einiger Jahreszeiten zogen Gnus und Gazellen in großen Herden durch diese Region, aber so spät im Herbst wurde die Eintönigkeit der Steppe nur von ein paar trockenen Knochen unterbrochen. Strauße und Schakale verzogen sich mißtrauisch, als Raj Ahten und seine Männer näher kamen.

Nachdem sie den schlammigen Deloon-Fluß überquert hatten, fanden sie nur noch ausgetrocknete Wasserläufe. So weit im Süden hatte es nicht geregnet.

Die Brunnen in Kazir und Makaraug waren beide trocken. Erst als sie Kamele sahen, die an einem hellroten Pavillon unter einem Affenbrotbaum eine halbe Meile von der Karawanenstraße angebunden waren, konnten sie auf Wasser hoffen.

Der Affenbrotbaum hatte einen dreißig Fuß breiten Stamm, und ein geschäftstüchtiger Händler hatte ihn ausgehöhlt. In der Höhlung standen tönerne Krüge voll kostbaren Wassers.

Als der Händler sah, wie die dreizehn Männer aus der Wüste geritten kamen, wurde er unruhig. Nur die schlimmsten Banditen würden das Wasser eines Mannes stehlen, aber manchmal benutzten die schlimmsten Banditen diese Straße.

Seine Hand war nahe seinem Khivar, als Raj Ahten näher kam, und er starrte ihn aus Augen so braun wie reife Mandeln an. Er war ein älterer Mann mit makellos kurzgeschnittenem Bart. Er verbeugte sich.

Raj Ahten grüßte ihn und versuchte, ihn zu beruhigen. »Salaam. Unser Weg war trocken, und die Last meines Geldes drückt mich.«

»Dann laßt mich Euer Los erleichtern, Großer«, meinte der Händler mit zufriedenem Grinsen, »während Ihr Euch satt trinkt.«

Raj Ahten stieg ab und suchte sich einen Platz im Schatten des Affenbrotbaums. Er holte eine silberne Taschenflasche heraus, die er aus Salandar mitgebracht hatte. Sie war mit Zitronengrastee gefüllt, der mit Schlüsselblumenhonig gesüßt war.

Als Vorspiel zum eigentlichen Gespräch stellten die beiden Männer sich vor, und Raj Ahten bot dem Alten einen Schluck an, denn es gab ein altes Sprichwort, das lautete: »In der Wüste kommt das Trinken vor dem Vertrauen und Vertrauen vor der Freundschaft.« Einen Augenblick lang unterhielten sie sich über Dichtkunst, das Wetter und die Gesundheit der Schwester des alten Mannes. Er hatte Raj Ahten erkannt und zeigte mit seinem herzlichen Verhalten, daß auch er aus gutem Haus kam.

»Hier sind zwölf Männer aus dem Norden vorbeigekommen, nicht wahr?« fragte Raj Ahten schließlich.

»Ja, Männer von den Ah'kellah, und in großer Eile«, sagte der Mann. »Sie waren unhöflich.«

»Ah«, sagte Raj Ahten, der schon fürchtete, seine Frage zu rasch gestellt und den Alten beleidigt zu haben. »Männer auf der Flucht sind selten höflich. Haben sie davon gesprochen, wo sie hinwollen?«

»Sie gehen nach Süden, um dort Atwaba auszurufen«, sagte der alte Mann. »Sie sind zornig auf unseren geliebten Herrn.«

»Tatsächlich?« fragte Raj Ahten leicht amüsiert. Dieser Händler war wirklich ausgesprochen höflich, indem er so tat, als würde er ihn nicht erkennen. »Was haben sie gesagt?«

»Ich ließe mir lieber die Zunge herausschneiden, als solche Geschichten zu wiederholen!« verkündete der alte Mann.

»Euer Geheimnis ist bei mir sicher.«

»Sie sagten, Raj Ahten – gesegnet sei sein Name! – hätte einen Waffenstillstand gebrochen und versucht, den Erdkönig zu töten, seinen angeheirateten Vetter.«

Raj Ahten grinste. »Ich bin sicher, das ist ein Mißverständnis. Wenn ich diesen Männern begegne, werde ich es aufklären.«

»Möge der Wind Euch Geschwindigkeit verleihen«, verkündete der alte Händler.

»Sagt mir, war Wuqaz Faharaqin unter ihnen?«

»Das kann ich nicht sagen«, antwortete der Händler. »Den Namen habe ich schon gehört, aber diese Männer haben sich nicht vorgestellt.«

Raj Ahten nickte nachdenklich. Er konnte sich vorstellen, wie die Ah'kellah diese Geschichte weiterverbreiten würden. Sie würden den Erdkönig als starken Anführer darstellen, der die Herrschaft von Raj Ahten übernehmen würde. Wenn die Dinge bei Kartish für Raj Ahten schlecht abliefen, würde das diese Ansicht nur rechtfertigen.

Und bei allen, die einen schlichten Geist hatten, würden die Anklagen der Ungerechtigkeit Ärger machen.

Hier, so nah an Deyazz und Aven, würden die Menschen über solche Bezichtigungen nur lachen. Ein angeheirateter Vetter wurde in diesem Land immer noch als Fremder betrachtet.

Aber anderswo ... »Seht nur«, würden die Kaifs sagen. »Unser Herr kämpft in Mystarria auf der Seite der Greifer, während die Greifer Kartish zerreißen. Raj Ahten kämpft gegen seinen eigenen Vetter! Was ist er, Mensch oder Greifer?« Für den Geist von jungen und schlichten Menschen würden das ernsthafte Anklagen darstellen. Zumindest würden gewisse Kaifs es als Vorwand benutzten, Entschuldigungen zu verlangen – Bestechungen in Form von Gold und Zwingeisen und Gewürzen.

Aber für jene, die danach gierten, seine Herrschaft abzuweisen, würde keine Entschuldigung je genügen.

Bhopanastrat und die anderen Unbesiegbaren waren damit fertig, die Kamele zu tränken. Raj Ahten erkannte, daß er tatsächlich überhaupt kein Geld hatte. Normalerweise kümmerte sich Feykaald um solche Dinge.

Raj Ahten ging zu seinem Kamel und sagte zu Bhopanastrat: »Bezahlt den Mann.«

»Wie Ihr wünscht«, erklärte der Krieger.

Was als nächstes geschah, geschah so schnell, daß Raj Ahten nicht die Zeit hatte, es aufzuhalten. Der alte Mann stand von seinem Platz auf, wischte sich den Staub vom Rücken seines Burnus und streckte die Hand nach dem Geld aus. Bhopanastrat zog seinen Dolch und schnitt dem Alten die Kehle durch.

Der Mann taumelte drei Schritte zurück, wandte sich dem Affenbrotbaum zu und sank auf die Knie. Dann sackte er vorwärts gegen den Baumstamm, mit dem Gesicht zuerst, und Blut schoß aus seinem Hals.

»Was soll das?« sagte Raj Ahten. »Warum habt Ihr das getan?«

»Er war unhöflich, Großes Licht«, antwortete Bhopanastrat.

»In welcher Hinsicht?«

»Er hat Geld verlangt. Er hätte sich geehrt fühlen sollen, dem König Wasser geben zu dürfen.«

Raj Ahten starrte Bhopanastrat entsetzt an. Wie ist es möglich, daß meine eigenen Männer so schlecht von mir denken? fragte er sich.

»Glaubt Ihr etwa, ich bin die Art von Mann, die harmlose alte Männer in der Wüste tötet?« fragte Raj Ahten. Bhopanastrat wagte nicht zu sprechen. Er war lange einer der Befehlshaber gewesen, denen Raj Ahten vertraut hatte, aber irgendwie hatte er sich eingebildet, daß sein Herr ein Ungeheuer sei. »Wir sind hier nicht in Rofehavan«, schrie Raj Ahten. »Das hier sind meine Leute!«

»Salaam«, flehte Bhopanastrat und verbeugte sich tief. »Verzeiht mir. Ich wußte es nicht.«

KAPITEL 16
Twynhaven

Die Frauen von Fleeds sind rauh und barbarisch. Deshalb lieben die Männer von Fleeds sie so leidenschaftlich.

Aus dem Tagebuch von Herzog Paldane

Regen und Dunkelheit hatten Erin und Celinor in Balington festgehalten. Mehrmals während der Nacht waren Boten zu Gaborn gekommen und hatten das Dorf wieder verlassen. Sie ließen ihre Kraftpferde unten im Stall, fütterten sie gut, aber niemand stieg auf den Heuboden hinauf, wo die Liebenden einander umschlungen hielten.

Aber die kurzen Augenblicke gestohlener Freude konnten nicht dauern, und als eine Eule auf einem der Dachbalken landete, wußte Erin, daß es an der Zeit war aufzubrechen.

Auf dem Ritt nach Norden sprachen Erin und Celinor nicht viel. Das seltsame Zauberkind und seine Warnungen vor Gefahr hatten Erin das Herz schwer werden lassen. Celinor hatte während der Nacht ein dutzendmal seine unsterbliche Liebe versprochen, bis Erin am Ende klargeworden war, daß es sich wohl um eine seltsame Sitte seines Volkes handeln mußte. Sie hatte sich Sorgen gemacht, wenn er so weiterreden würde, würde sie es das nächste Mal nicht hören, wenn ein Bote die Stalltür öffnete.

»Warum über Liebe reden, wenn man Liebe machen

kann?« hatte sie schließlich geflüstert. Das hatte ihn zum Schweigen gebracht, wenn man vom Keuchen und den Küssen einmal absah.

Am frühen Morgen waren sie schon weit nördlich des Dorfes auf der Königsstraße und ritten durch Nebelflekken, die die Täler zwischen den grünen Hügeln füllten. Krähen flatterten auf, krächzten und flogen zwischen großen Eichen einen Zickzackkurs über den Himmel.

Im Umkreis von Meilen waren die Häuser und Gasthöfe immer noch verlassen. Raj Ahtens Armee war gestern hier durchgekommen, und die Menschen waren geflohen. Es gab an der Straße nichts zu essen, und nur einmal hielten sie an einer kleinen Hütte an, um sich Birnen von einem Baum zu pflücken.

Während Erin das Obst pflückte, schlenderte Celinor zur Seite des Hauses und brach eine pfirsichfarbene Rose. Er brachte sie Erin, hielt die Blüte, damit sie sie bewundern konnte, und schnupperte an ihrem zarten Duft. Dann bot er sie Erin an.

»Und was glaubst du, werde ich damit machen?« fragte Erin. Sie hatte selbstverständlich im Winter Hagebutten gegessen. Aber die Rose zu pflücken verstieß gegen den Brauch ihres Volkes. Fleeds war ein armes Land, besonders der Südosten. Jeder Grashalm war bei den Pferdeklans eine wertvolle Ware.

»Sie bewundern«, meinte er lahm.

»Oh«, sagte sie. Erst jetzt fiel ihr ein, daß Menschen in einigen Ländern Rosen verschenkten. Sie schnupperte daran, bewunderte sie ganze dreißig Sekunden lang und versuchte dann, weil sie sie nicht verschwenden wollte, sie an ihre schöne schwarze Stute zu verfüttern. Die Stute hielt nichts davon.

Celinor versuchte zu helfen. »Du kannst sie tragen«, sagte er. »In meinem Land stecken sich Frauen Rosen ins Gewand. Es ist wie Parfum, kostet aber nicht so viel.« Er nahm die Rose und steckte sie hinten in die silberne Brosche, die Erin an ihrem Umhang trug. Sie konnte den süßen Duft kaum mehr wahrnehmen.

»Das hilft vermutlich gegen den Geruch nach Pferdeschweiß«, sagte Erin. Sie fragte sich, was die Geste bedeutete. Störte ihr Geruch ihn? Oder versuchte er einfach nur, nett zu sein?

»Es heißt, wenn man die Blütenblätter reibt«, meinte Celinor, »riechen sie noch besser.«

Er zog sie an sich und umarmte sie leidenschaftlich. Sie nahm an, daß er wohl nur versucht hatte, nett zu sein. Andere Länder, andere Sitten.

Tatsächlich war er mehr als nur nett. Sie dachte kurz daran, die Tür der Hütte einzutreten und sich nach einem Bett umzusehen. Er hatte sich in der vergangenen Nacht als mehr als angemessener Liebhaber erwiesen.

In diesem Augenblick kamen zwei junge Pferdeschwestern aus dem Süden herangeritten. Sie überquerten einen nahe gelegenen Hügel, und die Krähen flatterten aus ihrer Nähe auf.

Als sie näher kamen, betrachtete Erin sie forschend. Beide Mädchen sahen aus, als kämen sie aus armen Familien und hätten nicht wie Ritter ausgerüstet werden können. Die Rüstungen aus Leder waren mit Symbolen in Grün und Gelb bemalt, die für ihre Klans standen.

Beide hatten Schärpen aus Pferdehaar, rot gefärbt und auf glückbringende Weise geflochten. Ihre Helme bestanden aus Leder, in das Eisenplättchen eingenäht waren, und auf der Rückseite wehte ein Pferdeschweif. Statt schweren Lanzen hatten sie nur Speere.

Sie wirkten sehr lebhaft, wie es hin und wieder mit Leuten geschieht, die vor kurzem Gaben übernommen hatten. Erin nahm an, daß die Mädchen die Zwingeisen, die Gaborn ihrem Volk gegeben hatte, gut genutzt hatten.

Ein Mädchen hatte Blutflecken von einer Wunde an der Seite. Sie roch nach Whisky, den sie wohl benutzt hatte, um die Wunde zu säubern.

»Kommt Ihr oder geht Ihr?« fragte das verwundete Mädchen, als sie näher kamen.

»Wir kommen«, meinte Erin.

»Die Straße ist schwierig. Lowickers Göre Constance versucht, jeden Weg zu blockieren. Sie hat die Straße mit Fußangeln versehen lassen. Und wenn man versucht, unter den Bäumen zu reiten, nutzen einen ihre Bogenschützen für Zielübungen. Wir haben es kaum geschafft.«

Das hatte Erin erwartet.

»Es herrscht also Krieg?« fragte Celinor.

»Wer weiß das schon?« antwortete das andere Mädchen. »Wir haben keine Truppen gesehen, die sich auf einen Angriff vorbereiten, wenn es das ist, was Ihr meint. Sie versucht nicht, ihre Armee gegen den Erdkönig aufzumarschieren zu lassen, aber sie will auch nicht, daß seine Pferde auf ihre Straße pissen. Ich habe das Gefühl, es geht ihr eher darum, ihren Zorn auszutoben, als einen Krieg zu führen.«

Celinor lachte laut über diese Vorstellung und wünschte den jungen Frauen Glück. Aber sein Lachen hatte einen künstlichen Klang. Erin wußte, daß er sich Sorgen machte.

Celinor schlug vor: »Vielleicht sollten wir in die Berge ziehen und Beldinook umgehen.«

»Wir könnten allerdings auch über Lowickers Felder reiten«, schlug Erin vor. »Es würde Zeit sparen, und es wäre außerdem, als würden wir ihnen ins Gesicht spukken.«

»Ein Pfeil, der in einem Wutanfall abgeschossen wird, wird dich ebenso töten wie einer im Krieg. Wir müssen an wichtigere Dinge denken als daran, Lowickers Leuten ins Gesicht zu spucken.«

Erin war da nicht so sicher. Fleeds und Beldinook hatten sich in der Vergangenheit Dutzende Male bekriegt, und was sie gerade gehört hatte, machte sie wütend.

Dennoch, sie rang ihren Zorn weit genug nieder, daß sie Celinor folgte, als sie der Grenze näher kamen und er auf eine Seitenstraße abbog, die nach Twynhaven führte.

Sie erreichten die Überreste des Dorfes ein Dutzend Meilen später. Es war kaum etwas geblieben. Das Feuer hatte alles niedergebrannt.

Erin konnte sehen, daß es sich um kein normales Feuer gehandelt hatte. Zum einen hatten Flammen das ganze Dorf umgeben, direkt innerhalb der Mauern. In diesem Kreis war jedes einzelne Stück Holz verschlungen worden – jeder Balken, jeder Baum, jede Zaunlatte.

Steine standen immer noch, wo einmal Hütten gewesen waren. Kamine ragten auf wie geschwärzte Knochen, und Steinzäune unterteilten die Ascherechtecke. Mitten im Dorf waren allerdings sogar die Steine zu Schlacke geschmolzen.

Niemand war davongekommen.

Erin und Celinor ritten durch die Straßen und sahen verbrannte Leichen. Hier war eine Mutter, die ihr Kind im Arm trug. Dort ein Pferd, das in Panik gestorben war. Dahinter lag eine ganze Familie in den Ruinen ihres Hauses.

Erin begriff, daß die Flammenweber dieses Haus zerstört haben mußten. Sie wußte, daß Raj Ahtens Zauberer den Glorreichen der Finsternis irgendwo in Mystarria heraufbeschworen hatten. Als Teil ihres Opfers hatten sie Menschen bei lebendigem Leib verbrannt. Das hier mußte der Ort sein. Twynhaven.

In den drei Tagen, die seitdem vergangen waren, zeigten die Spuren, daß nur ein einziger Mensch sich ins Dorf gewagt hatte. Die Fußspuren überquerten die Straße und zogen sich von einem ausgebrannten Trümmerhaufen zum nächsten. Offensichtlich hatte es sich um einen Plünderer gehandelt, der vielleicht in der Asche nach Gold und Silber gesucht hatte.

An der Straße gab es noch weitere Dörfer, aber die Bauern in der Nähe würden sich vermutlich nicht hierher wagen. Die meisten hielten es für gefährlich, einen Ort aufzusuchen, an dem Menschen ermordet worden waren. Erin und Celinor ritten schweigend weiter. Allein dafür hätten wir Raj Ahten töten sollen, dachte Erin. Wir hätten ihn töten sollen.

Sie ritten ehrfürchtig weiter, betrachteten schweigend die Zerstörung, als Celinor plötzlich sein Pferd zügelte und auf etwas zeigte. »Sieh mal dort!«

Erin begriff einen Augenblick lang nicht, wovon er sprach. Sie hielt inne und betrachtete den Boden.

In der Mitte eines nahe gelegenen Gebäudes, in den Schatten, die die Morgensonne warf, konnte sie so gerade noch ein schwaches, grünes Flackern erkennen. Es war, als schlängelte sich eine niedrige Flamme am Boden entlang. Hätte die Sonne höher am Himmel gestanden, dann hätte sie es vermutlich nicht sehen können.

Die grünen Flammen schimmerten über der kalten Asche wie ein Nebel. Sie schienen einen Kreis zu bilden, der vielleicht fünfzehn Fuß Durchmesser hatte, und darin glühte eine feurige Rune. Fußspuren in der Asche zeigten, wo ein Flammenweber den Kreis verlassen hatte, gemeinsam mit dem Glorreichen der Finsternis.

Und was wichtiger war, ein weiteres Paar Fußspuren in der Asche zeigte, wo der Plünderer in den Kreis getreten – und verschwunden war.

Erins Nackenhaare sträubten sich, und sie bekam Gänsehaut auf den Armen.

Sie warf Celinor einen Blick zu. »Ist das, wofür ich es halte?«

Seine Miene war eisig. Seine Nase zuckte bei jedem Atemzug. »Ein Tor«, erklärte er ehrfurchtsvoll, »in die Unterwelt.«

Raj Ahtens Flammenweber hatten bei ihrer Beschwörung dieses Tor geöffnet. Erin hätte erwartet, daß sie es hinterher wieder schließen würden. Aber sie war keine

Zauberin. Vielleicht war es schwieriger, ein solches Tor zu schließen, als es zu öffnen.

Ihr Mund wurde trocken, und ihr Herz begann schneller zu schlagen. Sie hatte eine seltsame Idee, einen Gedanken, der plötzlich hell in ihrem Bewußtsein schimmerte.

»Wenn Raj Ahten durch dieses Tor einen Glorreichen der Finsternis heraufbeschwören kann«, sagte sie, »vielleicht können wir dann unseren eigenen Glorreichen herholen.«

Celinor ließ sein Pferd ein paar Schritte zurückweichen. »Es wäre Wahnsinn, es auch nur zu versuchen!«

»Ach ja?« fragte Erin. »Du kennst die Geschichten ebensogut wie ich. Erden Geboren hatte Helle und Glorreiche, die für ihn kämpften. Irgend jemand muß sie beschworen haben.«

»Dieses Tor dort sieht aus, als würde es langsam verschwinden«, sagte Celinor. »Woher weißt du auch nur, daß du irgend etwas hindurchbringen kannst?«

»Es gibt eine Möglichkeit, das herauszufinden.«

Sie stieg vom Pferd. Die Asche auf dem Boden war kalt und feucht. Nichts rührte sich unter ihren Füßen, aber die Feuchtigkeit ließ den bitteren Geruch intensiver werden.

Erin ging in die Nähe der Rune, zog einen Dolch und warf ihn in den Kreis. Der Dolch erreichte nie den aschebedeckten Boden. Statt dessen wirbelten die grünen Flammen auf ihn zu, umkreisten ihn in einem Strudel und verschlangen ihn.

Dann flackerte das grüne Feuer wieder über der

Asche. Nun, da sie näher daran stand, konnte Erin trokkene Hitze spüren. Es war intensiv, aber vielleicht nicht genug, um sie zu verbrennen.

Ich könnte es tun, dachte sie. Ich könnte eine andere Welt betreten. Ihr Herz klopfte immer noch heftig, und ihr Hals war trocken. Sie ging näher an den Kreis heran, bis sie direkt am Rand stand.

Über die Schulter hinweg sah sie Celinor an. »Tu es nicht«, warnte er. »Selbst wenn du es schaffen solltest, woher weißt du, daß du zurückkommen kannst?«

Er hat recht, begriff sie. Sie hatte sich vorgestellt, in die Flammen zu gehen, umgeben von Salamandern und Glorreichen der Finsternis. Die Legende beschrieb, daß die Menschen aus der Niederwelt gekommen waren. Also mußte es dort Land und Essen geben.

Sie warf einen Blick hinaus auf die Felder von Mystarria, die Eichen, deren Laub golden im Morgenlicht schimmerte, die Krähen, die am Himmel ihren Weg zurücklegten. Das alles hinter sich zu lassen war ein wahnsinniger Gedanke.

Sie hatte versprochen, Celinor zu seinem Vater zu begleiten. Mit immer noch heftig klopfendem Herzen wich Erin von dem Kreis zurück, stieg aufs Pferd und ritt weiter nach Norden.

KAPITEL 17
Krieger

In Indhopal werden Himmelslords als Menschen mit den Köpfen und Flügeln von Vögeln dargestellt. Einmal bin ich dort hingereist, um das Gerippe eines Himmelslords zu betrachten, und stellte fest, daß es nur das Skelett eines Kindes war, dem man die Flügelknochen eines Graak angehängt hatte.
In Inkarra werden häufig bei gewaltigen Stürmen riesige Seegraaks an Land geschwemmt, und es heißt, sie seien die Abkömmlinge der Himmelslords.
Nördlich von Mystarria gibt es Geschichten darüber, daß mächtige Luftzauberer sich in Vögel verwandeln können – am wahrscheinlichsten sollen Raben, Eulen und Geier sein.

Aus dem Bericht über die Himmelslords von Sir Garion Gundell

Gegen Mittag war Baron Beckhurst schon weit vom Gasthaus zum Roten Hirsch entfernt. Er war nach Westen geritten wie in einem Traum, nicht wach und auch nicht schlafend. Obwohl er auf einem Pferd saß, schloß er die Augen und hatte beinahe das Gefühl zu fliegen. Er wußte, wie es sich anfühlen würde, Flügel zu haben, zu spüren, wie die Luft unter seinem Gefieder nachgab.

Als Kind war das seine Lieblingsphantasie gewesen, eine, die ihn lange Nächte wach hielt. Nun hatte er das Gefühl, daß seine Träume bald Wirklichkeit werden würden.

Wenn er lauschte, konnte er überall die Stimme des Windes hören. Er raschelte im trockenen Gras auf dem Feld und flüsterte zwischen sterbenden Blättern. Er sprach ausführlich durch das Flattern eines Krähenflügels oder in einer Flagge, die über einem Gasthaus wehte.

»Eine einzige Tat«, flüsterte die Stimme. »Erweise mir diesen einen kleinen Dienst, und dann sollst du fliegen.«

An einer Kreuzung zweihundert Meilen südlich von Carris hielt er im Schatten von ein paar alten Silberbirken inne, die sich gefährlich über das sandige Flußufer neigten.

Ein Schwarm Stare folgte dem Flußlauf, und schließlich landeten sie auf einem abgestorbenen Baum ganz in der Nähe, so daß Beckhurst beinahe glaubte, er könne hinreiten und sie berühren. Einen Augenblick lang war der Baum noch nackt und tot, und im nächsten Augenblick bekleideten die Vögel jeden Ast, als wären sie Blätter. Sie waren in einen wilden Chor ausgebrochen, flatterten immer wieder vom Baum auf, kreisten und kehrten zurück.

Ein einzelner Star löste sich aus dem Schwarm, flog auf und ließ sich auf der Spitze von Beckhursts Lanze nieder. Er legte den Kopf schief und spähte zu dem Mann hinab. Er blinzelte, und seine dunklen Augen wirkten klüger, als die eines Tieres sein sollten.

»Segne meine Lanze, großer Herr«, murmelte Beckhurst.

Beckhurst ließ zu, daß sein Pferd den Kopf senkte und trank. Der Star flog davon.

Die trockenen Blätter über ihm raschelten wie Papier, wenn sie einander berührten. Ein blendendes, goldenes Licht lag auf den Feldern im Norden.

Dann kamen zwei Ritter aus dem Süden auf ihn zu. Ein peitschender Wind begleitete sie und verstreute die Blätter hinter ihnen, wirbelte zwischen den Hufen ihrer Pferde den Staub auf, ließ ihre Umhänge und die Mähnen ihrer erschrockenen Pferde flattern.

Beide waren hochgewachsene, kräftige Männer wie Beckhurst selbst. Beide trugen Schilde und Lanzen. Beide hatten sturmgraue Augen. Keiner sagte ein Wort, als sie einander begegneten. Sie saßen einfach alle nur auf ihren Pferden und ließen sie trinken, als erwarteten sie ein Zeichen. Eine Bö umkreiste sie wie ein unsichtbares Tier und hielt hin und wieder inne, um sich hierhin und dorthin zu bewegen.

Plötzlich hob Beckhurst den Kopf. Er hatte ein zartes Parfum gerochen, als wäre in einem geschlossenen Raum gerade eine feine Dame vorbeigegangen.

»Sie kann jetzt nicht mehr weit sein«, meinte einer der Ritter. »Nur noch ein paar Stunden.«

»Erst kommt die Zugluft, dann der Sturm«, flüsterte Beckhurst wie im Gebet.

Eine heftigere Bö traf sie, streifte die Blätter von den Birken und röhrte wie ein verwundeter Bär. Die Pferde taumelten rückwärts, verdrehten die Augen und zuckten erschrocken mit den Ohren.

Wie ein einziger Mann gaben die Ritter ihren Pferden die Sporen und folgten dem Duft nach Norden.

KAPITEL 18
Raj Ahtens Spinne

Fürchtet die Händler aus Indhopal; sie werden ihre eigenen Mütter schneller verkaufen als Euch ein gutes Pferd.

Sprichwort aus dem Saal des Goldes

Gaborn verließ Carris schweren Herzens. Er konnte die Gefahr spüren, die den Zehntausenden von Menschen in der Stadt drohte. Also befahl er den Beratern seines Vaters, mit Paldanes Kämmerer, Lord Gallentine, in der Stadt zu bleiben, um bei der Evakuierung zu helfen und die Verteidigungsanlagen so gut wie möglich wieder zu errichten. Er behielt nur einen von ihnen an seiner Seite, den treuen alten Jerimas.

Nachdem Gaborn Carris verlassen hatte, schwärmten die Späher zwischen den toten Greifern aus. Es war durchaus möglich, daß den Wegmacher, den Gaborn suchte, im Lauf der Nacht sein Schicksal ereilt hatte, ebenso wie viele andere Greifer. Falls er tot war, würde es nicht schwierig sein, ihn zu finden. Nur wenige Greifer hatten sechsunddreißig Fühler am Kopf, das war eine seltene Eigenschaft – es traf für bestenfalls einen von fünfhundert zu. Und noch weniger von ihnen würden große Männchen mit großen Vordertatzen sein.

Die Späher inspizierten das Feld, fanden aber keinen Greifer, der Averans Beschreibung entsprochen hätte.

Eine Meile südlich von Carris ließ Gaborn seine Truppen anhalten, um sich etwas Seltsames anzuschauen.

Die Greifer hatten hier breite Gräben gegraben, die ein Flechtmuster bildeten. Wasser aus dem Donnestgree-See war über die schlammigen Ufer dieser Gräben getreten, und der Wasserweg führte in einem breiten Bogen, mindestens eine Meile weit, landeinwärts. Die Gräben selbst schienen etwa vier Fuß tief – nach Greifermaßstäben eher flach.

Das Seltsame daran war der Geruch. Das Wasser stank ganz fürchterlich, wie es manchmal bei Geysiren der Fall war, und jeder Fisch, der vom See aus hier hineingeschwommen war, trieb nun mit dem Bauch nach oben in dem stinkenden Graben.

Iome holte ein parfümiertes Taschentuch aus ihrem Umhang und drückte es an die Nase.

»Was ist das?« fragte Gaborn und spähte ins Wasser. »Ist das die Greiferversion einer Latrine?«

»Das denke ich nicht«, meinte Jerimas. »Es riecht nach Schwefel.«

Gaborn war nicht überrascht, daß es Averan war, die antwortete. »Es ist keine Latrine. Es ist ihr Trinkwasser.«

Gaborn warf dem Kind, das immer noch mit Binnesman ritt, einen Blick zu, um zu sehen, ob sie wohl einen Witz machte.

»Greifer trinken?« fragte Jerimas. »Man hat seit Jahrhunderten angenommen, daß Greifer wie Wüstenmäuse kein Wasser brauchen, sondern alle Flüssigkeit aus ihrer Beute beziehen.«

»Selbstverständlich trinken sie.« Averan runzelte die Stirn. »Die Todesmagierin hatte schrecklichen Durst, als sie starb. Seht ins Wasser hinein. Dort findet ihr große, gelbe Steine. Die Greifer haben sie mitgebracht und hineingeworfen, damit sie schmelzen. Wo sie herkommen, gibt es kein frisches Wasser, nur Wasser wie das hier.«

Gaborn hatte selten darüber nachgedacht, wie es in der Unterwelt wohl sein mochte, so tief drunten, wo die Greifer lebten. Nur wenige Menschen hatten sich je auf diese gefährliche Reise gewagt. Aber nun konnte er einen der gelben Steine sehen.

Er nahm sich vor, daran zu denken, bei seiner Expedition frisches Wasser mitzunehmen.

»Was kannst du uns außerdem noch sagen?« fragte Gaborn. »Was hatten die Greifer mit diesem Turm dort vor?«

Er zeigte auf einen großen Turmabschnitt, der gebogen war wie das Horn eines Narwals. Aber Averan schüttelte nur den Kopf. »Ich glaube, es ist ein Teil eines Gebäudes. Ich weiß nicht alles.«

Während sie so beschäftigt waren, kam Jureem mit einem Landsmann herbeigeritten, der offenbar von einiger Bedeutung war.

Es handelte sich um einen älteren Mann, dessen Rükken von vielen Jahren der Verbeugungen vor seinem Herrn dauerhaft gekrümmt zu sein schien. Sein Gesicht war zäh und lederartig wie Kamelleder, mit Ausnahme der schlaffen Tränensäcke unter seinen Augen. Sein langes Haar war noch nicht wirklich grau, sondern immer noch schwarz, nur mit silbrigen Strähnen durchzogen. Er hatte den Kopf leicht schief gelegt und lauschte offenbar nur mit dem rechten Ohr.

Er saß stolz auf einem grauen Kraftpferd. Über den

Sattelknauf hatte er einen Stock aus Sandelholz gelegt, der in Form einer Kobra geschnitzt war. Als er näher kam, schon in zwanzig Fuß Entfernung, konnte man bemerken, daß er deutlich nach Knoblauch und Olivenöl roch.

»Herr«, sagte Jureem, während er näher kam. »Ich möchte Euch Kaifba Feykaald, den Hochkanzler Raj Ahtens, Herrn von Indhopal, vorstellen.«

»Zu Euren Diensten«, sagte Feykaald. Er sprach mit nur einer Spur von Akzent. Mit seinen vereinzelten schiefen Zähnen, seinen ausgeprägten Fingerknöcheln und seinem intensiven Blick kam er Gaborn irgendwie spinnenhaft vor – eine Verkörperung des Bösen. Seine Pupillen waren vergrößert, und Gaborn konnte nun den bitteren Geruch von Opium wahrnehmen.

»Ihr ehrt uns«, sagte Gaborn. »Was bringt Euch zu mir?«

»Hä?« fragte Feykaald und legte den Kopf schief. Gaborn wiederholte die Frage.

»Ich bin gekommen, um Euch um Hilfe zu bitten«, sagte Feykaald. Er reichte Gaborn einen vergoldeten Botschaftskasten. »Raj Ahten hat heute früh in den Bergen diese Botschaft erhalten. Greifer haben die Blutmetallminen in Kartish angegriffen. Inzwischen haben sie sich dort wohl gut eingegraben. Ein riesiger Greifer führt sie an – die Herrin der Unterwelt selbst.«

Diese Neuigkeiten ließen Gaborns Herz schneller schlagen. War das denn möglich? Bisher hatte noch niemand die legendäre Herrin der Unterwelt gesehen, und daher konnte auch niemand mit Sicherheit sagen, wie sie aussah. Würde die Herrin der Unterwelt selbst nach

Kartish kommen? Er bezweifelte es. Er hatte versucht, mit der Erde zu sprechen, und war an den Ort der Knochen verwiesen worden, und Averan hatte seinen Verdacht bestätigt, daß er die Eine Wahre Meisterin dort finden würde.

Gaborn beobachtete Feykaalds Bewegungen. Er sprach beinahe lässig von dem Problem, als wäre es eine zweitrangige Angelegenheit. Er war wie ein Händler, der auf diese Weise versucht, den Käufer zu einem schlechten Handel zu veranlassen. Gaborn spürte sofort eine Falle.

»Ich habe Raj Ahten selbst davor gewarnt. Er wollte mir nicht glauben. Wagt er tatsächlich, nun zu hoffen, daß ich ihm helfen werde?«

Feykaalds Unterlippe zitterte, als hätte er große Hoffnung und fürchtete, daß Gaborn sie zerstören würde. »Er ... er weiß nicht, daß ich zu Euch gekommen bin. Die Situation ist sehr ernst. Raj Ahten ist auf dem Weg nach Kartish, aber ich befürchte, er wird zu spät dort eintreffen. Mehr als das, ich fürchte, er wird nicht imstande sein, unseren Feind zu vertreiben.«

»Ihr sprecht davon, was *Ihr* denkt. Was denkt Raj Ahten?«

Feykaald senkte den Blick. »Er denkt ... daß sich Sonne und Mond um ihn drehen. Er denkt, alle Menschen sind weniger als der Staub unter seinen Füßen. Er stellt sich vor, daß er die Greifer selbst besiegen kann. Aber ich weiß, daß er sich irrt. Er hat nicht Eure Kräfte.«

»Ich kann Euch keine Hilfe geben«, sagte Gaborn, »ohne daß Euer Herr zustimmt.«

»Bitte«, sagte Feykaald. »Ich bitte nicht um Raj Ahtens willen, nicht einmal um meiner Selbst willen. Es geht um mein Volk.«

Gaborn erwiderte: »Ich werde keine Armee in ein Reich führen, in das sie nicht eingeladen wurde, um neben einem Herrscher zu kämpfen, der mir keinen Waffenstillstand gewährt. Raj Ahten hat mich schon zuvor betrogen. Er würde es auch wieder tun.«

»Es gibt Kinder in Indhopal, großer Herrscher«, sagte Feykaald. Er sprach zu laut. Er senkte den Kopf, faltete die Hände und hob sie wie ein Bittsteller. »Sie sind braun, aber ansonsten sind sie Kinder wie Eure Kinder. Sie lachen wie Eure Kinder. Sie weinen wie Eure Kinder. Sie hungern und bluten wie Eure Kinder. Und wie Eure Kinder träumen sie ebenfalls, daß der Erdkönig in ihrer verzweifeltsten Stunde auftauchen wird. Wenn Ihr unseren Männern und Frauen keine Gnade zeigen wollt, solltet Ihr zumindest unseren Kindern Gnade erweisen.«

Gaborn schüttelte den Kopf. Er nahm an, daß Feykaald trotz seiner unterwürfigen Gesten gegen ihn war. Seine Erdsinne warnten ihn vor Gefahr, falls er Feykaalds Bitte nachkommen würde. Aber er wußte auch, was er durch Binnesmans Sehersteine vor zwei Tagen gesehen hatte. Er hatte gesehen, wie sich die Greifer in Kartish erhoben. Die Situation dort würde inzwischen schlimmer sein als alles, was sie in Carris gesehen hatten.

Feykaald versuchte, ihn aus eigensüchtigen Gründen nach Kartish zu locken. Gaborn bezweifelte, daß Feykaald auch nur ahnte, wie gerne er geholfen hätte.

Aber die Erde hatte ihn angewiesen, den Ort der Knochen zu suchen.

»Ich kann meine Armee nicht schicken«, sagte Gaborn.

Feykaald warf Jureem einen Blick zu, als wollte er ihn bitten sich einzumischen. Er flehte: »Salaam« – Friede – und verbeugte sich tief.

Indem er um Frieden bat, legte er nahe, daß es möglich war, daß Gaborn sich von seinen nächsten Worten beleidigt fühlte, und bat ihn, ruhig zu bleiben.

»Friede«, antwortete Gaborn.

»Hört mich an: Ich bitte um einen kleinen Gefallen. Er sollte Euch nicht erzürnen.«

»Um was geht es?«

»Es gibt Unbesiegbare in Eurem Lager – Männer, die aus Indhopal kommen. Drei- oder vierhundert haben überlebt. Ich bitte Euch: Wenn Ihr nicht Eure eigenen Soldaten schickt, schickt zumindest diese.«

Gaborn dachte nach, aber er spürte nur drohendes Unheil. Die Erde warnte ihn, wenn er diese Männer schickte, würden sie sterben. Ob sie durch die Greifer oder Raj Ahten sterben würden, wußte Gaborn allerdings nicht. »Nein. Ich kann es nicht gestatten.«

»Es ist nur eine Kleinigkeit, um die ich bitte«, drängte Feykaald. »Diese Männer haben für Euch wenig Wert. Sie haben zwar *jetzt* noch Gaben, aber Ihr müßt Euch selbst fragen, wie lange das dauern wird. Vierhundert Unbesiegbare sind keine Streitmacht, die Raj Ahten auf die leichte Schulter nimmt. Er wird den Tod ihrer Übereigner befehlen, denn ansonsten werden sich seine eigenen Männer gegen sie wenden. Sie werden sterben – unschuldige Übereigner –, Männer, Frauen, Kinder, sie werden sterben, und zu welchem Zweck? Damit Ihr diese Unbesiegbaren vorführen könnt?«

Gaborn betrachtete Feykaald mit wachsendem Widerwillen. »Erbittet Ihr einen Gefallen, oder versucht Ihr mich zu erpressen?«

»Erpressen? Niemals!« sagte Feykaald. »Ich spreche nicht davon, was ich tun würde. Aber ich kenne meinen Herrn.«

Gaborn bezweifelte nicht, daß Raj Ahten genau das tun würde, wovon Feykaald gesprochen hatte.

»Ihr habt recht«, sagte Gaborn. »Indhopal ist ihre Heimat, und ich werde jedem Unbesiegbaren erlauben zurückzukehren, wenn er es will, und sein Volk in Kartish zu verteidigen.«

Jureem strahlte, als hätte er das erwartet.

»Ich danke Euch, König der ganzen Erde«, sagte Feykaald mit einer Verbeugung.

»Aber«, fügte Gaborn hinzu, »meine Erdkräfte warnen mich auch davor, daß ihnen in Indhopal große Gefahr droht und daß keiner der Männer, die dort hingehen werden, überleben wird. Das kann ich ihnen nicht verschweigen.«

Feykaalds Blick wurde kalt. Er nickte zustimmend, aber seine Miene war unergründlich. »Ich bitte Euch nur um einen weiteren kleinen Gefallen.«

»Noch einen?« fragte Gaborn.

»Zwingeisen. Wenn Ihr ein paar Hundert erübrigen könntet, wären sie von unglaublichem Wert für uns.«

Nun verlangte der Mann wirklich zuviel. »Ich kann kein einziges Zwingeisen erübrigen.«

Feykaald neigte resigniert den Kopf. »Nun gut. Dann werde ich nur noch eins von Euch erbitten.«

Gaborn hatte das Gefühl, auf einem Markt zu sein und mit einem von Feykaalds Landsleuten zu feilschen. Feykaald bat um viel und gab selbst nichts. Gaborn warnte ihn: »Eine Bitte dürft Ihr noch stellen, aber dann habe ich genug davon.«

»Friede. Ich flehe Euch an: Reitet selbst nach Kartish. Wenn Ihr Raj Ahten fürchtet, könnt Ihr seine Armeen Erwählen und auf diese Weise sicher sein, daß sie Euch schützen werden.«

»Das kann ich nicht.«

»Ich flehe Euch, bei allem was Euch teuer ist, an, bei Eurer Liebe zum Land, bei Eurer Ehre und Tugend«, bat Feykaald. »Wenn der Erdkönig uns nicht anführt, sind unsere Männer nur Schlacke im Feuer. Wenn Ihr mein Volk nur sehen könntet, würdet Ihr sie ebenso Erwählen wie die Menschen von Carris.«

Gaborn schüttelte den Kopf. Er hätte kaum in Worte fassen können, wie gerne er der letzten Bitte nachgegeben hätte, aber er hatte einfach nicht mehr die Kraft, Menschen zu Erwählen. Und ein anderer Weg stand ihm bevor. »Ich habe meine eigenen Kämpfe an anderen Fronten. Euer Herr wird ohne mich zurechtkommen müssen.«

Feykaald senkte den Blick. Er schüttelte den Kopf. »Verzeiht mir. Ich habe es selbst auf mich genommen, Euch um Eure Hilfe anzuflehen. Jetzt kann ich nicht mehr nach Indhopal zurückkehren. Raj Ahten wird mich als Verräter betrachten. Ich akzeptiere es gerne, Verräter genannt zu werden, wenn ich meinem Land nur ein wenig Gutes tun kann. Daher überantworte ich mich Eurer Gnade und bitte Euch um Asyl. Ich biete Euch meine Dienste an, wie Jureem es getan hat. Ich werde Euch gut dienen, solange Ihr nicht von mir erwartet, daß ich mein eigenes Volk verrate.«

Er klang, als meinte er es ernst. Seine Hände zitterten, und er flehte mit Blicken um diese Gunst. Aber Gaborn konnte ihm nicht trauen. Er spürte auch keine Gefahr für Feykaald.

»Kehrt zu Raj Ahten zurück«, sagte Gaborn. »Er wird Euch keinen Schaden zufügen.«

»Bei den Mächten, bei der Erde, ich flehe Euch an!« winselte Feykaald. »Habt Gnade. Habt Gnade mit einem alten Mann! Ihr ahnt nicht, welches Schicksal Ihr mir bereitet.«

Gaborn wunderte sich. Vielleicht waren diese Bedrohungen in Feykaalds krankem Geist wirklich vorhanden. Oder er tat so, als fürchtete er sich, um irgend etwas zu erreichen.

Etwas war an diesem Mann ... eine Schwärze in seinem Kern. Gaborn verspürte keine direkte Bedrohung. Feykaald würde jetzt kein Messer ziehen und sich auf ihn stürzen, dennoch bezweifelte er nicht, daß Feykaald großes Unheil anrichten würde, wenn man ihm die Gelegenheit gäbe.

Oder ist es meine eigene Angst, die da aus mir spricht? fragte er sich.

Im Haus des Verstehens, im Saal der Gesichter, hatte Gaborn gelernt, einem Menschen Tücke und Betrug anzusehen. Aber er war sich nicht sicher, was Feykaald anging. Ein Lügner wird häufig den Blick abwenden oder blinzeln, wenn er versucht, seine Falschheiten als Wahrheiten auszugeben. Die Pupillen ziehen sich vielleicht zusammen, aber Kaifba Feykaald betrachtete Gaborn mit stetigem Blick und blinzelte nicht. Und das Opium, das er geraucht hatte, verhinderte, daß seine Pupillen reagierten.

Ein Mann, der lügt, zittert vielleicht, aber Feykaald blieb ruhig. Ein Mann, der lügt, spannt häufig die Muskeln seines Halses an, oder er wirft den Kopf zurück und versucht, erhaben zu wirken.

Feykaald zeigte keines dieser Anzeichen. Dennoch, in seiner Körpersprache lag eine gewisse Botschaft. Er beugte sich vor, wahrscheinlich wegen seines krummen Rückens. Aber Gaborn nahm an, daß es um mehr ging. Sein Verhalten war nicht das eines Lügners, aber das eines Kaufmanns, der ungemein daran interessiert ist, etwas loszuwerden.

Feykaald versuchte ihm eine Geschichte zu verkaufen. Gaborn nahm sie ihm nicht ab.

Er dachte über mögliche Motive nach. Vielleicht wollte Feykaald tatsächlich Hilfe von Gaborn. Vielleicht versuchte er, ihn so zu verwirren, daß er sich nicht mehr rührte oder seine Kräfte aufteilte.

Oder vielleicht ... vielleicht wollte Raj Ahten, daß Feykaald in Gaborns Nähe blieb.

Während Gaborn darüber nachdachte, wuchs eine kalte Sicherheit in ihm. Selbstverständlich war Feykaald ein Spion. Deshalb fühlte sich Gaborn in seiner Gegenwart so unangenehm und hatte dieses Gefühl von Gefahr.

Ich könnte Feykaald ganz einfach wegschicken, dachte er.

Er warf einen Blick zu seinen Beratern, und ihm fiel wieder ein, was sie am Abend zuvor gesagt hatten. »Ihr müßt Eure Feinde gegeneinander aufhetzen.« Vielleicht war es möglich, Feykaald gegen seinen Herrn einzusetzen, indem er ihm falsche Informationen gab.

Einen Vorteil zumindest würde es haben, Feykaald in der Nähe zu halten. Er hatte Raj Ahten lange und gut gedient. Indem Gaborn den alten Mann hierbehielt, ganz gleich unter welchem Vorwand, würde er Raj Ahten die Dienste eines sehr nützlichen Beraters vorenthalten.

Das schien angemessen. Er konnte Feykaald irgendwo unterbringen, wo er keinen Schaden anrichten würde, und ihn beobachten lassen. Genau zu diesem Zweck gab es an den Gezeitenhöfen speziell erbaute Residenzen.

Aber all solche Pläne wurden von einem anderen Gedanken überwältigt ... vielleicht kann ich ihn wirklich verändern und auf meine Seite ziehen.

»Ich danke Euch, Kaifba Feykaald«, sagte Gaborn. »Ihr habt mir viel zu denken gegeben. Ich werde in Erwägung ziehen, Euch in meinen Dienst zu nehmen, aber das kann ich nur mit klarem Kopf entscheiden. Werdet Ihr ein Stück weiter mit mir reiten?«

»Sagt mir nur, wie ich Euch am besten dienen kann«, erwiderte Feykaald und verbeugte sich so tief, daß Gaborn befürchtete, der alte Mann würde vom Pferd fallen.

KAPITEL 19
Baron Waggit

Im Austausch für seine zahllosen würdigen Titel bestehen die Pflichten eines Barons in folgendem:

1. angemessen die Ländereien zu verwalten, die man ihm anvertraut hat,
2. für die Einhaltung der königlichen Gesetze zu sorgen, die königlichen Steuern einzutreiben und Straßen und andere öffentliche Gebäude zu erhalten,
3. in Kriegszeiten sein eigenes Leben oder das Leben eines Sohnes oder angemessenen Kämpfers in den Dienst des Königs zu stellen.

Aus dem Allgemeinen Gesetzbuch

Habt Ihr das gehört, Jungs? Mein Waggit ist jetzt Baron!« lachte Scallon. Der hochgewachsene Mann schlug Waggit auf den Rücken und zwang ihm einen weiteren Becher Rum in die Hand. Alle Männer in der Gaststube in Carris grinsten Waggit an und gratulierten ihm.

Waggit erinnerte sich, auf dem Pferd des Königs gesessen zu haben. Waggit erinnerte sich, zum Ritter geschlagen worden zu sein. Es war besser als ein Traum.

Er schloß die Augen und nahm sich vor, diese Dinge nicht zu vergessen. Aber es war schwierig, sich zu erinnern. Er vergaß immer alles. Er hatte sich am Abend zuvor vorgenommen, nicht zu vergessen, wie er die Greifer getötet hatte, aber die Erinnerungen daran verblaßten bereits. Er konnte sich nur noch daran erinnern, zwei oder drei getötet zu haben. Er wußte, daß es neun gewesen waren, weil ihm das alle erzählten.

»Sitz nicht nur da und glotz in den Becher – trink schon«, rief Scallon. »Wenn du ein Baron sein willst, dann mußt du lernen, dich ein bißchen besser zu besaufen als bisher.«

Alle lachten und schlugen Waggit auf den Rücken. Sie beugten sich so nahe zu ihm, daß er ihren Atem riechen konnte, und er trank einen großen Schluck. Der Rum brannte ihm in der Kehle. Waggit mochte dieses Gefühl nicht, aber er betrank sich gerne. Das einzige Problem, wenn er sich betrank, bestand darin, daß er immer kein Geld mehr hatte, wenn er hinterher aufwachte.

Und die einzige Möglichkeit, das zu verhindern, bestand darin, Scallon das Geld zu geben. Scallon würde es gut verstecken.

»Könnt Ihr Euch das vorstellen?« rief Scallon in die Menge. »Waggit ist ein Baron! Er wird ein Haus und Ländereien haben und Geldtaschen, die so schwer sind, daß er sie kaum tragen kann.«

Lugby, ein Freund, der mit Waggit und Scallon in den Minen im Silbertal arbeitete, sagte: »Dann nehme ich doch an, daß du ihm helfen wirst?«

Scallon lachte. Er war ein großer, kräftiger Mann mit einem Bart, und wenn er lachte, spuckte er dabei. »Wer sonst, wenn nicht sein bester Freund? Er wird jetzt einen Kämmerer brauchen. Und wer wäre dazu besser geeignet als ich?«

»So ungefähr jeder«, meinte Lugby.

Scallon starrte Lugby wütend an, der ein älterer Mann

und von der langen, gebeugten Arbeit in den Minen schon verkrüppelt war. Waggit hatte Scallon noch nie so wütend erlebt. »Du nimmst diese Worte jetzt sofort zurück«, sagte Scallon in gefährlichem Ton. »Nimm sie zurück, oder ich stopfe sie dir mit Gewalt wieder rein.«

Scallon griff mit seiner großen Hand nach dem langen Messer, das in seinem Gürtel steckte. Lugby wich zurück, Angst in den hellen Augen.

Es wurde still, und die Männer waren alle ein paar Schritte rückwärts gegangen. Waggit fragte sich, was das sollte. Warum war Scallon so wütend, daß er töten wollte? Er hatte schon zuvor gesehen, wie sein Freund andere bewußtlos schlug, aber noch nie hatte Scallon getötet.

»Ich ...«, sagte Lugby und sah sich hektisch in der Gaststube um. »Ich habe das nicht böse gemeint. Ich dachte nur, wenn du sein Kämmerer sein wirst, brauchst du vielleicht einen guten Mann für die Küche.«

Einen Augenblick lang hing Schweigen im Raum, während alle warteten, wie Scallon reagieren würde.

Scallon lachte herzlich. »Ja, wir brauchen bestimmt Hilfe in der Küche.«

Lugby begann über sein Glück zu grinsen.

»Kann er denn kochen?« fragte Waggit.

»Kann er kochen?« brüllte Scallon. »Ha, er wird dir den besten Bohneneintopf kochen, den du je gegessen hast!« Und das genügte Waggit.

Er grinste und trank ein wenig mehr, bis er nicht mehr spüren konnte, wie der Rum in seiner Kehle brannte, und die Gaststube anfing, sich um ihn zu drehen.

Waggit hatte jegliches Zeitgefühl verloren. Er starrte den Hund in seiner Tretmühle an, der den Spieß drehte, an dem ein Ferkel über dem Feuer briet. Er wollte den Hund streicheln, aber er wußte, der Wirt würde ihm nur mit dem Löffel auf die Finger schlagen. Wirte hatten da ihre ganz eigenen Vorstellungen: Man hielt die Hunde nicht bei der Arbeit auf. Darum ging es schließlich im Leben. Arbeit.

Waggit arbeitete den ganzen Tag mit seiner Spitzhakke in den Minen. Arbeit brachte Geld. Arbeit und Bohnen hatten ihn stark gemacht – stark wie einen Bären.

Waggit brüllte wie ein Bär, und alle in der Gaststube starrten ihn an und lachten. Also brüllte Waggit noch einmal und stand auf und krallte mit den Fingern in die Luft. Es war ein guter Spaß.

Scallon sprach gerade mit einem anderen Mann, einem Burschen mit einer schmierigen Lederschürze. Jetzt versetzte er Waggit einen Ellbogenstoß und sagte: »Hast du das gehört? Der König schuldet dir Zwingeisen, weil du die Greifer getötet hast. Neun Zwingeisen. Du wirst ein reicher Mann sein.«

»Ach nein, er ... er schuldet mir gar nichts«, meinte Waggit, und er hatte einige Schwierigkeiten beim Sprechen. »Er hat mich ... er hat mich sein Pferd reiten lassen.«

»Nein, er schuldet sie dir«, meinte Scallon. »Das ist das Gesetz – ein altes Gesetz, das schon niedergeschrieben wurde, bevor der König zur Welt kam, sogar bevor wir alle geboren wurden. Wenn ein Mann einen Greifer tötet, kann er zum König gehen und ein Zwingeisen verlangen.

Auf diese Weise kann ein tapferer Mann wie du, selbst wenn er von niedriger Geburt ist, zum Ritter werden.«

»Oh«, sagte Waggit. Jetzt drehte sich die Gaststube wirklich um ihn, also setzte er sich hin und stützte den Kopf in die Hände.

»Und du wirst diese Zwingeisen wirklich brauchen.« Scallon beugte sich näher zu ihm. Sein Gesicht war von Schweiß überzogen, und der Dreck aus den Minen hatte sich in die Falten um seine Augen gesetzt. »Du wirst sie brauchen, damit du sie verkaufen kannst. Du wirst ein Haus und Ländereien haben und ein bißchen Geld brauchen, um alles in Gang zu bringen. Du willst dir doch sicher ein gutes Pferd und ein paar Kutschen kaufen. Vielleicht wirst du dann reich werden, und dann kannst du sogar Andella heiraten.«

Sobald Scallon das gesagt hatte, konnte Waggit an nichts anderes mehr denken. Andella verkaufte im Gasthof im Silbertal Bier. Sie war die schönste Frau der Welt. Alle Männer sagten das.

»Glaubst du, sie wird mich heiraten wollen?« fragte Waggit.

»Mein Freund«, meinte Scallon im tröstlichen Tonfall, »es gibt eins auf dieser Welt, das ich wirklich weiß: Diese Schlampe würde für genügend Geld auch mit einem Eber schlafen.«

Waggit grinste und versuchte, sich vorzustellen, wie Andella neben einem Schwein fest schlief. In seinem Kopf drehte sich alles so wild, daß er das nicht schaffte.

»Also komm mit«, sagte Scallon. »Jetzt gehen wir und treiben dein Vermögen ein.«

»Ich kann nicht«, meinte Waggit. »Ich bin zu betrunken, um zu laufen.«

»Schon gut«, sagte Scallon. »Ich werde dir helfen.«

»Aber ... ich will nichts verlieren.«

»Du wirst nichts verlieren«, versprach Scallon. »Ich werde die Zwingeisen für dich verstecken, zusammen mit dem ganzen anderen Geld, das du mir im Laufe der Jahre gegeben hast.«

Waggit sah ihn aus trüben Augen an. »Bist du ... bist du sicher, daß du sie nicht verlieren wirst? Du hast mein Geld schon mal verloren!«

»Ach, das ist doch so lange her«, meinte Scallon. »Ich habe doch auch alles wiedergefunden, erinnerst du dich? Ich habe dir ganz neues, glänzendes Geld zurückgegeben. Damit hast du dir die Stiefel da gekauft.«

Das war das Problem. Waggit konnte sich nicht erinnern. Er konnte sich nicht erinnern, daß Scallon sein Geld wiedergefunden hatte. Er konnte sich nicht einmal erinnern, je neue Stiefel gehabt zu haben. Er vergaß alles. Er hatte sogar seinen richtigen Namen vergessen. Die Leute hatten ihn immer Waggit genannt, aber er hatte vergessen, wie sein richtiger Name war.

»Oh«, sagte Waggit, als Scallon ihm auf die Beine half.

Dann verließen sie das Gasthaus und gingen ins helle Tagslicht hinaus, und Scallon mußte lange drängen: »Komm schon, Junge. Beweg die Beine.«

Waggit mußte einmal stehenbleiben, um sich zu übergeben, und es dauerte eine Ewigkeit, bis sie die Burg des Herzogs erreicht hatten.

Die Wachen am Tor erkannten ihn offenbar, denn sie grüßten mit erhobenen Schwertern.

Noch nie hatte er solchen Reichtum gesehen – aber er war schließlich auch noch nie in einem feinen Haus gewesen. Der Herzog hatte wunderschön geschnitzte Täfelungen und Wandbehänge an den Zimmerwänden. Der Audienzsaal hatte die größte Feuerstelle, die Waggit je gesehen hatte. Als ein reicher Mann erschien, war Waggit ganz verlegen. »Herzog Paldane«, sagte er voller Ehrfurcht.

Aber der kleine Bursche mit dem spitzen Bart sah ihn mit klugen Augen an und sagte: »Nein, der Herzog ist tot. Ich bin Kämmerer Gallentine und vertrete ihn. Verstehe ich richtig, daß Ihr gekommen seid, um Zwingeisen zu verlangen?«

»Äh, ja, Euer Lordschaft!« meinte Scallon. »Genau das will er – und es ist ja wohl auch sein Recht.«

Kämmerer Gallentine hatte glühende, dunkle Augen.

»Wollt Ihr Eure Gaben sofort?« fragte Gallentine.

»Äh, nein, keine Gaben«, sagte Scallon. »Im Augenblick will er nur die Zwingeisen.«

Gallentine lächelte. »Ist das so?«

Scallon gab Waggit einen Schubs, und Waggit nickte begeistert.

»Ich nehme an, wenn Euer Freund hier sie für Euch verkaufen wird, werdet Ihr davon Bier kaufen?« fragte der Kämmerer.

Waggit schüttelte den Kopf. »Nein, er wird sie gut verstecken, damit keiner sie stiehlt. Er kann so was gut.«

Wieder gab Scallon Waggit einen Stoß, und Waggit

war sicher, daß es das Zeichen war, etwas zu sagen. Er wußte nur nicht, was.

Gallentines Lächeln wurde kühler. »Mein Herr«, sagte er zu Scallon, »ich gehe davon aus, daß Ihr die Tür selber findet? Oder sollen die Wachen Euch ... bei der Hand nehmen?«

Ein tiefes Knurren entrang sich Scallons Kehle. »Ich brauche keine Wachen.« Er versetzte Waggit einen weiteren zornigen Stoß in den Rücken und stolzierte nach draußen.

Waggit fühlte sich allein, und er hatte Angst. Er wußte, daß Scallon wütend war, wirklich wütend. Manchmal, wenn Scallon so wütend wurde, schubste er Waggit wirklich fest. Waggit nahm an, sobald er wieder nach draußen kam, würde Scallon, der auf ihn wartete, ihn schlagen. Diese Sorge vertrieb alle anderen Gedanken.

»Mhm«, meinte Gallentine. »Was machen wir jetzt mit dir?«

Waggit schüttelte den Kopf. Er wußte, daß etwas nicht stimmte. Er war böse gewesen. Er würde weder seine Zwingeisen noch die Ländereien bekommen. Aber er wußte einfach nicht, was er falsch gemacht hatte.

Gallentine ging um ihn herum und betrachtete ihn, als wäre er ein Kalb auf dem Markt. »Du hast kräftige Knochen. Das ist gut. Und du hast neun Greifer getötet. Das bedeutet, daß du dich schnell bewegen kannst. Auf welche Weise hast du diese Greifer eigentlich erledigt?«

»Ich bin einfach auf sie zugerannt und hab auf die weiche Stelle gehauen!« meinte Waggit.

»Wer hat dir denn gezeigt, wo die weiche Stelle an einem Greifer ist?« fragte Gallentine.

Zu seiner Überraschung konnte sich Waggit daran erinnern. »Das war Lugby! Er hat ein Bild auf den Boden gemalt und es mir wieder und wieder gezeigt.«

»Als die Greifer dann kamen, hat es dein Freund Lugby sicherlich dir überlassen, den ersten Schlag zu führen«, meinte Gallentine.

Das wußte Waggit nicht mehr genau. Aber jetzt, als er darüber nachdachte, fiel ihm wieder ein, daß er niemanden hatte aus dem Weg schubsen müssen, um zu den Greifern zu gelangen.

»Sag mir, Waggit«, meinte Gallentine. »Weißt du, was tot ist?«

»Das ist, wenn ... wenn man einschläft und nicht mehr aufwacht.«

»Sehr gut. Wußtest du, daß die Greifer dich hätten töten können?«

Waggit antwortete nicht. Gallentine schien zornig zu sein, und Waggit wußte nicht, was die richtige Antwort war. Er schüttelte verblüfft den Kopf.

»Deine Freunde haben dich also vor die Greifer geschubst und dir nicht gesagt, daß sie dich töten könnten?«

Waggit konnte sich nicht erinnern, daß jemand so etwas erwähnt hatte.

»Ich will dich noch etwas fragen, Baron Waggit: Glaubst du, du könntest es wieder tun?«

»Greifer töten? Ich denke schon.«

Gallentine sah ihn lange an, dann nickte er. Waggit hatte die richtige Antwort gegeben!

»Und jetzt habe ich noch eine Frage. Hast du je ... davon geträumt, wie andere Männer zu sein? Hast du dich je gefragt, wie es sein würde, wenn du dich an Dinge erinnern könntest und all das wüßtest, was andere wissen?«

Waggit nickte.

»Wäre dir das nicht mehr wert als Gold?«

Waggit war nicht sicher. »Scallon sagte, ich sollte nach den Zwingeisen fragen.«

»Du hast dir die Zwingeisen verdient«, sagte Gallentine, »und du sollst sie haben. Aber das Gesetz gestattet nur, daß du sie im Dienst deines Königs benutzt, mit anderen Worten, wenn du sie nimmst, mußt du tun, was er sagt.«

Waggit war verwirrt. Der andere hatte ihm das offenbar angesehen, denn er fügte hinzu: »Er wird wollen, daß du Greifer tötest.«

»Oh«, meinte Waggit.

»Der König hat keine eindeutigen Befehle hinterlassen, was ich mit dir machen soll. Offensichtlich möchte er dich belohnen, und er hat mir ein paar Zwingeisen hinterlassen, die ich benutzen kann, wie ich will. Unsere Herren gönnen Zwingeisen selten Dummköpfen wie dir. Was, wenn ich dir ein Angebot machte? Ich gebe dir jetzt ein Zwingeisen – eine Gabe der Geisteskraft –, und dann wirst du denken können wie ein gewöhnlicher Mann.

Danach gebe ich dir ein Pferd, und dann kannst du dem König hinterherreiten. Du kannst dir Zeit lassen und selbst entscheiden. Wenn du dann ein Ritter werden und in den Dienst unseres Königs eintreten willst, kannst du mehr Gaben übernehmen.«

Waggit war nicht ganz sicher, was Gallentine ihm da anbot. Er benutzte zu viel große Worte, wie *Geisteskraft*. »Werde ich mich dann erinnern können?«

»Ja«, sagte Gallentine, »von nun an wirst du dein Geld selbst verstecken können und es wiederfinden, wenn du willst.«

»Werde ich mich daran erinnern können ... wie ich mit dem König auf demselben Pferd geritten bin?«

»Erinnerst du dich denn jetzt daran?«

Waggit schloß die Augen und stellte es sich vor. »Ja.«

»Dann wirst du dich solange du lebst daran erinnern können«, versprach der Kämmerer.

Waggit war so aufgeregt, daß er nicht mehr sprechen konnte. Er nickte ganz fest, und Gallentine lächelte.

»Also gut, mein Herr«, sagte Gallentine mit echtem Respekt.

Gallentine führte ihn zum Annektor. Er ging zum Bergfried der Übereigner und wartete darauf, bis der Annektor sich vorbereitet hatte. Aus einem der Bogenschützenschlitze im Turm zu spähen war, als stünde man auf einem Berg. Der Donnestgree-See schimmerte in der Morgensonne.

Hunderte von Booten tanzten auf dem Wasser – Flußschiffe mit hohem Bug, auf denen Waren transportiert wurden, und grob zusammengezimmerte Flöße, die man hergestellt hatte, indem man Fässer aneinanderband und Bretter darüber legte. Waggit winkte den Leuten zu, aber niemand winkte zurück. »Eines Tages will ich mit einem Schiff fahren«, sagte Waggit.

»Nicht mit diesen Unglücklichen dort«, sagte Gallentine. »Das sind die Kränksten der Kranken. Der König evakuierte sie flußabwärts, damit sie in Sicherheit sind. Es ist die Luft hier, die Flüche der Greifer. Zu viele sind letzte Nacht schon an Wundbrand gestorben.«

Waggit sah genauer hin und erkannte tatsächlich, daß die Flöße und Schiffe mit verwundeten Männern und Frauen beladen waren, mit Menschen, die von Greifern oder von einstürzenden Gebäuden verletzt worden waren. Sie lagen auf den Flößen mit blutigen Verbänden oder mit Decken zugedeckt. Er sah auch die kleinen Gestalten von Kindern und die grauen Köpfe alter Menschen. Sie taten ihm leid. Aber er wäre immer noch gerne auf einem Schiff gefahren.

Bald kehrte der Annektor mit einem Übereigner und einem Zwingeisen zurück. Der Annektor nahm das Zwingeisen, ein dünnes Brandeisen von einem Fuß Länge, das aus Blutmetall bestand, und benutzte es bei dem jungen Mann, der sich als Waggits Übereigner angeboten hatte.

Der Annektor sang in einer vogelhaften Stimme vor sich hin, als er das Brandeisen auf den Übereigner drückte. Waggit war ganz verloren in dem Lied, bis er das verbrannte Fleisch roch und den Übereigner gequält jammern hörte.

Dann fuchtelte der Annektor mit dem Zwingeisen in der Luft herum. Es hinterließ eine Spur von Licht, die glühte wie eine feurige Schlange. Der Annektor sang weiter mit seiner Flötenstimme, als er das Zwingeisen auf Waggits Arm drückte.

Da fühlte sich Waggit gut, besser als je zuvor in seinem Leben. Das Zwingeisen brannte ihn, und als das geschah, hatte er das Gefühl, als würde sein Kopf explodieren und Licht ihn vollkommen erfüllen. Im selben Augenblick bemerkte er, wie der Blick des Übereigners trüb wurde, und der junge Mann starrte ihn an, und sein Mund war wie eine offene Tür, die in leere Räume führte.

Waggit vergaß dieses Erlebnis tatsächlich nicht, solange er lebte.

KAPITEL 20
Ein bemerkenswertes Juwel

Seit den Tagen von König Harill sind Greiferknochen eine Lieblingstrophäe der Krieger in Rofehavan gewesen, und so begann der Handel mit dem, was als »Greiferkristall« bekannt ist. So mancher Lord findet seine Freude daran, die langen Zähne oder sogar ganze Schädel über den Toren seiner Burg zur Schau zu stellen, während kleine Stücke von Greiferknochen benutzt wurden, um Ringe, Armbänder und Halsbänder zu schmücken.
Frische Knochen und Zähne sind beinahe so klar wie Quarz und haben für gewöhnlich eine leicht bläuliche Färbung. Unreinheiten im Knochen können ihn manchmal durchsichtig machen, und bei einigen Knochen sieht es beinahe so aus, als befänden sich Bilder von Tieren oder Bäumen darin. Anders als bei Quarz verändern sich nach ein paar Dutzend Jahren die Farben in den Knochen zu einem rötlichen Gold, und nach zwei oder drei Jahrhunderten wird das Rot noch deutlicher. Die älteren Knochen werden vor allem in Indhopal sehr geschätzt. Handwerker können die Knochen gravieren, aber die Kosten sind gewaltig, da die einzigen Werkzeuge, die stark genug sind, das auszuhalten, Diamantkanten haben müssen.

Herdmeister Thornish aus dem Saal der Steine

Myrrima bestand darauf, daß Sir Borenson im Gasthof von Balington noch schnell etwas aß. Seine Wunde heilte rasch, und sein Fieber war verschwunden, aber er hatte seine Gaben nicht mehr. Er war ein gewöhnlicher Mensch, und er brauchte Essen und Ruhe wie jeder andere.

Myrrima hatte immer noch einen Rest von Binnesmans Salbe, und sie rieb ihn vor dem Essen noch einmal damit ein, tauchte die Hände zuvor ins Wasser und zeichnete die Heilrunen. Borenson ließ sich das geduldig gefallen.

Die Arbeit des Zauberers war nicht ganz vollständig. Borensons Fleisch war ohne Narbe geheilt, aber er hatte keine Hoden. Sein Hodensack war leer bis auf ein wenig Flüssigkeit.

Myrrima ließ sich von der Wirtin einen kleinen Behälter geben, um den Rest der Salbe darin mitnehmen zu können.

Danach aßen sie schweigend. Es war eine ärgerliche Angelegenheit. Das Mädchen, das sie bediente, starrte Myrrimas Mann an, und Passanten glotzten durch die Tür oder die Fenster hinein. Nachdem der König das Dorf verlassen hatte, ging es weiterhin lebhaft im Gasthof zu. Die Wirtin und die diversen Köche und Stallburschen standen alle herum und schnatterten wie die Gänse. »Habt ihr unsere neue Königin gesehen?« fragte die Wirtin. »Ich wußte nicht, daß die Prinzessin von Sylvarresta so dunkle Haut hat.«

»Es ist das taifanische Blut«, meinte der Stallmeister.

»Nun, es ist nicht meine Sache«, meinte die Wirtin. »Aber es wird viel Gerede über diese Wahl einer Braut geben. Man kann sehen, daß sie aus Indhopal kommt, aber wenn man mich fragt, macht es sie einfach *exotisch.*«

»Genau das richtige Wort«, meinte der Stallmeister. »*Exotisch* – genau das ist sie. Diese Iome Sylvarresta ist kein häßliches Mädchen, ganz bestimmt nicht.«

Die Wirtin, die selbst rötlichblondes Haar hatte, sagte:

»Trotzdem, man fragt sich schon. Wird denn helle Haut unmodern werden?«

Jedes Wort, das Gaborn oder Iome ausgesprochen hatten, wurde wiederholt, und je größer das Geheimnis war, mit desto gewaltigerer Sicherheit wurde es zerredet. Es schien, daß die Wirtin ihr Schlafzimmer direkt an der Wand der Gaststube hatte. Bald schon füllte sich das Gasthaus mit Menschen – gut die Hälfte der Dorfbewohner. Myrrima hörte, wie ein Bauer laut fragte: »Ich habe gehört, sie hätten einen verwundeten Ritter hergebracht, und der Zauberer des Königs hätte ihn von einem Ochsen wieder zum Stier gemacht?«

Sofort wurden alle still. Dann kicherte jemand leise, es gab eine Menge Geschubse, und alle sahen Borenson an. Er tat so, als hätte er es nicht gemerkt, aber da er tatsächlich bleiche Haut hatte, wurde er jetzt rot.

Die Nachricht über die angebliche Heilung durch den Zauberer verbreitete sich zu schnell. Alle schauten zu Borenson hin und taten dann so, als wäre das nicht der Fall. Myrrima hatte das Gefühl, als warteten die Leute nur darauf, daß ihrem Mann vor ihren Nasen neue Hoden wüchsen.

Als die Wirtin schließlich kam und fragte: »Würden die Herrschaften gern ... ein Zimmer benutzen?«, konnte Borenson es nicht mehr aushalten.

Er brüllte: »Warum? Wenn ich vögeln wollte, könnte ich es genausogut gleich auf der Straße machen wie ein Hund, bei der Privatsphäre, die ihr einem hier laßt.«

Die Gäste schwiegen auf der Stelle. Die meisten wichen zurück, traten ein wenig dichter an die Theke, als hätten sie Angst, er würde einen Kriegshammer ziehen und beginnen, ihn zu schwingen.

Borenson warf seinen Krug hin und stürmte aus dem Gasthaus, rot angelaufen und verlegen blinzelnd. Myrrima flüsterte der Wirtin eine Entschuldigung zu, legte eine Münze auf den Tisch und folgte ihrem Mann.

Sie fühlte sich ... sehr seltsam.

Sie war erleichtert, die Mahlzeit hinter sich zu haben. Ihr Mann ging rasch, als kämpfte er gegen das Bedürfnis an, tatsächlich zum Stall zu laufen. Er sattelte sein Streitroß. Es war ein riesiges Tier, dazu gezüchtet, einen Ritter mit vollständiger Rüstung ebenso zu tragen wie den Panzer für ein Streitroß. »Verdammte Idioten«, murmelte Borenson vor sich hin, als er den Sattelgurt festzurrte.

Dann drehte er sich um, sah seine Frau an und wartete darauf, daß sie in den Sattel stieg.

»Es war unhöflich, die Wirtin so anzuschreien«, sagte Myrrima. »Sie hat es nicht böse gemeint. Es ist ein kleines Dorf. Daß der Erdkönig hier übernachtet hat, ist vermutlich das Gewaltigste, das hier geschehen ist, seit ... nun, seit einer Ewigkeit. Die Leute reden dann eben.«

Borensons Gesicht war dunkelrot vor Verlegenheit. Er murmelte: »Mein ... Problem wird im Umkreis von Meilen von jedem Minnesänger verbreitet«, sagte er. »Diese verfluchte Ballade über mich und Baron Poll singen sie auch schon seit Jahren.«

Er hatte recht. Wohin er von nun an auch ging, er würde Aufmerksamkeit erregen. Er konnte der Berühmtheit nicht entgehen und jetzt nur noch darauf hoffen, daß man ihn nicht für einen halben Mann hielt.

»Nun ...«, meinte Myrrima mit großer Ehrlichkeit und Überzeugung, »wenn irgend jemand fragt, werde ich ihm die Wahrheit sagen; Deine Eier sind größer nachgewachsen, als sie vorher waren. Es müssen die haarigsten und verblüffend vollkommensten Eier sein, die ein Mann je hatte.«

Borenson schwieg einen Augenblick. Dann lächelte er. »Das ist es!« sagte er. »Sag ihnen genau das.«

Er grinste boshaft, und Myrrima konnte seine Miene nicht ganz ergründen. In sein Bedürfnis, laut zu lachen, waren immer noch echte Angst und Verlegenheit gemischt.

Sie stieg in den Sattel des großen Pferdes. Er sprang hinter ihr auf, und dann ritten sie aus Balington heraus.

Lange Zeit sagte keiner ein Wort. Das Schweigen fühlte sich unbehaglich an. Borenson hielt sie leicht umfaßt, einen Arm über ihren verspannten Magen, direkt unter ihren Brüsten. Sein Kinn war oberhalb ihrer Schulter.

Sie wußte, daß er ihr Haar riechen und ihre Haut durch den Stoff ihrer Bluse spüren konnte. Sie wünschte sich, er würde sie küssen oder zärtlicher halten. Aber zu viele Dinge trennten sie. Sie waren immer noch eher Fremde als Mann und Frau.

Sie brauchte mehr als das.

»Wenn wir schon miteinander unterwegs sind«, sagte Myrrima, als sie die Grenze des toten Landes erreichten, »dann sollten wir uns lieber miteinander unterhalten.«

»In Ordnung«, meinte Borenson. Sein Tonfall blieb beiläufig.

»Erzähl mir etwas von dir, was ich nicht weiß«, sagte Myrrima.

»Ich mag keinen Pudding und keine Cremes«, meinte Borenson. »Ich kann sie einfach nicht leiden. Es ist, weil sie so schlabberig sind.«

»Also gut«, meinte sie. »Dann werde ich lieber Marmeladenkuchen backen. Und jetzt erzähl mir etwas Wichtiges.«

Er mußte wissen, was sie wollte. Sie wollte, daß er sich ihr öffnete, daß er über seine tiefsten Gefühle sprach.

»An mir ist nichts Wichtiges.«

»Dann erzähl mir von Saffira«, sagte Myrrima und sprach damit ein Thema an, von dem sie wußte, daß er auf keinen Fall darüber reden wollte. »Wie war sie?«

»Selbstzufrieden«, sagte Borenson.

»Wie kommst du darauf, daß sie selbstzufrieden war?«

Er seufzte tief. »Sie hat nach dir gefragt. Sie wollte wissen, ob du hübsch wärest. Sie wußte, daß du nicht mit ihr konkurrieren konntest.«

»Was hast du ihr gesagt?«

»Das willst du nicht wissen«, erwiderte er. Sie wußte, daß es nichts Schmeichelhaftes sein würde. »Ich konnte sie nicht ansehen, konnte ihre Stimme nicht hören, ohne mich ... wie gebannt zu fühlen. Aber ich werde dir sagen, was sie war. Ich denke, sie war vor allem die leere Hülse eines Mädchens. Sie betete Raj Ahten an, und sie wußte wenig von der Welt. Ich befürchtete sogar, daß sie uns verraten würde.

Aber als es zum Kampf kam, hat sie mich überrascht. Sie zeigte einigen Mut und Mitgefühl. Wäre sie ein wenig klüger gewesen, hätte sie vielleicht überleben können.

Aber vor allem war sie ein Mädchen mit zu vielen Gaben.«

Myrrima protestierte: »Das sagst du jetzt nur, um mich zu trösten. Vor ein paar Stunden hast du geglaubt, daß du sie liebst.«

Er suchte mühsam nach einer Antwort. »Jetzt sage ich dir, was ich von ihr halte. Was ich denke und was ich fühle, sind zwei verschiedene Dinge. Beide sind gleichermaßen wahr. Vielleicht hast du recht. Vielleicht weiß ich nicht, was Liebe ist.«

»Meine ältere Schwester hat mich davor gewarnt, einen Krieger zu heiraten«, sagte Myrrima nachdenklich. »Sie meinte, sie müßten lernen, sich von ihren weicheren Gefühlen abzutrennen.«

»Ich hatte nie welche«, meinte Borenson.

Sie drehte sich um und warf ihm einen Seitenblick zu. »Tatsächlich? Nicht einmal im Bergfried der Übereigner?«

Sie versuchte, ihn in diesem aus dem Gleichgewicht geratenen Zustand zu halten, indem sie sich von einem gefährlichen Thema zum anderen bewegte. Aber seine Miene sagte ihr, daß ihre Worte ihn zutiefst getroffen hatten. »Ich ... ich werde dir die Wahrheit sagen«, meinte er erschüttert. Er sprach langsam lauter. »Du sagst, ich weiß nicht, was Liebe ist, und ich gebe zu, daß ich das nicht tue. Liebe ist eine Lüge. Meine Mutter hat mich gehaßt, seit ich zur Welt gekommen bin. Selbst als Kind konnte ich das sehen.«

»Sie hat deinen Vater gehaßt«, korrigierte ihn Myrrima. »Das hat Averan mir erzählt. Du hattest nur das Pech, ihm ähnlich zu sehen.«

»Nein«, erwiderte Borenson. »Sie hat mich gehaßt.« Er versuchte, lässig zu klingen, aber niemand kann über eine so tiefe Wunde unbeschwert reden. Die Qual lag deutlich in seiner Stimme. »Sie sprach von Liebe, wenn andere Frauen über ihre Kinder redeten. Dann sagte meine Mutter: ›O ja, ich liebe meinen kleinen Ivarian.‹ Und dann warf sie tückische Blicke um sich, um zu sehen, ob sie ihr glaubten.

Aber das sagte sie nur, um ihren Freundinnen zu versichern, daß mit ihr alles in Ordnung war.«

»Mit ihr war eindeutig gar nichts in Ordnung«, sagte Myrrima. Sie konnte die Wahrheit nicht verändern, aber sie konnte ihm einen Teil des Schmerzes nehmen. »Vielleicht hat sie dich nicht geliebt. Ich liebe dich.«

»Wie kann das sein?« fragte er viel zu laut. »Wozu ist ein Mann gut, der dir kein Kind schenken kann?«

»Ich kann mir viele gute Verwendungszwecke für einen solchen Mann denken«, sagte sie. »Ein Mann ist jemand, der neben dir arbeitet, wenn du dich um den Garten kümmerst, und der dich nachts im Bett warm hält. Er ist jemand, der sich um dich Sorgen macht, wenn sonst niemand auch nur weiß, was los ist. Und er ist derjenige, von dem ich möchte, daß er mir die Hand hält, wenn ich vor der Tür des Todes stehe.«

»Die Menschen machen sich etwas vor«, sagte Borenson, als hätte sie nicht begriffen. »Sie sehnen sich so sehr nach Liebe, daß sie danach suchen, bis sie so tun, als hätten sie sie gefunden. Frauen lernen einen wertlosen Narren kennen und überzeugen sich selbst davon, einen Schatz entdeckt zu haben, ein ›bemerkenswertes Juwel‹ von einem Menschen, das der Rest der Welt irgendwie übersehen hat. Was für ein Dreck! An solcher Liebe ist gar nichts. Die Leute vermehren sich wie die Verrückten. Die Welt ist voller Idioten, die nichts anderes im Sinn haben, als sich zu vermehren. Ich begreife es einfach nicht!« Borenson hielt inne. Er hatte so schnell geredet, daß er außer Atem geraten war.

»Du verstehst Begierde nicht?« fragte Myrrima. »Hast du gegenüber Saffira etwa keine empfunden? Oder als du mich zuerst gesehen hast?«

»Fleischliche Gelüste haben nichts mit Liebe zu tun – zumindest nicht mit irgendwelcher Liebe, wie ich sie will. Die dauern nicht an.«

»Also willst du mehr als fleischliche Gelüste?« wollte Myrrima wissen.

Er zögerte, als könnte er aus ihrem Tonfall schließen, daß er dabei war, in die Falle zu gehen.

»Ja«, sagte er. »Die beste Liebe beruht auf Respekt. Wenn daraus Begehren wächst und wenn das Begehren schließlich wieder nachläßt, bleibt zumindest der Respekt.«

»Du hast meinen Respekt«, sagte Myrrima. »Und mein Begehren. Aber ich denke, es ist mehr an der Liebe als das.«

»Ah!« sagte er, als wolle er unbedingt mehr hören, aber sie wußte, daß er nur streiten wollte.

»Ich glaube«, sagte Myrrima, »daß jeder, der zur Welt

kommt, Liebe verdient hat. Jedes kleine Kind, ganz gleich, wie es aussieht und was für Beschwerden es hat, ist die Liebe seiner Mutter wert. Das wissen wir alle. Wir spüren es alle tief in uns, wenn wir ein Kind sehen.«

Borenson schwieg, und zum ersten Mal hatte sie das Gefühl, daß er wirklich zuhörte. »Als du zur Welt kamst, hattest du Liebe verdient«, sagte sie sehr bestimmt, »und wenn deine Mutter sie dir nie gegeben hat, dann ist das nicht deine Schuld.

Und mehr als das«, fügte Myrrima hinzu, »*bleiben* wir der Liebe würdig. Du verachtest Menschen, weil sie sich verlieben. Du sagst, es gibt keine ›menschlichen Schätze‹ zu finden. Aber Menschen sind besser, als du glaubst. Selbst die schlimmsten haben mehr Potential, als man ihnen ansieht.

Wenn ein Mann und eine Frau sich verlieben, frage ich mich nicht, warum das passiert ist. Statt dessen freue ich mich für sie. Auch ich frage mich manchmal, was sie aneinander gesehen haben, das mir entgangen sein könnte, aber ich respektiere Menschen, die vernünftig genug sind, gut zu lieben.«

Borenson meinte kühl: »Dann wirst du mich nie respektieren.«

»Das tue ich schon«, sagte Myrrima.

»Das bezweifle ich.«

»Weil du dich nicht selbst achtest.«

Borenson wurde zornig. Er versuchte, das Thema zu wechseln. »Also gut, ich habe dein Spiel mitgespielt. Ich habe dir etwas über mich erzählt, das du nicht wußtest. Nun sag mir etwas, was ich nicht weiß.«

»Ich habe Gaben bekommen«, sagte Myrrima. »Und ich habe gelernt, den Bogen zu benutzen.«

»Das mit den Gaben sehe ich«, meinte Borenson. »Woher hast du die Zwingeisen bekommen?«

Die Bescheidenheit verbot ihr, das zu erzählen. Außerdem nahm sie an, er würde die Geschichte schon bald genug hören. »Von der Königin.«

Er schwieg. Sie hatte ihm nur genug mitgeteilt, um ihn glauben zu lassen, daß die Zwingeisen ein Geschenk gewesen wären.

»Also«, sagte er, »erzähl mir etwas, das ich nicht weiß.« Wieder wich er seinen Gefühlen aus. Sie wollte das Thema nicht aus den Augen verlieren.

»Also gut«, sagte Myrrima. »Als ich ein kleines Mädchen war, liebten mich mein Vater und meine Mutter genug, sich auch noch um mich zu kümmern, wenn sie müde waren, und sie haben mich getröstet, wenn ich hingefallen bin, und haben lange Stunden gearbeitet, um mich zu ernähren. Vielleicht hatte ich Glück, weil ich etwas bekommen habe, was du nie gekannt hast. Ich habe aus erster Hand gelernt, was Liebe ist: von Menschen, die wußten, wie man liebt.

Und ich habe folgendes gelernt: In der besten Liebe zwischen Mann und Frau gibt ein gewisses Maß an Begierde und ein gleiches Maß an Respekt. Aber das Allerwichtigste ist *Hingabe.*« Sie wunderte sich, daß er das bei seiner Definition von Liebe nicht erwähnt hatte, und plötzlich war ihr klargeworden, daß er es nicht einmal erkannte. »Und es ist die Hingabe, die dir fehlt!«

Borenson holte tief Luft, und sie glaubte, er würde das

abstreiten. Statt dessen legte er seine Hand fester auf ihren Bauch und schwieg, als wäre er verblüfft.

Jetzt, da sie es erkannt hatte, wußte sie natürlich, daß sie recht hatte. Borenson konnte einen anderen Menschen respektieren, sogar Mitgefühl und Neid empfinden. Aber Hingabe verstand er nicht, nicht wirklich. Das war der Teil der Gleichung, den eine lieblose Mutter ihn nicht lehren konnte.

Sie fragte sich, ob sie die Worte zurücknehmen und sich irgendwie entschuldigen sollte. Aber sie wußte, daß das nicht ging. Er mußte die Wahrheit erkennen.

Vielleicht bestand die Wahrheit darin, daß es gut war, daß er ein Eunuch war. Vielleicht würden ihm seine Hoden nie wieder wachsen, trotz der Anstrengungen des Zauberers. Vielleicht war das besser so. Körperliche Liebe war nicht Liebe, das wußte sie, und zu viele Menschen brachten beides durcheinander. Wenn sie ihm beibringen konnte, wirklich zu lieben, wenn sie ihn Hingabe lehren konnte, dann würde sie eine Wunde heilen, die Binnesman nicht einmal erreichen konnte.

Sie griff nach der Hand, die auf ihrem Bauch lag, drückte sie fest und hielt sie. Beide sprachen lange Zeit kein Wort. Sie hatte noch nicht darüber geredet, daß sie mit ihm nach Inkarra gehen wollte, und Myrrima fürchtete, es anzusprechen. Aber ihr Mann mußte wissen, was sie vorhatte.

Sieben Meilen nördlich von Carris entdeckten sie ein Streitroß ohne Reiter, das am Boden scharrte, um im toten Land etwas zu fressen zu finden. Sie mußten eine Meile über die geschwärzten Hügel reiten, um es einzufangen. Das Blut auf seinem Rücken legte nahe, daß kein Besitzer mehr nach ihm suchen würde, also nahm Borenson das Pferd mit.

Als sie Carris erreichten, hatte sich Gaborn bereits wieder auf den Weg gemacht. Die Menschen hatten begonnen, aus der Stadt zu fliehen. Nachdem die Greifer weg waren und die Finsternis sich gehoben hatte, drängten sich Flüchtlinge überall auf den Straßen.

Einfache Soldaten aus Mystarria und Indhopal waren auf dem Weg nach Norden, um die zerstörten Burgen von Mystarria wieder aufzubauen und zu verteidigen. Müde Männer marschierten mit schweren Rucksäcken über das geschwärzte Land. Der Rest der Bevölkerung verließ die Stadt über alle möglichen Straßen.

Hunderte von Menschen waren zum Rand des riesigen Wurmlochs gepilgert.

Myrrima und Borenson warteten nur lange genug in Carris, daß Borenson ein halbes Dutzend Gaben übernehmen konnte – jeweils eine der Muskelkraft, Anmut, Geisteskraft, des Gehörs, der Sehkraft und des Stoffwechsels. Dann hinterließ Borenson Anweisungen, daß weitere Gaben am nächsten Tag hinzugefügt werden würden. Wegen der ekelhaften Luft, die über der Stadt hing, wagte er nicht, Gaben des Durchhaltevermögens zu nehmen, da die Gefahr bestand, daß der Übereigner davon krank würde und stürbe. Er würde bis zum nächsten Tag warten müssen.

Danach verließen sie die Stadt, und Borenson hielt kurz an, um zwei Zähne aus einem Greifermaul zu schlagen, die er zu Kriegstrophäen erklärte, einer für ihn und einer für Myrrima. Er sagte, sie würden sie meißeln lassen.

Danach ließen sie Carris hinter sich und erreichten bald die Berge. Die niedrigeren Flanken der Ausläufer waren von trübem Grau, aber weiter oben glühten die Herbstfarben an den Hängen, und frischer Schnee hatte die Gipfel überstäubt.

Die Greifer hatten einen Weg durch die Berge geschnitten, aber Myrrima und Borenson folgten weiterhin der Straße.

Bald würden sie Gaborn einholen. Myrrima hatte Angst vor dieser Begegnung und überlegte, was sie wirklich sagen sollte, wenn Ritter und Lords nach der Wunde ihres Mannes fragten.

KAPITEL 21
Die Schlange

Die Knochenstruktur des Greiferkopfes ist ganz außergewöhnlich. Der Kopf ist ungefähr wie ein Spaten geformt. Manche wurden schon Zeugen, wie ein Greifer damit gräbt.
Drei Knochenplatten vorn auf dem Kopf ermöglichen dieses Graben, bilden die »Klinge« des Greifers, wie sie manchmal genannt wird. Diese Platten sind so schwer gepanzert, daß keine Lanze sie je durchdringen könnte. Aber die Platten werden mit zähem Gewebe zusammengehalten, und unter extremem Druck kann sich jede Platte unabhängig bewegen.
So können sich Greifer wie Küchenschaben zwischen Felsen hindurchzwängen, auf eine Art, die beinahe unmöglich scheint. Raj Chamanuran aus Indhopal wurde einmal Zeuge, wie ein zwanzig Fuß großer Greifer sich genügend zusammenzwängte, um sich in einem Tunnel unter einem Felsen durchzuquetschen, der nur eine »Kobra« hoch war – etwa sieben Fuß.
Diese beweglichen Platten scheinen ein Wunder der Natur zu sein. Aber sie stellen auch die größte Schwäche der Greifer dar.
Der schaufelförmige Schädel bewirkt, daß die Hirnschale des Greifers sich dicht an der Oberfläche befindet – in einem durchschnittlich großen Greifer nur einen Fuß entfernt. Die drei Knochenplatten stoßen in etwa in diesem Bereich zusammen und bilden das »süße Dreieck« des Greifers, seine verwundbarste Stelle.

Auszug aus dem Vergleich von Berichten über Greifer von Herdmeister Dungiles

In den südlichen Ausläufern des Gebirges führte die Straße, auf der Gaborn ritt, auf eine Hochebene. Der Schnee hatte die Berge in der Nacht wieder weiß werden lassen, aber am Morgen war es kühl und der Boden klar.

Gaborn zügelte sein Pferd neben drei Pappeln, und

sein Days hielt neben ihm an. Die goldenen Blätter der Bäume raschelten im Wind, als Gaborn ins Tal hinabschaute. Dort marschierten Greifer in einer Reihe, etwa Sechzigtausend von ihnen. Es waren immer etwa acht bis zehn von ihnen nebeneinander, und die Linie war nicht kürzer als zehn Meilen. Sie wanden sich durch die Hügel, überquerten einen silbrigen Bach mit baumgesäumtem Ufer. Wenn Gaborn blinzelte, sahen die Greifer aus wie eine riesige, graue Schlange, die über das kalte Grasland glitt. Vor ihnen erhob sich so eben gerade außer Reichweite der Schlange die alte eingestürzte Festung auf Mangans Felsen, und die große Statue von Mangan selbst starrte über die Ungeheuer hinweg.

Iome keuchte über diesen Anblick und flüsterte: »Ich hätte mir nie vorgestellt, daß es so viele sind.« Gaborn wußte, daß sie in Binnesmans Sehersteinen Abbilder von ihnen gesehen hatte, aber irgendwie hatten die Steine nie wirklich vermitteln können, welcher Bedrohung sie da gegenüberstanden.

Selbst so weit entfernt bebte der Boden von ihrer Bewegung, und das Zischen, mit dem sie Luft ausstießen, drang wie ein leises Flüstern zu ihnen.

Bestürzt starrte er sie an. Der Greifer, den er suchte, mußte irgendwo dort unten sein.

Skalbairns Männer hatten während der Nacht viele Greifer getötet, aber Gaborns Suche nach dem Wegmacher unter den Toten hatte nichts ergeben. Averan hatte sich zwei Greifer angesehen, auf die ihre Beschreibung beinahe zutraf. Beide waren zu klein gewesen.

Das bedeutete, daß der Greifer, den er suchte, noch lebte.

Die Hügel südlich der Berge waren trocken und beinahe unfruchtbar. Der Regen der vergangenen Nacht hatte diesen Bereich vollkommen ausgelassen. Staub erhob sich von den Füßen der Greifer wie eine Rauchwolke und mischte sich mit den Gree, die über der Horde herflogen.

Westlich der Greifer ritten Skalbairns Männer in zwei Truppen. Eine Truppe von etwa tausend Rittern hielt mit den Greifern in etwa sechs Meilen Abstand Schritt. Die Mittagssonne blitzte auf Schilden, Helmen und Lanzen. Die Männer sahen jämmerlich und unbedeutend aus. Der Rest der Armee, vielleicht weitere fünfzehnhundert Ritter mit diversen Knappen und einer Karawane von Wagen, bewegte sich nahe dem Ende der Greiferlinie als eine Art Nachhut, um sich den Ungeheuern entgegenzustellen, falls sie sich wieder nach Carris wenden sollten. Lanzen ragten aus ihren Reihen auf wie weiße Knochen.

Gaborns Mund war trocken vor Nervosität. Er konnte spüren, wie die Gefahr größer wurde. Die Greifer würden sich nicht viel länger auf diese Weise scheuchen lassen.

Gaborns Herolde bliesen in ihre goldenen Trompeten.

Drunten auf der Ebene drehten sich Skalbairns Männer um, schauten hinauf zu den Hügeln und begannen zu jubeln. Sie winkten mit Lanzen und Schilden. Mehrere Männer lösten sich aus der Truppe und kamen über die Ebene auf Gaborn zugaloppiert. Gaborn beschloß zu warten und sich Skalbairns letzten Bericht anzuhören.

»Halt!« rief er seinen Truppen zu. In beinahe einer halben Meile Abstand waren die Riesen immer noch angestrengt damit beschäftigt, sie einzuholen. Einer von ihnen brüllte vor Freude über die Aussicht auf eine Rast.

Neben ihm entdeckte Binnesmans Wylde die Greifer und schrie entzückt: »Greiferblut!«

»Ja«, flüsterte Averan aufgeregt wie ein kleines Mädchen, das sich mit seiner besten Freundin unterhält. »Ich wette, dort sind ein paar ganz leckere dabei.«

Gaborn warf dem Kind, das bequem vor dem Zauberer im Sattel saß, einen Blick zu. Sie hatte sich vollkommen auf die Greifer konzentriert.

»Sag mir«, meinte Gaborn, »dieser Wegmacher ... glaubst du, du könntest ihn aus der Entfernung erkennen, wenn wir an den Greifern entlangreiten?«

Averan schien schon über den Gedanken erschrokken. »Wenn wir nahe genug herankommen.«

Aber er wußte, daß es beinahe unmöglich sein würde. Die Greifer rannten in einer Horde, und niemand würde es wagen, sich ihnen weiter als bis auf dreihundert Schritt zu nähern.

»Gibt es irgendeinen Hinweis, wo wir mit dem Suchen beginnen können?« fragte Gaborn verzweifelt.

»Ich ... ich weiß es nicht. Es gibt so viele Greifer. Er ist wichtig, also sollte er sicher weit vorne sein. Oder vielleicht hinten.«

»Oder vielleicht in der Mitte«, meinte einer der Lords.

»Kannst du ihn noch besser beschreiben?« sagte Gaborn. »Ich könnte vielleicht meine Weitseher einsetzen.«

Averan schüttelte den Kopf. »Ich ... ich glaube nicht,

daß ich noch etwas hinzufügen kann. Greifer haben keine Augen. Sie sehen die Dinge nicht wie wir. Ich ... ich könnte ihn vielleicht am Geruch erkennen ... aber vielleicht auch nicht. Ich bin nicht sicher, daß Menschen so gut riechen können wie Greifer.«

Gaborn grinste kalt.

»Wenn wir ihn finden«, meinte Averan, »muß ich ihn dann essen, wenn alle Leute zusehen?«

Einer der Lords gab ein hustenähnliches Geräusch von sich, um sein Lachen zu verdecken.

»Nein«, versprach Gaborn.

In diesem Augenblick erklang Hufschlag auf dem Weg hinter ihnen, und Gaborn schaute zurück, weil er einen weiteren Boten erwartete.

Ein junger Mann mit strohblondem Haar ritt auf einer schlichten braunen Stute um die nächste Straßenkurve. Er zügelte sein Pferd und betrachtete die Frowth-Riesen mißtrauisch, als er an ihnen vorbeikam. Gaborn versuchte vergeblich, sich zu erinnern, wo er den Mann schon einmal gesehen hatte. Er konnte ihn nicht einordnen, bis er die Spitzhacke sah, die an seinen Satteltaschen hing. »Baron Waggit«, begannen die Lords zu murmeln. Der Baron trug ein neues braunes Gewand und eine Lederrüstung und hatte sein blondes Haar zurückgebunden. Und in seinen Augen blitzte ein neues Verständnis. Auf diese Weise ausgestattet, hätte ihn seine eigene Mutter kaum wiedererkennen können.

Der junge Baron kam näher. Er betrachtete die Männer des Königs, als hätte er sie nie zuvor gesehen.

Nun hatte er die Nachhut erreicht, ritt an den Rittern

und Lords vorbei, und sie jubelten ihm zu, als er näher kam.

Er zügelte sein Pferd direkt vor Gaborn. Der Geruch von Rum hing über ihm.

»Baron Waggit, Ihr seht gut aus«, sagte Gaborn.

Waggit wischte sich in einer dummen Gewohnheit die Nase am Hemdsärmel. »Danke. Äh, ich danke Euch. Äh, Herr.« Er wußte immer noch nichts von höfischem Gebaren. Er hatte jetzt vielleicht den Verstand eines einfachen Mannes, aber er mußte viel lernen.

»Werdet Ihr an meiner Seite reiten?« bot Gaborn an.

»Ich ... ich glaube nicht«, sagte Waggit. »Ich meine, das könnte ich nicht. Ich bin kein wirklicher Kämpfer – nicht wie Eure Lords. Ich habe nur eine Gabe, und die genügt gerade, um mich zum Gemeinen zu machen. Ich weiß nicht, was ich für Euch tun könnte. Ich kann nicht mal mein eigenes verdammtes Essen kochen. Ich mußte mir von einem Stallburschen zeigen lassen, wie man dieses Vieh sattelt. Ich bin nur hergekommen, um danke zu sagen. Ich hätte mir nie träumen lassen ... wie es sein könnte.«

»Kein richtiger Kämpfer?« fragte Gaborn. »Ihr habt neun Greifer mit einer Spitzhacke getötet.«

»Das Glück der Dummen«, meinte Waggit. Er wartete darauf, daß Gaborn über diesen Witz lächelte. Aber dann entdeckte er die Greifer und starrte sie an.

»Wenn Ihr nicht als Krieger mitreiten wollt«, bot Gaborn an, »dann als Freund. Ihr werdet schon bald lernen, Euer eigenes Essen zuzubereiten, und vielleicht noch ein paar andere Dinge, die Euch gut dienen können.«

»Mag sein«, sagte Waggit, »wenn Ihr mich haben wollt.«

Ein Lord hinter ihm sagte: »Guter Mann!«, und die anderen Lords riefen: »Hurra!«, als wäre er ein großer Ritter, der gekommen war, um an ihrer Seite zu kämpfen.

Dann erscholl abermals Hufschlag, und zwei Reiter bogen um die Kurve: Sir Borenson und Myrrima, Seite an Seite. Sie galoppierten den Berg hinab. Gaborns Begleiter konnten einfach nicht anders: Die Ritter begannen zu jubeln und mit ihren Waffen zu fuchteln und riefen: »Seid gegrüßt, Sir Borenson! Seht doch, wie gut er reitet!«

Borenson wurde knallrot und nickte verlegen. Jemand rief: »Habt Ihr Euch noch ein paar Ersatzeier für mich wachsen lassen?« Und ein anderer rief: »Ein Pferd mit ihnen zu reiten ist nur die *halbe* Miete!« Gaborns Herolde begannen, einen kakophonischen Salut zu blasen, und die Männer wollten einfach nicht aufhören, Borenson zu necken, bis er endlich etwas sagte.

Er zügelte sein Pferd und hob die Hände. »Schon gut, schon gut«, rief er. »Es ist wirklich wahr, ich danke Euch! Mir sind drei riesige Eier nachgewachsen, und jedes von ihnen ist doppelt so haarig wie alles, was Ihr je an einem Hund gesehen habt!«

Die Ritter lachten alle wie verrückt, und einer rief Myrrima zu: »Ist das wahr?«

Myrrima wurde dunkelrot und versuchte ein Lachen zu unterdrücken. »Er lügt. Es sind nur zwei. Die sind allerdings perfekt, aber *riesig.* Es ist erstaunlich, daß er überhaupt laufen kann. Vermutlich wird er O-Beine bekommen!«

Die Ritter brachen alle in wildes Gelächter aus. Einer rief: »Habt Ihr das gehört, Sir Sedrick? Vielleicht kann der Zauberer Euch ja auch bei Eurem *kleinen* Problem helfen!«

Sir Sedrick riß die Augen auf und brüllte: »Was? Ich habe kein *kleines* Problem!«

Das Lachen wurde noch lauter.

Myrrima schlug die Hände vors Gesicht und versuchte, ihre Verlegenheit zu verstecken.

Sir Borenson winkte Binnesman mit großer Geste zu, als wolle er ihn einladen, sich zu verbeugen, obwohl Gaborn sicher war, daß der Ritter nur die Aufmerksamkeit von sich ablenken wollte.

Der Zauberer lächelte und nickte, allerdings mit einem zweifelnden Grinsen.

Wieder brachen die Ritter in Lachen aus und jubelten. Gaborn mußte an den Zauberer Hoewell denken. Er hatte hart gekämpft, um Binnesman in Mißkredit zu bringen, damit er selbst eine Dozentenstelle im Saal der Erdkräfte haben konnte. Hoewell war vielleicht ein guter Zauberer, aber er hatte nie einen Wylde heraufbeschworen, und ganz bestimmt wäre es ihm nie gelungen, einem Mann neue Eier wachsen zu lassen.

Gaborn warf Binnesman einen Blick zu und sagte vergnügt: »Ihr werdet noch berühmt!«

Einen Augenblick später erreichte sie auch Skalbairn aus dem Süden mit zwei Spähern. »Herr«, rief Skalbairn, als er sein Pferd zügelte. Das Streitroß des Kriegsherrn hatte ein gewaltiges Tempo vorgelegt. Es schlitterte die letzten vierzig Schritte und kam so dicht an Gaborn zu stehen, daß dessen eigenes Pferd nervös rückwärts tänzelte. Skalbairns Augen blitzten vor Erregung.

»Herr«, sagte er, »die Greifer haben sich im Schnee letzte Nacht die Ärsche abgefroren und sind immer noch nicht wieder aufgetaut. Die Sonne hat ihre Höhlen nicht genügend gewärmt, um sie bis lange nach der Dämmerung zu wecken. Selbst jetzt sind sie noch träge und bewegen sich höchstens mit der Hälfte ihrer üblichen Geschwindigkeit. Wir warten nur auf Euren Befehl.«

Gaborn richtete all seine Sinne nach innen und fragte sich, was er tun sollte. Er war versucht anzugreifen, spürte aber Gefahr. Mit diesen Greifern war nicht zu scherzen.

»Herr«, wollte Skalbairn wissen, »dürfen wir angreifen?«

Gaborn spürte ganze Schichten von Gefahr, wie die Schichten einer Zwiebel. Viele Männer hier würden sterben, wenn er angreifen ließ.

Aber ich bin der Erdkönig, dachte er schließlich. Es ist meine Pflicht, mein Volk so gut zu verteidigen, wie ich kann.

Die Greifer waren schwach; sie hatten die Todesmagierin verloren, die sie angeführt hatte. Sie marschierten auf demselben Weg nach Süden zurück, auf dem sie gekommen waren, wie Ameisen auf einer ihrer Straßen. Er hatte den ganzen Tag, um sie zu jagen. Seine Ritter waren begierig zu kämpfen. Das Wetter war hervorragend und das Gelände auf dem größten Teil des Weges perfekt. In der ganzen Geschichte hatte man nie von einem Lord gehört, der so viele Greifer offen angriff. Vielleicht würden die Bedingungen nie wieder so günstig sein.

Aber er fragte sich, ob es die Verluste wert wären. Wie viele tapfere Männer würden fallen? Er konnte die Antwort nicht ganz begreifen. Es würde vermutlich von seiner Taktik abhängen. Konnte er sich, auf lange Sicht gesehen, die Verluste leisten? Welche Kämpfe würde er in den kommenden Tagen bestehen müssen?

Mit jedem Augenblick spürte er, daß er dem Untergang der Welt näher kam. Heute würden Männer hier sterben. Iome würde bald der Gefahr gegenüberstehen, dann Zehntausende in Carris und danach die ganze Welt.

Borenson sprach vor allen anderen: »Verflucht, Gaborn, wagt nicht, uns zurückzuhalten! Sind wir denn Männer? Sind wir überhaupt Männer?«

Gaborn sah seinen alten Freund an.

Skalbairn sagte eilig: »Herr, ich kann nicht wirklich garantieren, daß alle Männer gehorchen werden, wenn Ihr versucht, uns zurückzuhalten. Viele der Lords dort drunten haben sich einem neuen Orden angeschworen, der Bruderschaft der Wölfe, und erkennen niemanden als ihren Herrn an.«

Gaborn wußte, was er tun mußte. »Meine Herren«, sagte er. »Da drunten sind Tausende von Greifern auf dem Rückweg in die Unterwelt. Ich will nicht, daß sie in einer Woche zurückkehren, um die Mauern der Gezeitenhöfe zu überqueren. Es darf nie wieder ein anderes Carris geben!«

Er spürte die elektrische Spannung, die durch die Gruppe drang.

»Werdet Ihr einen Angriff anführen?« fragte Skalbairn.

Sein Volk brauchte einen Erdkönig – einen starken und weisen Herrscher, der aus dem Nebel der Zeit kam. Binnesman hatte gewarnt, daß er nicht kämpfen dürfte, bis er sich in die Enge gedrängt fühlte, aber es gab mehr als eine Weise, in die Enge gedrängt zu sein. Er war in einer gefährlichen Situation. Die Herrscher an seinen Grenzen hielten nach Zeichen seiner Schwäche Ausschau. Männer, die er erst gestern Erwählt hatte, erkannten nun keinen Herren mehr an.

Er brauchte einen überwältigenden Sieg.

Und mehr als alles andere mußte er den Wegmacher finden.

Also würden Menschen heute sterben – gute Männer. Gaborn würde Freunde verlieren. Er zeigte auf die dunkle Schlange, die über die goldfarbene Ebene kroch. »Wir werden sie alle töten.«

KAPITEL 22
Der Angriff

Unsere Feinde sind ausgebildet, keine Angst zu zeigen. In Mystaria bringen wir unseren Männern bei, keine Angst zu haben.

Königs Therongold Orden

Sobald Gaborn angekündigt hatte, daß er angreifen würde, stieg er aus dem Sattel und zog den Sattelgurt seines Pferdes fest.

Borenson tat dasselbe. Wenn ein Kraftpferd mit neunzig Meilen in der Stunde angriff, konnte ein Ritter nicht den geringsten Spielraum riskieren.

Borenson holte ein paarmal tief Luft. Dieser Angriff machte ihn nervös. Er hatte ein gutes Auge und eine feste Hand mit einer festen Lanze, aber es war Jahre her, daß er mit nur so wenig Gaben angegriffen hatte. Er hatte nur eine Gabe der Muskelkraft und eine der Anmut. Ohne Durchhaltevermögen war er ein »unausgeglichener Krieger«. Seine Hände fühlten sich taub an. Die Geräusche der Männer und der Pferde in der Nähe schienen ungewöhnlich laut. Nicht zum ersten Mal staunte er darüber, wie Angst das Seh-, Geruchs- und Hörvermögen so schärfen konnte, aber gleichzeitig Hände und Füße kalt und taub werden ließ.

Gaborn fragte Averan: »Wie weit kann ein Greifer sehen?« Borenson beugte sich vor, um die Antwort zu hören. Seit einer Ewigkeit war diese Frage nur Anlaß zu Spekulationen gewesen.

»Das hängt von den Greifern ab«, meinte Averan. »Die meisten können etwa von hier bis zu diesem Baum da sehen. Die Heuler sehen ein wenig weiter, die Schleimwürmer so gut wie gar nicht. Weitseher können es besser.«

»Weitseher?« fragte Gaborn.

»Bei dieser Horde gibt es keine«, versicherte ihm Averan.

»Also etwa zweihundertfünfzig Schritt«, meinte Gaborn und zog den Sattelgurt noch einmal fest. »Können sie unsere Anzahl vom Geruch her einschätzen?«

Averan schüttelte den Kopf. »Das glaube ich nicht. Unsere Welt ist so fremd für sie – so voller neuer Gerüche. Jeder Mann riecht vollkommen anders als der andere. Aber wenn man ein paar von ihnen zusammensteckt – ich glaube nicht.«

Gaborn warf Skalbairn einen Blick zu. »Der Wind kommt stetig von Osten?«

»So war es den ganzen Morgen«, sagte Skalbairn.

»Ruft Eure Truppen zurück«, meinte Gaborn. »Wir greifen die hintere Flanke von der windabgewandten Seite her an. Bis sie uns sehen, sind wir schon über ihnen.«

Dann sprang Gaborn wieder aufs Pferd, während Skalbairn sein Kriegshorn herausholte und ein paar kurze Töne blies, die seinen Truppen befahlen, sich neu zu formieren.

Myrrima war neben Borenson geritten. Sie stieg rasch ab und spannte ihren Bogen. Ihr Gesicht war bleich vor Angst.

»Damit kannst du keinen Greifer töten!« sagte Borenson.

Zornig sah sie ihn an. »Warum nicht? Ich muß ihn nur fest genug ins süße Dreieck treffen, damit der Pfeil einen Fuß tief eindringt.«

»Kannst du überhaupt einen Greifer *treffen?*« fragte Borenson. Er wußte, daß sie ein paar Gaben übernommen hatte, aber es waren nicht nur die Gaben, die den Krieger ausmachten. Man brauchte einfach gewisse Fähigkeiten.

Ein paar Männer in der Menge lachten. Der zornige Blick Myrrimas deutete an, daß sie, wenn er nicht gleich den Mund hielte, einen Pfeil auflegen und an ihm üben würde.

Gaborn spornte sein Pferd an, und sein Days ritt an seine Seite. Myrrima sprang auf ihr eigenes Pferd und folgte ihm, wobei sie einen Pfeil aus dem Köcher auf ihrem Rücken nahm. Binnesman und sein Wylde ritten neben ihnen her.

Borenson griff gerade wieder nach den Zügeln, als Iome ihn am Ellbogen packte und flüsterte: »Nur ein Wort, Sir Borenson. Eure Frau hat inzwischen viele eigene Gaben. Wie, glaubt Ihr, hat sie sie erhalten?«

»Sie sagte, Ihr hättet sie ihr gegeben – ein Geschenk«, meinte Borenson.

Iome lächelte. »Sie hat sie sich mit diesem Bogen da *verdient*, sie hat mich und Binnesman und das Leben von allen anderen in Burg Sylvarresta gerettet. Sie hat den Glorreichen der Finsternis getötet, und ich habe ihr dafür zwanzig Zwingeisen gegeben.«

Borenson war sicher, daß Iome nur darauf wartete, daß er vor Staunen den Mund aufriß, aber diese Befriedigung verschaffte er ihr nicht.

Statt dessen meinte er lässig: »So etwas war von meiner Frau nur zu erwarten.«

Iome lächelte. »Und sie kann sicher auch einen guten Schweinebraten zubereiten.«

Borenson lachte, stieg aufs Pferd und ritt den Hügel hinab. Zurück blieben nur der Wagen mit den Zwingeisen und seine Wache, zusammen mit dem spinnenhaften alten Kaifba Feykaald. Er kam an den Frowth-Riesen vorbei, die übers Gras rannten und deren Rüstungen klirrten wie die Ketten von Schiffsankern. Sie rochen intensiv nach ranzigem Fett und Kadavern.

Die Hufe der Pferde donnerten über den Boden, durch Reihen goldener Erlen auf die sonnenbeleuchtete Ebene zu. Grashüpfer, fett gefressen vom Sommer, wichen den Pferdehufen aus. Hier und da tauchten gelbe Schmetterlinge ins Gras. Der Himmel über ihren Köpfen war eine blaue Schüssel, und der Wind wehte Borenson frisch ins Gesicht.

Borenson dachte über seine Frau nach. Sie hatte ihm nicht gesagt, daß sie den Glorreichen der Finsternis getötet hatte. Er wußte selbst, wie schwer es fiel, solche Dinge nicht zu verraten.

Er war verlegen. Er hatte unter dem Dunnwald eine Greifermagierin getötet, eine kleine, die nicht einmal so mächtig war wie eine scharlachrote Zauberin, und sie nach Haus gezerrt, um damit vor seiner Frau zu prahlen. Das schien jetzt ziemlich jämmerlich.

In den vergangenen paar Tagen hatte sich seine Welt auf den Kopf gestellt. Er hatte all seine Gaben verloren, während Myrrima viele erhalten hatte.

Aber als er sie auf dem Markt in Bannisferre kennengelernt hatte, hätte er sich nie träumen lassen, daß Myrrima einmal einen Glorreichen der Finsternis töten würde, ein Ungeheuer aus der Legende, das er zuvor noch nie gesehen hatte. Er hätte sich nie träumen lassen, daß sie mit einem Bogen in der Hand eine Greiferhorde angreifen würde. Er hätte sich nie träumen lassen, daß sie mit ihm nach Inkarra kommen wollte.

Vielleicht, dachte Borenson, versucht sie sich meinen Respekt zu erwerben.

Aber nein, das schien irgendwie falsch. Myrrima war kein sabbernder kleiner Welpe, der unbedingt gefallen wollte. Sie hatte eine Härte und Zähigkeit an sich, die nicht um Bewunderung bettelte, sondern sie forderte. Sie war tatsächlich zäh und hart, direkt bis zum Kern ihrer Seele.

Borenson fühlte sich, als fiele er in eine Falle. Er hatte Myrrima selbst gesagt, daß Liebe zum Teil Anziehung, zum Teil Hochachtung war. Er hatte sich zu ihr hingezogen gefühlt, seit er ihr begegnet war. Und im Augenblick verspürte er auch eine ganze Menge Respekt.

Drei Gree flogen über ihn hinweg, schwärzer als Fledermäuse, und wanden sich im Wind.

Die Greifer donnerten unter einer ganzen Wolke der geflügelten Tiere über das Grasland. Aus der Ferne hatten die Greifer wie eine große, schwarze Schlange ausgesehen, von näher her hörte es sich so an, als zischte die Schlange zornig, wenn die Luft den Greiferbäuchen entwich.

Draußen auf der Ebene kehrte Skalbairns Truppe zurück, um sich wieder der Bruderschaft der Wölfe anzuschließen.

Borenson hatte Probleme mit seinem Reittier. Er hätte ein solch widerspenstiges Pferd nicht gekauft. Die scheckige Stute hatte eine Gabe der Muskelkraft, eine der Anmut und zwei des Stoffwechsels, aber sie kämpfte immer noch gegen das Gebiß an.

Als er sich der Greiferhorde näherte, warf die Stute den Kopf und scheute. Sie war schon zuvor in Kämpfen mit Greifern gewesen. Borenson brauchte ein zuverlässiges Pferd, eines, das ihm genug vertraute, um nahe genug an einen Greifer heranzugehen, damit er die Lanze benutzen konnte. Die Stute kämpfte gegen ihn und versuchte, von der Horde davonzulaufen.

»Benimm dich«, knurrte Borenson. »Hab keine Angst vor ihnen. Hab Angst vor mir!« Er schlug ihr mit dem Zügel auf die Ohren und versuchte, sie auf die Greifer zuzudrängen, aber sie hatte selbst Gaben. Es war schwere Arbeit. Nur widerstrebend folgte sie dem Rest der Kavallerie.

Myrrima hatte sein Kettenhemd, den Helm und den Kriegshammer in Carris mitgenommen. Mit nur einer Gabe der Muskelkraft hing das Gewicht schwer an ihm.

Er erreichte Skalbairns Kriegshaufen. Er bewegte sich rasch vorwärts. Die meisten Ritter hatten bereits Lanzen, aber hundert Nachschubwagen trugen weitere.

Gaborn ritt zu einem, um sich eine Lanze zu holen.

Borenson bückte sich im Sattel, als ein Knappe auch ihm eine reichte. Die Waffe war eine schwere Kriegslanze von vielleicht fünfundachtzig Pfund Gewicht. Borenson inspizierte die Eisenspitze, die geschärft war, um die Greiferhaut zu durchdringen. Der Schaft war poliert und geölt, um das Eindringen zu beschleunigen. Drei Eisenringe banden das Eschenholz in gleichen Abständen, damit das Holz nicht splitterte.

Borenson hob die Lanze und spürte, wie sein Mund trocken wurde. Mit so wenigen Gaben würde es schwierig sein, die Lanze gleichmäßig zu führen.

Er blickte an den Schlachtlinien auf und ab, sah, daß einige Lords zwei Lanzen nahmen, eine in jede Hand. Sie hatten vor, eine vor dem Angriff in den Boden zu stekken und dann zurückzukehren, um rasch einen zweiten Angriff durchzuführen. Noch vor einer Woche hätte er dasselbe getan.

Er sah, wie ein paar Ritter nach Taschenflaschen mit Wein griffen. Im Norden tranken die Männer Wein, gemischt mit Gurkenkraut, um mutiger zu sein. Borenson hielt das für feige.

Aber es gab wenig Zeit um Schwatzen, es gab wenig Geprahle, wie man es sonst von unerfahrenen Jungen bei ihrem ersten Angriff hört. Diese Männer hatten schon bei Carris gekämpft. Sie waren bereits wieder und wieder gegen die Greifer angetreten und hatten es überlebt. Und das war etwas, womit sich nur wenige brüsten konnten.

Gaborns Herolde bliesen das Signal zum Angriff, und Gaborn gab seinem Pferd die Sporen und führte die Ritter an. Die Kavallerie war auf dem Weg. Inzwischen bewegten sich die Greifer träge, etwa eine Meile entfernt.

Gaborn umging die Flanke und brachte seine Männer nach Westen. Als sie den Pfad der Greifer überquerten, sah dieser aus wie ein flacher Graben.

Die Greifer hatten diesen Weg schon auf dem Weg nach Norden benutzt und den Boden vier oder fünf Fuß tiefer als das umgebende Terrain gedrückt. Es gab in dieser Rinne keine Bäume, keine Büsche und keine Felsen. Alles war pulverisiert worden.

Borenson stellte sich vor, wie sich in künftigen Jahren die Spuren der Greifer mit Regenwasser, Fröschen und Fischen füllen würden. Einige Generationen später würden die Leute an seichten Stellen im Sommer vielleicht im Wasser stehen und immer noch den klaren Fußabdruck des einen oder anderen Greifers sehen können.

Während sein Pferd weitergaloppierte, lauschte er der Kadenz der Hufe und stellte sich vor, daß sein Herz im gleichen Rhythmus klopfte.

Gaborn führte sie zu einer Stelle im Westen der Horde, so daß die Greifer nun links von Borenson waren, hielt sie aber eine halbe Meile entfernt von den Ungeheuern.

Borenson beobachtete sie intensiv, falls sie sich umwenden und angreifen würden – gewaltige, graue Ungeheuer, deren gespannte Muskeln unter so fester Haut bebten, daß sie beinahe wie Knochen wirkten.

Zu Borensons Überraschung befahl Gaborn nicht sofort den Angriff.

Myrrima ritt neben Borenson. Sie sagte kein Wort. Sie

hielt nur ihren Bogen in der Hand, den Pfeil schon aufgelegt.

Sie ritten weiter, angespannt auf den Angriff gefaßt. Borensons Hand an der Lanze begann zu schwitzen.

Zwei Dachse, die offenbar von dem bebenden Boden verstört waren, kamen aus ihren Bauen gehuscht, hockten da und starrten die Greifer an.

Die Greifer bewegten sich in einer schaukelnden Bewegung weiter, erst hoben sich die Köpfe, dann die Bäuche. Ihre kristallinen Zähne blitzten in der Morgensonne. Die riesigen Vordertatzen waren groß genug, um ein Pferd entzweizureißen.

Hier und da entdeckte Borenson tief in der Horde feurige Runen, die einer scharlachroten Zauberin eingebrannt waren. Er sah die Greiferlinie entlang. Die Zauberinnen hielten sich überwiegend verborgen.

Die Greifer waren eine Mauer aus Fleisch, viel beeindruckender als jede Elefantenherde. Borenson spürte, wie ihm das Blut durch die Adern dröhnte. Er hatte sich als Kind oft vorgestellt, mit einer Lanze in der Hand auf Greifer zuzureiten, aber das waren immer nur ein oder zwei Greifer gewesen. In seinen wildesten Phantasien hätte er sich das nicht träumen lassen, was er nun vor sich hatte.

Sir Hoswell ritt neben ihn. Der zierliche Mann mit den dunklen Augen und dem gewaltigen Schnurrbart erinnerte Borenson an einen Otter.

Er lächelte Myrrima an. »Macht Euch keine Sorgen. Greifer zu töten ist gar nicht so schwierig. Stellt sie Euch einfach als Ziel vor – ein großes Ziel. Zielt auf das süße

Dreieck. Oder wenn sie sich auf die Hinterbeine erheben, schießt zwischen die Bauchplatten. Wenn das nicht geht, schießt überhaupt nicht. Ihr werdet den Winkel nie richtig erwischen, um den weichen Fleck an ihren Gaumen zu treffen.«

Myrrima antwortete nicht.

Die Reihe auf- und abwärts begannen die Männer, Scherze zu machen. Jemand rief: »Hat jemand in der Horde einen besonders Kleinen gesehen? Sir Sedrick möchte gegen ihn antreten.«

Ein Ritter fiel ein: »Es gibt keine besonders Kleinen, aber ich habe einen Kranken gesehen, der seinen Hintern über den Boden schleifte!«

»Ich zahle einen Silberfalken«, rief ein weiterer Lord, »an jeden, der einen Gree zwischen den Zähnen fängt und ihn in einem Stück verschluckt.«

Die Tradition verlangte es, daß ein Ritter dem Tod mutig und guter Laune entgegentrat.

Aber heute hatte Borenson für so etwas nichts übrig. Er konnte nicht verstehen, warum Gaborn mit dem Angriff noch wartete. Sie ritten nun schon beinahe zehn Minuten neben den Greifern her.

Die Greifer wirbelten eine etwa hundert Schritt hohe Staubwolke auf, als sie langsam über die Ebene krochen, und der gesamte Staub zog nach Westen, direkt auf die Ritter zu. Bald schon hatte er ihre Rüstung und ihr Haar überzogen und schnürte ihnen die Kehle zu. Es würde Stunden brauchen, Borensons Kettenhemd zu säubern.

Borenson sah viele Gründe, rasch anzugreifen, bevor

die Greifer wärmer und schneller wurden. Das Feld war klar, der Boden trocken und gerade, es gab kaum einen Felsen oder einen Busch. Es gab keinen Grund für Gaborn zu zögern, zumindest keinen, den ein erfahrener Kämpfer erkennen konnte.

Aber Gaborn war der Erdkönig, und er sah Dinge, die andere nicht sahen.

Nach einiger Zeit wurde eine Nachricht weiterverbreitet. Krieger vor Borenson sagten: »Der Erdkönig will nicht, daß wir ihn überholen. Keine Kriegsrufe, keine Hörner. Wir reiten in Dreierreihen!«

Die Kampfeslinie breitete sich aus, so daß jeder Ritter zehn Schritte zwischen sich und seinem Nachbarn hatte. Borenson stellte sich in die erste Reihe.

Dann wartete er und wartete. Seine Stute hörte auf, gegen ihn anzukämpfen. Irgendwann während des Ritts hatte sie ihren Mut wiedergefunden.

Borenson sah nie ein Zeichen, hörte keinen Befehl zum Angriff. Statt dessen wurde ihm plötzlich bewußt, daß die Lords ihre Pferde auf die Greifer zugaloppieren ließen. Gaborn hatte ein Dutzend Schritte Vorsprung.

Gaborn hatte die linke Hand zum Zeichen erhoben, daß niemand überholen sollte. Er begann, sein Pferd auf die Greifer zutraben zu lassen. Die Greifer reagierten nicht. Die riesigen Ungeheuer rannten weiter über das Gras und waren sich offenbar des drohenden Angriffs nicht bewußt.

In tausend Schritten Abstand zog Gaborn sein Pferd ein wenig herum und begann in einem Fünfundvierzig-Grad-Winkel auf die Greiferlinien zuzureiten. Er spornte sein Pferd zum Kanter an und senkte die Lanze. Alle Runenlords in der ersten Reihe taten dasselbe.

Auch Borenson. Die Stute überraschte ihn. Sie hatte eine besonders weiche Gangart, und es fiel im leicht, die Lanze gleichmäßig zu halten.

Er beobachtete die Greiferhorde und bereitete sich auf den Augenblick vor, in dem sie sich zu ihm umdrehen würden.

Bei fünfhundert Schritt spornte Gaborn sein Streitroß zum Galopp an. Borensons Pferd schien unter ihm zu springen, und der Boden verschwamm unter ihren Hufen. Die ganze Reihe auf und ab konnte man sehen, daß das eine oder andere Schlachtroß schneller war als der Rest.

Zu Borensons Überraschung gehörte auch seine Stute dazu. Sie hatte sich offenbar ein Herz genommen und raste nun auf die Greifer zu.

Borenson begann, nach seinem Ziel zu suchen. Das Dröhnen der Bewegung der Greifer klang nun viel lauter als der Hufschlag der Pferde. Es arbeitete sich bis in seine Knochen vor. Gree flatterten über ihnen her und kreischten. Die Greifer kamen näher, und immer noch wandten sie die augenlosen Köpfe nicht den Männern zu, und sie bewegten auch die Fühler an ihren Hälsen und Kiefern nicht so, als wären sie verstört.

Borenson entdeckte ein Aufblitzen tief in der Horde – eine scharlachrote Zauberin. Aber es gab keine Möglichkeit, sich ihr zu nähern. Statt dessen suchte er sich einen Greifer in der ersten Reihe aus und senkte die Lanze.

Die Zeit schien zu erstarren, während sein Streitroß

weitergaloppierte. Borenson konzentrierte sich auf die Kadenz der Hufe und auf die kleinen Dinge, die ihn umgaben. Mit nur einer einzigen Gabe der Muskelkraft war die schwere Lanze eine ungeschickte Waffe, aber er war ein erfahrener Ritter. Er staunte darüber, daß vor seinem Pferd immer noch Schmetterlinge und Grashüpfer auswichen.

Er versuchte ruhig zu bleiben. Einen Augenblick lang war ihm klar, was für ein wahnsinniges Ansinnen dies war. Wenn er sein Ziel verfehlte, wenn er vom Pferd fiel oder den Angriff auf eine andere von hundert möglichen Arten verdarb, würde er wahrscheinlich sterben.

Er kämpfte gegen das Aufbrausen des Entsetzens und begann leise zu lachen.

In dreihundert Schritt Entfernung hatten die Greifer den Angriff immer noch nicht bemerkt. In hundertfünfzig Schritt stolperten einige von ihnen und wendeten die Köpfe.

Aber Borensons Stute war so schnell, daß ihnen nur ein oder zwei Sekunden zur Reaktion blieben.

Der Greifer, den er sich ausgesucht hatte, geriet ins Taumeln, kam schlitternd zum Stehen und wirbelte dabei eine Staubwolke auf. Es war ein riesiger Klingenträger, der einen Ruhmhammer in der rechten Tatze hatte.

Der schwarze Eisenhammer hatte einen zwanzig Fuß langen Stiel, und sein Kopf wog so viel wie ein Pferd. Unten am Griff war ein Stück Menschenhaut angebunden. Ein Balllistenbolzen war in den Rücken des Greifers eingedrungen und steckte immer noch dort.

Links und rechts von sich konnte Borenson das Krachen von Metall auf Knochen hören, die Schreie von Männern, schrilles Pferdewiehern und das Brüllen der Greifer.

Sein eigener Greifer öffnete das Maul und senkte die Waffe, als Borenson näher kam.

Einfach die Spitze hineinstoßen, dachte er.

Er zog die Spitze seiner Lanze hoch, veränderte den Winkel ein wenig und trieb sein Pferd weiter. Das Ungeheuer ragte über ihm auf.

Borenson begann, sein Pferd zu zügeln, und riß es fest nach links. Dann war er praktisch unter dem Greifer, konnte jede Falte in der warzigen grauen Haut erkennen. Die riesigen Zähne des Ungeheuers blitzten über ihm.

Er richtete die Lanzenspitze auf das süße Dreieck des Geschöpfs und spürte, wie sie dort den Knorpel durchdrang. Er nutzte die Wucht des Angriffs, um die Lanze fest in den Kopf des Tieres zu treiben.

Der Greifer zischte und hob den Ruhmhammer – eher in einer Zuckung als tatsächlich zum Schlag.

Borenson duckte sich rasch und konnte dem über ihn wegzischenden Hammer gerade noch ausweichen.

Plötzlich kam ein zweiter Greifer aus der Spur gerast. Borensons Stute schrie und geriet ins Rutschen, überschlug sich und warf ihn aus dem Sattel.

Für einen Sekundenbruchteil war Borenson in der Luft und bekam die Nase voller Staub, und er sah nichts anderes als einen brüllenden Greifer.

Dann schlug er fest auf dem Boden auf. Die Luft wich

aus seinen Lungen, und alles schien ihm gleichzeitig weh zu tun. Er wußte, er mußte aufstehen und sich bewegen, und er tastete nach dem Boden und drückte sich hoch.

Betäubt dachte er daran, seinen Kriegshammer zu greifen und zumindest zu kämpfen wie ein Mann.

Aber er war ein Krieger, der sich nicht im Gleichgewicht befand. Da er keine Gabe des Durchhaltevermögens hatte, fühlte er sich, als sei jeder Muskel zu Gelee geworden, und er konnte nicht entscheiden, wo oben und unten war.

Er hörte den Greifer und rollte sich auf den Rücken, um sich ihm zu stellen.

Der Greifer griff an, ragte über ihm auf, seine Zähne blitzten in der Sonne, die Fühler wanden sich wie Schlangen. Der Greifer brüllte und hob die riesigen Tatzen.

Eine Bogensehne erklang. Ein Pfeil raste vorbei und verschwand im Schädel des Greifers.

Borenson drehte sich um. Myrrima war keine zehn Fuß hinter ihm.

Der Greifer wich zurück, als wollte er fliehen. Der Bogen erklang abermals, und die Beine des Ungeheuers klappten unter ihm weg.

Ein Zischen war zu hören, als sich ein dritter Greifer aus dem Norden näherte. Borenson sah das Aufblitzen glühender Runen auf der grauen Haut. Ein Geruch war wahrnehmbar, noch bevor dünner, grauer Nebel erschien, ein Gestank, der Borenson blendete und seine Ohren so schrecklich klirren ließ, daß er kein anderes

Geräusch mehr hörte. Seine Augen brannten, als wären sie voller Säure.

Myrrima drehte sich in dem Moment um, als sein Sehvermögen vollkommen aussetzte. Sie stieß einen wütenden Schrei aus und schoß.

KAPITEL 23
Ziele aus Fleisch und Blut

Jeder Bogenschütze, der nicht innerhalb von einer Minute zehn Pfeile abschießen kann, wird zur Infanterie versetzt.

Militärerlaß in Heredon

Myrrimas Herz klopfte heftig. Ihr Pfeil traf die Knochenplatte am Kopf der Greifermagierin. Er brach von dem Aufprall ab.

Sie tastete nach ihrem Köcher, legte einen neuen Pfeil auf, spannte bis zum Anschlag. Ihre Knie zitterten, als wollten sie unter ihr einknicken.

Trotz ihrer Gaben bewirkte der Fluch der Zauberin, daß ihre Augen brannten, als hätte man Löschkalk hineingegossen. Ihre Ohren dröhnten, und ihr war schwindlig.

Ihre Hand zitterte, als sie zielte.

Sie ließ den Pfeil los. Er krachte in den augenlosen Kopf des Ungeheuers, hoch oben rechts.

Plötzlich war Sir Hoswell hinter ihr. Ein Pfeil verließ seinen Bogen und senkte sich ins süße Dreieck der scharlachroten Zauberin.

Er tötete sie nicht sofort.

Ein Pfeil hatte nicht die Ausmaße einer Lanze. Dieses Ungeheuer mit einem Pfeil zu treffen war so, als hätte man einem Menschen eine Nadel ins Hirn gesteckt. Sie würde ihn töten, aber nicht so rasch und effektiv wie eine schwere Waffe.

Die Magierin brüllte und duckte sich. Sie hob ihren kristallinen Stock und zielte damit. Eine Wolke von Dunkelheit wie ein lebendiger Schatten löste sich von dem Stock, und Myrrima wich zur Seite aus. Ein Dröhnen war zu hören, als wäre ein richtiger Stein zu Boden gefallen.

Plötzlich war Hoswell rechts von Myrrima. Sein Bogen sang, und ein zweiter Pfeil drang ins süße Dreieck der Zauberin.

Das Ungeheuer brüllte vor Zorn und hob die Arme zum Angriff, drehte sich aber dann um wie zur Flucht und sackte zusammen. Luft zischte in raschen Stößen aus den hinteren Luftschlitzen, ähnlich dem Geräusch eines Menschen, der keucht.

Myrrima warf einen Blick zurück und sah, wohin der Schatten gegangen war. Der Boden war geborsten, zerrissen, das Gras bis auf die Wurzeln abgemäht. Sie wußte, daß dieser Fluch ihr jeden Knochen im Körper gebrochen hätte.

Mehr Greifer stürzten sich in den Kampf und krochen über die Toten hinweg. Myrrima kam auf die Beine und zielte zitternd auf einen Klingenträger.

»Laßt Euch Zeit«, rief Hoswell und zielte auf ein Ungeheuer zu ihrer Linken.

Sie schoß den Pfeil ab. Er traf ins Ziel. Der Greifer wich ein Stück zurück, als schaute er sich nach einem einfacheren Gegner um. Er würde innerhalb von Sekunden tot sein.

»Gut«, sagte Hoswell.

Dann stürzte er sich tiefer in die Reihe der Greifer hinein. Die meisten Ungeheuer hatten auf den Angriff der Menschen nur reagiert, indem sie schneller rannten und versuchten, auf ihrer tief eingegrabenen Spur zu entkommen.

Myrrima sah sich um. Überall waren Ritter aus dem Sattel gesprungen, und viele von ihnen stürzten sich nun direkt in die Greiferreihen, nur mit ihrem Mut, ihren Gaben und ihren Kampfäxten bewaffnet. Sie sah Gaborns Standarte im Norden. Er kämpfte an der Seite der grünen Frau.

Myrrima folgte Hoswell in die Rinne hinab, und sie hielten inne, um zwei Greifer abzuschießen, die ihnen entgegenkamen.

Dank Myrrimas Gaben schien alles in Zeitlupe zu geschehen. Sie wußte, daß die Greifer mit zwanzig Meilen in der Stunde angriffen, aber ihr kam es so vor, als bewegten sie sich nur im leichten Laufschritt.

Sie schoß einen Pfeil ab, verfehlte das Ziel abermals.

»Bei Euren Gaben«, meinte Hoswell, »könnt Ihr es Euch leisten, daneben zu schießen. Wenn ein Greifer angreift, rennt einfach davon.«

Seine Worte beruhigten sie ein wenig. Sie legte einen neuen Pfeil auf und zielte. Das Ungeheuer rannte auf sie zu und füllte ihr ganzes Blickfeld, als es sich aufbäumte. Es riß das Maul auf. Kristalline Zähne blitzten auf wie glühende Dolche.

Sie duckte sich, und es gelang ihr, nach oben durch den weichen Gaumen des Greifers zu schießen, dann wich sie zurück, als das Tier weiter angriff.

Ihr Herz klopfte heftig, als der Greifer zusammenbrach. Aber nun war es weniger Angst als die Aufregung der Jagd.

Klingenträger zu töten schien einfach. Sie fühlte sich versucht, nach Borensons Kriegshammer zu greifen und mitten ins Gemetzel zu springen, aber sie widerstand dem Impuls. Langsam wurde ihr der Bogen als Waffe vertrauter.

Bei solchen Ungeheuern würde allerdings jeder Fehler ihr letzter sein.

KAPITEL 24
Der Wohlstand einer Nation

Der Wohlstand einer Nation liegt nicht in Gold oder Waffen, sondern in der Wachsamkeit ihres Volkes.

Rajah Farah Magreb, Hochkönig des alten Indhopal

Es war erstaunlich, was ein alter Mann an einem halben Tag erfahren konnte, wenn er Augen und Ohren offenhielt.

Drei Meilen hinter den Schlachtenlinien warf Feykaald einen Blick auf die angreifende Kavallerie und sah, wie die Runenlords von Rofehavan sich auf die Flanke der Greifer stürzten.

Er war bei den Wagenlenkern geblieben und ritt neben den Wagen, die die Lanzen und die Rationen des Königs trugen. Besonders ein Wagen hatte seine volle Aufmerksamkeit: Dieser war mit Gaborns Schätzen beladen. Er hatte eine flache Ladefläche wie die anderen, war aber mit einer Plane zugebunden – und von Soldaten bewacht.

Er wußte, daß dieser Wagen eine Art Schatz trug. Es mochte so etwas Unbedeutendes wie Kleidung und Juwelen aus Iomes Haushalt sein, aber er hoffte auf etwas Besseres.

Nun, während der Kampf tobte, standen die Fuhrleute oben auf ihren Wagen, um besser sehen zu können. Die meisten Wachen des Schatzwagens hatten sich ebenfalls in die Schlacht gestürzt, und nur ein paar waren geblieben.

Feykaald ritt langsam hinter ihnen her, um keine Aufmerksamkeit zu erregen. Er hätte keine Angst haben müssen. Gaborns Angriff an diesem Morgen war wie aus einem Traum – ein Kampf von der Art, von der man sonst nur in den wildesten Geschichten hörte.

Die Wachen standen da und sahen wie gebannt zu.

Als Feykaald an dem Wagen vorbeikam, streckte er seinen Kobrastock aus und zog eine Plane hoch, um einen Blick auf die Kästen darunter zu werfen.

Sein Herz begann schneller zu schlagen.

Er sah nur die Ecke einer Kiste. Sie bestand aus Zedernholz aus Indhopal, nicht aus dem in Rofehavan üblichen Eichenholz.

Feykaald hatte das Packen dieser Kiste selbst überwacht. Er kannte den Inhalt: Raj Ahtens Zwingeisen.

Feykaald konnte ein Lächeln nicht unterdrücken. Er ließ die Plane wieder fallen und ritt weiter am Wagen vorbei. Einer der Soldaten sah ihn an. Feykaald nickte zum Schlachtfeld hin. »Es sieht gut aus, oder?«

Der Mann wandte sich ab.

Fünf Kisten unter der Plane. Fünf Kisten – beinahe zwanzigtausend Zwingeisen! Gaborn hatte immer noch die Hälfte des Schatzes seines Meisters!

Feykaald dachte kurz daran, die beiden Wachen zu töten und mit den Kisten zu fliehen. Aber er wagte nicht einmal, weiter daran zu denken.

Gaborn wußte, wann seine Erwählten in Gefahr waren.

Feykaald mußte sich etwas Besseres ausdenken.

KAPITEL 25
Widerstrebender Respekt

Eine scharfe Klinge, ein wachsamer Hund, eine mutige Frau – das sind gute Dinge.

Sprichwort aus Internook

Borenson kam auf die Knie und begann, über die Grasstoppeln zu kriechen. Er konnte nichts sehen, hörte nur den vagen Schlachtenlärm – die Schreie von Pferden, das Zischen der Greifer, die weiter über die Ebene rannten.

Störrisch kroch er weiter und versuchte verzweifelt, den Atem anzuhalten. Der Fluch der Greifermagierin bewirkte nicht nur, daß seine Ohren klirrten; Borenson hatte auch den Gleichgewichtssinn verloren und konnte kaum mehr tun, als um sich zu schlagen.

Seine Augen brannten wie Feuer. Sie tränten schrecklich. Seine Stirnhöhlen schmerzten, als hätte er glühenden Rauch eingeatmet.

Der Schmerz war unerträglich. Er hatte Flüche wie diesen bei Carris gerochen, aber nie einen direkt abbekommen, nicht aus nur fünfzig Fuß Entfernung von der Magierin.

Borenson kroch so beharrlich weiter, wie er konnte. Wenn er schon das Ziel des Zorns eines Greifers war, würde er zumindest ein Ziel sein, das sich bewegte.

Nach ein paar Schritten atmete er aus und sog Luft in die brennenden Lungen. Der Gestank hatte nachgelassen, aber noch immer war es zu viel. Er spuckte sein Frühstück ins Gras und kroch weiter.

Zehn Schritte später drückte er sich den Ärmel auf die Nase und versuchte abermals einzuatmen. Der Gestank schien sich an seine Lungen zu klammern wie Pech. Er mußte erbärmlich husten. Taumelnd kam er auf die Beine und lief.

Ist mein Vater auf diese Art gestorben? fragte er sich.

Er verspürte entsetzliches Mitgefühl mit dem Mann. In weniger als einer Minute drehte er sich um, schaute blinzelnd zur Kampflinie hin und wischte sich grob mit dem Handrücken die Tränen aus den Augen. Angestrengt versuchte er, dort etwas zu erkennen. Er hatte eine kleine Erhebung erreicht, hundert Schritt vom Weg der Greifer entfernt. Überall an der Kampfeslinie kämpften Runenlords mit Zähnen und Krallen gegen Greifer. Nur noch wenige Ritter hatten Lanzen. Die meisten waren abgestiegen und stürzten sich nun mit Kampfäxten und Kriegshämmern in die Schlacht.

Die Lords hatten die Westflanke der Greifer dezimiert. Die meisten Greifer flohen nach Osten, um dem Gemetzel zu entkommen. Am Ende der Greiferlinien brüllten Frowth-Riesen, während sie in die Reihen des Feindes wateten, riesige Stöcke schwangen und den Greifern die Beine unter dem Körper wegschlugen. Dann nahmen sich die Runenlords der verwundeten Ungeheuer an.

Myrrima war nirgendwo zu sehen. Fünf Greifer lagen auf einem Haufen auf dem Schlachtfeld, wo er den ersten getötet hatte, darunter eine riesige scharlachrote

Zauberin voller Runen. Borensons Stute kam mit schleppenden Zügeln auf ihn zugaloppiert.

Er sprang wieder in den Sattel.

Der Greifer, den er im Visier gehabt hatte, war tot. Normalerweise schlugen die Greifer mit den Tatzen nach den Lanzen, versuchten, sie herauszuziehen, wenn sie getroffen waren, und zerbrachen sie dabei häufig. Aber durch einen Glücksfall war Borensons Lanze immer noch ganz. Er ritt zu ihr hin, obwohl seine Stute wieherte und erschrocken den Kopf hin und her warf. Er zog die Lanze heraus.

Nun wieder bewaffnet, stürzte er sich in die Greiferspur. Ein Dutzend Greifer lagen hier tot oder sterbend.

Er erreichte die andere Seite der Spur und entdeckte Myrrima beinahe eine halbe Meile entfernt.

Die Greifer flohen zu Tausenden nach Westen und versuchten, den Runenlords zu entkommen. Borenson konnte eine scharlachrote Zauberin sehen, die über die Ebene eilte, gefolgt von Myrrima und etwas weiter hinten Sir Hoswell. Myrrima trieb ihr Pferd weiter an, griff von hinten an und schoß einen Pfeil ins Gelenk unter dem rechten Hinterbein der Zauberin. Das Bein zuckte, die Zauberin stolperte und rutschte auf dem Bauch weiter. Sie fuhr herum, bäumte sich brüllend auf und hob einen Stock aus dem reinsten Kristall.

Bösartige Energien schienen in diesem Stock zu pulsieren, und er blitzte auf. Eine Wolke grünen Rauchs erhob sich.

Myrrima zügelte ihr Pferd, gerade als Hoswells Pfeil in das süße Dreieck des Ungeheuers traf. Die Zauberin kippte zur Seite und schlug mit den Tatzen nach der Wunde.

Myrrima und Hoswell klammerten sich an die Sättel und wichen dem grünen Nebel aus. Sie galoppierten zurück, wieder auf Borenson zu. Die Magierin ließ den Stock fallen und wälzte sich herum, als wollte sie einen Angreifer abwerfen. Dann schlug sie noch einmal mit den kräftigen Armen um sich und starb.

Borenson zügelte sein Pferd.

Ein Barbar aus Internook zügelte sein Pferd neben Borenson und betrachtete Myrrima mit unverhohlener Bewunderung. Der Mann hatte einen Umhang aus Seehundfell, und blonde Zöpfe hingen von seinen Schläfen. Er hatte die linke Hälfte seines Gesicht orangefarben angemalt. Er trug eine riesige Kampfaxt in dem Stil, die bei seinem Volk »Ernteaxt« genannt wurde. Sie war purpurfarben von Greiferblut.

Der Barbar hielt Borenson eine Taschenflasche aus Silber hin und nickte zu Myrrima hin. »Wenn ich einen Jagdhund mit nur der Hälfte ihres Mutes hätte, müßte ich nie wieder selbst jagen. Ich würde ihn nur aussenden, und er würde mir Bären zum Abendessen heimbringen.«

Borenson trank einen Schluck aus der Flasche und stellte fest, daß es sich um Met handelte. Er schmeckte wie warmer Urin, half aber zumindest, den Geschmack nach Erbrochenem aus seinem Mund zu spülen.

»Ja«, sagte er. Er verspürte etwas, was er nicht ganz benennen konnte, etwas, das unvernünftigem Stolz nicht unähnlich war. Er war stolz auf Myrrima.

Krieger begannen zu jubeln. Der Angriff war ein überwältigender Erfolg gewesen. Die Reste der Horde flohen nun mit größerer Geschwindigkeit nach Süden.

Myrrima kam zurück, und ihre dunklen Augen blitzten. Sie sah euphorisch aus. »Ich habe keine Pfeile mehr!«

Er hatte ihren Köcher gesehen, als sie in den Kampf geritten war. Sie hatte mindestens drei Dutzend gehabt. Plötzlich sah er die Dutzende toter Greifer, die alle rings um sie her lagen. Während es ihm nur gelungen war, ein einziges Ungeheuer zu töten, hatten Myrrima und Sir Hoswell eine Schneise in den Feind geschlagen.

Myrrima versteht mich überhaupt nicht, dachte er. Myrrima wollte seine Liebe, und wie beinahe alle Frauen hielt sie ihn für unfähig, gleichzeitig mehr als eine Frau zu lieben.

Es war seltsam. Sie hatte davon gesprochen, daß Krieger nicht wirklich in Verbindung mit ihren Gefühlen standen und daß sie sich so etwas von einem Mann wünschte. Aber das war eine Lüge.

Sie wollte eigentlich nur, daß er intensive Gefühle für sie hatte, sich aber von allen Begierden nach anderen Frauen abtrennte.

Aber Borenson kam es so vor, als wären Frauen Gerichte bei einem Festessen. Eine Frau war vielleicht ein leckerer Laib Brot, eine andere ein betörender Wein, eine dritte so nahrhaft wie Wildschweinschinken, eine vierte so süß wie ein Marmeladenküchlein.

Wer würde denn nur ein einziges Gericht essen wollen, wenn es ein Festmahl gab? Niemand. Und wenn

Menschen sich bei einem Festessen nicht nur einem einzigen Genuß hingaben, wie konnte man von ihm verlangen, daß er sein Leben lang nur eine Speise zu sich nahm?

Das war das Problem. Jede Frau wollte sich für ein gesamtes Festessen halten. Würde denn ein Laib Brot zu einem sagen, iß die Hackfleischpastete nicht? Oder würde der Wein verlangen, laß die Finger von den Rüben in Buttersoße? Was für eine absurde Vorstellung.

Seine Empfindungen für Saffira waren nicht verschwunden. Sie würden niemals verschwinden. Saffira war ein berauschender Wein. Er hatte nie eine Frau so heftig begehrt wie Saffira, und er befürchtete, das würde auch niemals wieder geschehen. Was er für sie empfunden hatte, war nicht nur Lust gewesen. Ihre Gaben der Anmut hatten Hingabe in ihm erweckt, ein Bedürfnis, ihr zu dienen, das so intensiv und zwingend gewesen war, daß es körperlichen Schmerz hervorrief.

Dies war das Geheimnis und die Macht der Anmut.

Solange Saffira lebte, hatte er Qualen erlitten, gefangen in dem Bedürfnis, ihr zu dienen. Er hatte das Gefühl gehabt, eine einzigartige Zielgerichtetheit zu besitzen, eine Art von Reinheit.

So hatte er immer gegenüber einem Menschen empfinden wollen.

Aber während ihn Saffiras Schönheit bezauberte und ihre Anmut ihn in Bann schlug, hatte er sie nicht wirklich respektiert. Daher war er auch nicht imstande gewesen, ihr sein Herz vollkommen zu schenken.

Seine Gefühle für Myrrima andererseits wuchsen in

seltsame Richtungen. Seine Begierde nach ihr verblaßte vollkommen, wenn er sie mit seinen Gefühlen für Saffira verglich. Aber sein Respekt nahm gewaltige Dimensionen an. Es kam ihm so vor, als ob Saffira vielleicht der Wein, Myrrima aber der Fleischgang der Mahlzeit war. Sie war das, was ihn am Leben erhalten konnte.

Als sie daher zurückkam, nachdem sie die Greifermagierin getötet hatte, und der große Barbar an seiner Seite sie in den höchsten Tönen lobte, fühlte sich Borenson mehr als nur stolz auf Myrrima, er empfand eine Art von Respekt, wie er ihn nie zuvor für eine Frau empfunden hatte, vermischt mit einer unheilvollen Vorahnung.

Im Süden erklang ein Kriegshorn und rief die Männer dazu, sich neu zu formieren. Er schaute in diese Richtung. Männer gaben Warnschreie von sich und rannten weiter nach Süden. Frowth-Riesen brüllten.

Gaborns Angriff hatte den hintersten Greifertruppen gegolten. Im Süden erstreckte sich die riesige Linie immer noch meilenweit.

Viele dieser Greifer hatten sich nun umgedreht. Tausende Ungeheuer rasten zurück zu ihren Toten. Sie schwärmten aus und bildeten eine Kampfeslinie mit einer halben Meile Breite, etwa zwanzig bis dreißig Reihen tief. Es war eine schreckenerregende Front.

Gaborns Herolde bliesen hektisch in ihre Trompeten. Ein paar hundert Runenlords begannen, eine eigene Front aufzustellen.

Der Barbar an Borensons Seite rief vergnügt: »Sieht aus, als wollten sie sich endlich wehren!«

Runenlords trieben ihre Pferde auf die neue Schlachtenlinie zu. Borenson riß sein Streitroß herum.

Er war unter den ersten, die Gaborns neue Linie erreichten. Aber der König schien unsicher. Die Runenlords rings um ihn her waren schlecht bewaffnet. Nicht einer von zwanzig verfügte noch über eine Lanze. Aus dem Westen eilte Binnesman auf die Kampflinie zu, Averan vor sich im Sattel. Gaborns Days folgte auf seiner eigenen Stute.

Averan warnte Gaborn: »Das ist die Zauberin, die zurückkommt, um zu fressen. Hier ist eine Todesmagierin umgekommen. Sie wollen sie und den Rest ihrer Verwandten fressen.«

Borenson hatte so etwas nie gesehen, aber er hatte Geschichten gehört. Greifer rissen ihren Toten die Hirne heraus oder fraßen die Drüsen unter ihren Armen. Manchmal verschlangen sie ihre Brüder vollständig.

Averan erklärte nachdrücklich: »Wir können das nicht zulassen. Unter den Toten könnte auch der Wegmacher sein.«

Gaborn runzelte die Stirn. Sich aus dem Hinterhalt auf träge Greifer zu stürzen war eine Sache. Aber nun wollte dieses Kind, daß er sich einem Frontalangriff stellte – Tausenden von Greifern, die auf seine schlechtbewaffneten Truppen zurasten. Gaborns Augen blitzten, und er sah den Greifern entgegen. »Haltet die Linie!« schrie er den Truppen zu. »Wir lassen sie nicht zu den Leichen!«

Die Greifer sammelten sich und bildeten etwa fünfhundert Schritt weiter nördlich eine Mauer aus Fleisch.

Greifer, die vor Gaborns Angriff geflohen waren, schlossen sich dieser Horde nun weiter hinten an. Riesige Klingenträger drängten sich nach vorn um eine bessere Position. Hier und da schlichen Späher näher, die Köpfe hoch erhoben, und fuchtelten mit den Fühlern, während sie die Luft schmeckten.

Die Greifer waren weit genug weg, um Gaborns Armee nicht sehen zu können, aber sie rochen das menschliche Heer.

Die Luft war von Energie erfüllt wie vor einem Gewitter. Borensons Blut rauschte durch seine Adern. Diese Schlacht war noch nicht vorüber. Sie hatte gerade erst begonnen.

KAPITEL 26
Standhalten

Man braucht einen Mann, der Waffen und Rüstung hat, nicht zu fürchten, es sei denn, er verfügt auch über mörderische Entschlossenheit.

Erden Geboren

Averan betrachtete die Schlachtenlinie, die sich formierte, und schloß aus der Körpersprache der Greifer, daß ihnen Ärger bevorstand. Die Greiferspäher näherten sich vorsichtig. Sie machten drei Sprünge, dann hielten sie inne, hoben sich auf die Hinterbeine und fuchtelten mit ihren Fühlern in der Luft herum, wandten die augenlosen Köpfe hierhin und dahin.

Die Greifer waren beunruhigt, aber entschlossen. Sie würden sich nicht lange zurückhalten. Sobald die Späher Gaborns Truppen lokalisiert hatten und wußten, um wie viele Gegner es sich handelte, würden sie ihren Herren mitteilen, wie wenige Feinde ihnen gegenüberstanden.

Gaborn schien unsicher, wie er sich der Horde widersetzen sollte.

»Sie wollen angreifen«, warnte Averan. »Wenn Ihr sie aufhalten wollt, müßt Ihr die neue Anführerin der Horde töten.«

Gaborn starrte in die Greifermasse. »Welche ist es?«

Averan war über die Frage verblüfft. Die Antwort kam ihr so offensichtlich vor. Aber sie betrachtete die Horde nun mit den Augen eines Greifers. »Die Magierin mitten in der ersten Reihe, hinter den beiden Klingenträgern.«

Nun entdeckte Gaborn das Ungeheuer, von dem sie sprach. Sie war riesig und glitzerte vor feurigen Runen auf ihrer dicken Außenhaut. Sie hielt einen glühenden roten Stock. Averan wußte, daß ihre Größe und die Verteilung ihrer Runen eigentlich jedem sagen mußten, daß sie die Nachfolgerin von Schlachtenweberin war. Ihr Name war der Geruch von Blut auf Stein.

Aber Averan entdeckte, daß Gaborn nach rechts geschaut hatte, wo eine Gruppe von Magierinnen ganz vorn als Ablenkung diente. Blut-auf-Stein war gut verborgen.

Gaborn fluchte. Es würde schwierig sein, sich ihr zu nähern.

Es war ein unheimlicher Augenblick. Beinahe alle Runenlords standen nun in der ersten Reihe und wappneten sich gegen den Angriff. Acht Frowth-Riesen, triefend von Greifersäften, reihten sich hinter ihnen auf. Zwei andere waren schon im Kampf gefallen.

Über die Schulter warf Averan dem Wylde einen Blick zu. Frühling schlenderte an ein paar toten Greifern vorbei, von denen sie einige selbst getötet hatte, und fraß gedankenlos.

»Herr«, rief Borenson und drängte sein Pferd durch die Reihen. »Darf ich Bogenschützen vorschlagen? Wir haben ein paar Männer mit Stahlbögen.«

»Bogenschützen?« fragte Gaborn. »Erden Geboren hat nie Bogenschützen eingesetzt.«

»Aber er hatte auch keine Bögen, die aus dem federnden Stahl Sylvarrestas gefertigt waren!«

Gaborn leckte sich die Lippen. »Daran hatte ich nicht gedacht. Könnte es funktionieren?«

»Myrrima und Hoswell haben beim letzten Angriff drei oder vier Dutzend von ihnen getötet.«

Averan konnte sich kaum vorstellen, daß Myrrima Dutzende von Greifern tötete.

»Bogenschützen«, schrie Gaborn, »zu mir!«

Über hundert Runenlords ritten vorwärts. Einige hatten ihre Bögen noch eingewickelt. Es waren mächtige Lords. Manche bewegten sich so schnell, daß Averans Augen ihnen nicht folgen konnten.

Bis sie begriffen hatte, daß die Lords die Bögen herausholten, hatten viele sie schon gespannt.

»Die große Zauberin mit dem roten Stock«, befahl Gaborn den Bogenschützen. »Tötet sie rasch.«

»Und tötet auch die Späher«, meinte Averan, »bevor sie nahe genug kommen können, um uns zu sehen.«

»Lanzenreiter!« rief Gaborn und zeigte auf die Späher. Zweihundert Lanzenreiter lösten sich aus der Menge.

Die Männer bereiteten sich auf ihren Angriff vor, und jemand blies ein Kriegshorn. Die Kraftpferde galoppierten über das Feld.

Bis die Greiferspäher bemerkten, daß Gefahr im Verzuge war, und reagierten, indem sie rückwärts krochen, hatten die Lanzenreiter sie schon erreicht.

Die Bogenschützen ritten bis auf hundert Schritt an die Greiferlinie heran. Klingenträger sprangen vorwärts und verwandelten sich in lebendige Schilde, als sie versuchten, ihre Zauberin zu beschützen.

Pfeile flogen von Stahlbögen und schossen auf die

Todesmagierin und jene zu, die versuchten, sie zu schützen. Sie schob sich einen Schritt zurück und starb, noch während sie gegen die Greifer hinter sich stieß.

Die Greifer in der Hauptreihe reagierten nur langsam. Die Klingenträger und einfachen Truppen wichen ein Stück zurück und fuchtelten mit ihren Vorderbeinen und den Waffen, hielten aber die Linie, da ihnen nichts anderes befohlen wurde. Viel gefährlicher waren die Klingenträger weit hinter den Linien.

Sie begannen mit einem tödlichen Hagel von Steinwürfen.

Gaborns Bogenschützen und Lanzenreitern rissen alle ihre Pferde herum und galoppierten zurück. Große Steine hagelten vom Himmel. Obwohl die Greifer blind waren, trafen einige Geschosse ihr Ziel.

Ein halbes Dutzend Bogenschützen starben sofort. Ein Felsblock traf einen Ritter aus Heredon beinahe zweihundert Schritt von der Greiferreihe entfernt. Der Stein krachte gegen seine Schulter und warf ihn vom Pferd.

Eine herzzerreißende Sekunde lang glaubte Averan, er sei tot. Aber dann kam er auf die Beine und taumelte mit schlaff hängendem rechtem Arm weiter. Er sah sich kurz auf dem Boden um, als hätte er etwas verloren, wüßte aber nicht genau was, dann packte er seinen Bogen.

Das Pferd war vorausgeeilt. Der Bogenschütze hinkte in Deckung und benutzte seinen Bogen als Krücke.

Rings um Averan umklammerten die Runenlords ihre Waffen und wappneten sich gegen einen Angriff.

Aber Averan wußte, daß es zu keinem solchen Angriff kommen würde.

Die Nachfolgerin von Blut-auf-Stein war nicht hier. Weniger als ein Zehntel der Greifer hatte standgehalten. Ihre Nachfolgerin floh mit dem Haupttrupp der Horde.

Noch während Averan hinsah, wandten sich die Klingenträger der Leiche von Blut-auf-Stein zu und begannen, an dem süßen Dreieck an ihrem Schädel zu reißen. Die Knochenplatten klappten weg, und die Greifer rissen das kostbare Hirn der Magierin heraus, während andere nach den Drüsen unter ihren Vorderbeinen suchten.

Der Ritter aus Heredon hinkte zurück in die Sicherheit, direkt auf Gaborn zu. Als er seine eigenen Reihen erreichte, sah Averan sein Gesicht. Blut floß ihm aus Nase und Mund, und er keuchte bei jedem Atemzug. Sein Gesicht war weiß wie Leinen.

»Sir Hoswell!« sagte Iome.

Ein paar Krieger halfen Sir Hoswell, sich hinzulegen, und riefen, daß seine Lungen geborsten seien. Sie legten ihn auf eine Decke. Iome stieg vom Pferd und hielt seine Hand. Myrrima, die ebenfalls unter den Angreifern gewesen war, hatte sein Pferd eingefangen. Nun saß sie im Sattel und starrte auf ihn nieder.

Hinter Averans Rücken stieg Binnesman aus dem Sattel, kniete nieder und beugte sich über den sterbenden Mann. Er griff in seine Tasche und holte ein Kraut heraus.

»Kaut das hier«, meinte Binnesman. »Es wird Euch den Weg erleichtern.«

Aber Hoswell schüttelte den Kopf und weigerte sich,

das Kraut zu essen. »Es tut mir leid«, sagte er zwischen keuchenden Atemzügen. »Es tut mir leid. Es tut mir leid!«

Er bog den Rücken durch und starrte zu Myrrima hoch.

»Es ist schon in Ordnung«, sagte Iome. »Ihr habt gut gedient. Nichts braucht Euch leid zu tun.«

Sir Hoswell keuchte und hustete rötlichen Schaum. Er hielt seinen Bogen hoch und bot ihn Myrrima an. »Nehmt ihn. Es ist der beste in ganz Heredon.«

Averan hatte noch nie einen solchen Bogen gesehen. Hoswell streckte den Arm aus. Der Bogen bestand aus dem berühmten federnden Stahl aus Heredon, aber er war nicht einfach ein breites Stahlband, sondern langgezogen und schmal. Viele Stahlbögen waren kurz, damit man sie vom Pferderücken aus besser benutzen konnte. Aber dieser hier hatte zwei Drittel eines Langbogens. Am Bogenbauch war ein hölzerner Griff befestigt, kunstvoll aus Eiche geschnitzt, und die Spitzen, wo der Bogen gespannt wurde, waren mit ähnlichen Eichenstücken besetzt.

Myrrima streckte zögernd die Hand aus und ergriff den Bogen. Sie schien nicht froh darüber, sie lächelte nicht. Sie sah den sterbenden Ritter ruhig an.

Sir Hoswell begann zu husten, und Blut schäumte ihm aus dem Mund. Averan wandte sich ab.

Neben Averan saß Baron Waggit auf seinem Pferd. Er hatte nicht an dem Angriff teilgenommen, er hatte sich mit Averan, Binnesman und Gaborns Days zurückgehalten. Er kämpfte gegen ein Schluchzen an, und Averan warf ihm einen Blick zu.

Sie sah das nackte Entsetzen in seinen Augen. »Er ... er stirbt? Für immer?«

Sie hatte noch nie eine solche Miene bei einem Mann gesehen. Sie erinnerte sich, als ihre Mutter vor ein paar Jahren gestorben war: Brand war zu ihnen gekommen, hatte sie in den Arm genommen und ihr erzählt, was geschehen war. Er hatte ihr gesagt, daß es irgendwann mit jedem geschah und daß es kein Entkommen gab.

Damals war sie es gewesen, die dieses Entsetzen verspürte.

Plötzlich wurde ihr klar, daß sie in gewisser Weise älter war als Waggit. Sie hatte schon vor langer Zeit vom Tod erfahren, als dreijähriges Mädchen. Aber Waggit war nie imstande gewesen zu begreifen, daß der Tod unausweichlich das Ende war. Glücklicher Waggit.

»Leider«, sagte Binnesman leise in dem Versuch, den jungen Mann zu trösten.

Waggit schüttelte den Kopf, als könnte er es einfach nicht akzeptieren. Dann jubelten Gaborns Ritter.

Zunächst glaubte Averan, sie hätten Hoswell zugejubelt, aber der Jubel war anderswo ausgebrochen.

Sie schaute quer übers Schlachtfeld.

Die Greiferhorde wendete. Die großen Ungeheuer machten sich in ihrem seltsam wiegenden Gang nach Süden davon. Noch während sie das taten, fand eine subtile Veränderung statt. Sie bewegten sich in sieben Marschsäulen, und die Magierinnen blieben in der Mitte.

Die Krieger rings um Averan begannen, sich leise zu unterhalten. Sie hatten nie gesehen, wie Greifer sich auf diese Weise bewegten. Averan konnte sich selbst nicht daran erinnern, daß so etwas jemals in der Greifergeschichte geschehen war.

Sie fühlte sich unbehaglich. Die Greifer hatten begonnen, die Taktik zu verändern und sich anzupassen. Ihre Erfahrung sagte ihr, daß Greifer kluge Geschöpfe waren – vielleicht klüger als Menschen. Es war ein unheilverkündender Augenblick.

Gaborns eigene Männer wandten sich ebenfalls vom Schlachtfeld ab. Binnesman stieg wieder hinter Averan aufs Pferd, und einen Augenblick lang ritten sie schweigend weiter.

Gaborn warf Averan einen Seitenblick zu. Er lächelte. »Ich gratuliere dir«, sagte er. »Wir haben unseren zweiten Sieg erzielt, und den verdanken wir zu großen Teilen dir.«

Es fühlte sich gruselig an, auf diese Weise gelobt zu werden, mit Toten in ihrem Rücken.

»Ich denke, ich sollte dich befördern«, meinte Gaborn. »Von jetzt an soll überall bekannt sein, daß Himmelsreiter Averan zum Kanzler des Königs aufgestiegen ist.«

Es sollte ein große Ehre darstellen. Als Kanzler würde sie den König jederzeit beraten, wann er das wünschte. Mit neun war sie vermutlich der jüngste Mensch, der jemals diesen Titel getragen hatte. Averan hätte begeistert sein sollen.

Aber sie war verwirrt. Die Ehre kam ihr hohl vor.

Averan schaute die fliehenden Greifer und die jubelnden Ritter in der Schlachtenlinie an. Dann schaute sie wieder auf die goldene Ebene unter der blauen Himmelskuppel, wo die Greifer wie graue Steine lagen.

Sie war traurig.

Verspätet begriff sie, daß ihr der Titel gleich war. Es war eine Ehre, die ein Mensch einem Menschen erweist, und sie hatte das Gefühl, als sei sie gerade dabei, sich von der Menschheit zu trennen. Ihre Berufung war es, der Erde zu dienen.

KAPITEL 27
In der Stadt der Eidechsen

Die Flammeneidechse von Djeban hat ihren Namen von ihrer Halskrause. Wenn dieser rote Kamm aufgestellt wird, wirkt die Eidechse größer und erschreckender als zuvor, und die knallroten Flecken unter dem Kiefer sehen ganz danach aus, als hätte sie noch das Blut ihrer Feinde am Maul. Bei Nacht kann diese Krause für kurze Zeit leuchten und die Illusion eines flackernden Feuers hervorrufen.
Zu Beginn des Frühlings stellen die Männchen jede Nacht ihre Halskrausen den Weibchen zur Schau und buhlen um Aufmerksamkeit. Daher sieht Djeban jede Nacht aus, als stünde es in Flammen.
In Inkarra benutzt man die Flammeneidechsen als eine Art Wachhunde und nennt sie Draktferions, was Wachfeuer bedeutet. In Mystarria wurde dieser Name zu Draken verkürzt. Im nördlichen Rofehavan veränderte sich das wieder zu Drachen.

Auszug aus Binnesmans Tierbuch Reptilien der Welt

Lange Zeit nach dem Affenbrotbaum fand Raj Ahten kein Wasser. Er trieb die Kamele über das Ödland und ersparte ihnen nichts in seinem Versuch, Wuqaz einzuholen. Es gab Sand und mehr Sand und immer noch mehr Sand und Sand, der sich auf Sand häufte. So konnte man das Ödland beschreiben.

Nichts bewegte sich dort bis auf ein paar Käfer und kleine Geckos mit Netzfüßen. Die Eidechsen hatten einen sandfarbenen Rücken, der sie vor Raubtieren verbarg, und weiße Bäuche, die die Wüstensonne reflektierten. Ein paar blinde Wühlmäuse lebten unter dem Sand und kamen nachts heraus, um nach Skorpionen zu jagen, aber es gab wenig andere Tiere.

Am Himmel kreisten große, sandfarbene Wüstengraaks in einer Meile Höhe und beobachteten alles, was sich bewegte. Es war nicht ungewöhnlich, daß solche Riesenvögel sich auf einen Mann stürzten und ihn vom Kamel warfen, das Kamel davonlief und der Mann starb. Aber die Graaks würden es nicht wagen, eine solch große Gruppe von Reitern anzugreifen.

Die Kamele hatten gute Muskelkraft-, Durchhaltevermögen- und Stoffwechselrunen eingebrannt, aber Raj Ahten befürchtete bald, daß einige ihrer Übereignerkamele gestorben waren. Auf halbem Weg durch das Ödland setzte sich ein Kamel hin und stand nicht mehr auf, selbst als sie es mit den spitzen Reitdornen stießen.

Raj Ahten hatte keine andere Wahl, als den Reiter dort zu lassen, bis das Kamel bereit war, weiterzugehen. Der Unbesiegbare zog seinen Kriegshammer und hielt Wache bei seinem Reittier.

Das riesige Bett des Weißen Meeres war um diese Jahreszeit ausgetrocknet, bis auf ein paar Meilen, wo das Wasser kaum tiefer war als bis zu den Knöcheln eines Kamels. Das austrocknende Meer ließ eine Salzkruste zurück, die bei jedem Schritt unter den Füßen der Kamele knirschte. Der Wind, der über das Seebett peitschte, fegte Salzkristalle in die Augen von Menschen und Kamelen.

Raj Ahten wickelte sich ein Tuch ums Gesicht und war froh, das Wasser des Weißen Meeres zu erreichen, das wegen der weißen Kruste an seinem Ufer so genannt wurde. Das glitzernde amethystfarbene Wasser war flach und zu salzig, als daß man es hätte trinken können. Aber jede Art Wasser war willkommen. Hier fegten keine Salzkristalle mehr durch die Luft, und ihre Reise verlief sicherer, wenn auch weiterhin langsam. Riesige Krokodile bevölkerten das Ostufer dieses Sees, aber hier im Westen war es sogar für sie zu salzig.

Während die Kamele durch Meilen von Wasser wateten, entdeckte Raj Ahten in der Ferne *Obbatas* – hochgewachsene Wüstennomaden auf ihren häßlichen schwarzen Kamelen. Ganze Familien saßen zusammen auf einem einzigen Tier, und die Reiter waren ebenso seltsam wie ihre Reittiere, denn Männer und Frauen waren kaum bekleidet. Statt dessen tätowierten ihre Schamanen wasserbindende Runen auf die Oberlippen der Obbatas, um sie vor der glühenden Sonne zu schützen. Solche Runen hatten jedoch unerwünschte Nebenwirkungen. Sie schlossen die Poren der schimmernden schwarzen Haut der Stammesangehörigen, was sie farblos und schuppig machte. Ihre Finger- und Zehennägel wurden matt wie Feuerstein, und das Weiß ihrer Augen verfärbte sich grau. Im Süden, in Umarish, nannte man die Obbatas »Krokodilmenschen«, weil sie nicht mehr ganz wie Menschen aussahen.

Ganze Stämme von Obbatas ritten nun nach Norden, und die Sonne blitzte auf den Silberklingen ihrer Speere. Raj Ahten hielt diese Wanderung für ein schlechtes Zeichen. Die scheuen Obbatas reisten selten am Tag, aber nun waren Unmengen von ihnen mit ihren riesigen Kamelen auf dem Weg, das flache Weiße Meer zu durchqueren.

Sie fliehen, begriff er. Hatte man denn sogar hier schon von der Greiferinvasion gehört?

Das war eine unangenehme Vorstellung.

Am frühen Nachmittag hatten er und seine Männer die zwölf Ah'kellah eingeholt. Er sah sie in der Ferne vom Kamelrücken aus, keine zehn Meilen entfernt, und betete lautlos zu den Mächten: »Bitte laßt Wuqaz unter ihnen sein.«

Raj Ahtens Gaben versetzten ihn in die Lage, die Männer zu entdecken, als sie ihre Kamele zu den Hochebenen trieben, auf die alten Ruinen unter den Bergen bei Djeban zu. Die Ah'kellah hatten ihm den Rücken zugewandt, und Raj Ahten konnte nicht erkennen, ob Wuqaz unter ihnen war.

Er umklammerte die Zügel mit seiner tauben linken Hand und ritt weiter.

Djeban, die Stadt der Eidechsen, lag still wie ein Grabmal, als er sie erreichte. Überall auf den Klippen rings um die Stadt her standen Statuen von Menschen mit Falkenköpfen und starrten ihn aus toten Augen an.

Kein Sperling zwitscherte im Gebüsch, kein Falke zog am Himmel seine Kreise. Aber auf jedem größeren Stein hockten riesige fleischfressende Flammeneidechsen, die zischten und ihre hellroten Halskrausen warnend spreizten, als Raj Ahtens Männer näher kamen.

Raj Ahten konnte die Verfolgten nun deutlich riechen. Die Männer hatten innegehalten, um an dem ersten Bach, den sie überquerten, ihre Kamele zu tränken. Nicht weit davon entfernt war ein Hügel, und dahinter befand sich ein üppiges Tal, in dem das Gras die meiste

Zeit des Jahres grün blieb. Raj Ahten kannte es von früheren Reisen gut. Dort würden die Krieger ihre Kamele grasen lassen. Raj Ahten suchte nach Wuqaz' Geruch, konnte ihn aber nicht ausmachen. Es gab eine Spur – eine Spur eines Mannes, der vielleicht Wuqaz war. Mit so vielen Gaben des Geruchsinns war Raj Ahten der Ansicht, er hätte eigentlich sicherer sein müssen. Er hoffte, daß der Geruch des Mannes, den er suchte, nur von den Gerüchen der anderen Männer verborgen wurde.

Er ließ anhalten, und seine Männer spannten ihre Bögen. Er warnte: »Schlagt rasch zu, macht keine Gefangenen.«

Er hatte bereits seine Rüstung abgelegt, den Teil seiner Kleidung, an dem man ihn am besten erkennen konnte. Nun zog er sein Gewand über einen schlichten Helm und ritt mit gesenktem Kopf.

»Bhopanastrat«, drängte Raj Ahten den Kriegsherrn, die Spitze zu übernehmen. Wenn die Ah'kellah erkannten, daß Raj Ahten selbst angriff, würden sie fliehen.

Er fragte sich, wie klug es war, von Gaborn Erwählte Krieger anzugreifen. Es war ihm zuvor schon gelungen, einige zu besiegen – aber es war schwer gewesen. Und keiner von diesen Männern war Wuqaz Faharaqin gewesen. Dieser alte Kriegsherr verfügte über zweihundert Gaben.

Dennoch, Wuqaz würde ihm nicht standhalten können.

Die Männer zückten ihre Kameldorne und trieben die Tiere gnadenlos an. Raj Ahten sah an den Flanken von mehr als einem Blut fließen.

Die Kamele schnaubten und rasten nun, ihre riesigen Füße dröhnten über den Boden. Auf unebenem, steinigem Boden nützten Kamele wenig und trabten schlaksig einher, aber hier galoppierten sie so rasch wie das beste Pferd und zeigten, daß sie zu wahrer Anmut imstande waren. Dies hier waren Kraftkamele mit Gaben von Muskelkraft und Stoffwechsel.

Raj Ahtens Reittier überquerte den Hügelkamm mit etwa achtzig Meilen in der Stunde. Er sah ein Dutzend Ah'kellah im Kreis in einer Oase sitzen, wo sie über einem Feuer aus getrocknetem Kameldung Fladenbrot brieten. Ihre Reittiere hatten sich über die Weide verteilt und grasten.

Im Tal gab es keine Bäume und keine Felsen, hinter denen die Ah'kellah sich hätten verbergen können.

Als sie Raj Ahtens Männer sahen, sprangen sie auf und spähten neugierig zur Hügelgruppe. Aber als sie entdeckten, daß ein Dutzend Männer mit gespannten Bogen auf sie zukamen, wußten sie, daß es zum Kampf kommen würde. Einer rannte mit wild flatternden Gewändern zu seinem Kamel, aber die anderen riefen hinter ihm her, er solle es seinlassen.

Die zwölf Krieger zogen Säbel und Kriegshämmer. Zwei spannten rasch ihre Bögen aus Horn.

Zu diesem Zeitpunkt bedrängten sie Raj Ahtens Männer von beiden Seiten und schossen Pfeile in die Gruppe.

Die Ah'kellah saßen in der Falle. Es gab keine Deckung. Fünf Männer wurden beinahe sofort getroffen, blieben aber trotz Pfeilen, die ihnen aus Brust und Beinen ragten, noch stehen. Ein feindlicher Bogenschütze traf ein Kamel ins Auge, so daß einer von Raj Ahtens Männern mit einem übelkeiterregenden Klatschen und Knochenknirschen herunterfiel. Vier andere Ah'kellah griffen mit Kampfäxten und Säbeln an und schlugen auf die ungeschützten Hälse und Kehlen vorbeikommender Kamele ein.

Fünf Kamele stürzten unter gewaltigem Blutvergießen. Raj Ahten zog seinen Kriegshammer, sprang von seinem eigenen Reittier und drosch einen Stachel in den Kopf des ersten Ah'kellah, der ihm entgegenkam. Ein anderer näherte sich von hinten, und Raj Ahten riß den Hammer sofort herum und schlug den Mann gegen die Rippen, was das untere Ende seiner Lungen zerriß.

Mit Blutspritzern auf dem Gesicht drängte er sich weiter in die Menge von Ah'kellah und suchte Wuqaz. Pfeile zischten an seinem Kopf vorbei und trafen zwei weitere Männer.

Kein Ah'kellah warf sich nieder und flehte um Gnade, wie es jeder aus dem alten Indhopal getan hätte. Es lag nicht in ihrem Wesen, um Gnade zu bitten, nicht in ihrem Wesen, sie zu gewähren.

Er schaute in die ernsten Augen eines Kaif, der rief: »Raj A...«, bevor Raj Ahtens Kriegshammer ihm die Kehle zerriß.

Die Ah'kellah wurden eine dunkle, wirbelnde Masse, als sie ihn angriffen. Das waren keine gewöhnlichen Soldaten. Für einen Augenblick, der ihm beinahe das Herzen stehenbleiben ließ, stellte er sich vor, daß Gaborn sie anführte.

Aber mit Raj Ahten scherzte man nicht. Trotz aller

Schmerzen, die Binnesmans Fluch ihm eingebracht hatte, hatte er immer noch seine Gaben.

Er trat einem Mann mit der Stahlspitze seiner Stiefel vor die Brust und zerquetschte sein Herz. Er duckte sich unter einem Schwertstreich und drosch den Kopf seiner Kampfaxt ins Gesicht des Angreifers. Er zog mit der tauben linken Hand einen Dolch, rammte ihn unter das Kinn eines dritten Angreifers, sprang hoch und trat einen vierten Mann so fest mit beiden Füßen, daß diesem der Kopf abgerissen wurde.

Es war zu leicht. Er trug nicht einmal einen Kratzer davon. Dieser Kampf war nicht wie der, an dem er gestern teilgenommen und bei dem Gaborn seine Erwählten angeführt hatte.

Nur einen Augenblick später war es vorüber. Raj Ahten stand keuchend über den Leichen der Ah'kellah. Der Staub, den die Kamele aufgewirbelt hatten, hing noch dick in der Luft. Der Geruch von Blut lag über dem Lager. Kamele schrien vor Schmerz und lagen mit gebrochenen oder fehlenden Beinen am Boden.

Drei von Raj Ahtens eigenen Männern waren tot. Ein vierter war schwer verwundet – der rechte Arm zerschmettert und der größte Teil seines Gesichts eingedrückt.

An all dem vorbei ging Raj Ahten hinüber zu dem kleinen Lagerfeuer, wo das Fladenbrot in einer rußigen Pfanne briet. Das Brot war oben nur leicht gebacken, und er konnte Pistazien und Cumin darin riechen.

Er fischte sich ein Stück mit der Hand heraus und kaute nachdenklich. Eine Bewegung auf dem Hügel erregte seine Aufmerksamkeit. Flammeneidechsen hatten begonnen, von den Felsvorsprüngen herunterzuklettern. Sie hatten das Blut gerochen. Sie würden heute abend ein Festmahl haben.

Wuqaz ist nicht hier, begriff Raj Ahten. Wuqaz war kein Mann, der Fehler machte. Er hätte nie in einer solchen Oase sein Lager aufgeschlagen, wo es keine Dekkung gab. Das hätte Raj Ahten wissen müssen, schon als er den Hügel überquerte.

Der Gedanke, daß Wuqaz immer noch lebte, beunruhigte ihn. Es bedeutete, daß der Mann entweder nach Norden nach Deyazz gezogen war oder wahrscheinlicher an die westliche Küste nach Dharmad, Jiz oder Kuhran ... alles Orte, die geeignet waren, um Unruhe zu schüren.

Raj Ahten hatte achtzig Männer losgeschickt, um Wuqaz niederzureiten. Er befürchtete, es würde nicht genügen.

KAPITEL 28
Eine Ernte

Die Sinnesorgane eines Greifers, seine Fühler, umgeben kreisförmig seinen Schädel und verlaufen unter den Kiefern her. Man hat schon Klingenträger mit nur achtzehn Fühlern, aber auch welche mit sechsunddreißig gesehen. Wie immer die Anzahl sein mag, sie ist jeweils durch drei teilbar.
Herdmeister Magnus hat gelehrt, daß ein Greifer um so älter ist, je mehr Fühler er hat. Aber dafür konnte ich keine Beweise finden. Beim Vergleich der Anzahl der Fühler eines Greifers mit seiner offensichtlichen Größe und dem Alter (wie man es an der Abnutzung der Zähne feststellen kann) konnte ich keinen Zusammenhang zwischen der Anzahl der Fühler und dem Alter der Greifer finden.
Eine größere Anzahl von Fühlern scheint auch nicht auf einen höheren Status eines Greifers hinzuweisen, wie Herdmeister Banes einmal annahm. Sehr mächtige Zauberinnen hatten relativ wenig Fühler, während kleine Klingenträger mit vielen gefunden wurden. Am Ende ist es sinnlos, die Anzahl der Fühler eines Greifers zu zählen, um daraus irgend etwas ableiten zu wollen. Es ist, als wollte man feststellen, ob ein Mann Bauer oder Fischer ist, indem man seine Nasenhaare zählt.

Auszug aus dem Vergleich von Berichten über Greifer von Herdmeister Dungiles

Gaborn wandte sich von den fliehenden Greifern ab. Sie würden nicht mehr angreifen. Die ihm noch verbliebenen Erdkräfte ließen ihn immerhin diesbezüglich sicher sein.

Er brauchte keine Angst zu haben.

Er brauchte auch seine Toten nicht zu zählen. Er hatte

ihren Tod im Kampf gespürt: vierundzwanzig Männer. Vierundzwanzig Männer waren gefallen, und mit jedem Toten hatte er sich gefühlt, als risse man den Mann aus seinem eigenen Fleisch. Er hatte versucht, sie zu warnen, ihnen etwas zuzurufen. Er hatte versucht, auf diese Weise der Erde zu dienen, und gehofft, die Erde würde ihm seine Kräfte wiedergeben.

Aber er hatte sie nicht erreichen können. Er hatte die Gefahr gespürt, die ihnen drohte, seine Warnung herausgeschrien, aber es war, als schrie man Taube an. Iome und Myrrima blieben noch einen Augenblick bei Hoswell. Gaborn wollte ungedingt mit der Suche unter den toten Greifern beginnen, in der Hoffnung, den Wegmacher zu finden. Sein Days ritt an seiner Seite.

Rechts von ihm brüllte ein Frowth-Riese. Gaborn sah zu ihm hin. Der Riese zeigte auf die fliehenden Greifer und brüllte wieder. In seiner Stimme lag eine Frage. Er wollte wissen, warum Gaborn die Greifer davonkommen ließ.

»Dies war ein ruhmreicher Sieg«, erklärte der Days. »Er wird als solcher vermerkt werden.« Gaborn hatte von den Historikern selten Worte des Lobes gehört. Er forschte in seiner Erinnerung, was er getan hatte. Er hatte die Greifer von der Flanke her angegriffen und mit seinen Erdkräften danach gespürt, wann der Augenblick für den Angriff am geeignetsten war. Nun sah er mehr als zweitausend tote Greifer vor sich. Die Leben so weniger Männer waren ein kleiner Preis für einen derartigen Sieg.

Sein Days hatte recht. Es war ein großer Erfolg.

Draußen auf dem Schlachtfeld gab es noch ein paar

Verwundete. Er sah sie, wie sie umherhinkten und sich so gut wie möglich verbanden. Binnesman ging zu seinem Wylde, als sie gerade den Schädel einer scharlachroten Zauberin aufbrach und zu fressen begann.

Binnesman hatte dem Geschöpf gestattet, an dem Kampf teilzunehmen. Sobald der Angriff begonnen hatte, war sie vom Pferd gesprungen und ins schlimmste Gedränge gerannt und hatte die Ungeheuer mit bloßer Hand und mit einer Wildheit angegriffen, die kaum zu glauben war. Gaborn hatte nicht einmal zählen können, wie viele Greifer sie getötet hatte.

Nun setzten sich die Lords nieder und begannen, ihre Waffen zu säubern und zu schärfen. Ein paar Späher zählten die gefallenen Feinde.

Gaborn konnte nicht sofort einen zweiten Angriff befehlen. Er hatte nicht mehr genug Lanzen dafür.

Schon wenn er nur an einen weiteren Angriff dachte, war ihm unbehaglich zumute. Es gab eine Veränderung bei den Greifern. Er konnte sie noch nicht verstehen, aber er wußte, daß er nie wieder imstande sein würde, sie so erfolgreich anzugreifen.

Binnesman begann, sich um die Verwundeten zu kümmern. Iome und Baron Waggit begleiteten ihn.

Gaborn sagte zu Averan: »Komm mit. Sehen wir, ob wir den Wegmacher finden können.«

Mit diesen Worten stieg er vom Pferd und half dem Kind von seinem. Er hatte Averan versprochen, daß sie das Hirn des Greifers nicht in der Öffentlichkeit essen müßte. Als andere Lords und Berater versuchten zu folgen, bedeutete er ihnen zurückzubleiben.

Sie gingen zusammen an den toten Greifern vorbei, die in der Furche lagen. Es war, als trete man in ein Grab. Überall hing der Geruch von zerstampftem Boden. Die hochaufragenden, toten, blutenden Greifer hielten das Licht fern. Gree flatterten über ihnen, huschten wie Fledermäuse über die Kadaver und schlugen die Krallen an den Flügelspitzen in die Häute der Greifer. Von diesen Flügeln abgesehen, endete die Ähnlichkeit mit Fledermäusen dort allerdings bereits. Gree hatten wie Greifer vier kleine Beine zusätzlich zu den Flügeln, und ihre augenlosen Köpfe hatten eigene, winzige Fühler. Die Gree huschten über die Kadaver und suchten in den Hautfalten nach Zuflucht und den parasitären Hautwürmern, die die Greifer geplagt hatten.

Jedesmal wenn Gaborn sich einem toten Greifer näherte, gaben die Gree ein leises Quieken von sich, krochen davon oder flatterten auf.

Averan ging neben ihm her und betrachtete die Greifer, einen nach dem anderen. Ihr sommersprossiges Gesicht war angespannt, ihre hellblauen Augen lebhaft. Sie blieb stehen und schaute sich lange Zeit einen Klingenträger an, kniff die Augen ein wenig zusammen und legte den Kopf schief, als betrachtete sie einen Apfel auf dem Marktplatz.

Es war ein gruseliger Anblick.

»Der da hat sechsunddreißig Fühler«, sagte Averan. »Und er wäre groß genug. Aber seine Pfoten sind zu klein, sogar beinahe zierlich.«

Gaborn wollte so viel über Greifer wissen wie nur möglich. »Hat die Anzahl der Fühler etwas zu bedeuten?«

»Mehr Fühler bedeuten, daß ein Greifer vielleicht besser riechen und hören kann«, sagte Averan. »Aber das ist nicht immer der Fall.«

»Weißt du, wer die neue Anführerin der Horde sein wird?« Averan dachte darüber nach. »Ich bin nicht sicher, wer noch am Leben ist.«

Das mußte Gaborn akzeptieren. »Aber sie werden nicht nach Carris zurückkehren?«

»Nein«, meinte Averan. »Das glaube ich nicht. Ihr habt ihnen standgehalten, und die Greifer machen sich Sorgen, wenn Menschen standhalten.«

»Wieso das?«

»Weil wir sie in der Vergangenheit besiegt haben«, meinte Averan. »Erden Geboren kämpfte Seite an Seite mit den Glorreichen. Für die Greifer leuchteten sie wie die Sonne. Sie haben die Greifer geblendet.«

Erden Geboren hatte vor zweitausend Jahren gegen die Greifer gekämpft und wäre beinahe von ihnen vernichtet worden. Wenn man den alten Liedern nachging, hatte er einer überwältigenden Übermacht gegenübergestanden. Gaborn fand es faszinierend, daß die Greifer ihre eigenen Berichte über diesen Kampf hatten und immer noch die Glorreichen fürchteten.

»Warum haben die Greifer sich bei Carris nicht gegenseitig gefressen?« fragte Gaborn. »Ich habe die Toten gesehen. Sie haben keinen von ihnen, wie es heißt, ›geerntet‹.«

Averan sprach, als unterrichtete sie ein Kind. »Weil nur die mächtigsten Greifer das Recht auf so etwas haben. Die Toten haben der Schlachtenweberin gehört. Es wäre ihre Sache gewesen, sie aufzuteilen. Aber du hast sie getötet, und mit dem Blitz und dem ganzen verwirrten Rückzug wagten die geringeren Magierinnen nicht zu ernten. Sie hatten vermutlich Angst, daß die Glorreichen zurückkehrten. Zumindest hatten sie Angst, bestraft zu werden.«

Das verstand Gaborn. Selbst bei den Menschen hatten die Hauptleute und Feldwebel für gewöhnlich bei der Plünderung nach einem Kampf die erste Wahl.

Averan blieb bei einem anderen Greifer stehen und betrachtete ihn längere Zeit. Sie waren jetzt beinahe ein Drittel der Gefallenen durchgegangen.

»Das könnte er sein«, meinte sie schließlich. »Ich bin allerdings nicht sicher.« Sie ging zum After des Ungeheuers, schnupperte daran und taumelte rückwärts.

»Ist er es?« fragte Gaborn.

Averan schüttelte den Kopf. »Ich bin nicht sicher. Ich kann ihn nicht gut genug riechen, um das zu wissen.«

»Aber du hast etwas gerochen?«

»Nur seinen Todesschrei. Wenn Greifer sterben, warnen sie andere. Darüber hinaus kann ich nichts riechen.«

Gaborn ging zu dem Loch oberhalb des Afters des Ungeheuers. Die Fühler dort waren feucht und klebrig, mehr wie klebrige Drüsen als wie die Fühler an einem Greiferkopf. Tatsächlich konnte auch er dort etwas riechen. Obwohl Averan es als »Schrei« bezeichnet hatte, schien der Geruch milde, beinahe wie modriger Knoblauch.

»Was bedeutet der Geruch?« fragte Gaborn. Wenn er selbst in die Unterwelt gehen wollte, mußte er die Duftsprache der Greifer erlernen.

»Er bedeutet: ›Hier droht Tod. Rennt weg‹«, übersetzte Averan, so gut sie konnte.

Sie seufzte, als sie die endlose Reihe von Greifern sah, die sich noch mehr als eine Meile weiter erstreckte. »Markieren wir den hier. Wenn ich keinen finde, bei dem ich sicherer bin, versuchen wir es mit ihm.«

»Also gut«, sagte Gaborn. Er sah sich um und dachte daran, ein paar Steine vor dem Tier aufzustellen, aber der dunkle Boden hier in der Furche war von Zehntausenden von Greifern zertrampelt worden und beinahe so hart wie Stein. Am Ende nahm er seinen rechten Kampfhandschuh ab und legte ihn in das klaffende Maul des Greifers.

Er und Averan gingen weiter. Ein Ritter kam durch die Furche geritten, fädelte sich zwischen den Leichen durch. Gaborn konnte das Klirren seiner Rüstung und das Geräusch der Pferdehufe hören, bevor der Mann um einen Kadaver herumgeritten kam. Es war Skalbairn.

»Gute Neuigkeiten, Herr«, sagte er. »Wir haben bei diesem einen Angriff beinahe dreitausenddreihundert tote Greifer verzeichnet.«

Das konnte Gaborn kaum glauben. Er hatte weniger als zweihundertfünfzig Ritter in seinem Gefolge und nur einen von hundert Männern verloren.

Offenbar strahlte er. Nachdem Skalbairn wieder davongeritten war, sah ihn Averan an und sagte: »Ihr seht aus wie die Katze, die den Vogel gefressen hat.«

»Es ist ein guter Tag«, meinte Gaborn. »Ein großer Sieg.«

Averan schüttelte den Kopf. »So dürft Ihr nicht darüber denken. Die meisten Greifer waren unschuldig. Die meisten von ihnen waren ... wie Bauern.« In ihrem Tonfall lag eine gewisse Herausforderung.

»Du sprichst von ihnen, als wären sie Menschen«, sagte Gaborn. »Aber diese ›Bauern‹ sind nach Carris marschiert. Sie haben dort zehntausend Menschen getötet und hätten alle umgebracht, wenn es ihnen nur möglich gewesen wäre.«

»Das haben sie nur getan, weil ihre Herren es ihnen sagten«, erklärte Averan. »Es sind nicht die kleinen Greifer, um die Ihr Euch kümmern müßt – es ist die Eine Wahre Meisterin. Sie ist Eure Feindin.«

Das Kind sprach mit solcher Überzeugung. Er betrachtete sie nachdenklich. Am Morgen hätte er noch geglaubt, daß sie ein normales Kind war, ein Mädchen von neun mit rotem Haar und Sommersprossen und einem entschlossenen Blitzen in den Augen.

Nun erkannte er, daß das eine Illusion war. Wenn er sie näher betrachtete, entdeckte er eine ganz schwache grünliche Färbung ihrer Haut, wie Flecke von grünlichem Glimmer, die das Sonnenlicht reflektierten.

Sie sieht nicht aus wie ein gewöhnliches Kind, dachte er. Sie hat mehr von Binnesman an sich, als ich zunächst geglaubt hätte. Und wie der Erdwächter, der ihr Lehrer ist, ist ihr die Gesundheit von Schlangen ebensowichtig wie die von Mäusen, die von Greifern ebenso wie die von Menschen.

Averan näherte sich einem anderen Greifer. Der knoblauchartige Geruch hing schwer über diesem Kadaver, und Averan taumelte beinahe davon. »Der da stinkt«, sagte sie. »Er muß langsam gestorben sein.«

Gaborn zweifelte nicht daran, daß sie recht hatte.

»Glaubst du, du könntest lernen, mit Greifern zu reden?« fragte Gaborn.

»Wie denn? Falls es Euch nicht aufgefallen ist«, meinte Averan, »ich habe keine Fühler.«

»Aber wenn du Gerüche mischen könntest«, sagte Gaborn. »Könntest du nicht zum Beispiel mit Knoblauch etwas herstellen, was den Worten ähnlich ist?«

Averan sah ihn verblüfft an. »Daran habe ich noch gar nicht gedacht!« Sie runzelte die Stirn. »Nein, das glaube ich nicht. Knoblauch ist nicht das richtige. Die Todeswarnung ist eigentlich nicht sonderlich wie Knoblauch. Es wäre, als schrie man *rot*, wenn man eigentlich *tot* sagen will.« Dennoch, er hatte ihr einen Gedanken eingegeben. »Aber vielleicht wäre ich imstande, ein paar Worte zu schreiben«, meinte sie nachdenklich.

Gaborn begann sofort, diese Phantasie weiterzuspinnen. Wenn er imstande wäre, mit den Greifern zu sprechen, was würde er ihnen sagen?

Er hatte keine Ahnung. Er kannte ihr Vokabular nicht, er hatte keine Ahnung, welche Worte er würde herstellen können.

Averan ließ ihn unterwegs zwei weitere Greifer markieren, bis sie endlich das Ende der Reihe erreichten.

Dann drehte sie sich um und traf ihre Wahl.

Gaborn zog sein Schwert und kroch hinauf in das Maul des Greifers. Seine Zähne hingen über ihm wie grüne Eiszapfen. Er trieb die Klinge in den weichen Gaumen des Ungeheuers und begann zu schneiden. Das tintenartige Blut des Greifers floß aus der Wunde und klatschte in geronnenen Klumpen zu seinen Füßen auf.

Er blieb dort lange Zeit stehen und ließ das Blut fließen, bis er nach oben griff und herausholte, was er haben wollte – eine große Hand voll dampfenden Greiferhirns wie graue Würmer, die vom dunklen Blut der Greifer übergossen waren.

Er reichte Averan das Hirn und wandte ihr den Rükken zu, während sie aß. Sie kaute still und machte dabei anerkennende Geräusche.

Er stieg auf einen Greifer und schaute nach Süden. Im Augenblick war die Horde nicht zu sehen. Die letzten aus der Reihe hatten die Hügel direkt vor Mangans Felsen, zwei Meilen südlich, überquert. Nun befanden sie sich in einer Senke. Nur Dunst, der über dieser Region hing, ließ ihn wissen, daß die Greifer immer noch flohen.

Es war ein ruhmreicher Kampf gewesen und ein verblüffender Sieg. Aber nun sah Gaborn, wie die Ritter ihre gefallenen Kameraden auflasen und zu den Wagen trugen. Die Toten und Verwundeten wurden in dieselben Kisten gelegt, mit denen man die Lanzen aus Carris hergebracht hatte. Das war nur sparsame Ausnutzung dessen, was zur Verfügung stand, nahm Gaborn an, und es würde die Toten nicht stören, wenn sie ohne großes Ritual weggefahren wurden. Dennoch, es schien ein unangemessenes Ende für die Schlacht und ein unwürdiges Ende für ein Menschenleben.

Eine Gruppe von Kriegern kam über das Feld geritten und sah Gaborn erwartungsvoll an. Viele von ihnen waren gewaltige Krieger: Königin Herin die Rote von Fleeds, Hofmarschall Skalbairn von den Unabhängigen Rittern und Sir Langley aus Orwynne.

Skalbairn rief: »Wir sind bereit, Euch überallhin zu folgen. Ich habe gestern abend Lanzen aus Carris und Burg Fells nach Ballyton bringen lassen, keine zwanzig Meilen die Straße entlang. In einer halben Stunde können wir uns wieder bewaffnen und erneut angreifen.«

Gaborn dachte daran, und die Warnung der Erde kam beinahe wie ein Aufheulen. Sollte er einen zweiten Angriff wagen, würden die Greifer seine Truppen vollkommen vernichten.

»Wir werden uns wiederbewaffnen und in Ballyton zu Mittag essen«, sagte Gaborn, der Zeit brauchte, um einen anderen Plan zu entwickeln. Er sah ihnen an, daß sie auf ein weitere Schlacht gehofft hatten. »Nun sind die Greifer gewarnt. Wir werden sie beim nächsten Mal nicht überraschen können.«

Langleys verblüffte Miene war nicht zu übersehen. Aber Skalbairn sagte schlicht: »Wie Ihr befehlt, Euer Hoheit.«

Gaborn stieg von seinem grausigen Aussichtsposten.

Averan hatte gerade fertiggegessen. Sie kniete am Boden und wischte die Finger im Schmutz ab.

Er fragte: »Haben wir den Richtigen erwischt – den Wegmacher?«

Averan zuckte nur die Achseln. »Das weiß ich noch nicht. Es braucht eine Weile.«

»Wie lange ist eine Weile?«

Averan dachte nach. »Drei oder vier Stunden.«

In diesem Augenblick begannen Hörner hinter dem Horizont zu blasen. Gaborn raste aus der Furche heraus, an den Rand der Ebene, als Reiter über die Hügel im Süden kamen. Einer von ihnen schrie: »Die Greifer erklettern Mangans Felsen! Sie werden sich dort verschanzen.«

Wenn sie sich dort einmal festgesetzt hätten, das wußte Gaborn, war es für ihn beinahe unmöglich, nochmals an sie heranzukommen.

Epilog

Myrrima stand im trockenen Gras und zog einen Pfeil an ihr Ohr. Die gefärbten Gänsefedern streiften leicht ihre Wange.

Sie stand einem toten Greifer in achtzig Schritt Entfernung gegenüber und zielte auf sein süßes Dreieck.

»Ich gehe mit dir nach Inkarra«, sagte sie zu Borenson. Sie wartete darauf, daß er antwortete, aber er sagte nichts. Während der ganzen Zeit, in der sie diesen Satz geübt hatte, hatte sie sich immer vorgestellt, daß er sie sofort ablehnen würde. Sie hielt ihr Ziel und seufzte.

Die meisten Lords waren davongeritten und folgten den Greifern, die auf Mangans Felsen Zuflucht suchten. Borenson antwortete: »Das wußte ich in dem Augenblick, als ich dich gesehen habe.«

»Und?«

»Ich halte es immer noch für unklug.«

Vor ein paar Tagen hatte er ihre Bitte auf der Stelle abgelehnt. Etwas hatte sich in ihrer Beziehung verändert. Sie hielt es für ein gutes Zeichen.

Hoswells Bogen fühlte sich angenehm in ihren Händen an. Das polierte Holz am Bogenbauch paßte, als wäre es für sie geschnitzt worden. Der lange Bogen aus federndem Stahl ließ sich leicht und anmutig spannen.

Ein Eibenbogen spannte sich normalerweise unregelmäßig. Häufig lag das daran, daß das Holz sich ein wenig verzogen hatte oder ein Flügel zu dünn geschliffen war, so daß das Holz hier hing, dort nachgab. Daher brauchte es Zeit, um herauszufinden, wie weit ein Pfeil aufgrund der Spannung fliegen würde. Selbst Metallbögen hatten dieses Problem, wenn der Schmied das Metall zu grob bearbeitete.

Aber Hoswells Stahlbogen war vollkommen im Gleichgewicht.

Myrrima ließ den Pfeil los. Er schwirrte davon, traf in die Ecke des süßen Dreiecks des Greifers und war verschwunden.

Ihr Eibenbogen hätte einen Pfeil nicht annähernd so weit fliegen lassen. Sie hatte bei dem Angriff drei Dutzend Pfeile benutzt, und es war ihr nur gelungen, vierzehn Greifer zu erlegen. Hoswell hatte sie um mehr als ein Dutzend geschlagen.

»Nun gut«, sagte sie, »ich habe ebenfalls darüber nachgedacht, und ich bin deiner Meinung: Es wäre nicht klug.«

Borenson schnaubte amüsiert. »Du bist meiner Meinung?«

»Ja«, sagte sie. »Es wäre dumm, dir nach Inkarra zu folgen. Hier bei all den Glorreichen der Finsternis und Greiferhorden und eindringenden Armeen ist es viel sicherer.«

Borenson lachte – ein tiefes, ehrliches Lachen, das ganz aus dem Bauch kam. Sie wußte, jetzt hatte sie ihn.

»Also gut«, meinte er. »Du hast gewonnen. Komm mit mir.«

Sie warf ihm einen Seitenblick zu.

»Aber«, meinte er, »ich nehme das nicht leicht. Was weißt du von Inkarra?«

»Die Menschen der Königreiche der Nacht leben in Häusern, die so groß sind wie ein Dorf hier«, antwortete Myrrima. »Sie schlafen bei Tag und arbeiten bei Nacht. Drachen bewachen ihre Tore.«

Er fügte hinzu: »Die Runenmagier von Inkarra schützen das Land. Wer immer dumm genug ist, dort einzudringen, kommt nicht mehr zurück. Sie haben gegenüber Menschen aus Rofehavan ihre Grenzen seit drei Jahrhunderten geschlossen, und der Sturmkönig hat seit zwanzig Jahren auf keine Botschaft aus Mystarria geantwortet.« Sie zog einen Pfeil aus ihrem Köcher, legte ihn auf den Bogen, zielte und traf mitten ins süße Dreieck des Greifers.

»Gehen wir sofort?«

»Würdest du das ohne die Erlaubnis des Königs tun?«

»Ich bin der Bruderschaft der Wölfe angeschworen«, sagte Myrrima. »Ich werde der Menschheit so dienen, wie es mir angemessen scheint – ebenso wie ein Unabhängiger Ritter.«

Borenson zögerte.

»Was ist?« fragte Myrrima. »Willst du immer noch nicht, daß ich mit nach Inkarra komme?«

»Ich bin hin- und hergerissen. Die Greifer ziehen nach Süden und wir ebenfalls«, sagte Borenson. »Von ihren Tischsitten einmal abgesehen, sind sie sicher gute Reisegefährten.«

Myrrima grinste wild. Wahrscheinlich konnte man jedes Geschöpf, das versuchte, einen zu fressen, der schlechten Tischsitten bezichtigen.

Er wollte also gegen Greifer kämpfen. Myrrima warf

einen Blick zu Mangans Felsen hoch. »Das hier sieht allerdings nach einer Belagerung aus«, sagte sie. »Wir könnten hier Wochen verbringen.«

»Also gut«, gab Borenson nach. »Wir ziehen nach Inkarra.«

Myrrima konnte kaum glauben, daß er sie ohne weiteren Widerspruch mitnehmen wollte. Ihm war von dem Augenblick ihrer Begegnung an klar gewesen, daß er sie als Frau begehrte. Nun wußte sie, daß sie seinen Respekt erworben hatte.

Es blieb also nur noch eins. Sie mußte ihn Hingabe lehren.

JOHN MARCO

DAS IMPERIUM VON NAR

Band 1: Die Jäger des Tharn

Band 2: Die Paladine des Dunkels

Band 3: Die Armee der Raben

Band 4: Das Banner der Rache

Band 5: Die Heiligen des Schwertes

Weitere Bände in Vorbereitung.